# *Tout feu, tout flamme*

Du même auteur
*aux Éditions J'ai lu*

Le fier conquérant, *J'ai lu* 3222
Des feux sombres, *J'ai lu* 3371
Candice la rebelle, *J'ai lu* 3684
Tendre abandon, *J'ai lu* 4399
Captive du temps, *J'ai lu* 4637
La belle impertinente, *J'ai lu* 5667
Le prince de Mayfair, *J'ai lu* 5809

# Brenda Joyce

# Tout feu, tout flamme

*Traduit de l'américain*
*par Nicole Ménage*

J'AI LU

*Titre original :*

FIRESTORM
Published by arrangement with Harper Collins Publishers Inc.

# PROLOGUE

*Texas occidental, 1858*

— Vas-y, Nick, vas-y ! cria Storm.

Très grande, vêtue d'une tunique et d'un pantalon de daim, les cheveux noués en une tresse épaisse qui lui descendait jusqu'aux reins, Storm se déplaçait en sautillant parmi les jeunes rassemblés en cercle autour des deux hommes qui roulaient dans la poussière. Nick luttait avec ardeur. Son corps musclé, à la peau cuivrée, luisait de sueur. Il avait le dessus quand soudain son talon glissa ; il bascula en arrière et se retrouva allongé sur le dos.

— Continue, Nick ! Ne te laisse pas faire ! hurla Storm à son frère.

Elle finissait à peine de prononcer ces mots que ce dernier immobilisa son adversaire en lui tordant le bras dans le dos, mettant ainsi un terme à leur duel.

— Nick a gagné ! vociféra Storm en levant les poings victorieusement.

Un tonnerre d'acclamations s'éleva. Nick lâcha le vaincu et roula sur lui-même, haletant. Son regard brillant d'excitation croisa celui de sa sœur.

— Il n'était pas question que je perde ! marmonna-t-il en se relevant.

Il passa la main dans ses cheveux d'un noir si profond qu'ils en paraissaient bleutés.

Lars appartenait à la catégorie des mauvais perdants. Il s'élança sur Nick par-derrière. Storm poussa un hurlement pour l'avertir. Trop tard.

Nick pivota, et tomba à la renverse, écrasé sous le poids de l'autre.

— Sale blanc-bec, cracha Lars, le visage congestionné par la rage.

— Arrêtez! cria Storm, sachant que Lars pouvait tuer son frère.

Il leva son énorme poing, mais Nick l'esquiva souplement. Le colosse perdit l'équilibre et Nick en profita pour se dégager. Vif comme l'éclair, il sortit un couteau dont il pointa la lame effilée sur la gorge de Lars.

— Le blanc-bec te conseille de te ressaisir, dit-il avec un calme menaçant.

— Rathe!

Il faisait sombre et frais à l'intérieur de la grange. Rathe, le frère de Storm, se tenait si près de la jeune fille blonde que leurs cuisses se touchaient.

— S'il te plaît, Lucilla, l'implora-t-il, son regard bleu saphir rivé sur elle. Un baiser, un seul.

Elle considéra le jeune garçon incroyablement beau qui lui bloquait le passage.

— Non, c'est impossible.

— Tu es tellement jolie, murmura-t-il en lui attrapant la main. Je n'arrête pas de penser à toi.

Lucilla s'empourpra.

— Vraiment?

— Vraiment, acquiesça-t-il en souriant de toutes ses dents.

Il la prit aux épaules. Ce contact la fit frissonner. Ce n'était qu'un gamin de treize ans – deux ans de moins qu'elle. Un garnement, oui! Elle le connaissait depuis des années et ses escapades n'avaient pas de secret pour elle. Mais voilà qu'elle le découvrait sous un jour nouveau. Son visage était tout proche. Il laissa glisser les mains le long de son buste, jusqu'à sa taille.

— Rathe, protesta-t-elle plus faiblement.

— Juste un baiser, chuchota-t-il en se penchant sur elle.

— Non.
— Mais si, Lucilla, mon petit cœur…

Vaincue, elle ferma les yeux en retenant son souffle. Si ses lèvres étaient douces, tendres, son corps pressé contre le sien était dur et brûlant. Lucilla avait été élevée dans un ranch du Texas, et la façon dont le désir tendait le corps d'un homme n'était pas un mystère pour elle. Tout à coup, elle oublia qu'il n'avait que treize ans et se surprit à entrouvrir les lèvres, offrant sa bouche à sa langue exigeante. Elle gémit quand il plaqua sa paume sur son sein et effleura du pouce la petite pointe durcie, dans un lent mouvement de va-et-vient.

— Oh ! Lucilla, parvint-il à articuler en reprenant son souffle. Lucilla…

Une appétissante odeur de grillades au feu de bois flottait dans l'air. Un couple était assis sous un arbre, à l'écart des autres invités. L'homme, un grand blond à la stature impressionnante, tenait contre lui une femme toute menue dotée d'une somptueuse chevelure dorée.

Elle leva vers lui ses immenses yeux violets.

— Tu n'es qu'un vieil étalon insatiable, le taquina-t-elle.

Il renversa la tête en arrière et éclata de rire.

— Je n'y peux rien, répondit-il en frottant sa joue contre la sienne. Nous avons passé le week-end ici et je n'ai qu'une envie : rentrer chez moi pour faire l'amour à ma femme.

— Derek ! s'exclama-t-elle, feignant d'être choquée.

— Allez, Miranda… la pressa-t-il avec dans la voix la même intonation cajoleuse que son fils cadet, Rathe.

Elle se blottit contre lui et lui tendit ses lèvres. Ils échangèrent un long baiser, ardent et tendre. Ce fut Derek qui s'écarta le premier.

— Prévenons les enfants et sauvons-nous, proposa-t-il d'une voix rauque.

— Mais où sont-ils, au fait ?

Il l'aida à se mettre debout.

— Je n'en ai pas la moindre idée. Commençons par Storm. S'il y a un concours quelque part, c'est là que nous la trouverons.

Il passa le bras autour des épaules de sa femme et ils s'éloignèrent. Des acclamations les guidèrent bientôt vers le groupe de jeunes gens rassemblés autour des bagarreurs qu'ils encourageaient avec force cris. Quand Miranda distingua les combattants, elle pâlit.

— Mon Dieu !

Derek se mordit la lèvre pour ne pas rire.

Storm se battait avec vigueur contre Buddy Ames, dix-sept ans, torse nu. Couchée sur le dos, son adversaire à califourchon sur elle, elle s'efforça de le renverser en glissant une jambe entre ses cuisses tandis que l'autre venait s'enrouler autour d'un de ses mollets. Des cris et des exclamations joyeuses fusaient tout autour d'eux. Derek joignit son rire à celui des spectateurs.

Furieuse, Miranda se tourna vers lui.

— Arrête ce combat immédiatement ! Tu m'entends ?

— Bien, madame, fit-il en s'inclinant.

Il empoigna Buddy par la nuque et le souleva sans plus de difficultés que s'il s'était agi d'un chat.

Satisfaite, Miranda fit volte-face vers son fils aîné.

— Nick ! Comment peux-tu laisser ta sœur se donner en spectacle de cette manière ?

— J'ai essayé de lui expliquer qu'elle était trop vieille pour ça, mais elle n'a pas voulu m'écouter, répondit-il en haussant les épaules. Tu la connais, m'man.

— Papa ! protesta Storm en s'asseyant dans la poussière comme un garçon, les jambes écartées. J'aurais pu gagner !

— Tu ferais mieux de te relever, jeune fille, riposta Derek en essayant de prendre une voix sévère.

— Tu avais promis, lui rappela Miranda d'un ton sans réplique.

Assise sur le lit à baldaquin, elle brossait son épaisse chevelure avec énergie.

Derek la considérait d'un air catastrophé.

— Enfin, Miranda, Storm n'est qu'une enfant.

— Une enfant? répéta-t-elle en se levant. Elle a presque dix-sept ans. C'est une femme, Derek, il serait temps que tu te décides à l'admettre.

— Mais San Francisco...

— Tu dois la laisser partir, insista Miranda plus doucement.

Elle s'approcha de lui et posa une main caressante sur sa poitrine.

— Nous avions prévu de l'envoyer chez ton cousin Langdon quand elle aurait dix-huit ans, reprit-elle.

L'angoisse assombrissait le beau regard doré de son mari.

— As-tu bien regardé ta fille, Derek? Elle est absolument superbe, et elle mérite d'avoir sa place dans la société, des robes en soie et des escarpins en chevreau. Elle a passé l'âge de se rouler dans la poussière avec des adolescents qui sont presque des hommes!

— Bon sang! maugréa-t-il en commençant à arpenter nerveusement leur petite chambre. Alors, laisse-moi le lui annoncer moi-même.

Un sourire s'épanouit sur le visage de son épouse. Elle courut vers lui et se pendit à son cou pour l'embrasser langoureusement.

— Je t'aime.

Il la serra brièvement contre lui avant de la lâcher à regret.

— Je pourrais peut-être lui parler demain? suggéra-t-il avec espoir.

Sa femme lui décocha un regard si menaçant qu'il tourna les talons et sortit sans insister.

Il trouva Storm dehors avec les garçons auxquels il avait donné diverses tâches à accomplir.

— Storm, j'ai une surprise pour toi.

— Qu'est-ce que c'est? s'enquit-elle, souriante.

— Ta mère et moi voulions attendre que tu aies dix-huit ans, mais nous estimons que tu es assez grande maintenant. Tu vas passer l'été chez Paul Langdon à San Francisco.

— Non !

— Chérie, San Francisco vaut le détour, tu sais.

— C'est une idée de maman, n'est-ce pas ? s'écria Storm, hors d'elle. Si tu le veux vraiment, tu peux la persuader de changer d'avis. J'en suis sûre.

— Ta mère a raison, ma chérie, comme d'habitude. Tu as besoin de connaître autre chose de la vie. Et ce n'est que l'affaire d'un été.

— Je ne veux pas y aller, s'obstina la jeune fille. Je suis heureuse ici et je n'ai pas envie de vous quitter, maman, toi et les garçons.

— C'est seulement pour l'été, répéta Derek calmement. Et je suis convaincu que tu sauras nous faire honneur, à ta mère et à moi.

Comprenant qu'il ne changerait pas d'avis, Storm sentit des larmes brûlantes lui piquer les yeux. Elle s'enfuit en courant et se rua dans l'escalier menant à sa chambre.

Comment pouvaient-ils l'envoyer dans une ville étrangère, loin de ceux qu'elle aimait ?

On frappa discrètement à sa porte, mais elle ne prit pas la peine de répondre. Elle savait de qui il s'agissait.

— Storm ? J'aimerais te parler, murmura sa mère en entrant.

Elle vint s'asseoir sur le lit, près de sa fille, et caressa doucement ses cheveux blonds où chatoyaient des mèches plus pâles décolorées par le soleil.

— Je ne veux pas partir.

— Je vais te raconter une petite histoire, enchaîna tranquillement Miranda.

Elle prit le temps de contempler sa fille, son corps svelte et gracieux, à la taille fine, aux hanches étroites. Ses jambes longues et musclées. Son visage peu commun avec ses pommettes hautes et sa mâchoire bien dessinée – des caractéristiques héritées de la mère apache de Derek, selon Miranda.

— Je sais que tu as peur, mais tu es forte, courageuse et tu as une famille qui t'aime. J'ai été élevée dans un couvent, en France. Quand j'ai eu dix-sept ans, mon père m'a fait venir en Angleterre pour m'annoncer que j'étais fiancée à un fermier du Texas. Un parfait inconnu.

Storm s'assit.

— Grand-père t'a envoyée ici pour que tu épouses papa ?

— Non. Mon fiancé était le meilleur ami de Derek, son frère de sang. John a eu un accident et il chargea Derek, qui était capitaine chez les Texas Rangers à l'époque, de m'escorter. Si tu savais à quel point j'avais peur de me marier à un étranger, Storm ! La perspective de n'avoir plus aucun contrôle sur ma vie et de ne plus jamais rentrer chez moi m'épouvantait.

— Et qu'est-il arrivé ? Si tu étais fiancée à son meilleur ami quand tu as rencontré papa...

Les souvenirs affluèrent et une expression rêveuse se peignit sur le visage de Miranda.

— C'est une autre histoire, ma chérie, une longue histoire. Je te la raconterai peut-être un jour.

Storm semblait perdue dans la contemplation de ses genoux.

— Tu vas seulement en visite chez mon cousin.

— J'espère que tu as raison.

Miranda prit sa fille dans ses bras.

— Tu n'as rien à craindre, ma chérie. En vérité, je ne serais pas surprise que tu t'amuses comme jamais.

— Je n'ai pas peur, articula Storm.

Mais elle mentait.

# 1

*San Francisco, 1859*

Assis à son imposant bureau en acajou au plateau recouvert de cuir, Brett tournait lentement les pages d'un grand livre de comptes, les sourcils froncés non sous l'effet de la concentration mais de la colère. Il aurait dû s'en douter. C'était la première fois qu'il faisait une erreur de jugement sur un homme. Furieux, il ferma le livre d'un coup sec et se leva, déployant son mètre quatre-vingt-quinze.

Il s'approcha de la fenêtre et contempla Stockton Street d'un air morose. Il ne laisserait pas ce comptable véreux lui gâcher sa journée ! Un léger sourire flotta sur ses lèvres, adoucissant l'expression impitoyable de son visage taillé à la serpe. Non qu'il fût d'humeur sentimentale sous prétexte que c'était son anniversaire. Quoique... Aujourd'hui, il avait vingt-six ans, et tout ce qu'il désirait. Son sourire s'élargit.

Pas mal pour le fils d'une prostituée. Et le bâtard d'un Californien. Il n'aimait pas ce terme de « bâtard » mais il n'en connaissait pas d'autre.

Brett D'Archand ne ressemblait pas à sa mère, une petite Française aux cheveux châtains et aux yeux bleus. En revanche, il était la réplique presque exacte de son père, don Felipe Monterro – grand, large d'épaules, et d'une ténébreuse beauté qu'accentuaient son regard sombre et impénétrable, et ses cheveux de jais.

La dernière fois que Brett l'avait vu, il avait les tempes grisonnantes. La dernière fois... Une scène lui revint instantanément en mémoire et, avec elle, toute sa rancœur remonta à la surface.

Il avait seize ans lorsqu'il avait annoncé à son père qu'il quittait la maison. Un silence avait suivi. Brett avait attendu en vain qu'il essaie de l'en dissuader, mais don Felipe était resté impassible.

— Où comptes-tu aller ?

Quel idiot il faisait ! Qu'espérait-il donc ? Son père ne l'avait jamais accepté. Pour lui, il n'était rien d'autre qu'un bâtard tout juste bon à travailler aux écuries, et devenu carrément indésirable depuis que sa nouvelle épouse avait mis au monde un héritier.

Il répondit à l'indifférence de don Felipe par une froideur feinte, car, en réalité, son cœur saignait.

— À Sutter's Fort.

— Ah ! l'attrait de l'or...

Felipe lui donna un étalon arabe, quelques centaines de pesos et Brett quitta l'hacienda sans un regard en arrière.

C'était au début de l'année 1848.

Il serra inconsciemment les poings en les appuyant sur la vitre. Il ne voulait pas songer au passé. Son père était peut-être mort aujourd'hui. Bon débarras ! Il n'avait pas besoin de lui. Il avait tout ce qu'il voulait, le succès, la respectabilité... tout.

Un bruit de verre cassé déchira le silence. Brett se figea, l'oreille tendue, mais ne fit pas le moindre mouvement en direction de la porte de son vaste et élégant bureau. Le décor en était très classique : boiseries en acajou, tapis d'Orient à dominante corail et bleu, grand divan de cuir lie-de-vin, fauteuils français habillés de soie rayée, tentures de velours bleu. C'était sa première maîtresse, Suzanne, qui, obéissant à ses directives, s'était chargée des transformations. Il venait alors de quitter ses bureaux obscurs du *Miner's Girl*, son premier saloon et premier investissement, pour s'installer dans ceux du *Golden Lady* qu'il venait d'acquérir.

Il sourit en repensant à la façon dont il avait rassemblé suffisamment de poussière d'or pour acheter son partenariat dans ce trou à rats de ses débuts. Un trou à rats rentable, néanmoins, puisqu'il lui avait permis de bâtir sa fortune d'aujourd'hui. Il faillit éclater de rire.

Le *Golden Lady* était l'un des établissements les plus chics de San Francisco, en tout point aussi cossu et élégant que son bureau. Le premier étage, où les hôtesses arrondissaient leurs fins de mois à satisfaire les clients, était décoré avec un goût tout aussi sûr. Même à présent, dix ans après la Ruée vers l'or, San Francisco continuait de manquer de femmes et le gouvernement, tout comme la société, tolérait l'existence de ces maisons de réputation douteuse. Le fait que Brett détînt le *Golden Lady* ne nuisait en rien à son renom parce qu'il s'agissait de l'un des établissements les plus élégants de la ville. Et puis, ces cinq dernières années, Brett avait diversifié ses activités. Il possédait à présent un hôtel, deux restaurants, des parts dans un ranch de l'autre côté de la baie, et il comptait parmi les associés de deux compagnies de transport. Il avait aussi acquis des terres à l'ouest de San Francisco où il faisait construire des habitations. À vingt-six ans, Brett était l'un des hommes les plus riches de la ville.

Il tira sa montre de son gilet broché de fil d'argent. Il avait juste le temps pour un bref interlude avec Audrey, sa maîtresse du moment, avant son rendez-vous avec Paul Langdon, son associé dans la compagnie de navigation. Il enfila une veste noire et ajusta machinalement son nœud de cravate noir. Il coiffait son Stetson quand un nouveau bruit de verre brisé accompagné d'un cri de femme lui parvint.

La porte de son cabinet de travail s'ouvrit à la volée et Linda, l'une des filles, jaillit dans la pièce.

— Brett, vous devriez venir...

Déjà, il franchissait la porte, Linda sur les talons.

— Que se passe-t-il ?

— Un dingue, expliqua-t-elle en courant pour le suivre dans le couloir. Il a un fusil, et Susie.

Brett s'immobilisa sur le seuil du saloon où dominaient l'acajou, le cuivre et le velours vert. En ce début d'après-midi, la moitié des sièges étaient inoccupés. Autour des tables, une douzaine d'hommes s'étaient levés. Deux des filles de Brett se tenaient à l'extrémité du long bar, le visage blême. Les négociants richement vêtus ne semblaient pas plus à leur aise. James, le barman, fixait quelque chose au milieu de la pièce.

Luke, le videur, gisait sur le sol, le côté du crâne ensanglanté.

Un peu plus loin, un homme à l'aspect négligé, aux vêtements sales et aux bottes boueuses, pressait le canon d'une arme contre la tempe de Susie qu'il avait plaquée contre lui. Des gouttes de sueur perlaient sur le front de la pauvre fille qui regardait droit devant elle, les yeux exorbités.

S'avançant lentement vers l'homme, Brett désigna Luke et demanda calmement :

— Il est mort ?

— Je ne pense pas, répondit l'un des habitués.

— Linda, va chercher le Dr Winslow, ordonna-t-il sans avoir besoin de se retourner pour savoir qu'elle était figée à l'entrée, tremblant de tous ses membres. Tout de suite.

Elle disparut dans l'instant.

Sans quitter l'homme des yeux, Brett continua à avancer tout en l'avertissant :

— Je m'approche de Luke.

L'autre pressa davantage le canon contre la tête de Susie qui sanglotait.

— Je veux seulement vérifier son pouls, ajouta Brett, tandis qu'une sueur froide lui glaçait l'échine.

— Il n'est pas mort, cracha l'homme. Je l'ai juste assommé d'un coup de crosse, c'est tout.

Soulagé, Brett allait examiner Luke de plus près quand une voix derrière lui lança :

— C'est vrai, patron, j'étais là.

Le forcené tourna vers lui des yeux fous.

— Vous êtes le patron ?

— Oui, je suis Brett D'Archand. Et vous ?

— Son mari. Bill Hawkins. Cette moins que rien est ma femme.

Brett croisa le regard terrorisé de Susie.

— C'est vrai ? lui demanda-t-il calmement.

Il interpréta son gémissement comme un acquiescement.

— Cette petite traînée est ma femme et elle s'est sauvée. Je suis venu la chercher pour la ramener à la maison. Personne ne m'en empêchera mais vous pouvez toujours essayer, ça me donnera une bonne excuse.

— Brett... geignit Susie. Je vous en prie.

Il savait qu'elle était mariée. Brett n'avait pas de relations sexuelles avec ses employées, mais il les sélectionnait avec soin. Quand Susie s'était présentée, en début de grossesse, des traces de coups sur le visage, il avait su tout de suite qu'il ferait mieux de ne pas l'engager. Mais il n'avait pas eu le cœur de la jeter dehors dans l'état où elle se trouvait. Il lui avait fait servir un repas chaud, et elle l'avait supplié de la garder. Elle était très jeune, enceinte, et fuyait un mari violent, aussi lui avait-il offert un emploi de servante. Reconnaissante, Susie lui avait demandé d'être le parrain de son enfant et Brett avait accepté, secrètement ravi.

Après la naissance du bébé, Susie avait demandé à devenir hôtesse afin de mieux gagner sa vie. Brett avait tenté de l'en dissuader, sans doute à cause de ses propres souvenirs d'enfance désastreux, mais il devait reconnaître que, finalement, grâce à l'aide de tout le personnel, Susie ne s'en sortait pas si mal. Il était même arrivé à Brett de garder l'enfant une fois ou deux, quand personne d'autre n'était disponible.

En regardant le père de sa filleule, il revit Susie le jour de son arrivée et il comprit qu'il ne laisserait pas cet homme l'emmener avec la petite.

— Si vous posiez votre arme ? dit-il calmement.

Des pas se firent soudain entendre derrière Bill. Le Dr Winslow poussa les battants de la porte d'entrée. Le mari de Susie esquissa un mouvement de la tête vers lui. Brett bondit et agrippa le poignet qui tenait l'arme. Avec un hurlement, Susie se dégagea et s'enfuit en courant.

Brett avait appris à se servir de ses poings dans les rues de Mazatlan où il avait grandi. Bill était plus costaud que lui, mais pas plus grand. Le revolver tourné vers le plafond risquait de faire un trou dans le plâtre et d'abîmer le lustre. Brett leva le genou et, ramenant le bras de Bill sur sa cuisse, appuya de toutes ses forces pour qu'il lâche son arme, au risque de lui rompre les os. Bill cria, le revolver rebondit sur le sol. Vif comme l'éclair, Brett s'en empara et balança un direct dans la figure de l'homme. Juste avant qu'il ne tombe à la renverse, il le cueillit à l'estomac d'un crochet du gauche. Bill se plia en deux en exhalant tout l'air contenu dans ses poumons, puis s'écroula.

Reprenant son souffle, Brett rejoignit aussitôt Winslow agenouillé près de Luke.

— Comment va-t-il ?

— Il a une belle entaille qu'il va falloir recoudre. Jimbo, apporte-moi du whisky.

L'un des adjoints du shérif Andrew venait d'arriver. Il remit Bill Hawkins à moitié groggy sur ses pieds.

— Vous voulez porter plainte contre lui, Brett ?

— Bien sûr. Combien de temps pouvez-vous le garder sous les verrous ?

— Qu'est-ce qui vous arrangerait ?

— Le temps de prendre des dispositions pour Susie et le bébé. Quelques jours, pour commencer.

L'adjoint emmena Hawkins qui, ayant repris suffisamment ses esprits, lâcha un torrent d'injures en direction de Brett. Sans y prêter attention, celui-ci se tourna vers Linda.

— Où est Susie ?

— Là-haut.

Brett la trouva dans sa chambre, berçant sa fille, les joues sillonnées de larmes. Il s'assit près d'elle sur le lit.

— Tout va bien, Susie, murmura-t-il d'une voix apaisante. Il a été arrêté.

Elle le regarda, les yeux remplis d'effroi.

— Que vais-je faire, Brett ? Il lui fera du mal, j'en suis certaine.

Elle se mit à sangloter.

— Je suis ami avec le juge Steiner. Que dirais-tu d'un divorce ?

— Un divorce ? Ce... ce serait possible ?

— Cela doit pouvoir s'arranger.

Elle l'étreignit avec force, écrasant un peu son bébé au passage. Embarrassé, Brett se dégagea.

— Et Bill ? dit-elle, inquiète. Il est tellement furieux.

— Je m'en charge.

— Comment ?

Un léger sourire se dessina sur les lèvres de Brett.

— Je le paierai.

Et si cela ne suffisait pas, il y avait toujours d'autres moyens.

— Hé ! Regarde ça ! s'exclama le marin, les yeux écarquillés.

— J'ai vu, j'ai vu, je suis pas aveugle, répliqua l'autre marin.

La jeune personne qui suscitait ainsi leurs commentaires ébahis n'était autre que Storm. Debout près d'une boulangerie de Stockton Street, elle tenait les rênes de deux superbes étalons, et attendait visiblement quelqu'un. Elle était entièrement vêtue de daim souple, pantalon et tunique moulant étroitement ses formes, et portait un Stetson à large bord qui plongeait dans l'ombre son visage. Ses cheveux blond doré, rassemblés en une tresse de l'épaisseur d'un avant-bras d'homme, lui frôlaient les reins.

— J'ai jamais rien vu de pareil, souffla l'homme.

Storm les entendit approcher. Elle n'avait rien perdu de leur échange et l'inflexion obscène de leurs voix ne lui avait pas échappé. Choquée et furieuse, elle songea que personne à San Antonio n'aurait jamais osé parler de la sorte derrière son dos, sachant qu'il aurait eu affaire à ses frères ou à son père. Elle jeta un coup d'œil à la porte du saloon qui jouxtait la boulangerie. Que diable fabriquait son père ?

— Salut, p'tite demoiselle ! lança le plus costaud des deux marins.

Storm l'ignora et se raidit de dégoût tandis que l'odeur forte de son corps parvenait jusqu'à ses narines sensibles. Ses parents lui avaient transmis le goût de la propreté et elle se rendit soudain compte qu'elle avait fort besoin d'un bain – et d'un lit.

— Allons, ma belle, faut pas nous tourner le dos comme ça.

Elle continua de laisser vagabonder ses pensées avec l'espoir qu'ils poursuivraient leur chemin. Il y avait un mois qu'elle n'avait pas dormi dans un lit décent. Un mois qu'elle avait quitté le Texas, et sa maison. Malgré tout ce temps, elle avait du mal à croire qu'elle était déjà arrivée. Un mélange de peur et d'excitation courait dans ses veines.

— Hé, petite, t'es pas très polie !

Une grosse main s'abattit sur son bras, et Storm se maudit de s'être perdue ainsi dans ses pensées.

— Lâchez-moi, siffla-t-elle, croisant le regard de l'homme pour la première fois.

Celui-ci émit une exclamation étouffée quand il découvrit les yeux d'un bleu profond sous le Stetson, et ce visage si particulier. Rien à voir avec ces petites figures de poupées en forme de cœur, aux bouches boudeuses, qui avaient les faveurs de la mode. Les pommettes étaient saillantes et très hautes, le nez droit et racé, le menton volontaire. Jamais il n'avait vu un physique pareil, sauf, peut-être, chez les squaws.

— Ôtez votre main de là, répéta Storm d'une voix égale.

Ce n'étaient pas deux marins décrépits qui allaient l'impressionner, elle qui avait distancé une douzaine de Comanches à cheval à l'âge de douze ans. D'autant que son père allait sortir de ce saloon d'un instant à l'autre.

Le marin tendit la main pour la débarrasser de son Stetson. Storm rejeta la tête en arrière, les yeux étincelant de rage. Subjugué, l'autre émit un long sifflement admiratif et toucha ses cheveux. Sans lui laisser le temps de comprendre ce qui lui arrivait, elle dégaina un couteau. L'homme poussa un cri étouffé : une longue estafilade sanglante courait sur son bras, du coude au poignet.

Les deux marins échangèrent quelques mots sous le regard furibond de la jeune fille, puis s'éloignèrent sans demander leur reste. Storm rangeait son couteau lorsque la haute silhouette de son père émergea enfin du saloon.

— Désolé, mon cœur, s'excusa-t-il comme elle lui tendait les rênes.

Storm agrippa la crinière de son cheval et s'y hissa d'un bond, à l'indienne.

— Tu as découvert l'adresse de Paul ?

— Oui, il habite tout près d'ici. Nous sommes presque arrivés.

Ils repartirent au pas dans les rues boueuses de San Francisco et, malgré sa nervosité à l'idée d'aller vivre chez des inconnus, Storm se laissa bientôt captiver par le spectacle de cette ville si différente et tellement plus grande que San Antonio.

Des édifices de toutes sortes se côtoyaient. Ici, des immeubles, des baraques délabrées, de solides constructions victoriennes en bois, des habitations en brique et en pierre dotées d'étranges frontons et de corniches. Plus loin, d'imposants hôtels particuliers ceints de hautes grilles. Ailleurs, des saloons, des magasins, des restaurants. De nombreuses rues étaient pavées et pourvues de trottoirs.

Des hommes et des femmes élégamment vêtus croisaient des hommes habillés plus grossièrement de flanelle et de toile brute, des Chinois, des Noirs, des Mexicains en sombreros, des Allemands. La même disparité touchait les attelages, qui allaient du chariot branlant tiré par des mules au gracieux cabriolet transportant des jeunes filles et leur chaperon. Storm en remarqua deux qui s'abritaient sous une ombrelle. Elles portaient des robes blanches ornées de fanfreluches, leurs boucles blondes étaient sagement coiffées, et la matrone qui les accompagnait arborait l'air le plus revêche qu'elle eût jamais vu. Elle prit peur. Jamais elle ne pourrait s'habiller ainsi ! Elle serait la risée de toute la ville. Le cabriolet s'arrêta près d'un cavalier en redingote et chapeau haut de forme, et les jeunes filles engagèrent aussitôt la conversation, minaudant et gratifiant l'homme de sourires espiègles. Son père suivit son regard.

— Jolies, n'est-ce pas ?

Storm était à court de mots. On n'allait tout de même pas la forcer à s'attifer de la sorte ? Avec sa taille et son physique, elle serait ridicule. De plus, il y avait si longtemps qu'elle n'avait pas porté de robe qu'elle se demandait si elle serait capable de faire un pas sans se prendre les pieds dans ses jupes.

Son désir de faire demi-tour s'intensifia.

— Papa ? Rentrons à la maison, s'il te plaît.

Derek posa une main rassurante sur celles de sa fille.

— C'est normal que tu sois nerveuse, ma chérie, lui dit-il comme ils descendaient Market Street côte à côte. Mais d'ici quelques semaines, tu éclipseras toutes les femmes de cette ville. J'en suis certain.

Leurs regards se croisèrent, les yeux dorés de son père brillaient de fierté. Il était de parti pris, songea-t-elle en détournant les yeux. Il l'avait toujours trouvée belle et parfaite.

Quand ils atteignirent Rincon Hill, ils reconnurent la maison de leur cousin à la description qu'il leur en avait faite. Une grande demeure de brique perchée au sommet de la colline, avec des colonnes et un fronton blancs, des balcons au second et au troisième étage et des tourelles sur le toit. Un muret surmonté de grilles en fer forgé entourait le jardin où les azalées, les bougainvillées, la glycine commençaient à éclore. Le portail était ouvert et Derek et sa fille le franchirent sans descendre de cheval.

— Papa, c'est tellement grand… murmura Storm.

— Langdon a bien réussi, apparemment. Quand il m'a écrit pour me dire qu'il avait réalisé des investissements fructueux et s'était fait construire une maison, je ne m'attendais pas à cela.

La demeure rappelait à Storm les châteaux anglais des histoires que sa mère lui racontait.

Ils attachèrent leurs montures, puis se dirigèrent vers la porte d'entrée. Partagée entre l'excitation due à l'attrait de la nouveauté et la peur de se retrouver seule, loin de sa famille, dans un univers inconnu, la jeune fille restait en retrait derrière son père.

L'homme qui leur ouvrit avait tout du majordome anglais. Impassible, il les fit entrer dans un vestibule au dallage à damier noir et blanc sur lequel s'ouvraient de nombreuses portes. En face d'eux, un large escalier incurvé s'élançait vers les étages.

Des bruits de voix masculines leur parvinrent quand le majordome ouvrit l'un des deux battants d'une somptueuse porte d'acajou où il venait de frapper un petit coup discret.

— Monsieur, Derek Bragg et votre cousine sont là.

— Mon Dieu! s'exclama Paul en sautant sur ses pieds.

Il traversa la pièce pour accueillir ses invités, abandonnant les deux hommes avec lesquels il était en conversation.

Derek s'avança à sa rencontre et ils échangèrent une chaleureuse poignée de main sur le seuil de la bibliothèque.

— Je ne vous attendais pas avant quelques jours!

— Nous sommes partis une semaine plus tôt pour profiter du beau temps.

— Vous avez eu raison! répondit Paul en se tournant vers sa cousine.

Son sourire se figea sous l'effet de la surprise.

Storm ne l'avait rencontré qu'une seule fois, dix ans plus tôt. Fils d'un baron anglais, Paul se rendait en Californie pour chercher de l'or, et le grand-père de Storm, le comte de Dragmore, venait rendre visite à sa fille et faire la connaissance de ses petits-enfants. Ils avaient donc passé quelques jours au ranch.

Elle s'avança vers lui et rougit en réalisant combien elle détonnait dans cet intérieur raffiné. Heureusement, imitant son père, elle avait eu la bonne idée d'enlever son chapeau.

— Bonjour, cousin Paul.

— Doux Jésus ! Tu es encore plus belle que ta mère ! s'écria-t-il en l'étreignant.

Ses deux invités s'étaient levés, et la gêne de la jeune fille redoubla quand elle vit à quel point ils étaient élégants et distingués. Non seulement elle n'était pas belle, mais elle se sentait ridicule. Si seulement elle avait été moins grande !

Paul la lâcha, l'admira encore un instant, puis, en hôte irréprochable, se tourna vers les deux hommes qui s'étaient avancés.

— Brett, Grant, je vous présente Derek Bragg, le mari de ma cousine Miranda, et leur fille, Storm.

Storm les considéra avec un mélange d'appréhension et de détachement. Pour elle, les hommes n'étaient rien d'autre que des camarades de jeu – à l'exception de Lennie Willis qui avait essayé de l'embrasser et de lui toucher les seins, un jour où ils pêchaient, ce qui lui avait valu un bel œil au beurre noir !

En revanche, ces étrangers lui paraissaient un peu effrayants, tout comme San Francisco. Aussi distingués que son cousin, ils accentuaient son impression d'être sale et totalement déplacée. Son père les salua, puis celui qui portait un costume brun lui tendit la main.

— Grant Farlane, se présenta-t-il.

Elle crut déceler une pointe d'amusement dans son regard.

— Enchantée de vous connaître, répondit-elle en lui serrant la main avec vigueur.

Il sembla surpris, mais s'efforça de le cacher.

Storm se tourna vers l'autre homme et se figea de stupeur. Il la dévisageait avec insistance, et elle ne savait comment interpréter ce regard intense, un regard de braise qui la déconcerta complètement. Pour qui la prenait-il ? Un phénomène de foire ? Même les deux marins ne l'avaient pas regardée de cette manière. Elle rencontra son regard, si sombre qu'il en paraissait presque noir, et son sang se mit à couler plus vite dans ses veines, son cœur à tambouriner dans sa poitrine.

Tranquillement, il la détailla de la tête aux pieds, et elle eut l'impression saugrenue qu'il voyait à travers ses vêtements. Elle s'empourpra de plus belle, retira vivement sa main.

Il sourit et Storm, fascinée, contempla ses lèvres dont la courbe pleine étonnait dans ce visage dur.

— Brett D'Archand, murmura-t-il en portant sa main à ses lèvres.

Storm frissonna. Sa bouche était chaude, douce. Elle prit brusquement conscience de ses mains gercées, calleuses et poussiéreuses.

— Très heureux, ajouta-t-il en la lâchant.

Sa voix était profonde et grave. Il souriait toujours, un sourire de prédateur.

Storm se rapprocha de son père. Elle aurait aimé disparaître sous terre. Ou bien gifler cet inconnu. Est-ce qu'il se moquait d'elle? Il l'observait toujours et, curieusement, elle se sentait à la fois mal à l'aise et... ravie.

— Je crains que nous n'ayons besoin d'un bon bain, disait Derek. Et je boirais bien quelque chose.

— Bien sûr, répondit Paul. Vous devez être épuisés.

— Paul, intervint Grant. Nous allons te laisser. Si nous finissions cette conversation demain matin, au petit déjeuner?

— Très bien, 8 heures, cela ira?

— Entendu.

— Ne prends pas la peine de nous raccompagner, dit Brett. Enchanté, lança-t-il à l'adresse de Storm avec un bref hochement de tête.

Après que les deux hommes eurent quitté la pièce, Derek se tourna vers sa fille.

— On dirait que tu as un admirateur, ma chérie.

— Moi? Qui? Je n'ai que faire d'un admirateur!

— Brett D'Archand aime les jolies femmes, dit Paul. Tout comme Grant, jusqu'à ce qu'il épouse Marcy. Je suis sûr qu'elle te plaira, Storm. Elle sait que tu viens et se fait déjà une joie à l'idée de t'aider à choisir ta garde-robe.

— Ai-je vraiment besoin d'une garde-robe?

Les deux hommes échangèrent un regard.

— Je veux que ma fille éclipse toutes les autres femmes, décréta fermement Derek.

— Alors, nous sommes d'accord, renchérit Paul. Tu vas être la coqueluche de la ville, Storm, j'en suis convaincu.

Storm, quant à elle, n'avait qu'une envie : se réveiller et s'apercevoir que tout ceci n'était qu'un mauvais rêve. Elle ne voulait être la coqueluche ni de cette ville ni d'aucune autre.

## 2

Le souvenir de l'étrange jeune fille poursuivit Brett bien après qu'il eut quitté la demeure de Paul Langdon. Comme il était encore tôt, il retourna chez sa maîtresse, puis l'emmena dîner au champagne. Ensuite, il la raccompagna chez elle pour célébrer plus intimement son anniversaire. Mais au cours de la soirée, l'image d'une femme aux grands yeux bleus, vêtue de daim, fit à plusieurs reprises irruption dans son esprit.

Le lendemain matin, alors qu'il grimpait la colline à cheval en compagnie de Grant, il se surprit de nouveau à penser à Storm et une vague de désir le submergea.

C'était la créature la plus belle qu'il eût jamais vue. À la place de son père, il lui aurait interdit de porter ces vêtements en daim qui épousaient si étroitement ses formes. Ses longues jambes fines et musclées étaient faites pour s'enrouler autour des hanches d'un homme. Sa taille mince accentuait la féminité de sa silhouette, tout comme ses seins généreux qui tendaient la peau de sa tunique.

Et sa façon de marcher... Étonnante. Elle se mouvait avec l'aisance et la souplesse d'un félin. On l'imaginait sans peine courant et bondissant sur le flanc escarpé d'une montagne.

Il se souvenait de son visage dans les moindres détails. Ses immenses yeux bleu foncé, presque violets, avaient l'éclat incomparable du saphir. Il l'avait désirée au premier regard. Bien entendu, il était hors de question qu'il la mette dans son lit. Il n'était pas prêt pour le mariage et, même s'il l'avait été, il n'aurait certainement pas choisi pour épouse une paysanne du

Texas. Si un jour il se décidait à convoler, ce serait avec une femme au lignage et à l'éducation irréprochables – peut-être issue d'une noble famille de l'Est. Une femme qui saurait organiser les nombreuses réceptions qu'il donnerait dans la maison qu'il venait de se faire construire. Une femme dont sa réputation saurait tirer des avantages en termes de respectabilité.

— Je te trouve bien pensif ce matin, remarqua Grant.

Comme Brett, Grant avait fait fortune en venant chercher de l'or en Californie.

Brett sourit.

— Je songeais à ce petit garçon manqué nommé Storm.

— Quelle beauté, n'est-ce pas ? Et elle n'est pas vraiment petite.

— Non, en effet, admit Brett en riant.

— C'est la première fois qu'elle quitte le Texas, lui apprit Grant.

— Comment le sais-tu ?

— Figure-toi que Paul a chargé Marcy d'en faire une jeune fille élégante. Elle compte la prendre sous son aile et s'est déjà renseignée sur sa future protégée.

Connaissant Marcy, Brett l'imaginait tout excitée à l'idée de transformer cette petite sauvageonne en lady. Un jour, son bon cœur la perdrait. Si elle n'avait épousé son ami Grant, il serait probablement tombé amoureux d'elle. Elle était belle et, contrairement aux jeunes filles de bonne famille de sa connaissance, chaleureuse et sensuelle. Une exception.

— Elle aura du mal à soumettre Storm aux règles mondaines, prédit Brett tandis qu'ils franchissaient les grilles de fer forgé.

— Marcy aime bien les défis.

— C'est vrai ! Et elle est tenace comme un terrier. Je me demande à quoi Storm ressemblera dans une robe de bal, ajouta-t-il après un instant de silence.

Il avait déjà une idée fort troublante de sa nudité.

— Tu as l'intention de la courtiser ?

— Diable non ! Je ne suis pas candidat au mariage.

— Dommage. Tu n'as pas vu ton nom dans le journal, l'autre jour ? Dans cet article sur le transport maritime ? « Brett D'Archand, l'un de nos citoyens les plus éminents et le célibataire le plus en vue de San Francisco. »

— Je sais, je l'ai lu, maugréa Brett en descendant de cheval.

— Tu les auras toutes à tes pieds, avec cette « monstruosité » que tu t'es fait construire sur Folsom Street pour toi tout seul, le taquina Grant.

— Cette « monstruosité », comme tu dis, est le summum du bon goût et du raffinement.

Grant éclata de rire à l'instant où Bart, le valet, maître d'hôtel et majordome de Paul leur ouvrait la porte.

Paul les accueillit dans la salle à manger. La longue table pouvait accueillir une cinquantaine de convives, mais les trois hommes s'installèrent à une extrémité pour prendre leur petit-déjeuner tout en discutant des derniers contrats concernant leur compagnie maritime. Brett était favorable à l'expansion et ils tombèrent d'accord tous les trois. Ils n'avaient pas bâti leur fortune en hésitant à prendre des risques. Cela dit, la « monstruosité » que Brett avait fait construire lui avait coûté les yeux de la tête et il savait qu'il se trouvait dangereusement à court de liquidités.

Repoussant son assiette, il s'appuya au dossier de sa chaise et demanda négligemment :

— Où sont tes invités, Paul ?

— Partis se promener à cheval. Storm voulait voir l'océan et son père l'a accompagnée. Il repart demain.

— Il est fermier, c'est cela ?

— Oui, et avant il était dans les Texas Rangers.

Brett était à la fois surpris – la réputation des Rangers en matière de courage et d'intrépidité n'était plus à faire – et déçu. Il aurait aimé en savoir plus sur Storm.

— Marcy est libre cet après-midi, Paul, annonça Grant à son associé.

— Très bien. Elle pourra peut-être emmener Storm chez la couturière. Cette petite n'a absolument rien à se mettre.

Brett leva sa tasse en signe d'approbation. À cet instant leur parvinrent des bruits de voix et le rire de Storm, ample et clair. Derek Bragg apparut sur le seuil, suivi de sa fille.

À nouveau, Brett fut frappé par sa beauté peu commune. Différente. Saisissante.

— Alors, cette promenade ? s'enquit Paul en se levant, aussitôt imité par ses amis.

— Merveilleuse ! répondit Storm. C'est la première fois que je vois le Pacifique. Je suis impressionnée. Et les plages sont magnifiques. Je dois reconnaître que votre côte est bien plus belle que la nôtre.

— Comment ? fit Derek d'une voix faussement grondeuse. Ma petite Texane joue les renégates ?

Storm sourit en acceptant la chaise que Grant lui proposait près de la sienne. Son père s'assit en face d'elle, à côté de l'homme brun aux yeux noirs si envoûtants, Brett D'Archand. L'espace d'une seconde, il captura son regard et Storm eut la déroutante impression de s'y perdre. Plus rien de ce qui l'entourait n'existait. Incapable de se soustraire à cette attraction incroyable, elle sentit son cœur battre à coups redoublés.

Grant semblait lui dire quelque chose. Elle détourna les yeux en rougissant.

— Pardon ?

— Je sais qu'il est plus séduisant que moi mais tout de même ! la taquina Grant en riant. Je suis vexé.

Les joues de la jeune fille virèrent à l'écarlate. Fort heureusement, une servante la tira d'embarras en lui demandant si elle désirait son petit déjeuner.

— Oui, s'il vous plaît, répondit-elle avec un peu trop d'empressement.

Seigneur ! Elle se ridiculisait. Comment avait-elle pu regarder cet homme de cette manière ?

— Marcy, ma femme, viendra vous rendre visite cet après-midi, lui apprit Grant.

— Pourquoi ? s'étonna Storm.

— Pour vous souhaiter la bienvenue.

— Tu vas l'aimer, Storm, intervint Paul. Elle n'a que quelques années de plus que toi. J'espère que vous deviendrez amies.

Storm sourit un peu tristement.

— Elle compte t'emmener chez sa couturière, ajouta Paul qui croyait lui faire plaisir.

— Aujourd'hui ?

— Oui. Tu as besoin de vêtements.

La jeune fille baissa le nez sur son assiette. Eh bien, ils ne perdaient pas de temps…

— Papa s'en va demain, j'aurais préféré attendre qu'il soit parti.

— Ce n'est pas grave, intervint Derek en lui tapotant la main à travers la table. Profite de ton après-midi, je partirai aujourd'hui.

Storm parut atterrée.

— Tu pourrais rester quelques jours, proposa Paul.

— J'ai un ranch à faire tourner, mais aussi la plus belle, la plus merveilleuse femme du monde qui m'attend. Je ne suis sans doute qu'un idiot, mais je l'aime comme un fou, et elle me manque terriblement.

— Papa, je t'en prie, pas aujourd'hui, l'implora Storm.

— Je dois vraiment rentrer, mon cœur. Allons, d'ici quelques jours, tu t'amuseras tellement que tu ne voudras plus rentrer à la maison. Mais tu rentreras, crut-il bon d'ajouter.

Soudain, Storm n'avait plus faim. Elle regarda ses œufs sans les voir, songeant qu'elle n'avait que faire de cette Marcy Farlane, de son amitié, et de tout le reste ! Elle, qui s'était mesurée aux Comanches, qui avait affronté seule un grizzly, qui avait été attaquée par des hors-la-loi, était terrorisée à l'idée que son père l'abandonnât. Elle avait passé sa vie au sein d'une famille chaleureuse et aimante. Jamais elle ne s'était séparée d'eux, même si Derek partait quelquefois en voyage.

Devinant son désarroi, Brett compatissait en secret. Elle n'avait pas la moindre envie de rester à San Francisco, c'était clair. Ce n'était qu'une enfant, une superbe petite sauvageonne. Et en même temps presque une femme.

Paul reprit la parole.

— Écoute, j'ai une bonne nouvelle à t'annoncer : vendredi, les Farlane donnent une soirée en ton honneur.

— Ah ? murmura-t-elle en déglutissant avec peine.

— Pour te présenter aux jeunes gens de la ville, et à quelques célibataires.

Storm n'en croyait pas ses oreilles. Vendredi... dans cinq jours ! Elle n'était pas prête à se mêler au beau monde, mais alors, pas du tout !

— C'est très gentil à vous et à votre femme, dit Derek à Grant avant de lancer à sa fille un regard inflexible.

— Tout le plaisir est pour nous, répondit Grant.

— Merci, parvint-elle à articuler en se levant. Excusez-moi...

Sur ce, elle quitta la pièce à pas précipités.

Paul et Grant la suivirent d'un regard surpris. À l'étonnement de Brett se mêlait une évidente admiration pour ses formes vues de dos. Dans celui de Derek, en revanche, flottait une compréhension attristée.

— Il faut que vous l'excusiez. Elle est un peu désemparée. Tout est ma faute. Je l'ai élevée avec ses frères comme si elle était un garçon. Je me demande même si elle s'est vraiment rendu compte qu'elle était devenue une femme. À la maison, elle passait plus de temps aux écuries qu'au salon.

— Je comprends, le rassura Grant. Ne vous faites pas de souci.

Storm n'avait emporté qu'une seule tenue mettable que Miranda avait retouchée en catastrophe au niveau de la poitrine et des épaules. Il s'agissait d'un costume de voyage en serge brun constitué d'une veste courte bordée de dentelle noire et d'une jupe assortie. Storm la portait avec un chemisier blanc à col montant, son unique chemise, deux jupons et des pantalons de coton.

Son père était parti malgré ses ultimes tentatives pour l'en dissuader, et elle se sentait maintenant comme une âme en peine. Par la fenêtre du salon, elle aperçut un élégant attelage qui remontait l'allée menant à la maison. Tiré par un magnifique cheval bai, il était conduit par une jeune femme qui devait être Marcy Farlane. Paul s'étant rendu à son bureau à la banque, Storm était seule avec les domestiques. Elle s'écarta de la fenêtre en proie à une incontrôlable nervosité.

Quand Bart annonça Marcy, elle s'était réfugiée dans un coin du salon. Une ravissante jeune femme aux cheveux châtains et aux yeux bleu-vert pénétra dans la pièce. Beaucoup plus petite que Storm, elle portait une robe bleue qui lui sembla outrageusement décolletée. Des gants en dentelle protégeaient ses mains et un chapeau orné de rubans était artistement perché sur son crâne. Elle semblait ouverte et énergique.

— Vous devez être Storm. J'étais très impatiente de vous rencontrer !

Marcy avait un visage en forme de cœur, des lèvres rouges et pleines. Sa peau très pâle évoquait les pétales de magnolia. À côté d'elle, Storm eut l'impression d'être un monstre. Elle parvint néanmoins à esquisser un sourire.

— Comment trouvez-vous San Francisco ? demanda Marcy.

— C'est une belle ville.

— Mesdames, aimeriez-vous un rafraîchissement ? proposa Bart.

Comme Storm ne répondait pas, Marcy s'en chargea.

— Non, Bart, merci. J'emmène Storm chez Mme Lamotte, puis nous ferons le tour de la ville. Nous avons de la chance, il fait un temps superbe.

Avant que Storm eût compris ce qui lui arrivait, elle se retrouva dans le cabriolet de Marcy, écoutant les commentaires de celle-ci tandis qu'elles traversaient la ville. Marcy lui montra un immeuble en brique ayant brûlé quinze fois en huit ans, la maison de Saint-Clair, un magnat de l'édition dont la femme et la fille, Leanne, étaient des commères invétérées, le *Miner's Girl*, le saloon grâce auquel Brett D'Archand avait débuté. Elle s'interrompit tout à coup pour appeler son beau-frère qu'elle venait d'apercevoir.

— Randolph ! Randolph !

Storm examinait le *Miner's Girl* avec intérêt. À en juger par la tenue de deux clients qui en sortaient, chemises à carreaux et jeans, il devait être fréquenté par des ouvriers. L'une des fenêtres était cassée, l'édifice avait besoin d'un bon coup de peinture et il manquait des lettres sur l'enseigne. « Quel endroit misérable ! » se dit-elle, étonnée.

— Storm, je vous présente Randolph Farlane. Randolph, Storm Bragg, la cousine de Paul. Elle arrive du Texas.

Storm reporta son attention sur le séduisant jeune homme, la version plus jeune de Grant, en blond. Il la regardait en souriant.

— Bonjour, dit-elle en lui rendant son sourire.

— Très heureux, souffla-t-il en s'appuyant nonchalamment sur l'encolure de son cheval. Je suis impatient d'être à vendredi soir...

Storm hocha la tête, gênée. Il semblait indiquer qu'il souhaitait la revoir.

— Moi aussi, jugea-t-elle opportun de répondre.

Le regard du jeune homme s'éclaira.

— À moins que... vous n'acceptiez de faire une promenade à cheval avec moi, d'ici là ?

Storm adorait monter. Elle se laissa innocemment porter par son enthousiasme.

— Oh, oui ! Cela me ferait très plaisir. Demon devient nerveux s'il ne sort pas tous les jours.

— Demon ? Votre cheval sans doute ?

— Oui. Je l'ai eu quand il n'était qu'un poulain.

— Bien, dans ce cas, je vais de ce pas demander à Paul la permission de venir vous chercher.

Il salua les deux jeunes femmes et repartit au petit trot.

— Randy est charmant, dit Marcy. Et il en pince pour vous.

Storm la considéra sans comprendre.

— Il vous trouve jolie, et il a raison, précisa Marcy.

— C'est ridicule, répliqua Storm en rougissant. Il a simplement voulu être poli.

— Avez-vous laissé des soupirants au Texas, Storm ?

— Non. J'ai à peine dix-sept ans, vous savez.

« Elle n'est pas consciente de sa beauté, songea Marcy, attendrie. Ou du regard des hommes ! »

— Vous disiez que Brett possédait le *Miner's Girl ?*

Marcy acquiesça en manœuvrant habilement le cabriolet pour ne pas heurter d'autres attelages ou des piétons.

— Mais... l'endroit ne semble pas très reluisant.

— Cela vous étonne ? Parce que Brett est un vrai gentleman ? Il faut bien commencer par quelque chose. Brett n'avait que vingt et un ans quand il a acheté son partenariat dans le saloon. Il ne possédait qu'un peu de poussière d'or, et quelques parties de poker lui ont permis de trouver le reste.

— C'est un joueur ?

— C'est un propriétaire de saloons, d'hôtels, de restaurants, de terres – entre autres choses.

Marcy jeta un coup d'œil à Storm. Elle manifestait un intérêt certain pour Brett. Mais ce n'était pas un homme pour elle, non. Ses manières très policées cachaient un coureur de jupons. Il aimait les belles femmes sophistiquées. Non, décidément, elle ne les voyait pas ensemble. Quoique... Parfois, des choses étranges se produisaient.

— Et ce saloon est toujours à lui ?

— Non, il a vendu ses parts à ses associés pour acheter le *Golden Lady*, l'un des établissements les plus chics de la ville. Seigneur ! Brett serait furieux s'il m'entendait. *Le* plus chic, corrigea-t-elle.

— Cela ne m'étonne pas qu'il soit joueur, murmura Storm, pensive. J'imagine qu'il ne sait pas ce que c'est qu'un travail honnête.

— Vous êtes injuste, contra vivement Marcy.

Storm détourna les yeux sans revenir sur son jugement.

La boutique de Mme Lamotte se situait à l'autre bout de la ville, juste avant le quartier de la finance. Marcy arrêta l'attelage et descendit avec grâce, avant de constater avec effarement que Storm relevait ses jupes jusqu'aux genoux et sautait sur la chaussée.

Un éclat de rire masculin attira leur attention et elles se retournèrent. Brett D'Archand les observait du haut d'un superbe étalon gris. Il les salua en s'efforçant de recouvrer son sérieux.

Storm s'empourpra, se reprochant d'avoir agi sans réfléchir. Il faut dire que toute sa vie elle avait sauté ainsi de cheval ou de chariot sans jamais étonner ou susciter l'hilarité de quiconque.

— Bonjour, Brett, dit Marcy. Où allez-vous ?

— À la banque, bien sûr.

Il reporta son attention sur Storm. Sa tenue, d'une laideur effroyable, ne parvenait pas à altérer sa beauté éclatante. Il remarqua les différentes nuances de blonds de ses cheveux nattés qui brillaient au soleil.

— Vous allez faire les magasins ?

— En effet, acquiesça Marcy.

— Auriez-vous besoin d'aide ? demanda-t-il sans quitter Storm des yeux.

Storm qui le fixait, comme hypnotisée par ses prunelles noires.

— Voyons, Brett, cessez de plaisanter, fit Marcy.

Brett toucha le bord de son chapeau, lança un dernier regard à Storm, et s'éloigna au petit trot. Il semblait si à l'aise sur sa monture qu'on l'eût dit né sur une selle.

— Storm… commença Marcy.

— Je n'ai pas réfléchi, la devança la jeune fille, devinant ce qu'elle s'apprêtait à lui dire.

— La prochaine fois, observez-moi. Une lady se déplace avec grâce, sans précipitation.

Storm entendait encore le rire de Brett…

— Marcy, il faut que je vous dise la vérité. Je n'ai pas la moindre envie de devenir une lady et de m'acheter des vêtements. J'aimerais seulement retourner au Texas.

Marcy l'observa un instant puis, la prenant par le bras, l'entraîna avec elle en lui expliquant :

— Vous avez le choix. Soit vous boudez pendant six mois, soit vous profitez de la merveilleuse opportunité qui vous est offerte.

Mais Storm l'écoutait à peine. Jamais elle n'avait vu de boutique aussi grande que celle de Mme Lamotte, ni autant de modèles et d'accessoires : chapeaux, gants, châles, mules, coiffes, épingles, rubans… Une petite femme toute ronde, habillée de mousseline bleu ciel, accourut vers elles.

— Madame Farlane, quel plaisir de vous voir !

— Je vous présente Storm Bragg, la cousine de Paul Langdon, dit Marcy. Elle a besoin d'une garde-robe complète de toute urgence. Pour l'heure, nous allons choisir quelques modèles en magasin. Les retouches peuvent-elles être faites aujourd'hui ?

— Mais certainement ! s'écria la petite femme en étudiant Storm d'un œil professionnel. La demoiselle est très grande. Nos robes seront toutes trop courtes pour elle.

Si Marcy, qui n'avait pas songé à ce détail, était embarrassée, elle s'aperçut que Storm l'était bien davantage. Visiblement, elle détestait que l'on soulignât sa taille.

— Ne vous inquiétez pas, Storm. Je suis sûre que nous trouverons des modèles pour vous.

— Mais oui, mais oui, approuva Mme Lamotte. Venez, nous allons prendre vos mensurations.

Quelques instants plus tard, Storm se retrouvait en chemise et pantalons, Mme Lamotte s'affairant autour d'elle tandis que Marcy expliquait avec animation ce qu'elle voyait pour elle.

— Avec votre teint, ma chère, pas question de tons pastel !

Storm écoutait, acquiesçait, mais ne comprenait pas un traître mot de ce charabia. Au bout d'un moment, fatiguée de tout ce babillage, elle alla s'asseoir et laissa les deux femmes comparer les soies, mousselines, velours, et autres dentelles, et discuter coupes et styles.

— Il nous faut absolument une robe de bal en taffetas bleu roi pour dans deux semaines à compter de vendredi, décréta Marcy. Et tout ce qui va avec.

— Ah ! la demoiselle doit assister au bal annuel du Belcastel, n'est-ce pas ?

— Oui, répondit Marcy.

Affolée, Storm calcula que dans cinq jours elle allait à une soirée, dans quinze, à un bal ! Elle ne savait même pas danser et n'avait aucune chance d'y parvenir sans se briser les jambes avec ces souliers minuscules à talons hauts !

— Pourrions-nous avoir la soie framboise pour vendredi matin ?

— Pour vous, madame, bien sûr.

Les prix de Mme Lamotte doubleraient pour cause de délais raccourcis, Marcy le savait, mais elle n'avait pas le choix.

Quand Storm se retrouva comprimée dans un corset, elle crut suffoquer.

— Je ne peux pas respirer !

— Mademoiselle est grande, mais elle a la taille fine, remarqua Mme Lamotte. Cinquante centimètres !

— Jamais je ne pourrai porter ce carcan sans m'évanouir ! se plaignit la jeune fille.

— Storm, une lady porte un corset, déclara Marcy d'un ton sans réplique. Vous vous habituerez. Desserrez les baleines, madame Lamotte.

Storm revêtit une robe vert émeraude très finement rayée de rose et de crème. L'échancrure mettait admirablement en valeur le renflement de ses seins dorés, comme tout le reste de son corps. Ce bronzage uniforme avait fait la stupéfaction des deux femmes et, quand Marcy avait osé questionner la jeune fille, celle-ci lui avait innocemment confessé qu'elle se baignait nue depuis toujours, s'attirant leurs regards scandalisés.

— C'est trop décolleté ! s'exclama Storm, effarée.

— Pas du tout, la contredit Marcy, songeant qu'elle serait étourdissante dans la robe de bal au décolleté encore plus plongeant.

Elle espérait que d'ici là, Storm se serait habituée.

— Serait-il possible de réduire un peu l'échancrure, en la bordant de dentelle crème ? suggéra Marcy. Storm se sentirait plus à l'aise.

Les retouches furent exécutées sur-le-champ.

— Vous êtes magnifique, Storm ! s'écria Marcy. Regardez.

Elle la fit pivoter devant la psyché. Storm se reconnut à peine. Marcy avait dénoué ses cheveux qui n'étaient retenus que par un ruban rose. La jeune fille détestait le corset et le cerceau, mais elle dut reconnaître, à contrecœur, que la robe était superbe. Maintenant que la dentelle cachait la naissance de ses seins, elle se sentait moins nue.

— Aimeriez-vous la garder sur vous ? s'enquit Marcy.

— Je vais l'abîmer, répondit Storm, à la fois tentée et pleine d'appréhension.

Marcy se contenta de rire, sans insister.

Il baissa la tête et saisit le bout d'un mamelon entre ses lèvres, l'agaça de la langue jusqu'à ce qu'elle enfouisse ses doigts dans ses cheveux. Brett aspira et elle gémit en le guidant plus bas.

Les baisers de Brett s'égarèrent vers le petit ventre rond jusqu'à la fine toison frisée. Elle retint un cri quand sa langue s'y enfouit, cherchant la moiteur brûlante. La trouvant. S'y attardant. Elle gémit de plus belle et il se redressa afin de la pénétrer. Lentement. Elle atteignit l'extase en quelques minutes, et il la rejoignit.

Un peu plus tard, il roula sur le côté, haletant. Jamais il n'avait passé une nuit avec Audrey, sa maîtresse, et il s'étonnait d'être resté chez Patricia Fowley. À vrai dire, il n'avait pas pu résister. Patricia Fowley était l'épouse d'un riche et vieil investisseur. À sa façon de flirter avec lui, il savait depuis longtemps qu'ils deviendraient amants. Son mari était en voyage pour une semaine et quand elle l'avait invité à un souper tardif, il ne s'était pas fait prier.

Il s'assit et étira son corps mince et musclé. Passionnée et exigeante, Patricia s'y connaissait dans l'art de faire l'amour. Elle lui sourit. Elle n'avait que vingt-deux ans. À la lumière du matin, il découvrait les courbes harmonieuses de son corps à la peau laiteuse. Toutefois, sans le corset, elle se révélait moins fine qu'il ne le pensait.

— Bonjour, murmura-t-il à la jolie blonde aux yeux bleus.

— Hmm… Quel délicieux réveil !

Brett se leva sans hâte.

— Ne pars pas, Brett.

— Je crains d'y être obligé.

— L'aube se lève à peine.

Il enfila son pantalon en riant.

— Elle est levée depuis longtemps !

Quand il s'assit sur le lit pour enfiler ses bottes de cuir noir, elle appuya ses seins contre son dos.

— Reste… J'ai congédié les domestiques. Personne n'en saura rien.

Brett se sentait momentanément rassasié et elle ne l'excitait plus.

— Tu vis dangereusement, dit-il. Je n'ai pas grande sympathie pour ton mari, mais je n'ai pas envie d'être surpris à faire cocu ce pauvre homme.

— Pfff ! Steve est trop vieux, je n'y peux rien ! répliqua-t-elle avec une petite moue étudiée. Que voudrais-tu que je fasse ? ?

Un large sourire s'épanouit sur les lèvres de Brett.

— Tu as une main. Sers-t'en.

Patricia eut une exclamation choquée, et il éclata de rire en revêtant sa chemise. Durant la nuit, il avait pu constater que de tels procédés ne lui étaient sûrement pas étrangers.

— Quand te reverrai-je ?

— Dans deux jours, répondit-il, bien qu'il ne fût pas certain d'être intéressé.

Elle n'était pas mal au lit, mais il préférait Audrey. Moins exigeante, elle donnait davantage. De toute façon, ce n'étaient pas les femmes faciles qui manquaient à San Francisco, et Brett ne restait jamais longtemps avec la même. Audrey elle-même n'était sa maîtresse que depuis quelques mois.

Lorsqu'il sortit, quelques minutes plus tard, il aspira à pleins poumons l'air frais et décida de s'offrir un petit galop matinal avant de rentrer chez lui pour se changer. Il n'était pas encore 7 heures, il avait le temps.

Il songea à Susie et sa fille avec satisfaction. Le juge Steiner avait accordé le divorce et, comme Brett s'y attendait, Bill Hawkins ne s'était pas fait prier pour rendre sa liberté à sa femme en échange d'une centaine de dollars. Susie lui avait exprimé sa reconnaissance éternelle… avant de reprendre son travail dans la joie.

Brett guida King le long de la plage, au bord de l'eau, là où les vagues venaient mourir. Il aimait le parfum iodé de l'air, son effet vivifiant. La veille, la banque de Paul lui avait accordé un prêt qui lui permettrait de développer sa compagnie maritime. Ses dépenses avaient excédé ses moyens, mais Brett avait toujours été un joueur. Paul le savait et il aimait sa façon d'être.

Une belle journée de printemps s'annonçait. Un cavalier arrivait en sens inverse, au petit galop. Brett admirait le superbe étalon noir quand il s'aperçut avec surprise que le cavalier était une cavalière. Storm. Elle était seule et il s'en inquiéta aussitôt. À son regard, il vit qu'elle l'avait reconnu.

— Qu'est-il arrivé ? cria-t-il en lui barrant le passage dans une demi-volte.

Elle tira sur les rênes et immobilisa sa monture.

— Que voulez-vous dire ?

— Où diable est votre escorte ? s'entendit-il demander, inexplicablement furieux.

Elle releva le menton.

— Je suis seule.

— Comment cela, seule ? s'enquit-il, incrédule.

— Excusez-moi, rétorqua-t-elle en talonnant son cheval pour le contourner et poursuivre son chemin.

Il manœuvra habilement le sien pour l'en empêcher, et tendit la main vers ses rênes.

— Comment osez-vous ? s'écria-t-elle en l'esquivant adroitement.

— Qu'est-ce qui vous prend, espèce de gamine stupide ! Avez-vous seulement idée des mauvaises rencontres que vous pouvez faire par ici ?

Storm était hors d'elle. Non seulement ses manières l'excédaient, mais ses paroles aussi. Gamine ! Pour qui se prenait-il pour lui dicter sa conduite ?

— Laissez-moi passer !

Brett n'en revenait pas. Haletante, le teint coloré par l'exercice, ses boucles blondes voletant autour de son visage, elle chevauchait cet immense animal à califourchon, et aurait pu tout aussi bien être nue tant ses vêtements la moulaient comme une seconde peau. Il la considéra un instant, puis s'écarta.

— Certainement, dit-il.

Elle donna un coup de talon à sa monture et avança, l'air déterminé. Elle faillit s'étrangler en constatant que Brett lui emboîtait le pas.

— Que faites-vous ?

— Je vous escorte, répondit-il, retrouvant ses esprits. Paul n'approuverait pas que vous sortiez seule.

— Je n'ai pas besoin de vous. Je peux prendre soin de moi sans votre aide.

Il lui jeta un regard dédaigneux et Storm décida qu'elle le haïssait.

— Je tire mieux et plus vite que n'importe qui !

Il nota sombrement qu'elle portait un pistolet autour de la cuisse. Un six-coups.

— Voilà qui convient parfaitement à une lady, commenta-t-il, ironique. On devrait songer à l'inclure dans l'éducation des jeunes filles.

— Je me défends mieux que n'importe quel dandy roublard et joueur !

Brett se raidit. Storm fit faire demi-tour à son étalon et partit en sens inverse.

— Au revoir, monsieur D'Archand. Je rentre, alors ne prenez pas la peine de me gâcher davantage la journée !

Sans mot dire, il la suivit et chevaucha à sa hauteur. Non seulement il la ramènerait chez elle mais à Paul en personne. Cette fille n'avait pas un sou de jugeote. L'instant d'après, il se surprit à admirer son corps à la ligne admirable – un corps fait pour l'amour –, son profil incomparable. Le désir le submergea et il le réprima. Il avait toujours été attiré par les femmes, mais cette fois, son attirance était déplacée.

Storm lui jeta un coup d'œil de biais.

— Votre façon de me dévisager est grossière.

— Pardonnez-moi.

Elle le regarda à nouveau, croyant qu'il se moquait d'elle, mais ne put déchiffrer son expression. D'une pression des jambes, elle lança sa monture au galop.

Brett admira son assiette. C'était une excellente cavalière, pleine de grâce, qui ne semblait faire qu'un avec son cheval. Brusquement, il l'imagina à califourchon… sur lui.

— Vous montez très bien, dit-il d'une voix rauque en la rattrapant.

— Vous aussi.

Il sourit.

— Dites-moi, Storm, avez-vous un soupirant au Texas ? questionna-t-il, certain qu'il n'en était rien.

Elle se troublait chaque fois qu'il la regardait, et il était évident qu'elle n'avait jamais flirté de sa vie.

— Non, répondit-elle.

Sans qu'il sache pourquoi, cette réponse lui fit plaisir.

— Pourquoi ?

— Je n'ai que dix-sept ans.

— Un âge suffisant !

Agacée, elle crut bon d'ajouter :

— Lennie Willis a essayé de m'embrasser. Cela lui a valu un œil au beurre noir.

Le sourire de Brett s'élargit tandis qu'il imaginait la scène : un jeune paysan tentant de voler un baiser à la belle cavalière vêtue comme un homme et récoltant un bon coup de poing. Il éclata de rire et Storm rougit, aussi jugea-t-il préférable de changer de sujet.

— Comment se sont passées vos courses, hier ? Avez-vous trouvé de jolies choses ?

— Je n'ai aucune inclination pour les « jolies choses ». Je suis une femme du Texas, monsieur D'Archand, j'habite et je travaille dans un ranch. La vie que mènent les gens comme vous ne m'intéresse pas.

Brett se rembrunit. Il essayait simplement d'être aimable, mais elle cherchait systématiquement l'affrontement.

— Votre opinion est faite, apparemment.

— En effet.

Ils quittèrent la plage et poursuivirent leur route en silence. Une fois devant la grille de la maison de Paul, Storm tourna vers lui son regard bleu si lumineux.

— Au revoir, monsieur D'Archand.

— Brett, corrigea-t-il. J'ai l'intention de vous escorter jusqu'à la porte d'entrée.

Finalement, il préférait voir Paul plus tard, en privé. Il s'arrêterait à la banque pour lui signaler que sa protégée se promenait seule à cheval et que c'était très dangereux.

Devant les écuries, Brett sauta à terre pour aider galamment la jeune fille à descendre de cheval, mais elle ne lui en laissa pas le temps et tendit les rênes au palefrenier. Il lui saisit le bras avant qu'elle ne s'éloigne.

— À vendredi, murmura-t-il en plongeant son regard dans le sien.

Puis il la lâcha, se hissa en selle sans effort et s'éloigna sans se retourner.

Malgré elle, elle resta quelques instants à le suivre du regard.

# 3

Le vendredi matin, Storm fut prise de faiblesse au réveil. Paul fit chercher le médecin.

En réalité, la jeune fille était malade d'anxiété à l'idée de la soirée donnée en son honneur. Elle avait décidé de rester au lit toute la journée en prétendant être grippée de sorte que personne ne l'oblige à sortir le soir.

Le Dr Winslow arriva un peu avant midi, en même temps que Marcy.

— Que se passe-t-il? s'inquiéta la jeune femme en précédant le médecin.

Elle semblait tellement inquiète que Storm eut honte. Chaque jour, Marcy l'avait emmenée en ville, lui manifestant gentillesse et sympathie. La jeune femme était animée des meilleures intentions à son égard. Storm l'aimait comme elle aimait San Francisco: à contrecœur. Quand Marcy posa la main sur son bras, elle se sentit coupable et songea que son père aurait condamné sa conduite.

— Une petite fièvre, sans doute, dit Marcy.

— Permettez-moi d'en juger, s'il vous plaît, intervint le médecin en s'approchant.

— Je me sens beaucoup mieux, décréta Storm en s'asseyant.

Marcy comptait tellement sur cette soirée, elle ne pouvait lui mentir. D'ailleurs, le Dr Winslow la trouva en parfaite santé, et exceptionnellement vigoureuse. Dès qu'il fut sorti, Marcy s'assit sur le lit près de Storm qui n'osait pas la regarder en face.

— Je crois que je comprends, commença-t-elle d'une voix douce en lui prenant la main.

— Je ne me sentais vraiment pas bien ce matin, insista Storm. Je suppose que j'ai mal digéré mon dîner d'hier soir.

— Vous essayiez d'éviter la soirée, n'est-ce pas ? dit Marcy sans détour, ce qui accrut la honte de Storm. Tout le monde vous aimera, Storm, j'en suis sûre. Vous êtes une jeune fille superbe et pleine de vie.

— Je... je suis désolée. Après tout le mal que vous vous êtes donné pour moi...

— Et Randolph aurait été tellement déçu !

Storm se sentait flattée. Le jeune homme l'avait emmenée se promener à cheval deux jours plus tôt et elle n'avait pu ignorer son regard admiratif. Elle se trouvait très séduisante dans sa nouvelle tenue de cheval à la jupe fendue, car elle n'envisageait pas une seconde de monter en amazone. Savoir que Randolph la trouvait jolie la rassurait. Elle commençait à prendre conscience de sa féminité et de son pouvoir de séduction.

— Il ne parle plus que de vous depuis qu'il vous a vue, continua Marcy.

Storm répondit au sourire de la jeune femme.

— Ce sera une soirée merveilleuse, vous verrez, Storm. Je vous envoie Marie pour qu'elle vous aide à vous habiller et à vous coiffer.

Une fois seule, Storm s'aperçut que son appréhension diminuait. Et puis, elle ne voulait surtout pas faire de peine à Marcy et donner à sa famille une raison de rougir d'elle.

Marie arriva dans l'après-midi. Sur ses conseils, Storm prit un bain parfumé avant de se masser le corps avec une crème à la rose offerte par Marcy. Tout en enduisant ses mains de crème pour les adoucir, elle se remémora la façon dont Brett y avait posé ses lèvres et rougit de confusion. Les mains de Marcy étaient blanches comme le lys et douces comme un pétale de rose. Que pensait Brett de ses paumes rêches ? Elle préférait ne pas y songer.

Oh, et puis, après tout, elle n'était pas une lady mais une Texane qui travaillait dans un ranch !

Une Texane qui savait que Brett serait présent à la soirée...

Penser à lui suscitait en elle des émotions tumultueuses. À vrai dire, elle lui en voulait terriblement. Le soir du jour où elle l'avait rencontré sur la plage, Paul l'avait sermonnée. Désormais, elle ne devait se promener à cheval qu'en compagnie de Bart, de Paul lui-même ou d'un homme de sa connaissance. Storm, qui se défendait parfaitement sans l'aide de personne depuis des années, trouvait ces dispositions ridicules. Habituée à chevaucher en toute liberté, elle devait désormais supporter des chaperons qui l'obligeaient à ralentir l'allure. Et tout cela à cause de Brett ! Mais enfin de quoi se mêlait-il ? Elle avait bien l'intention de lui dire ce qu'elle pensait de lui à la première occasion !

D'autant qu'elle n'oubliait pas qu'il l'avait traitée de gamine.

Marie aida Storm à s'habiller. Elle dut d'abord revêtir une chemise de dentelle diaphane si décolletée qu'elle contenait à peine ses seins généreux. Storm n'avait jamais rien vu d'aussi fin. Elle enfila ensuite des bas de soie, puis des jarretières roses ornées de rosettes noires, des dessous en voile, et enfin le corset détesté.

Elle ne l'avait pas porté depuis son essayage chez Mme Lamotte. Quand Marie lui présenta la chose agrémentée d'innombrables rubans, Storm grimaça et refusa de le passer.

— Mademoiselle, les jeunes filles convenables portent des corsets. Mme Marcy a insisté. Allons, un petit effort.

Malgré sa petite taille et sa voix douce, la Française ne manquait pas d'autorité. Storm dut se résoudre à enfiler le carcan.

— C'est trop étroit ! gémit-elle.

— Pas du tout.

— Je ne peux pas respirer !

Et elle ne mentait pas. Mais peut-être était-ce dû à son appréhension grandissante ? Quand Marie eut serré les cordons, elle s'aperçut qu'elle respirait... à peine.

— Maintenant, les cerceaux, continua Marie, intraitable.

Storm s'observait dans la psyché. Le corset faisait saillir ses seins en les remontant.

— Je ne peux pas porter ça ! s'exclama-t-elle, consternée.

Pour toute réponse, Marie lui glissa un jupon par-dessus la tête, puis deux, puis trois, puis quatre. Le dernier était noir, ourlé de dentelle et de strass. Enfin, ce fut la robe framboise.

Marie paracheva son œuvre en déposant quelques gouttes de parfum à l'intérieur des poignets de la jeune fille, derrière ses oreilles et au creux de ses seins. Storm se regarda avec une stupeur horrifiée. Elle ne se reconnaissait pas. Elle était... élégante... différente... une *femme*.

Une femme qui exhibait sa poitrine...

— Cette robe est trop décolletée, décréta-t-elle. Je refuse de la porter.

— Elle n'est pas trop décolletée. Au contraire, vous auriez tout intérêt à en montrer davantage. Vous rendez-vous compte que vous avez un corps... magnifique ! Vous avez tort de vouloir le cacher.

— Je ne veux pas l'exposer ainsi.

Marie ignora ses protestations et entreprit de la coiffer. Elle laissa sa splendide chevelure blonde flotter librement sur ses épaules, se contentant de dégager son visage à l'aide d'un bandeau de satin noir incrusté de perles et fixé par des épingles. Un bandeau qui lui serrait le crâne ! Même les petites boucles d'oreilles en diamant qui appartenaient à sa mère lui faisaient mal !

— Superbe, déclara Marie.

Storm fit quelques pas dans la pièce, et eut aussitôt l'impression qu'on lui broyait les orteils. Ses chaussures étaient sûrement trop petites, mais elle ne pouvait les remplacer par ses bottes de cow-boy. Cette idée la fit sourire... On frappa à la porte et Paul entra.

— Storm, tu es magnifique ! s'exclama-t-il, les yeux brillant de fierté.

Elle savait qu'il était sincère et s'examina plus attentivement dans le miroir.

— Je n'ai pas un visage en forme de cœur et ma mâchoire est trop marquée.

— Tu n'as pas une beauté conventionnelle, c'est vrai, mais tu es étourdissante. Je ne connais aucune femme capable de rivaliser avec toi.

— Merci, souffla-t-elle, confuse.

— On y va ? proposa-t-il en lui offrant son bras.

Storm le prit mais, quand ils quittèrent la pièce recouverte de tapis, elle trébucha et se prit à espérer que ce n'était pas de mauvais augure.

— J'ai supplié père et il a promis, n'est-ce pas merveilleux ?

Brett sourit à la jolie brune qui lui parlait avec animation.

— C'est formidable, Leanne, je suis très content pour toi.

Elle lui serra le bras en levant vers lui son visage à l'ovale parfait, à la peau d'une blancheur d'ivoire, aux lèvres vermillon, aux yeux d'un bleu céleste.

— Tu devras m'escorter à travers le parc, Brett.

— Bien sûr, répondit-il en s'octroyant un nouveau regard dans son décolleté plongeant qui ne cachait pas grand-chose de ses petits seins ronds.

Bien que sa conversation inepte et futile ne présentât pas le moindre intérêt, Leanne Saint-Clair était pour lui la candidate idéale au mariage. Elle était belle, élégante, de sang noble par sa mère qui descendait de l'aristocratie anglaise et par son père, petit-fils d'un duc français décapité durant la Révolution. Ce n'était pas la première fois que Brett escortait Leanne, et ce ne serait pas la dernière. Toutefois, il ne l'avait pas encore embrassée. Ce serait un trop grand pas vers une demande en mariage qu'il n'était pas encore prêt à formuler.

Marcy avait invité une vingtaine de personnes en plus de son invité d'honneur et de sa cousine qui se faisaient attendre – « à dessein », songea Brett. Quatre autres jeunes filles à marier étaient présentes, deux d'entre elles accompagnées par des célibataires de choix, les deux autres par leurs parents. Bien entendu, Marcy avait convié plusieurs excellents partis venus seuls et deux jeunes veuves. La plupart des couples mariés devaient avoir une trentaine d'années.

Le salon était vaste et meublé avec goût. Il ouvrait sur un large vestibule dallé de marbre. Écoutant d'une oreille distraite le bavardage incessant de Leanne, Brett se surprit à surveiller la porte. Son attente fut bientôt récompensée. Paul Langdon apparut aux côtés d'une femme éblouissante.

Brett mit quelques secondes à reconnaître la beauté au bras de son ami. Il se raidit au milieu du grand salon soudain silencieux. L'assemblée, subjuguée, regardait la jeune femme élancée vêtue d'une robe rose toute simple. Elle était superbe. Leanne se pressa contre lui, cherchant à attirer son attention, mais il l'ignora.

— Storm, ma chérie, vous êtes splendide ! s'écria Marcy.

Rougissante, le cœur battant, Storm haletait légèrement dans son corset trop étroit. Elle craignait de trébucher et se sentait horriblement gauche sous ces regards insistants. Pour tout arranger, la première personne sur qui elle avait posé les yeux en entrant n'était autre que Brett D'Archand qui l'observait comme s'il voyait à travers ses vêtements.

— Venez, très chère, je vais vous présenter, reprit Marcy.

Storm remarqua soudain la *petite* femme exquise pendue au bras de Brett. Pour une raison qui lui échappait, elle se sentit irritée. Pourquoi fallut-il qu'à cet instant elle croisât le regard de Brett ? Son léger sourire, son air amusé l'exaspéra. Il s'inclina imperceptiblement et Storm détourna les yeux.

— Elle est tellement grande ! murmura Leanne en secouant la tête, faisant étinceler les diamants qui ornaient sa chevelure d'un noir bleuté. Quasiment la taille d'un homme.

Brett ne l'entendit même pas. Subjugué par la beauté de la jeune Texane, il tentait de combattre le désir fulgurant qu'elle venait d'éveiller en lui.

— Un peu de punch ? proposa-t-il à Leanne quand il se rendit compte qu'il devenait grossier.

Plusieurs questions le taraudaient : pourquoi les seins de Storm au niveau de son décolleté étaient-ils aussi dorés que ses bras, son cou, son visage ? Où s'arrêtait donc son bronzage ? Ses seins étaient-ils blancs sous la robe ?

Randolph se dirigea vers elle sans chercher à dissimuler son admiration.

— Storm, j'étais très impatient que cette soirée arrive enfin.

Il lui prit la main et l'embrassa.

— Moi aussi, mentit-elle poliment, ce qui amusa Marcy.

— Vraiment ? fit Randolph, plein d'espoir. Puis-je espérer qu'un peu de votre impatience était due au désir de me revoir ?

Le timbre chaud et profond du rire de Storm résonna dans la pièce.

— Vous savez bien que oui.

Randolph lui baisa la main à nouveau.

— Si cela vous fait plaisir, je vous emmènerai prendre l'air dans le jardin tout à l'heure, qu'en pensez-vous ?

— Cela me plairait beaucoup.

Incapable de réprimer sa curiosité, Brett s'était approché. Il fronça les sourcils. Elle flirtait avec Randolph et il n'aimait pas cela. Pas du tout même. Avant qu'il eût le temps de lui dire un mot, cinq autres jeunes célibataires se pressèrent autour d'elle, avides de faire sa connaissance. Marcy fit les présentations et Storm distribua sourires et paroles aimables à la ronde.

Marcy prit le bras de son mari qui venait de la rejoindre. L'expression sombre de Brett ne lui avait pas échappé.

— Les autres présentations devront attendre un peu, observa-t-elle.

— Ta protégée a déjà beaucoup de succès, ma chérie, remarqua Grant en l'embrassant sur la joue.

— Randolph lui a rendu visite ? s'enquit Brett d'un ton brusque, Leanne toujours pendue à ses basques. Il savait qu'il manquait à tous ses devoirs, mais avec Storm dans la pièce, il était incapable de lui accorder toute son attention.

— Il l'a emmenée faire une promenade à cheval, répondit Grant. Il trouve que c'est la plus belle femme du monde.

— Brett, allons danser, susurra Leanne avec un sourire charmeur.

Brett acquiesça et emmena sa cavalière valser sur la piste.

— Mon Dieu, je déteste voir Brett avec cette péronnelle ! murmura Grant à Marcy.

— Tu n'es pas charitable. Leanne n'y peut rien, elle est comme elle est. J'aurais pu lui ressembler si j'avais eu des parents comme les siens. Oh, regarde, Storm danse !

— Non, Marcy, jamais tu ne serais devenue comme elle, murmura Grant en lui donnant un nouveau baiser, beaucoup moins chaste celui-là.

Storm n'arrivait pas à réfléchir, ni même à respirer. Elle n'avait accepté de danser avec cet inconnu aux cheveux châtains que pour échapper à cette meute masculine qui l'entourait. À présent, elle mesurait l'étendue de son erreur. Ses pieds échauffés lui infligeaient un vrai martyre. Elle parvenait à peu près à marcher sans perdre l'équilibre, mais pour ce qui était de danser, c'était une autre histoire, d'autant qu'elle ne connaissait pas ces danses. Rien à voir avec celles qu'elle avait apprises au Texas. Pour tout arranger, son bandeau lui meurtrissait le crâne et le corset lui broyait les côtes. Elle ne se rappelait même pas le nom de son cavalier.

Quand elle lui marcha sur le pied, elle crut mourir.

— Je suis désolée !

— Ce n'est pas grave.

— Écoutez, si nous arrêtions ? proposa-t-elle comme elle manquait un nouveau pas.

— Bien sûr, s'inclina-t-il, non sans qu'elle lui eût à nouveau écrasé le pied.

Rouge d'embarras, Storm s'éloigna à son bras. Plus question de danser ! Les hommes qui formaient précédemment un groupe autour d'elle s'étaient dispersés, mais guettaient son retour, tels des loups déterminés à ne pas lâcher leur proie. Les évitant, elle se dirigea vers Paul qui discutait avec un couple.

— Alors, Storm, tu t'amuses ? s'enquit-il.

— Oui, mentit-elle en s'efforçant d'oublier sa maladresse sur la piste.

Brett se dirigeait vers eux. Vers elle, devina-t-elle. Malgré son air décontracté, elle sentit en lui une détermination implacable et frissonna, à la fois effrayée et agacée.

— Storm, dit-il en prenant sa main gantée de dentelle noire. Vous êtes ravissante.

Il posa les lèvres sur ses doigts et elle sentit son haleine tiède à travers ses gants.

— Merci, fit-elle en le toisant d'un regard glacial.

— Vous aurais-je contrariée ? demanda-t-il froidement.

Elle haussa les sourcils sans se rendre compte à quel point son expression était impérieuse.

— Bien sûr que non, répondit Paul en pressant l'épaule de Brett. Comment vas-tu ? J'ai vu que tu escortais Leanne ce soir ?

Storm s'éloigna aussitôt sans se soucier d'être impolie. Elle estimait qu'elle n'avait pas à ménager l'homme qui avait incité Paul à lui interdire de sortir seule à cheval. Mais elle commit l'erreur de faire de grands pas. L'un de ses délicats talons glissa et elle serait tombée si Grant n'avait été là pour la retenir.

— Tout va bien, lui dit-il gentiment, devinant sa gêne.

Cramoisie, elle regarda autour d'elle pour s'apercevoir que la moitié de la salle avait remarqué sa maladresse. Y compris Brett.

— Ce sont ces... maudites chaussures !
— Je me suis toujours demandé comment vous, les femmes, réussissiez à marcher avec cela, dit-il, les yeux pétillant de malice.
Storm se détendit.
— C'est tellement nouveau pour moi.
— Vous vous en sortez très bien, Storm. Et vous avez une cohorte d'admirateurs. Leanne Saint-Clair est verte de jalousie parce qu'elle ne peut rivaliser avec votre beauté.
Storm se demandait pourquoi tout le monde ne cessait de lui dire qu'elle était belle quand un domestique fit son apparition pour annoncer que le dîner était servi. Grant lui offrit son bras et Storm songea que Marcy avait beaucoup de chance de l'avoir pour mari.
Heureusement, le dîner se révéla moins pénible que la première partie de la soirée. Une fois assise, Storm fut tentée de se déchausser, mais elle se ravisa au dernier moment, devinant que jamais elle ne pourrait remettre ses chaussures si elle les enlevait. En tant qu'invitée d'honneur, elle était placée à la gauche de Grant, avec Randolph à sa droite. Il fallut, hélas, que Leanne et Brett se retrouvent en face d'elle. Storm s'appliqua à ignorer Brett qui, lui, ne cessa de la regarder avec une insistance qui lui parut déplacée. D'autant qu'il s'attardait particulièrement sur son décolleté... Elle savait bien qu'il était trop échancré.
Il tenta de lui parler deux ou trois fois, mais elle lui répondit avec une telle froideur qu'il finit par renoncer.
Après le repas, les invités retournèrent danser. Les hommes qui désiraient fumer se retirèrent et, avant de les rejoindre, Randolph apporta un verre d'eau à Storm. Elle apprécia ce moment de solitude et de calme.
Elle était émotionnellement épuisée, avait les pieds douloureux, et commençait à avoir la migraine. Pour couronner le tout, elle avait trop mangé et son corset la comprimait affreusement. D'humeur morose, elle s'approcha des portes-fenêtres drapées de rideaux en velours et contempla la nuit d'un regard empli de nostalgie. Comme sa famille lui manquait !

— J'ai l'impression que vous ne vous amusez pas beaucoup, dit la voix de Brett dans son dos.

Elle fit volte-face, clignant des yeux pour chasser les larmes qui perlaient au bord de ses paupières.

— Laissez-moi.

— Pourquoi êtes-vous en colère contre moi ? À cause de l'incident de la plage ? Si c'est le cas, je vous prie de m'excuser.

— C'est à cause de vous si je ne peux plus me promener seule à cheval ! Vous avez gâché le seul plaisir qui me faisait oublier cette ville de malheur. De quoi vous mêlez-vous ? Et si vous me fichiez un peu la paix ?

Choqué par son langage et sa hargne, il se raidit.

— J'ai cru agir pour votre bien, répondit-il en s'efforçant de garder son calme.

— Je suis capable de me défendre toute seule, alors laissez-moi tranquille !

Sentant les larmes lui monter de nouveau aux yeux, elle lui tourna le dos ; un instant plus tard, elle l'entendit s'éloigner, soulagée et... déçue.

— Storm ?

C'était Randolph. Elle essuya furtivement ses joues humides, mais il remarqua son geste.

— Que se passe-t-il ? s'inquiéta-t-il.

— Rien du tout. Ne devions-nous pas faire une promenade dans le jardin ?

Il prit son verre, le posa et l'entraîna dehors en ignorant les regards réprobateurs de certains convives.

La nuit était fraîche et Storm frissonna.

— Je vais chercher votre manteau.

— Non, je n'en ai pas besoin, dit-elle en respirant à pleins poumons.

Déjà, elle se sentait mieux. Ils descendirent les marches de la terrasse et le parfum du chèvrefeuille les assaillit.

— Devons-nous vraiment marcher ? risqua-t-elle. J'ai honte de l'avouer, mais mes pieds me font affreusement souffrir.

— Vous auriez dû me le dire, s'écria Randolph en s'arrêtant instantanément.

Comme Storm frissonnait de nouveau, il passa le bras autour de ses épaules. La sentant se raidir, il en conçut une vive déception et, devinant qu'elle ne serait pas réceptive, il se garda de l'embrasser comme il en brûlait d'envie. Il essaya de se consoler en songeant qu'au moins, elle était près de lui.

— Pourquoi étiez-vous bouleversée ? lui demanda-t-il doucement.

— Je ne le suis plus.

Des bruits de voix leur parvinrent et ils se retournèrent. Un couple émergea de l'ombre et s'avança vers eux. Brett et Leanne.

Brett ne sembla pas surpris de rencontrer Storm et son chevalier servant.

— Je m'étonne de vous trouver ici, Randy, dit-il néanmoins, les yeux fixés sur Storm.

Elle n'aimait pas la façon qu'il avait de la regarder. Soudain, elle fut terriblement consciente de la proximité de Randolph et de son bras autour de ses épaules. Et elle eut l'impression ridicule que Brett les avait suivis. Les deux hommes s'affrontèrent longuement du regard, tels deux étalons prêts à se battre.

Avec un soupir, Storm s'éloigna de Randolph et se laissa tomber sur un banc tout proche afin de délacer ses chaussures. Elle n'en pouvait plus.

— Storm, laissez-moi faire ! s'exclama Randolph en s'agenouillant devant elle.

Il lui ôta son soulier et lui massa le pied.

— Cela va mieux ?

— Je crois que je ne pourrai plus jamais marcher.

Ils échangèrent un sourire, puis Randolph enleva l'autre soulier. Brett les observait, l'air courroucé, tandis que Leanne affichait une expression incrédule.

— Brett, je pense qu'ils ont envie d'être seuls, dit-elle d'un ton plein de sous-entendus.

— Probablement, mais je ne la laisserai pas ruiner sa réputation, en tout cas, pas aussi précocement, décréta Brett.

— Pardon ? fit Storm.

Randolph bondit sur ses pieds.

— Enfin, Brett, vous me connaissez ! Si vous n'étiez pas mon ami, je vous collerais mon poing dans la figure.

— Oh, désolé ! rétorqua Brett, sarcastique. Vous étiez seulement sorti pour prendre l'air, n'est-ce pas ? En aucun cas pour voler un baiser à cette jeune fille.

— Ça suffit, Brett, répliqua Randolph, les dents serrées.

— Allons, Brett, venez, dit Leanne. Ce n'est pas à vous d'intervenir.

— Mettez vos chaussures, Storm, ordonna Brett d'un ton sec. Vous rentrez.

La colère l'égarait mais il préférait ne pas en analyser les raisons pour l'instant.

D'abord stupéfaite, Storm céda à la fureur. Elle se leva d'un bond.

— Comment osez-vous me donner des ordres ?

Leanne eut un hoquet de surprise.

Un lent sourire joua sur les lèvres de Brett.

— Mettez vos chaussures, répéta-t-il plus gentiment. Nous rentrons tous ensemble.

Pour rien au monde il ne la laisserait seule dehors en compagnie de Randolph.

— Il a raison, concéda le jeune homme. Nous nous sommes absentés trop longtemps. Marcy va nous chercher.

— Non, Randolph, je refuse de me laisser dicter ma conduite, s'obstina Storm qui ne décolérait pas. Il gâche mon plaisir de monter à cheval en allant parler à Paul derrière mon dos, et maintenant, il se permet de me dire ce que j'aï à faire ! Non, mais… c'est insensé !

Storm avait haussé le ton, elle haletait de fureur et fut soudain prise d'un vertige.

Brett lui saisit aussitôt le bras pour la retenir.

— Asseyez-vous, Storm. Je me ferai un plaisir de vous remettre vos chaussures.

— Brett ! protestèrent Randolph et Leanne d'une seule voix.

— Ne me touchez pas ! cria Storm.

— Mettez vos chaussures.

Ivre de rage, Storm le gifla de toutes ses forces. Le bruit sec du soufflet claqua dans le silence de la nuit.

Brett lui tenait toujours le bras. L'effet de surprise passé, il l'empoigna et la plaqua contre son corps dur qui se mit à vibrer au contact du sien, comme si de longs frissons le parcouraient. Des frissons de désir. Il avait une furieuse envie de l'embrasser. Brutalement. Avidement. Jusqu'à ce qu'elle en redemande.

— Je... n'arrive pas à... respirer... articula-t-elle d'une voix étouffée.

Et soudain, elle devint toute molle entre ses bras.

— Mon Dieu! s'écria Randolph. Qu'avez-vous fait?

— Elle s'est évanouie, dit Brett en s'efforçant de garder un ton égal.

Il la souleva dans ses bras et la porta à l'intérieur de la maison où il se dirigea directement vers le bureau de Grant. Randolph le précéda pour lui ouvrir la porte. Une lampe brûlait à l'intérieur. Avec précaution, Brett posa la jeune fille sur le sofa.

— Satanés corsets, marmonna-t-il.

D'une main experte, il dégrafa le dos de sa robe, puis le corset.

— Bon sang, Brett! s'exclama Randolph.

Agenouillé près d'elle, D'Archand tapotait doucement les joues de la jeune fille.

— Elle n'a pas besoin de corsets, déclara-t-il, avant d'être saisi d'un sombre pressentiment. Où est Leanne?

— Je ne sais pas. Je vais essayer de trouver Marcy et des sels.

Il finissait à peine sa phrase que Marcy, Grant et Paul faisaient irruption dans la pièce.

— Mon Dieu! que s'est-il passé? s'écria Marcy.

— Seigneur! gronda Paul devant le désordre de la tenue de sa cousine.

— Elle s'est évanouie, fit calmement Brett.

— Leanne a dit qu'elle était dans le jardin à moitié dévêtue, et la voilà maintenant sans connaissance, lança Paul, furieux. Qui est le coupable, que je l'étrangle?

— Du calme, intervint Grant. Laisse Brett s'expliquer.

— Elle a enlevé ses chaussures parce qu'elle avait mal aux pieds, Paul, jeta sèchement Brett. Je crois qu'elle n'a pas mesuré l'inconvenance de la chose. C'est *moi* qui ai desserré son corset *après* qu'elle se fut évanouie.

— Elle n'a pas l'habitude d'en porter, la pauvre petite, intervint Marcy, soucieuse. Grant, il faut que tu mettes tout de suite un terme aux ragots malveillants de Leanne.

Grant hocha la tête et sortit, croisant Randolph qui revenait avec des sels. Storm gémit. Sans réfléchir, Brett, toujours agenouillé à son chevet, lui caressa la joue, s'étonnant de la douceur incroyable de sa peau. Marcy le poussa pour prendre sa place, lui lançant au passage un regard d'avertissement.

— Apportez-moi un brandy, Brett.

Il se leva et s'arracha à regret à la contemplation de la jeune fille. Paul Langdon se mit devant lui et Brett s'éclipsa. Peu après, Storm et Paul s'en allaient sans être réapparus au salon.

# 4

Le soleil se faufila entre les rideaux de chintz fleuri de la chambre de Storm, qui ouvrit les paupières. Immédiatement, le souvenir du fiasco de la veille lui revint en mémoire et elle rougit de honte rétrospective. Elle s'était humiliée devant tout le monde. Et comment avait-elle pu s'évanouir ainsi ?

Elle enfouit son visage dans l'oreiller en se jurant de ne plus jamais porter de corsets. Que pensait-on d'elle à présent ? Et Brett ? Que pensait-il d'elle ?

Une fois de plus, c'était sa faute à lui ! S'il ne l'avait pas poussée à bout, elle n'aurait pas perdu connaissance. De quel droit ce dandy arrogant se mêlait-il de gouverner sa vie ?

Si seulement elle avait pu grimper sur Demon et aller galoper sur la plage pour oublier San Francisco et tout le reste ! Mais la matinée était déjà bien avancée, et la perspective d'endurer la compagnie silencieuse de Bart ne la tentait guère. D'autant qu'elle risquait de rencontrer l'un des invités de la soirée. Cela dit, elle savait qu'elle ne pourrait pas se cacher bien longtemps.

N'étant pas d'humeur à revêtir des fanfreluches, elle enfila ses vêtements de daim et descendit en ignorant les regards réprobateurs du maître d'hôtel et des domestiques. Au moins, il lui restait le plaisir de manger. Elle choisit trois œufs, un petit steak, des pommes de terre frites et termina par une tranche de melon. Un sentiment de bien-être l'envahit après ce festin.

— Mme Farlane est là, lui annonça Bart depuis le seuil.

— Trêve de formalités, lança Marcy en pénétrant dans la pièce.

Elle fut sans doute surprise en découvrant la tenue de sa protégée, mais n'en montra rien et l'embrassa avec chaleur.

— Bonjour, Storm. Avez-vous bien dormi ?

La jeune fille fut prise d'une subite envie de pleurer.

— Pas vraiment.

Marcy s'assit près d'elle et posa une main amicale sur son bras.

— Comment vous sentez-vous ?

— Bien... physiquement, en tout cas.

— Un petit évanouissement ne signifie rien. Vous n'êtes pas la première ni la dernière à qui cela arrive.

Storm sentit les larmes brouiller sa vision.

— Je ne veux plus jamais voir aucune de ces personnes...

— Storm...

— Jamais. Ils me considèrent comme une... une paysanne. J'ai écrasé deux fois le pied de ce malheureux avec qui j'ai dansé, je me suis presque étalée de tout mon long devant tout le monde et je déteste ces chaussures. Pour finir, je me suis évanouie. Ça, c'était à cause de Brett D'Archand !

Marcy haussa les sourcils.

— Storm, hier soir vous étiez magnifique et tous les hommes l'ont remarqué. Randolph ne parle plus que de vous, et je suis sûre qu'il n'est pas le seul. Pour la danse, ne vous en faites pas. Il vous suffira de prendre quelques leçons. Et je ne vous ai pas vue trébucher, *moi*. Quant à votre évanouissement... ma foi, quoi de plus féminin ?

— Marcy, je ne suis pas féminine. Je monte à cheval, je tire et je chasse mieux que beaucoup d'hommes. C'est papa qui le dit. Et puis, je suis grande et maladroite, j'ai les mains rouges, gercées et calleuses ! Et je me sens vraiment godiche dans ces jolies robes. Je veux rentrer chez moi.

Elle chassa d'un geste rageur des larmes indésirables.

— Storm, non seulement vous êtes féminine mais vous êtes très belle, et j'aimerais que vous vous regardiez comme les autres vous regardent. Vous êtes grande, certes, mais ce n'est pas un défaut ! Et vous avez une grâce naturelle dont vous n'avez pas conscience. Détendez-vous, et dites-vous que ce n'est pas la mer à boire que d'apprendre à porter des gants et des chaussures.

— À quoi bon, Marcy ? répliqua Storm en reniflant. Dans six mois, je rentrerai chez moi. Savez-vous ce que je fais, chez moi ? Je travaille au ranch avec les cow-boys, je chasse avec mes frères et mon père. Quand je déchire ma tenue en daim, je la rapièce et le tour est joué.

Les coudes appuyés sur la table, Storm posa le menton sur ses mains jointes.

— Que faites-vous quand vous tombez de cheval ? demanda doucement Marcy.

Storm leva les yeux.

— Je remonte dessus bien sûr.

Marcy se contenta de la regarder, et Storm comprit ce qu'elle voulait dire. Elle fronça les sourcils.

— Je veux vraiment que ma famille soit fière de moi, mais… c'est tellement difficile !

— Venez, Storm, je vous emmène déjeuner. Je vais vous aider à vous changer.

— Demain, peut-être ?

— Storm…

Storm était tout sauf une froussarde. Que penserait son père s'il savait qu'elle se terrait dans la maison de Paul de peur de voir du monde…

— D'accord, Marcy, mais pas de corsets !

Moins d'une heure plus tard, Storm se trouvait dans le superbe cabriolet noir de Marcy, vêtue d'une robe de mousseline crème à bandes roses, un chapeau assorti joliment incliné sur la tête. Retenus par des épingles, ses cheveux ondoyaient dans son dos. Ses chaussures de cuir souple, à talons plats, étaient beaucoup plus confortables que celles de la veille que Marcy s'était d'ailleurs empressée de jeter.

L'attelage descendit California Street et Storm se sentit belle sous le regard des hommes qui se retournaient sur leur passage.

— Que s'est-il passé exactement hier soir, Storm? lui demanda Marcy au bout d'un moment.

Storm lui répondit sans détour.

— Randolph et moi nous promenions dans le jardin quand Brett et Leanne sont apparus. Brett a soudain décrété qu'il entendait protéger ma réputation. Cela m'a énervée... mais j'avais tellement mal aux pieds que je me suis assise sur un banc pour enlever mes chaussures. Randolph a proposé de m'aider. Brett s'est interposé et m'a ordonné de me rechausser. Il m'a empoignée par le bras et... je me suis évanouie.

— C'est étrange, murmura Marcy. Si vous vous étiez trouvée en compagnie d'un autre homme, j'aurais compris, mais Randolph est un gentleman et un ami de Brett.

— Brett D'Archand a besoin d'apprendre les bonnes manières, il me semble.

— Storm, soyez prudente quand vous vous aventurez avec un homme au clair de lune. Ils ne sont pas tous animés de bonnes intentions.

— Que voulez-vous dire?

— Eh bien, ils peuvent essayer de vous embrasser...

— Qu'ils essaient! Ils se retrouveront avec un œil au beurre noir. Ce ne sera pas la première fois.

Marcy sourit.

— Je crois que je n'ai pas à m'inquiéter pour vous, mais il y a des manières dissuasives beaucoup moins violentes.

— Par exemple?

— Un « non » ferme.

Storm sourit à son tour.

— Brett est un gentleman et un homme bien, reprit Marcy.

Elle préféra ne pas préciser qu'elles allaient déjeuner dans un hôtel qui lui appartenait. Les raisons de la conduite étrange de Brett, la veille, lui échappaient. Se pouvait-il qu'il eût agi de la sorte par jalousie? Marcy l'avait vu entraîner Leanne dehors dès que Randolph et Storm étaient sortis, et elle s'était demandé s'il les suivait. Non, c'était idiot...

L'hôtel de Brett était un établissement élégant de style victorien. L'immeuble en brique se situait au coin de Stockton Street, non loin du *Golden Lady*. Le foyer, confortable, était doté de tapis turcs, de chandeliers en cristal, de divans tendus de soie rayée et de rideaux en velours blanc rehaussé d'or. D'immenses fenêtres et un toit vitré laissaient entrer le soleil à flots. Storm fut impressionnée par la conception originale de l'architecture intérieure.

Dans la salle à manger au décor à dominante blanc et dorée, les tables étaient recouvertes de lin sur lequel étincelaient des verres en cristal et de l'argenterie finement ciselée.

Devant Marcy et Storm, un petit groupe attendait d'être placé. Marcy connaissait vaguement les deux femmes, et tendit l'oreille en entendant prononcer son nom.

— ... chez les Farlane, hier soir... elle était dehors – avec *deux* hommes... murmura Mme Butterfield.

— Elle n'avait même pas de chaussures, et elle s'est évanouie, ajouta Mme Chase d'un air entendu.

— Lequel l'a embrassée ?

— Allez savoir... Sortir dans le jardin avec deux hommes, tout de même... Et nous ne savons sûrement pas tout.

— Elle n'a peut-être pas perdu que ses chaussures, dans l'affaire !

Choquée par de tels propos, Marcy en resta sans voix. Le maître d'hôtel arriva sur ces entrefaites pour placer les deux matrones. Trop accaparée par ce qui l'entourait, Storm ne semblait pas avoir entendu leurs propos. Marcy s'en réjouit, mais elle se promit de rendre une petite visite dans l'après-midi à Mme Chase pour mettre les choses au clair. Cette langue de vipère de Leanne n'avait pas perdu de temps !

— Je n'ai jamais rien vu d'aussi beau, murmurait Storm d'un air rêveur.

S'efforçant de recouvrer son calme pour ne pas gâcher son plaisir, Marcy répondit :

— C'est l'un des établissements les plus chics de San Francisco. Je savais qu'il vous plairait.

— Je n'en crois pas mes yeux.

On les installa près de la baie vitrée qui donnait sur la rue et elles se plongèrent dans la carte.

— Puis-je vous aider ? fit une voix.

Storm retint son souffle et leva la tête. Brett se tenait devant elle, aimable et souriant.

— Bonjour, mesdames, continua-t-il en s'inclinant, les yeux rivés sur la jeune fille. Vous êtes superbes aujourd'hui.

Marcy sourit en songeant que le compliment ne s'adressait pas vraiment à elle.

— Vous permettez ? demanda-t-il en prenant une chaise pour s'asseoir entre elles.

— Je vous en prie, dit Marcy tandis que Storm se raidissait.

— Qu'est-ce qui vous ferait plaisir, Storm ? Je ne ferai aucune restriction sur ce que propose la carte. Tout est bon.

— Je ne sais pas, dit-elle, déconcertée par son attitude plaisante et sa façon de la regarder.

Elle l'aurait bien envoyé au diable, mais il était l'ami de Marcy et elle ne voulait pas contrarier la jeune femme. Pourtant...

— Je vous suggère le saumon, reprit-il.

— Je prendrai du faisan, décréta-t-elle alors en refermant le menu avant de reporter délibérément son attention sur la rue.

— Storm ! s'exclama Marcy, choquée par sa grossièreté.

La colère figea le visage de Brett.

— Je voudrais vous présenter mes excuses les plus sincères si ma conduite d'hier soir vous a offensée. Sachez que là n'était pas mon intention.

Pour toute réponse, Storm hocha brièvement la tête, mais en voyant le visage défait de Marcy, elle comprit qu'elle l'avait mise dans l'embarras. Elle se força à sourire.

— J'accepte vos excuses, articula-t-elle malgré elle en reportant son attention sur la rue.

— Merci, répondit froidement Brett. Peut-être pourrions-nous repartir sur d'autres bases ?

— Bien sûr, se sentit-elle obligée de répondre en lui jetant un coup d'œil.

Il n'était pas dupe, car son expression était dure, tendue.

— Bien. Que diriez-vous d'une promenade à cheval demain ? Je passerai vous prendre à 14 heures.

— Mais…

— C'est une excellente idée, Brett, répondit Marcy à sa place. Ce sera l'occasion pour vous deux d'aplanir les différends qui vous opposent. Et le choix de l'heure me semble parfait. Cela laissera à Storm le temps de recevoir ses visiteurs du matin.

— Parfait, dit Brett en se levant. Je vous souhaite un bon déjeuner, mesdames.

Storm suivit des yeux la haute silhouette élégante qui s'éloignait.

— Je ne veux pas me promener à cheval avec lui, Marcy ! s'écria-t-elle dès qu'il eut disparu. Et de quels visiteurs matinaux parlez-vous ?

— Vous adorez monter à cheval. Et laissons-lui croire que vous avez déjà des prétendants, ce qui d'ailleurs ne saurait tarder. Autre chose, Storm, poursuivit-elle, les sourcils froncés : quels que soient ses états d'âme, une lady n'est jamais grossière. Votre conduite était inqualifiable.

L'embarras fit rougir la jeune fille, qui tenait beaucoup à l'amitié de Marcy.

— Je suis désolée.

— Je suis sûre que vous apprécierez cette sortie avec Brett, déclara Marcy avec conviction.

— J'en doute… mais j'essaierai.

Quelques minutes plus tard, le serveur arriva avec une bouteille de champagne.

— Nous n'avons pas commandé de champagne, dit Marcy, étonnée.

— C'est offert par la maison, madame, répondit-il en servant deux coupes.

— Je ne comprends pas, dit Storm.

— Eh bien... je crois que le champagne vous est destiné, fit Marcy. L'hôtel appartient à Brett.

Storm en resta bouche bée.

Elle dormit fort mal cette nuit-là et passa la matinée dans un état de nervosité extrême. Brett ne quittait pas ses pensées. Son élégance, trop affectée à son goût, n'enlevait rien à sa séduction, elle devait bien le reconnaître. Mais elle lui en voulait d'avoir profité de la situation, la veille. Si Marcy n'avait pas été là, elle lui aurait dit clairement ce qu'elle pensait de lui, et jamais elle n'aurait accepté cette promenade.

Elle reçut finalement deux visites, ce matin-là. Randolph et un autre jeune homme dont elle oublia le nom à peine prononcé. Ils s'attardèrent jusqu'aux alentours de midi et on leur servit des rafraîchissements dans le salon. Ne sachant trop que dire au début, elle sut gré à Randolph d'orienter la conversation sur le Texas et les chevaux. James – la mémoire lui revint – partit peu avant Randolph qu'elle raccompagna à la porte.

— Merci d'être venu, lui dit-elle avec un sourire détendu.

— J'ai passé un excellent moment, Storm. La plupart des jeunes filles ne parlent que de choses sans intérêt, je veux dire, de bals et de sorties. Votre père m'a l'air d'un homme passionnant.

— Il vient me chercher en septembre, peut-être le rencontrerez-vous ?

Le visage de Randolph s'allongea.

— J'avais oublié que vous alliez nous quitter. Je serai très heureux de rencontrer votre père.

Après un déjeuner léger, Storm monta s'habiller. Elle choisit une tenue conçue par Marcy. Noire, elle se composait d'un boléro brodé de fils d'argent et d'or et d'une jupe fendue. Assez étroite au niveau des hanches, elle s'élargissait vers le bas, laissant voir ses nouvelles bottes de cuir. Dessous, elle portait une chemise de dentelle crème, à col montant. Marcy n'ayant omis aucun détail, Storm se coiffa d'un Stetson noir et se contempla dans la psyché, regrettant que sa famille ne soit pas là pour la voir et se demandant ce qu'en penserait Brett.

Elle se rendit compte alors qu'elle l'attendait avec... un brin d'impatience. Cette découverte la contraria. Il arriva à 14 heures précises et elle le reçut dans le salon. Une lueur admirative éclaira son regard sombre.

Storm lui tendit la main froidement, essayant de dissimuler son étrange agitation.

Il lui sourit avec une sorte de nonchalance qui acheva de la troubler et, quand il prit sa main, elle s'aperçut qu'elle disparaissait dans la sienne. À sa grande confusion, elle réalisa pour la première fois qu'il la dépassait d'au moins une tête.

Avec une lenteur délibérée, il tourna sa main et, captant son regard, déposa un baiser sur la peau nue de sa paume. Un baiser ferme. Brûlant et doux. Storm retint son souffle.

— Vous êtes superbe, déclara-t-il avec un petit sourire. On y va ?

Il lui offrit son bras et remarqua ses joues joliment empourprées. Pourquoi diable l'attirait-elle autant ? Ce n'était qu'une femme parmi tant d'autres, une toute jeune femme, presque une enfant. Mais il devait admettre qu'elle était loin de le laisser indifférent. Cette constatation le déconcertait. Il ne se reconnaissait pas depuis qu'il avait posé les yeux sur elle. D'autant que, contrairement aux autres, elle lui résistait, pire, elle semblait le détester. Cela l'irritait et ne faisait qu'attiser son désir de la conquérir.

Mais... il y avait autre chose. Elle lui inspirait des sentiments qui le déstabilisaient, le perturbaient. Qui s'apparentaient à un manque.

Une image jaillit soudain de sa mémoire. Celle d'un petit garçon triste, qui regardait sa mère superbe aller et venir sans jamais se rendre compte de sa présence. Comme s'il n'existait pas.

Brett sentit son cœur se serrer, son corps se tendre.

Il n'était plus ce petit garçon-là. Et ce que cette femme pensait de lui le laissait indifférent.

Le palefrenier avait sellé le cheval de Storm et avait attaché le sien un peu plus loin, pour empêcher les deux étalons de se battre.

Brett la conduisit vers le noir Demon. Elle prit les rênes, mais avant qu'elle eût pu mettre un pied dans l'étrier, Brett la saisit par la taille et la hissa en selle. Il n'avait pu s'en empêcher. Il n'était pas né gentleman, mais il l'était devenu.

— Je n'ai pas besoin d'aide, merci, jeta-t-elle.

— Je n'ai pas pu résister, répondit-il avec un sourire d'excuse.

— Eh bien, la prochaine fois, vous essaierez !

Il grimpa sur sa monture avec souplesse et ils s'éloignèrent sur le chemin, au pas. À l'expression de Storm, il devina que cette promenade ne l'enchantait guère et qu'elle était toujours en colère.

— Avez-vous apprécié votre déjeuner, hier ? demanda-t-il, choisissant d'engager la conversation sur un terrain anodin.

— J'ai été impressionnée, marmonna-t-elle.

Cette remarque emplit Brett d'une satisfaction qui fut de courte durée.

— Vous avez profité de la situation, Brett, ajouta-t-elle, implacable. Si Marcy n'avait pas été là, vous savez très bien que je n'aurais jamais accepté cette sortie avec vous. Que cherchez-vous, exactement ?

Il haussa un sourcil avec froideur.

— Il me semble naturel qu'un homme seul recherche la compagnie d'une belle femme, libre de toute attache.

Il sentit sur lui le regard bleu intense et peuplé de doutes. Puis il l'entendit soupirer.

— Je suppose qu'après tout ce que les Farlane ont fait pour moi, je devrais vous pardonner.

— Je croyais que vous l'aviez fait.
— Vous savez très bien qu'il n'en est rien!
Il sourit. Quel caractère passionné! Ce devait être une vraie tigresse au lit. Il se demanda si Randolph l'avait embrassée, dans le jardin des Farlane.
Ces pensées le décontenancèrent. Il préféra revenir à leurs propos.
— Vous m'en voulez toujours d'avoir dit à Paul qu'il avait tort de vous laisser vous promener seule à cheval?
— Oui! Ce ne sont pas vos affaires.
Il admirait secrètement son obstination, sa fougue, sa beauté.
— Pourtant, si c'était à refaire, je recommencerais, Storm. Ce n'est pas prudent.
Il remarqua que sa douceur la troublait. Elle détourna les yeux. Randolph l'avait-il oui ou non embrassée? se demanda-t-il à nouveau, irrité. Il voulait être le premier à le faire. Comment réagirait-elle? En se débattant ou en se blottissant contre lui. Il faillit se mettre à rire. Elle se battrait bien sûr, et il devrait s'estimer heureux s'il ne s'en tirait pas avec un coquard.
— Toujours en colère? demanda-t-il, une note taquine dans la voix.
Ils descendaient le chemin qui menait à la plage. Storm semblait réfléchir, soupeser le pour et le contre.
— Il semble que non, répondit-elle en soupirant, comme si elle faisait un immense effort en renonçant à sa colère.
— Merci, Storm. La prochaine fois, je saurai que de simples excuses ne suffisent pas.
— Contentez-vous de ne plus vous immiscer dans ma vie, Brett. Vous n'êtes pas mon père.
— Certainement pas.
— Votre cheval est-il rapide? s'enquit-elle avec une pointe de dédain.
Un sourire joua sur les lèvres de Brett.
— Il se défend.
— Bien. Le premier arrivé... là-bas, là où la côte forme une courbe. D'accord?

— Cela me convient, s'inclina-t-il en se demandant s'il devait la laisser gagner.

— Prêt ?

— Prêt.

— Partez ! cria-t-elle.

Les deux étalons s'élancèrent d'un même mouvement.

La distance à parcourir n'excédait pas un mile et demi. Brett se maintenait à sa hauteur. Les chevaux couraient sans retenue, déployant toute leur énergie, crinières au vent. Il admira la façon dont montait Storm, sans effort apparent et sans crainte. Aux trois quarts du parcours, l'étalon noir allongea sa foulée et Brett s'aperçut avec stupeur qu'elle le devançait, et que, jusqu'à présent, elle n'avait fait que retenir son cheval. Il pressa sa monture.

Le vent avait rabattu le Stetson noir. Storm jeta à Brett un regard brillant d'excitation. Puis elle se mit à rire à gorge déployée, de son rire profond. Elle se pencha en avant et enfouit son visage dans la crinière de l'étalon noir qui distança inexorablement le gris. Elle arriva la première, avec une demi-longueur d'avance, et poussa un cri de triomphe.

Demon renâcla quand elle l'arrêta. Brett flatta l'encolure de son cheval tout en posant un regard fasciné sur la jeune fille. Des mèches folles voletaient autour de son visage rougi par l'effort. Droite et fière sur son étalon, elle était belle à couper le souffle. Jamais il n'avait vu pareille cavalière, si rapide, si intrépide.

Il comprit alors qu'elle était dans son élément.

— Vous avez gagné, admit-il. Et je suis... impressionné.

— De peu, et ce n'est pas juste parce que je suis plus légère que vous. La compétition n'était pas équitable.

Brett se mit à rire.

— Je ne plaisante pas, continua-t-elle. La prochaine fois, nous compliquerons les choses en augmentant la distance et je lesterai ma selle, qu'en pensez-vous ?

— Comment résister ?

— Bien, dit-elle en glissant à terre. Laissons-les marcher un peu.

Brett descendit de cheval et ils avancèrent côte à côte, au bord de l'eau.

— Vous savez monter, reprit-elle au bout d'un moment.

— Vous en doutiez ?

Elle eut un petit sourire en coin.

— Je croyais que votre bel étalon gris faisait partie du décorum, tout comme vos vêtements.

— Je vois, marmonna-t-il, agacé.

Décidément, elle portait sur lui un jugement des plus critiques. Les autres femmes avaient toujours été attirées par son élégance, sa réussite. Pourquoi pas elle ?

— D'où êtes-vous, Brett ? Vous descendez d'une famille californienne ?

— Oui, mais je suis né à Mazatlan. Mon père est hispano-américain. Un Mexicain de sang purement espagnol, si vous préférez.

— Ah ! Un aristocrate en quelque sorte ?

— Oui.

— J'aurais dû m'en douter, murmura-t-elle. Et maintenant il est américain ?

— Il préfère dire californien.

— Il a un ranch ? Pourquoi l'avez-vous quitté pour vous installer ici ?

Elle semblait ne pas comprendre ce choix.

— Je suis venu ici en 1849, pour faire fortune. Mon frère héritera du ranch.

Il ne jugea pas nécessaire de lui préciser que c'était seulement à la mort accidentelle de ses deux demi-frères que son père l'avait fait chercher, lui, le bâtard. Qu'il l'avait reconnu alors comme son fils et décidé d'être un père pour lui. Qu'il s'était remarié sitôt après la mort de sa première femme, dans l'espoir d'engendrer un héritier légitime, et que son objectif s'était concrétisé en la personne de son demi-frère Manuel, qui avait maintenant dix ans.

Mais elle perçut la note d'amertume dans sa voix.

— Vous avez été élevé à Mazatlan ?

— Jusqu'à l'âge de huit ans, répondit Brett de plus en plus tendu, car il n'aimait guère évoquer son passé. Puis à Monterey, dans l'hacienda.

Il en avait trop dit.

Jamais il n'oublierait le jour où sa mère lui avait annoncé qu'il partait vivre avec son père dans un pays inconnu appelé Californie. Ni la douleur qu'il avait ressentie, petit garçon, et que l'adulte éprouvait encore, en l'évoquant. Il n'avait pas montré ses larmes à sa mère, il ne l'avait pas suppliée de le garder avec elle. Il se demandait toujours combien son père, don Felipe, l'avait payée pour qu'elle le laissât partir.

— Vous retournerez là-bas un jour ?

— Jamais.

— Vous êtes fâché avec votre père ?

Il la regarda avec une certaine stupeur.

— Désolée, souffla-t-elle, confuse. Je me mêle de ce qui ne me regarde pas. Excusez-moi...

Elle semblait tellement sincère qu'il en oublia son déplaisir à évoquer le passé. Il la découvrait sous un jour plus humble, plus sensible, et il en fut touché. Ils marchèrent en silence un moment, puis elle dit en soupirant :

— J'adore l'eau. Chez moi, je nage tous les jours.

Brett se souvint aussitôt de sa peau dorée au ras du décolleté, là où elle aurait dû être blanche. Il l'imagina se baignant nue, et cette image le fascina. Non... Impossible ! Storm avait certes un côté un peu sauvage, mais aucun père sain d'esprit ne laisserait sa fille commettre de telles folies.

— Cela me manque beaucoup, ajouta-t-elle.

Une vague plus grosse que les autres forma soudain un énorme rouleau. La voyant sur le point de déferler, Brett passa le bras autour de la taille de Storm et l'entraîna vivement vers la plage. Elle rit et se mit à courir avec lui. Ils lâchèrent les rênes, mais les étalons, calmés par leur course débridée, les suivirent sagement.

— Ce n'est pas grave si je mouille mes bottes, dit-elle.

Son bras toujours autour d'elle, il la tenait pressée contre lui. Elle embaumait la rose. Une mèche de ses cheveux vola jusqu'à ses lèvres et il la captura. Elle titubait légèrement dans le sable qui s'enfonçait sous ses pieds et il sentait sa poitrine contre ses côtes, ferme et douce à la fois. Un désir puissant fusa en lui. Elle riait toujours, le visage tourné vers l'océan. Ses cils étaient incroyablement longs et foncés.

D'un mouvement brusque, il la fit pivoter face à lui, le bras fermement enroulé autour de sa taille, la main sur sa nuque. Surprise, elle n'eut pas le temps de se dérober aux lèvres qui se posèrent sur les siennes, les effleurèrent avec une douceur infinie.

Elle frémit au contact de cette bouche si tendre, si légère, qui se mouvait lentement sur la sienne. Elle voulut s'écarter, mais l'étau d'acier se referma autour d'elle. Il promena sa langue sur ses lèvres entrouvertes, puis son baiser se fit plus insistant, plus exigeant. Il insinua soudain sa langue dans sa bouche, lui montrant encore et encore combien il avait envie d'elle. Et elle le sentit durcir contre son ventre.

Alors, avec une force incroyable, elle se dégagea et lui envoya un coup de poing dans l'estomac. La stupeur passée, il para le deuxième uppercut qui visait son visage en lui attrapant le poignet. Il ne s'était pas préparé au premier coup en bandant ses muscles, si bien que son estomac lui faisait un mal de chien. Quel punch !

— Comment osez-vous ? rugit-elle. Espèce d'animal ! Si j'avais mon fusil, vous seriez mort !

Intraitable, il tira brutalement sur son poignet, qu'il n'avait pas lâché, et la plaqua contre lui. Ses yeux bleus flamboyaient de colère, mais il répondit à sa hargne par la douceur bien qu'il fût hors de lui. Il voulait la dompter. La plier à sa volonté. L'espace d'un instant, ils s'affrontèrent du regard. Elle le haïssait, c'était clair. Et cela ne fit qu'attiser le désir violent, incontrôlable, que Brett avait de la posséder.

Il lui saisit le menton de sa main libre et s'empara de ses lèvres, sans la moindre douceur cette fois. Elle se débattit, mais si elle avait de la force, il en avait encore plus. Puis tout à coup, la raison lui revint. Seigneur ! Qu'était-il en train de faire ? Il la lâcha comme s'il venait de se brûler et la poussa pour l'écarter de lui.

Déséquilibrée, Storm s'effondra sur le sable humide et darda sur lui un regard haineux, un regard de chat sauvage. Le souffle court, il s'efforça de maîtriser les réactions sauvages qu'elle venait de provoquer en lui. Lorsqu'il sentit qu'il reprenait le contrôle de la situation, il s'approcha d'elle et lui tendit la main pour l'aider à se relever.

Mais au lieu de la prendre, elle poussa un cri qui ressemblait à un hurlement d'Indien et lui agrippa les jambes. Surpris, il s'étala de tout son long. Elle voulut le frapper, mais il bloqua ses poignets, la fit basculer sur le côté, puis la cloua au sol, songeant avec ironie que cette position n'était pas des plus sûres, d'un autre point de vue...

— Je vous tuerai !

— Mon Dieu, Storm, vous êtes insensée ! s'exclama-t-il, si près de son visage que leurs souffles se mêlaient. Je vous présente mes excuses. Mes excuses les plus sincères.

— Je vous hais ! Laissez-moi me lever ! Tout de suite !

— Alors tenez-vous tranquille.

Elle ne répondit pas et il se leva avec précaution, sans la quitter des yeux au cas où sa folie guerrière la reprendrait. Comme elle semblait plus calme, il lui tendit la main, mais elle l'ignora. D'un mouvement souple, elle se mit debout, se dirigea vers son cheval et sauta sur sa selle à l'indienne. L'instant d'après, elle s'éloignait au galop.

Il la rattrapa en quelques minutes et chevaucha à sa hauteur, cherchant quelque chose à dire. Mais quoi ? Il venait de se conduire d'une façon inadmissible. Il ne comprenait même pas comment une telle chose avait pu se produire. Si Storm ne lui avait pas envoyé un coup de poing – un *coup de poing*, Seigneur ! –, il ne l'aurait pas embrassée à nouveau, et encore moins avec une telle brutalité. Sur le chemin du retour, il chercha comment s'excuser.

Une fois dans l'allée menant chez Paul, il se décida.

— Storm, ce n'était qu'un baiser. Je suis désolé. Vous êtes très belle et j'ai perdu le contrôle.

Il la fixait d'un regard intense, pesant soigneusement ses paroles. Elle l'ignora.

— Ce n'était qu'un baiser, répéta-t-il en descendant de cheval, devant le perron.

Elle lui adressa un regard assassin et articula lentement :

— Vos excuses ne sont pas acceptées. Ne vous approchez plus jamais de moi.

— Storm !

— Non ! Vous n'êtes qu'un sale crétin vaniteux !

Sur ce, elle fit volte-face et lui claqua la porte au nez.

Un sale crétin vaniteux ? C'était ce qu'elle pensait de lui ?

Les autres femmes le trouvaient séduisant et virile. Jamais aucune d'entre elles ne l'avait traité de sale crétin… vaniteux. Jamais.

Il fit faire demi-tour à son cheval. Qu'elle aille au diable ! Cette fille n'était qu'une source d'ennuis. Une calamité. Pourquoi avait-il fallu qu'il aille vers elle puisqu'elle le détestait, et ne prenait même pas la peine de s'en cacher ?

Ignorant les sentiments plus complexes qui l'agitaient, il préféra s'accrocher à sa colère. Il avait perdu la tête et s'était laissé égarer par la puissance de son désir. Cela ne devait plus jamais se reproduire.

De nouveau, il envoya Storm au diable. Après tout, ce n'était qu'une petite paysanne texane mal dégrossie. Or, il aimait les femmes tendres et raffinées.

# 5

Brett passa le reste de l'après-midi de fort mauvaise humeur, et cela ne s'améliora guère quand, une fois rentré chez lui, il trouva une lettre de son oncle dans son courrier.

Que diable lui voulait-il ?

Pour être juste, se souvint-il en décachetant l'enveloppe, son oncle Emmanuel était le seul Monterro qui l'avait traité autrement que comme un bâtard indésirable. À la différence de son propre père, don Felipe, qui ne s'adressait à lui que pour le critiquer et ne lui témoignait, le reste du temps, que de l'indifférence, son oncle avait insisté pour que Brett aille à l'école et pour qu'il dorme dans la maison plutôt qu'aux écuries où on l'avait relégué quand il était arrivé à l'hacienda de Los Cierros. Ces dispositions n'avaient pas été du goût de dona Teresa, la seconde épouse de Felipe. Voyant en lui une menace pour l'héritage de ses futurs enfants, elle vouait à Brett une haine sans mélange.

*Mon cher neveu,*

*Il y a bien longtemps que nous ne nous sommes vus et je suis heureux d'avoir fini par retrouver ta trace et de savoir que tu es prospère. Les détectives qui ont mené l'enquête pour moi m'ont appris que tu étais installé à San Francisco et que tu étais un brillant homme d'affaires. Je suis content pour toi. J'ai toujours su que tu réussirais.*

*C'est par le plus grand des hasards qu'au moment même où je te retrouve nous avons besoin de toi ici. Ton père est gravement malade. Je crains qu'il ne se remette pas. Il y a quelques années, il a fait une mauvaise chute de cheval qui l'a laissé paralysé des membres inférieurs. Depuis, il a peu à peu perdu le goût de vivre. Récemment, il a attrapé un rhume qui s'est transformé en pneumonie.*

*Brett, je sais que tu es aussi fier que ton père, mais ne laisse pas ta fierté gouverner ton cœur. Don Felipe ne t'aurait jamais écrit, or, je sais qu'il a très envie de te revoir. Voilà pourquoi j'ai pris la plume.*

*Le reste de la famille se porte bien. Ton frère Manuel a dix ans. Il est robuste, obstiné et intelligent, comme toi et votre père. Tes deux sœurs, Gabriella et Catherine, ont hérité de la beauté castillane de leur mère. Mes propres enfants, Sophia et Diego, vont bien. Sophia vient d'avoir un bébé. Ta tante Elena n'a pas changé.*

*Ton oncle qui t'aime tendrement*

*Emmanuel*

Brett repoussa la lettre, se leva et se servit un grand verre de brandy. Il en avala la moitié tout en regardant le jardin par la fenêtre, et la rue, au-delà. Que le diable les emporte !

Des souvenirs déplaisants l'assaillaient de toutes parts. Il se revoyait, enfant chétif et sale, chapardant dans les rues de Mazatlan. Parfois, pour fuir la police, il restait plusieurs jours sans rentrer chez sa mère qui ne s'en inquiétait pas outre mesure. Quand il revenait, l'un de ses nombreux « protecteurs » était toujours là. Elle était belle sa mère, très belle, mais sans cœur. Elle avait laissé son éducation entre les mains de domestiques qui n'avaient pas le temps de s'occuper de lui. Une seule s'était souciée de lui, une petite Anglaise prénommée Mary. Quand elle le trouvait, errant dans les rues, affamé et noir de crasse, elle le ramenait, le baignait, le changeait, le nourrissait. Il repartait l'estomac plein, non sans s'être bouché les oreilles pour ne pas entendre les cris de sa mère et les gémissements de ses « visiteurs ».

Aujourd'hui, il ignorait qui il haïssait le plus, de sa mère, la prostituée, ou de son père, le riche propriétaire californien.

Il avait huit ans quand don Felipe – dont les deux frères venaient d'être tués – le fit chercher. Brett ignorait tout de son existence jusqu'à ce que sa mère lui annonce un jour qu'il partait vivre chez lui.

La première femme de don Felipe, dona Anna, ne put jamais mettre d'enfant au monde et, en désespoir de cause, son père se serait contenté de son fils bâtard comme héritier. Mais, à la mort d'Anna, il s'empressa d'épouser la toute jeune Teresa, quinze ans, issue d'une noble lignée.

Brett avait alors quatorze ans. Si son père ne lui avait jamais manifesté la moindre affection, il lui avait permis toutefois de recevoir une éducation. C'est ainsi qu'il apprit à lire et à écrire les trois langues qu'il parlait déjà, l'espagnol, le français et l'anglais. On lui enseigna le latin, les mathématiques, la géométrie, la géographie, l'histoire. Il devint un excellent cavalier et s'exerça avec succès dans l'art de manier le fleuret et les armes à feu.

Don Felipe ne se rappelait son existence que lors de ses échecs. Il entrait alors dans des colères noires et le châtiait à coups de canne, mais jamais Brett ne donnait satisfaction quand on le frappait – jamais non plus il ne pleurait.

Durant les six années précédant sa mort, dona Anna refusa non seulement de lui adresser la parole, mais de le regarder, ce qui ne l'empêchait pas de parler de lui aux autres. Il savait qu'il était un enfant illégitime, mais cela ne l'avait jamais préoccupé, jusqu'à ce que cette femme ne cesse de se référer à lui comme au « bâtard ». Il connut alors la haine et la honte comme jamais auparavant.

Il se souvint aussi de la façon dont d'autres l'humiliaient sans cesse, notamment sa cousine Sophia. À peu près de son âge, la superbe enfant brune au regard bleu pinçait son joli nez aristocratique quand, malencontreusement, elle venait à poser les yeux sur lui. Elle adorait le traiter de bâtard avec un air de dégoût profond, sachant qu'il ne pouvait se venger comme il aurait aimé le faire. Le simple fait de penser à elle aujourd'hui le faisait bouillir de colère.

Et puis, bien sûr, il y avait tante Elena.

Cette évocation le fit sourire. Qu'avait voulu dire l'oncle Emmanuel en précisant que sa femme n'avait pas changé ? Il ne savait sûrement pas qu'elle n'était qu'une catin, comme la mère de Brett...

Brett avait seize ans quand c'était arrivé. Il s'intéressait aux filles depuis un an déjà et s'était entiché de bon nombre de servantes. Un après-midi, il avait surpris les ébats de sa tante avec un palefrenier dans un coin retiré du jardin.

Fasciné, il les avait regardés, regrettant qu'ils n'aient même pas ôté leurs vêtements. Quand le jeune homme avait commencé à se démener sur elle comme un beau diable, Brett avait laissé échapper un cri étouffé. Ils s'étaient immédiatement séparés.

— Qui est là ? avait demandé sa tante en baissant ses jupes.

Incapable d'émettre un son, Brett s'était montré.

D'abord stupéfaite, elle l'avait regardé avec une attention nouvelle, délibérée, à tel point que Brett avait senti son sexe durcir bien malgré lui. Un sourire s'était dessiné sur les lèvres d'Elena. Elle avait renvoyé Pablo, lui promettant de le revoir prochainement, et demandé à son nouveau *querido* d'approcher.

Brett avait obéi, le cœur battant, sans bien savoir ce qui l'attendait. Une chose était sûre : Elena aurait de terribles ennuis si on apprenait ce qu'elle faisait. Debout, elle avait délacé son corsage et Brett avait retenu son souffle quand ses seins gonflés, veinés de bleu, aux pointes dressées, étaient apparus.

— Un si beau jeune homme, avait-t-elle murmuré en prenant sa main pour la placer sur sa poitrine nue.

Brett était perdu. Il savait que c'était mal, car la seule personne qu'il aimait était son oncle Emmanuel, mais il avait seize ans et le sang chaud. Sa bouche ne tarda pas à suivre ses mains et il se mit à sucer les mamelons qu'elle lui offrait, ravie de son audace. Peu après, il se démenait en elle comme un jeune étalon, éperdu, ébloui par cette première expérience.

Durant le mois qui précéda son départ, elle lui apprit beaucoup de choses. Brett se sentait affreusement coupable, mais il était victime de ses appétits.

C'est alors que dona Teresa, la nouvelle femme de son père, tomba enceinte. Il n'y avait désormais plus aucune raison pour que Brett restât à l'hacienda.

Aujourd'hui, don Felipe était toujours un cœur de pierre, Sophia une vipère et Elena une catin... Il n'avait que faire d'eux. Brett prit la lettre de son oncle, la froissa dans sa main et la jeta dans le feu qui brûlait dans l'âtre.

Toujours en tenue de cheval, Storm arpentait sa chambre de long en large en maudissant Brett D'Archand. Elle ne parvenait pas à chasser de son esprit cet homme au physique ténébreux, séduisant. Elle ne pouvait oublier la façon dont son visage s'éclairait quand il souriait, dont ses yeux s'illuminaient quand il était de bonne humeur.

Et la douceur de ses lèvres sur les siennes, leur fermeté, puis leur ardeur presque sauvage... Storm se laissa tomber dans un fauteuil et enfouit son visage dans ses mains.

Ses sens l'avaient trahie. Elle avait été surprise, stupéfaite qu'il l'embrasse, mais son corps avait ployé contre lui, frémissant, implorant, consentant. Elle avait *aimé* ses baisers.

D'ailleurs, le simple fait d'y penser faisait courir en elle une flamme secrète.

Avant lui, on ne l'avait embrassée qu'une seule fois, et elle avait détesté. Pour elle, jusqu'ici, les garçons n'étaient que des compagnons de jeu, de chasse, de lutte. Les filles de son âge l'ennuyaient au plus haut point avec leur idée fixe : les garçons. Storm les trouvait sottes et préférait mille fois s'occuper de la jument qui mettait bas, aller chasser l'ours qui menaçait le bétail, ou le hors-la-loi McRae que poursuivaient les Rangers.

À présent, elle se sentait misérable. Et furieuse. Et humiliée. Car elle avait la désagréable, l'épouvantable impression que Brett savait qu'elle avait aimé ses baisers. Cette pensée lui était insupportable. Oui, il n'était qu'un sale crétin vaniteux. Un voyou ! Et elle ne regrettait pas de lui avoir envoyé ce formidable coup de poing dans l'estomac.

Quand une servante lui apporta le plateau du dîner, Storm se rendit compte qu'elle mourait de faim. Elle dévora les haricots, le steak, les pommes de terre, la salade, et une énorme part de tarte aux cerises.

Trop confuse et honteuse pour affronter Paul dans la salle à manger, elle avait préféré manger dans sa chambre.

Si Storm n'avait aucune expérience de l'amour, elle n'était pas ignorante pour autant. Elle avait déjà surpris son frère Nick avec une servante, dans l'office. Ce souvenir amena un sourire sur ses lèvres. Bref, quand elle avait senti le ventre de Brett durcir contre le sien, elle avait compris où il voulait en venir et l'avait repoussé. L'idée qu'il veuille lui faire les mêmes choses que Nick à la jolie servante lui mit le feu aux joues.

À sa grande honte, ces pensées excitaient ses sens. Elle songea à ses parents, à leurs regards de connivence, leurs baisers furtifs. Mais ils étaient mariés. Ils s'aimaient. Or, elle n'aimait pas Brett. Et non seulement elle ne l'aimait pas, mais il lui déplaisait au point qu'elle se demandait si elle ne le détestait pas. Et réciproquement. Alors ? Où était le problème ?

Ces questions la firent penser à l'une de ses voisines, Beth Ellen, qui avait son âge. Depuis l'âge de treize ans, elle privilégiait les promenades dans les bois avec les garçons. En présence de Nick, Beth Ellen rougissait, minaudait et se frottait contre lui dès qu'elle pensait que personne ne la voyait. Un jour, Storm lui avait demandé pourquoi les garçons la captivaient tellement et elle avait éclaté de rire.

Storm était certaine que toutes ces interrogations l'empêcheraient de dormir, mais ce fut le contraire qui se produisit : elle sombra dans le sommeil presque instantanément. Un sommeil peuplé de rêves où elle se retrouvait à des barbecues vêtue de sa tenue en daim auprès de Beth Ellen qui elle arborait des robes très féminines. Brett apparaissait alors et succombait immédiatement au charme de Beth Ellen. Tous deux l'ignoraient royalement. Elle se sentait laide et malheureuse. Ils s'enfuyaient dans les bois où elle les surprenait dans les bras l'un de l'autre. Au moment où ils allaient s'accoupler, Brett levait la tête et la regardait en éclatant de rire.

Storm se réveilla à ce moment-là. Ce n'était qu'un rêve qu'elle oublia très vite, car d'autres soucis s'emparèrent de son esprit. Ce soir-là, elle était conviée à un dîner chez les Holden. Elle n'avait aucune envie de revoir les gens qu'elle avait rencontrés chez les Farlane, et encore moins Brett D'Archand.

Elle s'y rendit cependant, dans une robe de velours pourpre aussi outrageusement décolletée que les autres, mais sans corset. Elle ne voulait plus en entendre parler. Paul et elle se présentèrent à 19 heures et les Holden les accueillirent avec chaleur.

Dès qu'elle entra, elle vit Brett, d'une beauté insolente dans son smoking noir. Il discutait avec les Farlane, une ravissante blonde pendue à son bras. Cette vision éveilla la colère de Storm. Faisant comme s'il n'était pas là – tout en sachant qu'il l'avait vue –, elle décocha un lumineux sourire à Marcy et à Grant.

Storm ne fut pas longue à être entourée de ses admirateurs, James, Randolph, qui l'entraînèrent bientôt loin de *lui*, vers d'autres convives. Deux autres jeunes hommes, Robert et Lee, se joignirent à eux et la conversation s'engagea. Chacun essayait de capter l'attention de la jeune fille en rivalisant d'esprit, et dans sa belle robe, entourée de sa cour, elle se sentit un peu comme une reine. Il fallut, hélas, qu'elle jetât un regard vers Brett pour s'assurer qu'il assistait à son succès. Il n'en était rien. La bouche contre l'oreille de la blonde, il lui murmurait des choses qui la faisaient joliment rougir. Puis ils se regardèrent, comme s'ils étaient amoureux l'un de l'autre, et le cœur de Storm flancha.

Sa soirée était gâchée. Les bavardages de ses compagnons lui semblaient soudain sans intérêt, mais elle s'efforça de n'en rien montrer. En vain, apparemment, car Randolph lui demanda :

— Qu'est-ce qui ne va pas, Storm ?

— Rien.

Un autre regard vers Brett acheva de la déprimer. Il était dans la même position et les yeux bleus de la blonde insipide brillaient de plaisir.

S'apercevant qu'ils perdaient tout intérêt aux yeux de la jeune fille, ses admirateurs se sentaient de plus en plus mal à l'aise. C'est alors que Storm décida que Brett D'Archand ne ruinerait pas sa soirée.

— Vous ai-je déjà raconté comment j'avais échappé à une bande de Comanches à l'âge de douze ans ? lança-t-elle soudain.

— Quoi ?

— Allons, Storm, vous nous faites marcher, dit Lee en riant.

— Pas du tout ! Je monte mieux que n'importe quel Comanche et, si l'un d'entre vous ne me croit pas, je l'invite à le vérifier au cours d'une promenade à cheval.

Cette suggestion fut bruyamment approuvée et Storm reçut trois invitations.

— Parlez-nous des Comanches, suggéra Robert.

— C'était un groupe de renégats qui se dirigeaient vers le sud, pillant et tuant en chemin.

— Comment le savez-vous ?

— Eh bien, les Comanches ne s'aventuraient jamais aussi loin dans le sud, là où nous vivions, hormis les renégats. Durant les dix dernières années, ils ont presque été anéantis par les Rangers.

— D'accord. Et ensuite ?

— Je jouais au bord du lac, dans la vallée où se trouve le ranch de mes parents. Je n'étais pas censée être là mais chez moi, à faire le ménage. Bref, tout à coup, ma jument s'ébroue. Je lève les yeux et j'aperçois un groupe de Comanches au bord de l'eau, un peu plus loin, à une vingtaine de mètres.

— Ce n'est pas possible ! s'exclama Lee.

— Mais si ! J'étais morte de peur. Je craignais qu'en m'enfuyant, ils ne se lancent à mes trousses. Alors, je feins l'indifférence et, très calmement, très lentement, je m'approche de ma jument. Par chance, il s'agissait d'une petite jument arabe extrêmement rapide que mon père avait achetée pour la reproduction. Les Indiens m'observent sans bouger. Je monte sans les regarder et m'éloigne au trot. Une seconde après, je les entendais galoper derrière moi. Je pris la direction du ranch au triple galop, sur un terrain inégal, plein de rocailles, en pensant que, si la jument se cassait une jambe, mon père serait furieux. Au début, ils me talonnèrent mais leurs poneys ne faisaient pas le poids et, peu à peu, je les distançai. Quand j'arrivai à la maison, ils n'étaient même plus en vue.

Un silence ébahi tomba, puis Randolph demanda :

— Et ensuite ?

— Je me mis à crier. Mon père et mes frères n'étaient pas là. Il n'y avait que ma mère et notre vieille gouvernante. Nous devions nous débrouiller toutes seules.

— Seigneur ! s'exclama Lee.

— Ne vous inquiétez pas, jeta Storm avec une pointe de dédain. Les Comanches se sont contentés de prendre ce qui les intéressait et sont repartis. Ils ont mis la maison sens dessus dessous, ont volé des chevaux et des poules, incendié la grange. Mais ma mère et moi sommes parvenues à éteindre le feu.

Un large sourire étira ses lèvres et elle ajouta :

— J'ai eu de la chance, si cette jument s'était cassé une jambe, mon père m'aurait tuée !

Ils éclatèrent tous de rire.

— Mais j'ai été bien punie d'avoir négligé mon ménage... Quelqu'un serait intéressé par une course ?

— Méfiez-vous, lança une voix familière derrière elle. Elle monte comme un Comanche, je peux l'attester.

Storm fit volte-face pour découvrir Brett, qui souriait comme si de rien n'était. La blonde, encore plus jolie de près, était toujours accrochée à son bras. Depuis combien de temps était-il là ? se demanda Storm en lui tournant le dos.

— Lee, je prendrais bien un punch, décréta-t-elle. Vous m'accompagnez ?

Le jeune homme s'empressa d'accéder à sa demande et elle s'éloigna à son bras, mais son cœur battait et elle sentait le regard de Brett sur sa nuque.

Il renonça à l'approcher. Un peu plus tard, Marcy et Grant se mêlèrent à son petit groupe d'admirateurs inconditionnels.

Marcy la contempla avec fierté.

— N'est-elle pas magnifique ?

— Assurément, répondit Grant. La vie à San Francisco semble vous convenir à merveille, Storm. J'ai appris que vous aviez battu Brett à la course, hier ?

— Notre première et dernière course.

Grant et son épouse échangèrent un regard perplexe.

— Vous ne vous êtes pas amusée ? s'étonna Grant. Brett est de bonne compagnie pourtant.

Storm les entraîna légèrement à l'écart, le visage en feu.

— Pour vous peut-être, mais pas pour moi, murmura-t-elle afin que les autres ne l'entendent pas.

— Seigneur, que s'est-il passé ? voulut savoir Marcy.

— Il m'a embrassée. Mais je crois qu'il ne s'avisera plus de recommencer !

Marcy et Grant se regardèrent de nouveau, elle, scandalisée, lui, au bord du fou rire.

— Cela ne me paraît pas si grave, dit-il enfin.

— Pour moi, si ! déclara Storm en rejetant sa somptueuse chevelure en arrière. Je lui ai envoyé un coup de poing dans l'estomac dont il devrait se souvenir longtemps !

Sur ce, elle rejoignit ses compagnons, et Grant céda à l'hilarité.

— Ce n'est pas drôle, lui reprocha Marcy, les sourcils froncés.

— Oh, que si ! Je doute qu'une pareille mésaventure soit jamais arrivée à Brett ! J'aurais voulu être là.

— J'ai l'impression qu'ils ne s'aiment pas beaucoup, tous les deux.

— Storm est la plus belle femme de San Francisco, après toi, ma chérie. Comment voudrais-tu que Brett ne soit pas attiré par elle ?

À l'autre bout de la pièce, Storm s'était isolée pour rassembler ses pensées. Elle regardait par la fenêtre le jardin envahi par la nuit sans parvenir à chasser l'image de la jolie blonde que Brett courtisait. Qui était cette fille ? Elle mourait d'envie de le savoir, mais jamais elle ne s'abaisserait à le demander. Elle s'avisa soudain de la présence de deux jeunes filles, à quelques pas, qui parlaient assez fort pour qu'elle les entende.

— Oui, c'est elle ! dit la brune en détournant rapidement les yeux de Storm, qui comprit qu'elles agissaient délibérément.

— Celle qui s'est évanouie ? demanda son amie.

— Oui, dans le *jardin*. Elle était avec Brett D'Archand *et* Randolph Farlane. Et elle n'avait pas de chaussures.

Un silence suivit. Storm pivota vers les deux filles et les fusilla du regard.

— Mary, crois-tu que l'un d'entre eux l'a embrassée ?

La petite brune prit un air triomphant.

— Tu es naïve, ma chère, les deux l'ont embrassée ! Et c'est elle qui les a incités. Sortir dans le jardin avec un homme comme Brett… Quand on connaît sa réputation… et Randolph. Pourquoi se serait-elle évanouie, à ton avis ?

— Mon Dieu ! s'exclama l'autre, atterrée, en regardant Storm avec de grands yeux.

Storm fulminait.

— Il ne faut pas s'étonner – elle vient du Texas. Là-bas, ils font les choses ouvertement. Je me demande s'ils se sont arrêtés à un baiser. Je suis sûre qu'ils ne lui ont pas enlevé que ses chaussures. D'ailleurs, je…

Storm serrait les poings. L'envie de gifler ces deux pestes la démangeait, mais elle se souvint à temps qu'elle n'était pas au Texas mais dans un salon de San Francisco. Elles seraient trop heureuses de la faire sortir de ses gonds. Pourtant, la tentation était trop forte. Elle se planta devant elles.

— Auriez-vous quelque chose à me dire ? s'enquit-elle d'une voix douce.

Mary la toisa de la tête aux pieds de son air le plus hautain.

— Non, je ne pense pas.

Storm faillit lui cracher à la figure. Quand Mary se tourna vers son amie, les lèvres pincées, et qu'elles s'éloignèrent en haussant le menton, Storm fit un pas en avant et écrasa l'ourlet de la robe de Mary. Le tissu se déchira dans un crissement et le bas de la jupe s'étala sur le sol aux pieds de Storm. La petite brune fit volte-face, horrifiée.

— Oh, je suis désolée ! s'exclama Storm de son air le plus innocent.

— Vous l'avez fait exprès ! vociféra Mary.

— Bien sûr que non, répliqua Storm d'une voix mielleuse. Regardez, ce n'est pas si grave.

Tandis qu'elle se baissait pour ramasser la bande de tissu, Mary voulut repartir mais Storm se redressa brusquement, heurtant l'épaule de la pimbêche qui renversa le contenu de sa coupe de champagne sur sa robe et se mit à hurler.

— Oh, très chère, vous êtes bien maladroite !

— C'est vous !

— Je l'ai vue, renchérit l'autre. Elle l'a fait exprès.

— Elle a déchiré ma robe et renversé mon verre ! glapissait Mary.

Déjà, un attroupement se formait autour d'elles.

— Je vais vous chercher un autre verre, offrit Storm avec une sollicitude feinte.

— Storm ! s'exclamèrent Paul et Marcy d'une seule voix.

— Elle l'a fait exprès, ne cessait de répéter Mary, des larmes de rage dans les yeux.

— Elle mériterait que je l'étrangle ! marmonna Storm, avant de s'apercevoir que quelqu'un se trouvait juste derrière elle.

— Je crois que vous en avez assez fait, dit Brett avec un petit rire.

Storm devint cramoisie.

— Nous ferions mieux de rentrer, intervint Paul en lui prenant fermement le bras.

— Pas avant que j'aie dit deux mots à cette sale petite peste !

La foule retint son souffle.

— Je me suis évanouie parce que mon corset était trop serré. Et je n'étais pas seule dans le jardin avec deux hommes. Leanne Saint-Clair se trouvait là, elle aussi. Je n'ai enlevé *que* mes chaussures – rien d'autre. Vous avez de la chance que je n'aie pas emporté mon fusil, parce que je peux vous dire que…

— Je crois que vous avez été assez claire, l'interrompit Brett, qui cachait mal son amusement.

La main de Paul se raffermit sur le bras de Storm.

— Je suis sûr que Mary viendra nous présenter ses excuses dès demain pour ses insinuations déplacées, dit-il. Storm lui présentera les siennes en retour. Je suis désolé, Ben, ajouta-t-il en s'adressant à son hôte.

Ben Holden semblait navré. Mais pas Storm qui bouillait encore de rage.

— Je n'ai aucune excuse à présenter à cette odieuse punaise…

— Storm, dis bonsoir, la coupa Paul.

La jeune fille s'inclina, consciente de la présence de Brett à ses côtés. Il semblait ne jamais s'être autant diverti. Avant de suivre Paul, elle tourna la tête vers lui et lui décocha un coup d'œil meurtrier. Quand elle franchit la porte, elle crut entendre son rire la poursuivre.

— Qui était-ce ?

Brett baissa les yeux vers Elizabeth qui arborait une expression choquée. Il avait totalement oublié sa présence.

— Storm Bragg. La cousine de Paul Langdon.

— Je n'en crois pas mes yeux ! Et ce langage…

— Que dirais-tu d'une coupe de champagne ?

Pourquoi diable s'était-il encombré de cette fille ? La réponse s'imposa d'elle-même. À cause de Storm !

En fait, il n'avait rien perdu de la scène qui avait dégénéré en esclandre. Il ne l'avait d'ailleurs pas quittée des yeux de la soirée, notant qu'elle était constamment entourée d'admirateurs et l'ignorait délibérément. Essayait-elle de le rendre jaloux ? Non qu'elle y fût parvenue. Ce « garçon manqué » n'avait pas la moindre chance de le rendre jaloux ! Non. Il ne l'était pas.

Savait-elle seulement que Lee était un coureur de jupons ? Et que si Robert était issu d'une noble lignée, il était aussi sans le sou ? Ni l'un ni l'autre ne sauraient faire des prétendants convenables. Toujours est-il que leur empressement autour de Storm l'avait exaspéré. Flirtait-elle avec eux ? Non, elle ne savait pas flirter. En fait, il s'était approché pour en avoir le cœur net et s'était senti infiniment soulagé de constater qu'elle ne flirtait pas mais leur racontait une histoire incroyable.

Non qu'il doutât qu'elle eût distancé ces guerriers Comanches. Storm était d'un courage, d'une intrépidité, d'une bravoure qui faisaient défaut à beaucoup d'hommes. Et si elle avait marché sur l'ourlet de la robe de Mary Atherton avant de la bousculer délibérément, c'est que Mary l'avait mérité. Le problème, c'est qu'en agissant ainsi, Storm avait bafoué les codes sociaux. Une lady ne condescendait pas à tenir compte de telles rumeurs. Cette pensée le fit sourire. Storm n'était certainement pas une lady.

Tout à coup, la soirée l'ennuyait. Visiblement, Storm ne lui avait pas pardonné de l'avoir embrassée, la veille. Cela ne l'étonnait pas mais, dans la voiture, tandis qu'Elizabeth ne cessait de parler, il se surprit à se remémorer le goût des lèvres de Storm, son parfum, sa douceur insoupçonnable. Oui, il devait bien le reconnaître : il était sérieusement entiché d'elle. Quelle amante elle ferait !

Il raccompagna Elizabeth à sa porte, mais déclina son offre d'entrer. Après un rapide baiser, il se hâta vers la maison de sa maîtresse.

Audrey était une petite rousse ravissante. Elle l'accueillit dans un négligé des plus suggestifs, congédia ses domestiques et se tourna vers lui en lui demandant d'un ton sans équivoque :

— Que puis-je pour toi à cette heure, Brett ?

Il l'attira dans ses bras.

— Tu dois bien avoir une petite idée, ma douce.

Il s'empara de ses lèvres et glissa les mains sous son déshabillé en fermant les yeux. Comme il la caressait, il s'imagina que c'était Storm et son ardeur s'intensifia au point qu'il eut du mal à la contrôler. Plus tard, alors qu'il se mouvait en elle, l'image de Storm continua de le hanter.

Ce qui ne manqua pas de le déconcerter.

# 6

Couchée sur l'encolure de Demon, la tête dans sa crinière, Storm galopait, aveuglée par les larmes. Elle talonnait sa monture encore et encore, comme pour fuir l'insupportable.

Et, pour couronner le tout, songea-t-elle en ralentissant afin de mettre Demon au trot, elle était sortie seule. Elle préférait ne pas penser à ce qui se passerait si Paul l'apprenait.

Après tout, que lui importait ? Elle en avait assez de ce qui se faisait et ne se faisait pas. De toute façon, quoi qu'elle fît, c'était mal. Quelle corvée que d'être une lady ! Se comprimer le corps dans un corset, marcher en équilibre sur des talons, s'habiller comme une poupée, passer ses soirées à des dîners ou à des bals... Et toutes ces règles ridicules ! La plupart des sujets de conversation étaient considérés comme inconvenants. Une lady n'acceptait pas qu'on lui fasse des avances, n'était pas autorisée à se promener dans un jardin avec un homme pendant plus de deux minutes, et encore moins à enlever ses chaussures en public. Pour clore le tout, elle ne devait jamais écouter des insultes dirigées contre elle et encore moins y répondre.

Storm était d'autant plus désespérée que sa conduite avait choqué Paul.

— Nous ne sommes pas au Texas ici, jeune fille, lui avait-il rappelé en rentrant. Ton comportement n'a fait qu'aggraver les choses.

— Ce n'est pas juste ! s'était-elle défendue. Un homme n'aurait jamais toléré de telles provocations.

— Tu n'es pas un homme.

Ne pouvant réfuter cette évidence, Storm avait changé de tactique.

— Enfin, Paul, elle mentait ! Elle insinuait que j'avais embrassé les deux...

— Et ton langage, Storm, ton langage ! Tu n'es pas une fille de saloon !

Il ne l'écoutait pas. Les larmes aux yeux, elle s'était obstinée :

— Elle n'a eu que ce qu'elle méritait. Personne n'a le droit de m'attaquer de la sorte.

— Monte dans ta chambre et réfléchis à tout cela. Il est tard, nous en reparlerons demain, avait tranché son cousin, intraitable.

Au matin, Storm ne s'était pas sentie d'humeur à continuer de plaider sa cause. Elle ne comprenait pas pourquoi cette fille répandait de telles calomnies à son propos : elles ne se connaissaient même pas ! Si encore elles avaient été ennemies...

Toute à ses pensées, elle ne s'aperçut pas tout de suite qu'elle était arrivée à l'endroit où Brett l'avait embrassée, la veille. Elle se remémora avec émotion la sensation de ses mains sur sa taille, sur sa nuque, le goût de ses lèvres... Sa bouche sur la sienne, d'abord tendre, puis exigeante, insatiable...

Elle fit demi-tour.

Et vit les trois cavaliers pour la première fois.

Ils se trouvaient sur la plage, à quelque distance, mais elle les reconnut pour les avoir aperçus en ville, un peu plus tôt. Ils étaient vêtus comme des cow-boys et venaient sans doute d'un ranch voisin. Elle tenta de se rassurer, mais ne put s'empêcher de frissonner. Et s'ils l'avaient suivie ?

Comme ils approchaient au trot, elle remarqua que leurs montures écumaient, comme après une course effrénée. Pas de doute, ils l'avaient suivie. Elle se félicita d'avoir glissé son pistolet dans son étui, autour de sa cuisse.

— Salut, p'tite dame, lança le plus grand des trois, tandis que les deux autres lui bloquaient le passage sur l'étroite bande de sable.

Elle qui comptait les contourner, c'était raté.

— Pourriez-vous vous écarter ?

— Bien sûr, fit le premier d'un air moqueur, avec un grand geste du bras.

Storm comprit qu'ils n'en feraient rien. Serrant les dents, elle se prépara à lancer l'étalon au galop, espérant forcer le passage. Si elle y parvenait, ils ne pourraient jamais la rattraper.

Mais elle n'eut pas le temps de mettre son projet à exécution. Le lasso siffla, et s'enroula en un éclair autour d'elle. L'homme tira d'un coup sec et la désarçonna sans ménagements.

— On l'a ! lança l'un des cow-boys.

Storm cracha du sable. Les trois types l'entouraient. Le lasso l'emprisonnait. Elle devait atteindre son pistolet.

— Merci, Jésus ! Elle est pas belle, la p'tite ?

— Du calme, fit le premier en mettant pied à terre. Moi d'abord.

Storm parvint à se mettre à genoux, puis debout, malgré ses bras plaqués au corps par le lasso.

— Je ne m'enfuirai pas, mais cette corde me fait mal.

Le chef saisit les rênes de Demon et lui tapa sur la croupe pour qu'il s'éloigne. Puis il ricana.

— Elle ira pas loin.

— Ôtez ce lasso.

— Hé ! comment ça se fait que t'as pas peur ? lança-t-il en s'approchant de Storm qui ne bougea pas, le défiant du regard sans ciller.

Son cœur battait à tout rompre, de colère et de peur mêlées. L'homme tendit le bras et lui toucha la joue. Storm rejeta la tête en arrière. Il rit et recommença, descendit le long de son cou, de sa poitrine.

Storm voulut reculer, mais la corde rendait ses mouvements difficiles. Quand le cow-boy referma les mains sur ses seins, elle lui envoya un bon coup de genou dans l'aine.

Il s'écroula en grognant. Immédiatement, elle se contorsionna pour essayer de se libérer, car le nœud venait de se desserrer, mais celui qui tenait la corde réagit. Toujours à cheval, il tira brutalement sur le lasso. Déséquilibrée, elle s'effondra sur le sol. Aussitôt, il lança son cheval sur la grève en la traînant derrière lui.

Un coup de feu claqua dans l'air.

Les yeux et la bouche fermés pour éviter le sable, Storm ne vit pas tout de suite ce qui se passait. Elle crut que l'un des hommes avait tiré, mais une voix reconnaissable entre toutes s'éleva.

— Tu bouges et je te tue.

Brett!

Blême de rage, il se tenait sur son cheval gris, un peu plus loin, face à deux des trois cow-boys. Il brandissait un petit pistolet finement travaillé qui ne semblait pas pouvoir faire grand mal. Comme elle s'y attendait, les hommes dégainèrent.

Brett tira froidement. Deux fois. Ils s'écroulèrent sur le sol.

Rangeant son arme, il se tourna vers Storm et la toisa froidement.

Crachant du sable, elle se démenait pour se libérer de la corde.

— Nom d'un chien! jura-t-elle pendant qu'il examinait brièvement les deux hommes avant de marcher vers leur chef qu'il désarma. Ils sont gravement blessés?

— Ils sont morts.

Storm en resta sans voix.

— Vous êtes blessée? s'enquit sèchement Brett.

Elle s'essuya la bouche du dos de la main, cracha encore un peu de sable et le regarda. Il était vraiment très en colère. Mais pas après elle... Non, sûrement pas.

— Non, répondit-elle. J'aurais pu me débrouiller toute seule, j'allais sortir mon pistolet.

— C'est ça, jeta-t-il d'un ton mordant.

Il s'approcha d'elle, mais ne fit pas un geste pour l'aider à se relever.

— Vous avez vraiment besoin d'apprendre à vivre.

Storm se mit debout, pleine d'appréhension.

— Je suppose que je dois vous remercier, dit-elle, mal à l'aise.

Le regard dur, il ne répondit pas. Elle recula, cherchant Demon des yeux.

— Vous avez désobéi à Paul. Il est trop doux avec vous.

— Je… j'avais besoin de réfléchir, balbutia-t-elle en reculant encore.

Il lui faisait peur, tout à coup.

— Il est certain que votre petite promenade a dû vous donner à réfléchir !

Il lui saisit le bras sans douceur.

— Lâchez-moi !

Avant qu'elle ait eu le temps de comprendre ce qui se passait, il se laissa tomber à genoux sur le sable, l'entraînant avec lui. L'espace d'un instant, sa peur s'évanouit. Elle sut qu'il allait la prendre dans ses bras et l'embrasser, et son cœur se mit à battre plus vite. C'est alors qu'il l'allongea en travers de ses cuisses, face contre terre. Horrifiée, elle comprit ce qu'il avait l'intention de faire.

— Non, hurla-t-elle, tandis qu'il commençait à lui donner une… fessée ! Salaud !

Lorsqu'il eut terminé de lui administrer sa correction, il la lâcha avec une telle brutalité qu'elle tomba à quatre pattes dans le sable.

— Ne vous avisez plus jamais de sortir seule à cheval, gronda-t-il entre ses dents serrées. Jamais ! Vous avez failli vous faire violer et, à cause de vous, deux hommes sont morts !

Ivre de rage, elle ne l'entendait plus. Elle se jeta sur lui, toutes griffes dehors, frappant à l'aveuglette jusqu'à ce qu'il lui saisisse les poignets. Alors elle fondit sur lui et lui mordit le cou, jusqu'au sang. Il jura et lui bloqua les bras dans le dos. Elle tenta de se dégager, mais elle risquait de se démettre l'épaule au moindre mouvement. Intraitable, il lui tira violemment les cheveux de façon à lui renverser la tête en arrière. Et soudain il écrasa ses lèvres sur les siennes, lui infligeant un baiser douloureux et vengeur.

Sans savoir ce qu'elle faisait, elle entrouvrit la bouche et se plaqua contre lui, s'offrant à lui d'une manière provocante. Leurs langues se cherchèrent, se trouvèrent. Une flambée de désir brûlant incendia le corps de Storm et elle se cambra contre lui pour sentir son sexe durci contre son ventre.

Brusquement, il la repoussa.

Elle chancela mais réussit à ne pas s'effondrer dans le sable. D'abord étourdie par une foule de sensations inconnues, elle s'aperçut tout à coup que le troisième cow-boy n'était plus là.

— Brett ! s'écria-t-elle.

— J'ai vu, dit-il d'une voix rauque.

Mais il ne semblait pas s'en soucier le moins du monde. Il était déjà debout et se dirigeait vers leurs montures. Il enfourcha son étalon gris, ramena Demon et tendit les rênes à Storm.

— Venez !

Elle détestait ses façons. Pour qui se prenait-il ? Il l'insultait, et l'instant d'après l'embrassait comme un voyou sans foi ni loi !

— Je vous conseille de vous dépêcher. Vous ne trouvez pas que vous en avez assez fait ?

Songeant qu'elle n'avait pas le choix, Storm lui arracha les rênes des mains et grimpa sur Demon.

Une fois chez Paul, Brett la poussa sur les marches, dans la véranda et jusque dans l'entrée. Il était furieux, d'accord, mais elle aussi !

Bart parut choqué par cette arrivée intempestive.

— Où est Paul ?

— Dans la salle à manger, monsieur.

— Lâchez-moi ! s'écria Storm, hors d'elle.

— Restez tranquille. Et laissez-moi parler, c'est clair ?

— Je suis capable de le faire.

S'il racontait ce qui s'était passé, ce serait pire, car il n'omettrait aucun détail.

— Taisez-vous, ordonna-t-il sèchement en l'entraînant vers la salle à manger.

Il ne la lâcha que sur le seuil. Paul lisait son journal en buvant une tasse de café. Il leva les yeux, puis fronça les sourcils en découvrant l'état de Storm.

— Brett ! Que s'est-il passé ?

— Paul, je... commença la jeune fille.

Brett l'interrompit en lui serrant le poignet à le briser.

— Il y a eu un problème, Paul.

— Asseyez-vous, les invita Langdon en dévisageant Storm avec appréhension.

Brett la jeta presque dans un fauteuil près de son cousin, mais resta debout derrière elle, une main posée sur son épaule. Une main menaçante.

— Storm et moi nous promenions à cheval, commença-t-il. Nous avions pris rendez-vous hier soir. Nous galopions quand j'ai soudain senti King peiner. Il boitait. J'ai appelé Storm mais elle ne m'a pas entendu, alors je me suis arrêté. King avait un caillou coincé entre le fer et le sabot.

Storm se tourna à demi et le considéra avec stupeur. Il poursuivit son récit sans ciller.

— Quand je l'ai rattrapée, trois types l'entouraient, l'un d'entre eux l'avait prise au lasso. Inutile de te dire que j'ai sorti mon revolver. Deux des hommes sont morts et le troisième s'est enfui.

Storm n'en revenait pas. Pourquoi la protégeait-il ainsi ?

— Mon Dieu ! s'écria Paul. Heureusement, vous n'avez rien tous les deux. Bart ! appela-t-il. Allez chercher le shérif Andrews ou l'un de ses adjoints. Merci, Brett.

— Ce n'est rien, répondit-il en lâchant enfin l'épaule de la jeune fille. Heureusement que j'étais avec elle.

Percevant l'ironie de sa réponse, Storm s'empourpra. S'il avait dit la vérité, elle se serait défendue avec véhémence. Au lieu de cela, il s'attribuait la responsabilité de ce qui était arrivé... et elle se sentait affreusement coupable.

— As-tu reconnu ces hommes ?

— Non. Mais je reconnaîtrais celui qui s'est sauvé.

— Storm, comment te sens-tu ? s'inquiéta Paul.

— Bien, répondit-elle en s'efforçant de soutenir son regard.

— J'espère que tu as remercié Brett. Seigneur! S'il était arrivé un peu plus tard...

Storm essaya de se persuader qu'elle n'aurait pas eu besoin de lui, qu'elle était sur le point d'attraper son pistolet. Oui, sur le point... Ce n'était pas une raison pour lui vouer une reconnaissance éternelle. Il l'avait suffisamment malmenée comme cela.

— Oui, je l'ai remercié, dit-elle du bout des lèvres. Puis-je monter?

— Bien sûr. Si le shérif désire te poser quelques questions, je t'appellerai.

En quittant la pièce, Storm entendit Paul qui disait:

— Il faut éviter que la nouvelle se répande. Storm n'a pas besoin d'un autre scandale.

— Il est certain que deux morts, ça fera jaser...

— Imagine que ce soit arrivé alors qu'elle se promenait seule. Merci encore d'avoir été là, Brett.

Storm s'en fut en courant dans l'escalier. Elle ne voulait pas en entendre davantage. Elle ne pouvait rien contre les rumeurs qu'elle essaimait derrière elle, rien contre le fait qu'elle était là, à San Francisco, alors qu'elle aurait préféré être chez elle. Et puis, elle ne comprenait pas pourquoi Brett avait menti pour la protéger.

Le scandale éclata l'après-midi même, en dépit de l'accord du shérif pour taire l'incident. Dans l'espoir d'arrêter le troisième larron, Andrews envoya ses hommes enquêter et, avant 2 heures de l'après-midi, Brett ne pouvait plus faire un pas sans être assailli de questions.

Il marchait dans la rue quand il croisa Leanne Saint-Clair et sa mère, dans leur attelage. Elles le hélèrent et il ne put les éviter.

— Bonjour, Brett, lança Helen, aussitôt imitée par sa fille qui affichait un air faussement timide.

Brett n'était pas d'humeur badine. Il avait tué deux hommes et cela le perturbait plus qu'il ne le laissait voir. Il avait déjà dû recourir à cette solution extrême lorsqu'il cherchait de l'or, mais jamais de gaieté de cœur. Certes, il s'agissait chaque fois d'un cas de légitime défense, mais cela ne le consolait pas vraiment.

En tout cas, si cette gamine inconsciente avait agi autrement, rien de tout cela ne serait arrivé. Il était furieux contre elle.

Se rappelant les rumeurs mensongères que Leanne avait fait courir sur Storm, il ne fit aucun effort d'amabilité envers elle. Et puis, la lumière du jour ne l'avantageait pas, elle accusait la méchanceté inscrite sur ses traits, la malveillance que la pénombre estompait.

— Alors, Brett, toute la ville en parle ! Racontez-nous, le pressa Helen, tout excitée.

— Raconter quoi ?

— Oh, Brett ! renchérit Leanne. Vous savez bien. Comment vous avez défendu Storm. A-t-elle été blessée ? Est-elle... perdue ?

— Mesdames, je ne vois pas à quoi vous faites allusion, rétorqua froidement Brett. Excusez-moi, je suis pressé.

Sur ce, il les planta là, laissant Helen bouche bée devant sa grossièreté.

Un peu plus loin, deux de ses connaissances l'arrêtèrent de nouveau pour le questionner à propos de ces deux hommes qu'il avait tués pour défendre Storm. Brett feignit l'ignorance et traversa le foyer blanc et or de l'hôtel Royal sans regarder personne. Quand son propre invité voulut savoir si ce que l'on disait était vrai, il eut envie de l'étrangler. Incapable de supporter tous les regards interrogateurs posés sur lui, il finit par tourner les talons et sortir, renonçant à son déjeuner.

Dans le sanctuaire de son bureau du *Golden Lady*, il songea que Storm n'était décidément qu'une source d'ennuis. Jamais elle n'apprendrait à se comporter comme une lady. Il se demandait d'ailleurs quelle lubie l'avait pris de mentir à son cousin pour la protéger.

Plusieurs heures plus tard, on frappa à sa porte. Il croyait qu'il s'agissait d'une servante qui lui apportait la collation qu'il avait demandée, mais, à sa grande surprise, ce fut Marcy Farlane qui se présenta.

Il se leva aussitôt.

— Marcy ? Que se passe-t-il ? Tout va bien, j'espère ?

— Oh, oui ! répondit-elle, le gratifiant d'un grand sourire. Brett, je suis désolée de venir vous déranger ici, mais nous devons parler.

Il lui proposa le sofa où elle prit place avec grâce, enlevant ses gants de voile blanc.

— Je n'arrive pas à croire que vous soyez venue ici, Marcy.

— Et pourquoi ? J'ai toujours rêvé de trouver une excuse pour visiter un endroit comme celui-ci.

— Vous savez, Marcy, le rez-de-chaussée abrite un bar comme un autre.

— Et moi qui m'attendais à voir courir des femmes nues un peu partout !

Brett se détendit quand il s'aperçut qu'elle le taquinait.

— C'est à l'étage qu'elles courent toutes nues, pas ailleurs.

Marcy sourit et posa sa belle main fine sur la sienne.

— Brett, Storm ne parlera pas… Que s'est-il passé ?

Il soupira.

— J'ai été assailli toute la journée par des gens qui voulaient savoir ce qui s'était *vraiment* passé.

— Je suis désolée, mais je m'inquiète pour Storm.

— Je sais, mais je n'ai rien de nouveau à vous apprendre. Nous étions à cheval, King s'est mis à boiter. Je me suis arrêté, elle a continué et s'est fait accoster par trois hommes. J'en ai tué deux, le troisième s'est sauvé.

— Pauvre Storm ! Heureusement que vous étiez là… Brett, elle n'a pas été blessée ?

— Non.

Marcy sembla soulagée, mais pas tout à fait convaincue.

— J'ai du mal à croire que vous soyez allés vous promener à cheval ensemble.

— Pourquoi ?

— Storm m'a dit que... Bon, je ne répéterai pas ses paroles exactes, mais elle m'a laissée entendre que, bien que nous soyons amis, vous et moi, elle ne serait jamais la vôtre.

— Vraiment ?

— Vous comprenez mieux mon étonnement ?

— C'est pourtant le cas, trancha-t-il. Cela dit, je ne recherche pas spécialement sa compagnie moi non plus.

Il ne dirait la vérité à personne, pas même à Marcy. Mais Storm n'était qu'une ingrate, une insupportable môme !

— Ah !... Eh bien, estimons-nous heureux qu'elle n'ait rien. Merci, Brett.

— Je vous en prie.

Marcy l'observa un instant.

— Et vous, ça va ?

— Bien sûr.

Elle soupira avant d'ajouter :

— Storm a annulé toutes ses invitations de la semaine prochaine. Elle a eu raison. Paul et moi nous sommes rendu compte que nous l'avions poussée trop loin, trop vite, en brûlant les étapes. C'était une erreur. Nous laisserons ce scandale s'apaiser avant le bal du Belcastel.

— Bonne idée, admit Brett.

Marcy se leva et il l'imita.

— Excusez-moi d'insister, Brett, mais... étiez-vous vraiment en train de vous promener ensemble ?

— Bien sûr, répondit-il sans ciller.

Alors, Marcy sourit et lui prit la main.

— Merci du fond du cœur.

Elle l'embrassa sur la joue et se dirigea vers la porte. Brett la suivit du regard en se demandant ce que Storm avait bien pu lui raconter.

# 7

L'exil que Storm s'était imposé avait fini par lui peser. Elle avait envie de se rendre à ce bal, mais plus l'heure approchait, plus son appréhension grandissait. C'était sa première apparition en société depuis le fiasco de la dernière fois.

Et puis, elle avait envie de voir Brett.

Elle avait occupé sa semaine à chevaucher chaque jour durant des heures en compagnie de Bart, à lire Shakespeare, Melville et Dickens. Elle avait accompagné Paul à Sacramento où il possédait une société, appréciant le voyage en bateau sur le fleuve. Mais elle n'était pas habituée à ne rien faire de constructif de ses journées.

Des journées durant lesquelles elle n'avait cessé de penser à Brett.

Elle voulait lui demander pourquoi il avait menti pour elle. Sans se l'avouer, elle avait espéré qu'il lui rendrait visite mais il n'en avait rien fait. En revanche, Randolph, James, Lee et Robert ne s'en étaient pas privés. Seul Randolph avait tenté de l'interroger sur sa mésaventure avec les trois cow-boys, avide d'en connaître les détails. Elle s'était énervée et il n'avait pas insisté.

Leanne et sa mère s'étaient présentées elles aussi, en quête de ragots, bien sûr, insinuant même qu'elle avait été molestée, ou pire. Si Marcy n'avait pas été là, Storm les aurait jetées dehors sans prendre de gants. Mais la jeune femme avait su trouver les mots corrects mais non moins efficaces pour les remettre à leur place, et les deux commères étaient parties sans demander leur reste.

À présent, Storm, aidée de sa femme de chambre, était occupée à revêtir une ravissante robe de bal en taffetas bleu roi. L'idée de revoir Brett lui mettait le cœur en fête.

Le souvenir de leurs baisers ne cessait de la hanter.

Marcy frappa discrètement et entra. Elle portait une robe rebrodée d'or qui mettait en valeur la blancheur de ses épaules et de son décolleté. C'étaient les Farlane qui emmenaient Storm et Paul au Belcastel, ce soir-là.

— Storm, tu es superbe ! s'écria-t-elle avec enthousiasme.

La jeune fille se tourna face à la psyché et son sourire s'évanouit. Elle ne se reconnut pas dans cette créature resplendissante, aux yeux d'un bleu aussi vif que celui de sa robe. Elle tira sur le décolleté dans l'espoir de le remonter. Impossible !

— C'est... outrageusement profond !

— C'est la mode, affirma Marcy.

— Si je me penche, on verra tout.

— Pourquoi vous pencheriez-vous ?

— Oh, Marcy ! Je ne peux pas sortir ainsi.

— Storm, vous êtes magnifique et ces messieurs nous attendent. Venez vite.

Storm se sentait nue dans cette robe qui dévoilait ses épaules, et une bonne partie de ses seins. Seules des manches bouffantes jusqu'aux coudes cachaient un peu ses bras.

Une fois dans la voiture, elle s'efforça de se détendre en oubliant son apparence. Comme si elle devinait ses pensées, Marcy lui pressa gentiment la main. Mais Storm restait soucieuse à l'idée qu'on pût l'interroger sur l'incident de la plage.

Arrivés au Belcastel, ils durent faire la queue dans la contre-allée, derrière cinq voitures, avant de s'arrêter à leur tour devant les marches de l'entrée. Paul saisit fermement le bras de Storm pour l'aider à descendre, mais elle s'était habituée aux talons hauts et parvenait à marcher sans tituber. En revanche, elle ne portait toujours pas de corset et n'en porterait sans doute jamais.

Son cœur battait la chamade quand elle franchit la porte. Comme les autres femmes, elle laissa son manteau au maître d'hôtel et pénétra dans l'immense salle de bal où tout le gratin de San Francisco était réuni.

Elle vit Brett immédiatement. Il était en conversation avec quelques personnes et il lui parut diaboliquement séduisant dans sa veste à queue-de-pie noire, assortie d'un gilet et d'une cravate gris argent. Séduisant et viril. Leurs regards s'accrochèrent.

Storm rougit tandis qu'il la détaillait tranquillement, s'attardant sur son décolleté. Tout à coup, elle se félicita du choix de la robe, car elle semblait lui plaire. Elle se rendit compte soudain qu'il n'était pas le seul à l'observer. À sa grande confusion, tout le monde la regardait et l'on chuchotait sur son passage.

Puis ses quatre prétendants l'entourèrent, exprimant bruyamment leur admiration et leur plaisir de la revoir. Robert et Lee se querellèrent pour savoir qui aurait le privilège de la première danse, Randolph lui prit le bras et James proposa d'aller chercher du champagne. Très vite, Storm oublia qu'elle faisait l'objet de l'attention générale.

Mais elle n'oublia pas Brett. À aucun moment il ne quitta ses pensées, même quand elle tournoya dans les bras des uns et des autres, s'arrêtant de temps en temps pour se désaltérer. Chaque fois qu'elle le cherchait des yeux, elle surprenait son regard intense posé sur elle, comme si elle aussi était l'unique objet de ses préoccupations. Elle réalisa alors qu'il était venu seul.

Un inconnu l'invita à danser et elle repartit sur la piste. Ses pieds étaient douloureux, mais elle y fit à peine attention. Storm s'amusait. Les hommes l'admiraient ouvertement, lui disaient tous qu'elle était belle si bien qu'elle commençait à le croire. Les cavaliers se succédèrent sans lui laisser le temps de retenir leurs noms.

Les valses commençaient à peine quand Brett s'interposa.

— Désolé de vous l'enlever, dit-il fermement.

Et, l'enlaçant, il l'entraîna sur la piste. Immédiatement, le contact de son corps la grisa.

— Je n'ai jamais vu une femme aussi belle que vous, Storm, murmura-t-il d'une voix rauque.

Elle crut s'évanouir de plaisir.

Brett s'avéra un cavalier hors pair, la menant d'un pas sûr, habile et souple. Sa main sur sa taille n'était pas légère, comme celle des autres, mais ferme. À travers le taffetas et les jupons, sa peau frémissait sous la pression de ses doigts. Incapable de s'en empêcher, Storm le fixait comme si elle le voyait pour la première fois, essayant de graver dans sa mémoire chaque trait de son visage, la ligne de ses lèvres dont la perfection, la sensualité la fascinaient.

— Aimez-vous ce que vous voyez ?

Sa voix était chaude, profonde, légèrement plus rauque que d'habitude. Storm frissonna jusqu'au tréfonds.

— Oui, avoua-t-elle simplement.

Leurs regards se soudèrent.

— Storm, murmura-t-il.

Il prononçait son prénom comme une caresse.

— Brett ?

— Je crois que je suis en train de tomber sous le charme…

*Sous le charme… Il tombait sous le charme…* Storm se demanda si elle ne rêvait pas. Non. Peu à peu, elle se sentit sans force, totalement en son pouvoir, subjuguée par l'intensité de sa présence.

— Brett… Pourquoi avez-vous menti à Paul ?

Un lent sourire naquit sur ses lèvres.

— Pour sauver votre réputation. Vous n'auriez pu surmonter le scandale que la vérité aurait suscité. Les langues de vipères auraient insinué que vous aviez cherché à vous faire violer. Pire, que vous l'aviez été, que j'étais arrivé trop tard.

Storm rougit en mesurant la magnanimité de son geste.

— Merci, dit-elle dans un souffle.

Elle s'aperçut soudain qu'il l'avait entraînée discrètement vers les portes-fenêtres qui donnaient sur la terrasse où ils sortirent.

— Brett ! tenta-t-elle de protester, sans grande conviction, car elle mourait d'envie de se retrouver seule avec lui.

Il l'attira à l'écart et glissa le bras autour de sa taille, la pressant contre lui.

— Vous devez être fatiguée, vous avez dansé toute la soirée.

— Je ne suis pas fatiguée, j'ai simplement les pieds en compote.

Il se mit à rire et elle le contempla, émerveillée. Ses yeux brillaient quand il la regardait. Il lui effleura la joue du dos de la main et – était-ce son imagination ? – elle crut le sentir trembler.

Il la troublait plus que de raison. Le contact de son corps contre le sien lui faisait perdre le sens des réalités.

— Je vais chercher quelque chose à boire. Champagne ou punch ?

— Champagne.

Dès qu'il se fut éloigné, elle s'aperçut que son cœur battait à grands coups. Légèrement oppressée, elle s'appuya à la balustrade et respira profondément, offrant son visage au clair de lune. L'air était frais mais elle n'en avait cure. Brett allait la rejoindre, la prendre dans ses bras et l'embrasser... Elle était terriblement impatiente.

Il revint avec deux verres.

— À quoi pensiez-vous ? s'enquit-il en souriant. Vous faisiez un vœu en regardant la lune ?

Elle but une gorgée de champagne sans quitter l'astre lumineux des yeux.

— J'imaginais que vous m'embrassiez, risqua-t-elle.

Brett retint son souffle. Elle se tourna vers lui et le fixa sans ciller. Il lui prit sa coupe, la posa avec la sienne sur le large bord de la rambarde.

— Je ne demande qu'à réaliser vos vœux, murmura-t-il en l'attirant dans ses bras.

Il était chaud et ferme, comme dans son souvenir. Leurs deux corps s'épousaient parfaitement. Ils semblaient faits l'un pour l'autre. Elle se pressa contre lui comme pour se perdre en lui. Il laissa ses mains remonter le long de son dos, suivit la courbe de ses épaules, de sa nuque jusqu'à la naissance des cheveux. L'intensité de son regard fit courir en elle de doux frémissements. Il se pencha pour capturer ses lèvres.

Elle noua les mains autour de son cou, il l'embrassa doucement, brièvement, et s'écarta. Elle protesta, alors il l'attira dans une étreinte plus fougueuse et leurs bouches se mêlèrent en un baiser sauvage qui la fit gémir de plaisir.

Le même désir passionné les faisait trembler l'un contre l'autre. Elle appuya son ventre contre le sien, éperdue de le sentir si dur. Il lui caressait le dos, s'émerveillant de la douceur de sa peau. Ses doigts s'égarèrent sur les cordons de son corsage qu'il dénoua.

— Non, souffla-t-elle.

La robe délacée révélait ses seins dans toute leur splendeur. D'abord hypnotisé par ce spectacle, Brett glissa la main dans son décolleté. Storm se défendit faiblement. Il la serra de nouveau contre lui et ils s'embrassèrent sans retenue. Haletant, il lui caressait les seins, les pressant, les effleurant, en pinçant doucement les pointes tendues. Une sorte de grognement animal gronda en lui. Ivre de bonheur, Storm ne savait plus où elle était. Elle gémissait de plaisir. Un désir irrépressible l'incita à s'arc-bouter contre lui.

Il la souleva alors dans ses bras et descendit les marches de la terrasse, l'emmenant dans un coin retiré du jardin obscur. Il l'allongea sur le sol humide. La lune révélait la courbe magnifique de ses seins.

— Ma robe, parvint-elle à articuler.

— Storm, dites-moi d'arrêter, l'implora-t-il en prenant son visage entre ses mains.

Elle posa la main sur sa joue et il frémit. Émerveillée par ses réactions, elle lui caressa le cou et glissa les doigts sous sa chemise pour toucher son torse musclé. Il retint un gémissement et, lui enserrant la taille à deux mains, il la souleva vers lui pour refermer sa bouche sur ses seins palpitants qu'il se mit à mordiller, en aspirant les pointes si sensibles, plus fort, toujours plus fort.

— Brett ! Je vais mourir…

— Non, mon amour… Vous n'allez pas mourir, murmura-t-il d'une voix rauque avant de continuer.

Sa langue entama une danse circulaire. Storm haletait. Un plaisir brûlant montait en elle. La main de Brett était sur son ventre, le pressait, descendait, appuyait…

— Oh oui, oui ! le supplia-t-elle en frissonnant.

Il intensifia ses caresses à travers le tissu.

Storm sentit alors la fraîcheur de l'air sur ses jambes. Brett avait soulevé ses jupes. Sa main remonta lentement le long de ses cuisses, sur le voile très fin du pantalon, s'insinua sous le tissu. Elle se cambra pour lui faciliter le passage et il s'empara de ses lèvres tout en s'insinuant dans les replis brûlants de sa chair.

Ses doigts se mouvaient entre ses jambes au rythme de sa langue dans sa bouche et, tout à coup, le plaisir explosa en elle, lui arrachant un cri qu'il étouffa tant bien que mal. Éblouie, haletante, elle se sentit submergée de myriades de sensations exquises qui roulèrent en elle, la secouèrent de la tête aux pieds, avec un point culminant au creux du ventre. Puis la tempête se calma peu à peu.

— Storm, dit-il d'une voix pressante.

Elle ouvrit les yeux.

Agenouillé entre ses jambes, le souffle court, il semblait se contrôler avec peine.

— S'il vous plaît, l'implora-t-il.

Il posa des mains hésitantes sur sa ceinture. À travers son pantalon, elle voyait son sexe dressé. Brett la fixait, attendant sa réponse.

— Oui, murmura-t-elle tandis qu'une nouvelle vague de désir montait en elle.

— Dieu du ciel ! cria soudain une voix féminine.

Brett prit aussitôt Storm dans ses bras pour la cacher à la vue de l'intruse.

— Brett D'Archand ! glapit-elle.

Recouvrant ses esprits, Storm voulut se rajuster, mais ses jupes étaient relevées trop haut, son corsage béant.

— Helen ! marmonna Brett.

Oh, non ! Pas elle ! Helen Saint-Clair s'avança et Storm croisa son regard effaré.

— Je le savais ! J'en étais sûre ! s'écria celle-ci d'une voix triomphante en faisant brusquement volte-face pour se ruer à l'intérieur.

Pour la première fois, Storm se rendit compte de ce qu'ils venaient de faire.

— Tournez-vous, Storm, il faut que je referme votre robe, la pressa Brett.

— Oh, mon Dieu !... dit-elle en lui présentant son dos.

— Il ne nous sera pas d'un grand secours, j'en ai peur. Bon sang !

Il l'aida à se remettre debout.

— Je... je ne peux pas retourner là-bas.

Son chignon était défait, ses cheveux pendaient dans son dos et des brins d'herbe y étaient certainement accrochés.

Il la contempla d'un air navré.

— Non, vous ne pouvez pas. Je suis désolé.

Ils se regardèrent un instant en silence, puis des bruits de voix leur parvinrent. Instinctivement, Brett se plaça devant Storm pour la protéger.

— Où est-elle ? rugit Paul Langdon.

— Du calme, Paul, dit calmement Brett. Il n'est rien arrivé.

— Helen Saint-Clair m'a raconté précisément ce qu'elle avait vu, cria Paul.

Et, sans prévenir, il envoya son poing dans la figure de Brett qui tituba en arrière, contre Storm.

— Storm, ça va ? s'écria Marcy en accourant.

— Reste en dehors de cela, Marcy, intervint Grant en la retenant.

— Je suis désolé, dit Brett à Paul. Il ne s'est rien passé.

— Viens ici, Storm, ordonna Paul d'une voix si dure qu'elle lui obéit sans protester.

Les yeux baissés, mortifiée, elle aurait voulu disparaître sous terre..

— Nous allons partir par la porte de derrière. Grant, je te renvoie la voiture.

— D'accord.

Sans un mot de plus, ni un regard pour Brett, Paul saisit le bras de Storm et l'entraîna vers le fond du jardin. Peu après, il la jetait presque dans la voiture et ne lui adressa pas la parole de tout le trajet.

Dès leur arrivée, Storm voulut monter dans sa chambre mais Paul l'en empêcha :

— Non, jeune fille, dans mon bureau.

Elle le suivit sans protester et il referma la porte.

— C'est vrai ?

— Quoi ?

— Helen a dit que tu étais allongée par terre, sur le dos.

Affreusement gênée, Storm hésita.

— Ta robe était défaite.

Elle ne pouvait lui dire ce qui s'était passé, c'était inconcevable.

— Il m'a seulement embrassée.

— Avec tes jupes relevées et ton corsage ouvert ?

Par pudeur, il se détourna.

Rouge comme une pivoine, Storm songea qu'Helen était une vraie peste. Qu'avait-elle dit d'autre ? Et à qui ?

— Monte dans ta chambre, lui ordonna soudain Paul. J'ai besoin de réfléchir.

Storm dut se retenir pour ne pas courir. Une fois dans sa chambre, le soulagement de se retrouver enfin seule fut de courte durée. Des pensées désordonnées l'assaillaient. Elle se coucha, mais trop agitée pour trouver le sommeil, elle ne cessa de ruminer. Comment avait-elle pu faire une chose pareille ?

Paul allait la renvoyer chez elle. Ce serait la disgrâce. Jamais plus elle n'oserait regarder ses parents en face, et encore moins son père. Et comme ils seraient déçus !

Car Paul leur enverrait certainement une lettre leur expliquant les raisons de son retour. Elle pouvait certes leur écrire de son côté, mais quelles excuses invoquerait-elle ? N'avait-elle pas été consentante ? De tout son être ?

Au moins, elle retrouverait sa maison qu'elle n'aurait jamais dû quitter. Les catastrophes n'avaient cessé de se multiplier depuis qu'elle était partie. Plus tôt elle rentrerait, mieux cela vaudrait.

Maintenant que sa réputation était perdue, plus personne ne l'inviterait. Tant mieux. La seule idée de se montrer en public lui donnait la chair de poule. Tout le monde chuchoterait sur son passage. Tout le monde saurait les choses honteuses qu'elle avait faites.

Brusquement, Storm se rendit compte qu'il lui faudrait attendre au moins deux mois avant que son père vienne la chercher. Un mois pour que la lettre lui parvienne. Un mois pour son voyage jusqu'à San Francisco. Comment endurer le poids de son déshonneur pendant deux mois ?

Elle se sentait incapable de revoir son cousin, Marcy, et Brett... Oh, Brett ! Sa seule évocation faisait courir son sang plus vite dans ses veines. Le souvenir de ses lèvres sur les siennes, de la chaleur de son corps, de ses... caresses, mettait ses sens en ébullition. Il avait menti une première fois pour la protéger. Quand Helen était apparue, il avait de nouveau tenté de la préserver en la cachant derrière lui. Il s'était interposé entre elle et Paul...

Mais il ne pouvait la prémunir contre les conséquences de ses actes. Ni lui ni personne.

« Je suis désolé », avait-il dit, mais elle se souvenait de la flamme qui brûlait au fond de ses yeux. De la force de ses étreintes. De la douceur de ses caresses.

Il la déroutait. Elle ne savait plus ce qu'elle éprouvait.

Et son père... Quelle déception pour lui !

Quand les premières lueurs de l'aube apparurent, une horrible pensée s'empara soudain de son esprit. Son père allait tuer Brett !

Elle s'assit dans son lit, affolée, ne doutant pas de cette issue fatale. Jamais Derek ne laisserait la vie sauve à un homme qui avait déshonoré sa fille.

Prise d'angoisse, elle se leva et se mit à arpenter sa chambre. Elle devait prévenir Brett ! Il était en danger ! Elle devait le convaincre de quitter la ville quand son père viendrait, et elle avait deux mois pour y parvenir.

De plus en plus abattue, elle se remit au lit. Plus elle pensait à cette histoire et à ses conséquences, plus elle en mesurait la portée et la gravité. Elle allait quitter la ville, et plus jamais elle ne reverrait Brett.

Cette évidence n'aurait pas dû l'affecter outre mesure. Pourtant, ce n'était pas le cas. Elle rejeta alors la faute sur lui. Il aurait dû la repousser, arrêter tant qu'il en était encore temps. Oui, tout était sa faute !

Anéantie, ne voyant aucune issue à cette situation catastrophique, Storm se mit à pleurer.

Brett se versa un double brandy et en avala une longue rasade avant de se laisser tomber dans un fauteuil. Bon sang, qu'avait-il fait !

Jamais il n'avait perdu les pédales de cette manière. Jamais ! Il avait failli déflorer une jeune fille et l'avait presque déshonorée sans songer aux conséquences. Comment avait-il pu en arriver là ? La seule chose dont il se souvenait, c'était cette furieuse envie d'aller jusqu'au bout, et son incapacité à se maîtriser. La passion l'avait égaré. Elle-même le désirait avec la même violence et, au lieu de l'arrêter, elle l'avait ardemment encouragé. Seigneur !

Il ferma les yeux, mais l'image de Storm s'imposa aussitôt à son esprit. Il la voyait, à demi nue, arc-boutée contre lui, les seins offerts, les jambes écartées... Elle était brûlante et humide de désir. Prête à l'accueillir. Et sa façon de s'abandonner à l'orgasme... Un orgasme puissant, inattendu.

Mon Dieu ! Dans le jardin du Belcastel !

Il se leva et finit son brandy. L'idée qu'elle n'était pas innocente l'effleura. Il se raidit. Et si elle était une de ces jeunes filles de bonne famille qui se livrent aux pires excès en cachette ? Non, ce n'était pas possible.

Mais il se rappela comment elle avait attisé sa passion. Une lady ne cédait pas à de tels élans.

Et il la revit le premier jour. En tunique et pantalon de daim. Totalement inconsciente de sa féminité. Telle une sauvageonne. Serait-il possible que, dès son plus jeune âge, elle se soit roulée dans l'herbe avec tous les garçons du Texas ?

Cela expliquerait sa fougue débridée.

De toute façon, qu'il en soit ainsi ou non, cela ne changeait rien à l'affaire. Il avait ruiné sa réputation. Il l'avait déshonorée.

Brett ne fut pas surpris de recevoir un message, un peu plus tard. Paul Langdon lui demandait de se présenter chez lui le lendemain matin à 8 heures. Il froissa le billet dans sa main et le jeta dans l'âtre. Il ne voulait pas épouser Storm mais c'était la seule solution.

Après une nuit sans sommeil, il alla chez Paul qui l'accueillit dans son bureau, le visage fermé.

— Paul, je suis vraiment désolé, commença Brett, navré d'avoir trahi son ami.

Pourtant, il se sentait soulagé d'avoir pris la seule décision susceptible de réparer son écart de conduite.

— Moi aussi, répliqua Paul. Toi, l'un de mes amis les plus proches, en qui j'avais une confiance aveugle. Dis-moi, vos promenades à cheval étaient-elles innocentes ?

— Bon sang, Paul ! Tu sais bien que oui !

— Tu dois l'épouser, déclara-t-il d'un ton sans réplique.

Brett s'assombrit. Bien sûr qu'il l'épouserait, mais Paul aurait au moins pu l'écouter. Et surtout, il aurait dû le laisser s'amender en lui demandant lui-même la main de Storm.

— Je suis responsable d'elle, continua Paul. Je ne peux pas la renvoyer chez elle parce que, si nous en sommes là, c'est à cause de ma négligence et de ma légèreté de l'avoir confiée à un ami.

— Je ne l'ai pas déflorée, précisa Brett, même s'il n'était plus très sûr de l'innocence de Storm Bragg.

— Le mariage aura lieu samedi prochain, assena Paul, intraitable. Dans l'intimité. Avec les Farlane pour témoins.

Samedi prochain... dans une semaine. Brett sentit la colère monter en lui.

— Et je suppose qu'elle est d'accord ?

— Bien sûr.

Brett tourna le dos à Paul et s'appuya au manteau de la cheminée. Et s'il était tombé dans un piège ? Depuis le début ? N'était-il pas le célibataire le plus convoité de tout San Francisco ? Pourquoi Storm serait-elle différente de toutes celles qui ne savaient pas quoi inventer pour attirer son attention et devenir la femme du très riche Brett D'Archand ? L'entraîner à la compromettre était la plus sûre manière de parvenir à ses fins. Il comprenait mieux, tout à coup.

Il fit volte-face et toisa froidement son ami.

— Dis-moi, Paul ? Est-ce ton idée ou la sienne ?

— Peu importe. Tu dois l'épouser.

Furieux contre lui-même, contre elle, contre les circonstances qui les avaient entraînés dans cette impasse, Brett oublia son désir d'agir honorablement.

— Je suis certain que plus d'un jeune homme de San Francisco serait trop heureux d'épouser Mlle Bragg.

— Je te ruinerai, siffla Paul.

— Quoi ?

Brett avait bien entendu, mais il n'en croyait pas ses oreilles.

— Je te ruinerai ! Je bloque ton prêt. J'arrête de verser les fonds. Tu te retrouveras à court d'argent, Brett. Tu seras obligé de liquider la moitié de tes biens.

Brett réfléchit à toute allure. Si Paul devenait son ennemi, il pouvait en effet lui causer de sérieux soucis. Il ne se retrouverait pas vraiment pauvre, non. Mais il lui faudrait du temps avant de revenir à ce niveau. Et il n'en était pas question.

— C'est du chantage.

— Absolument.

— Très bien. Voilà qui rend cette décision plus facile à prendre. Fais-moi savoir à quelle heure je dois être présent, samedi.

Sur ces mots, il sortit à grandes enjambées.

Jamais il ne laisserait une gamine stupide le priver de l'empire qu'il avait bâti ou mettre sa respectabilité en péril. Il avait travaillé trop dur pour qu'un moment de passion détruise sa vie. Il épouserait Storm Bragg.

À midi, Storm prit un petit déjeuner tardif dans sa chambre. Elle se sentait lâche, mais elle ne voulait voir personne. Pas même les domestiques. Elle avait réussi à dormir quelques heures, une fois le jour levé, mais elle était épuisée et n'avait pas faim. L'estomac noué, elle attendait le verdict, et il ne tarda pas.

Vêtue d'une simple jupe et d'un chemisier blanc, ses longs cheveux nattés dans le dos, elle descendit. Paul se trouvait dans son bureau, occupé à étudier des papiers. À la stupeur de la jeune fille, il l'accueillit avec un grand sourire.

— Entre, je t'en prie, et ferme la porte. J'ai de bonnes nouvelles.

Perplexe, Storm s'exécuta et s'adossa contre le battant.

— Paul, je suis tellement désolée...

— Ce n'est pas ta faute. Brett est un homme expérimenté, roué. Tu n'avais aucune chance contre lui.

Des larmes de soulagement embuèrent le regard de Storm.

— Il était là ce matin, reprit Paul.

— Ah... ?

— Il a admis qu'il n'y avait qu'une solution.

Storm fronça les sourcils.

— Tu as écrit à mon père ?

— Oui. Mais je n'ai pas jugé opportun d'entrer dans les détails. J'ai plutôt souligné que Brett était le meilleur parti de San Francisco et qu'il pouvait être fier.

— Le meilleur parti... Qu'est-ce que cela signifie ?

— Le mariage aura lieu dans une semaine, samedi prochain. Un mariage dans l'intimité la plus stricte, cela va de soi.

Un sourire lumineux éclaira son visage et il ajouta :

— Je reconnais que ce n'est pas exactement la cour dans les règles dont rêvent les jeunes filles, mais Brett est un homme bien. Un peu trop viril, peut-être, mais… il fera un bon mari.

Storm en resta bouche bée.

— Un mari ! Mais… il est d'accord ?

— Bien sûr. Brett est un homme d'honneur.

Elle se laissa tomber dans un fauteuil, atterrée.

— Je ne peux pas l'épouser, Paul ! Je croyais que tu me renvoyais chez moi.

— Storm, c'est vraiment la meilleure solution. Tu auras un mari brillant, séduisant, qui a réussi. Pourquoi voudrais-tu rentrer chez toi dans la disgrâce ?

— Mais je ne veux pas devenir sa femme ! Il ne me plaît même pas.

— Trop tard. Brett doit réparer les dommages qu'il a causés. Je ne peux pas te renvoyer chez toi déshonorée, et tu ne saurais trouver de meilleur mari.

— Je ne veux pas me marier. Ni maintenant ni jamais.

Au moment où elle prononçait ces paroles, Storm se rendit compte qu'en acceptant ce compromis, ses parents ne sauraient sans doute jamais rien de sa conduite. Ils seraient fiers d'elle au contraire…

Ses yeux s'emplirent de larmes.

— Paul ? As-tu écrit à ma famille pour l'informer de ce qui était arrivé ?

— Je pensais te laisser t'en charger.

Storm comprit soudain que ce mariage était le seul choix possible. Jamais elle ne pourrait faire de peine à ses parents. Au contraire, en leur annonçant ce mariage, ils seraient heureux, d'autant que Brett n'était pas n'importe qui.

Elle renoncerait au Texas, à la vie avec eux, mais elle leur rendrait visite. Et… en devenant la femme de Brett… plus question de partir et de ne plus jamais le revoir.

— Il est vraiment d'accord pour m'épouser ? demanda-t-elle à travers ses larmes.

Paul s'approcha et lui tapota l'épaule.

— Allons, allons, inutile de pleurer. Essayons de prendre les choses du bon côté. Beaucoup de couples se marient sans éprouver le quart de l'attraction qui vous unit. Te rends-tu compte que tu vas épouser l'homme le plus convoité de la ville ? Certaines femmes essaient depuis des années de lui mettre le grappin dessus et toi, tu débarques du Texas, et en deux semaines tu y parviens !

Storm réussit à sourire, mais pas à imaginer Brett acceptant de l'épouser. Il était tellement arrogant, tellement autoritaire...

— J'avoue que je me suis montré très enthousiaste dans la lettre à tes parents.

Cette dernière remarque acheva de la décider. Paul avait raison : ils croiraient qu'ils étaient tombés éperdument amoureux l'un de l'autre.

— Très bien, Paul.

# 8

Brett ne se manifesta pas de toute la semaine. En revanche, Marcy vint voir Storm tous les jours, pour l'aider à préparer son trousseau, et ses admirateurs lui rendirent visite, tous très affectés de n'avoir plus de place dans son cœur. Randolph se permit de lui demander si elle aimait Brett. Se posant vraiment la question, elle ne sut que répondre. Il interpréta ce silence comme une affirmation et repartit, penaud. En revanche, aucune jeune fille ne se présenta.

Le jeudi, Storm ne put s'empêcher d'interroger Marcy. Elle essayait sa robe de mariée sous l'œil approbateur de Mme Lamotte.

— Marcy ? Avez-vous vu Brett ?

Marcy fronça les sourcils tandis que la couturière priait Storm de lever les bras.

— Oui, pourquoi ?

L'essayage était terminé. On l'aida à se débarrasser de la robe et Storm se tourna vers Marcy qui l'invita à s'asseoir sur un divan.

— Je n'arrive pas à le croire ! Tout s'est passé si vite... Il a peut-être changé d'avis ? S'il me fait faux bond au dernier moment, je ne m'en remettrai pas.

— Jamais il ne ferait une chose pareille. Il veut vraiment vous épouser.

— C'est vrai ? Il vous l'a dit ?

— Oui, répondit Marcy.

Grant et elle connaissaient toute l'histoire. Brett était furieux de faire l'objet d'un chantage. Il ne décolérait pas, ce qui expliquait, selon elle, qu'il se fût tenu à l'écart, l'autre raison étant qu'il n'éprouvait pour Storm qu'une attirance physique. Du moins était-ce ce qu'il affirmait.

Marcy ne savait trop qu'en penser. Elle s'inquiétait pour Storm, mais d'un autre côté elle trouvait que Brett et elle allaient parfaitement ensemble. Ils étaient aussi beaux et aussi intelligents l'un que l'autre. Aussi têtus et orgueilleux, également, ce qui ne présageait pas un mariage de tout repos. Quand Marcy avait dit à Brett qu'elle espérait qu'il serait gentil avec Storm, il s'était contenté d'éclater de rire, une réaction qui n'avait pas été pour la rassurer. D'un autre côté, elle savait Storm de taille à se défendre, si vulnérable fût-elle. Et puis elle connaissait Brett. Il avait des maîtresses pour assouvir ses besoins et il n'était pas homme à perdre le contrôle de lui-même. Le fait que cela lui soit arrivé avec Storm lui semblait de bon augure, du moins l'espérait-elle.

— En vérité, je me suis demandé si la décision ne venait pas de Paul.

Marcy se garda de lui dire la vérité. À quoi bon? Elle lui ébouriffa les cheveux.

— Il a sans doute été aussi occupé que vous, toute la semaine.

Storm regarda ses mains d'un air triste.

— Je regrette ce qui est arrivé. Si seulement je n'avais jamais quitté le Texas!

— Ce qui est fait est fait. Allons, passez une robe, Storm. Le moment est venu de se détendre. Que diriez-vous d'une glace?

Storm sourit, mais elle se sentait toujours terriblement nerveuse. L'idée que Brett lui ferait faux bond au dernier moment et qu'elle se retrouverait seule devant le pasteur la poursuivait. Elle en rêvait la nuit.

Elle avait écrit à ses parents. Une lettre où elle mentait du début à la fin pour ne pas les peiner, prétendant qu'elle aimait San Francisco, qu'elle s'y était fait des amis, que les soirées étaient merveilleuses, qu'elle adorait sa nouvelle garde-robe. Elle leur décrivait ses admirateurs, puis elle terminait en leur annonçant la nouvelle de son mariage.

Leur dire qu'elle était amoureuse avait été le plus difficile. Quelle ironie, quand on savait qu'elle et Brett se supportaient à peine ! En revanche, quand elle leur avait décrit son futur mari, les mots étaient venus d'eux-mêmes sous sa plume :

*C'est probablement l'homme le plus séduisant de toute la Californie. Aussi grand que papa, cheveux noirs, yeux noirs, il est fort, élégant mais pas maniéré. Ses ascendances espagnoles accentuent son type si particulier et toutes les jeunes filles essaient depuis des années d'attirer son attention. C'est le parti le plus recherché de San Francisco. De plus, Brett est un homme d'affaires brillant. Il possède un hôtel dont vous n'avez pas idée. Un vrai palais ! J'y ai déjeuné avec Marcy. Il nous a offert du champagne, mais il m'était destiné, selon Marcy. J'ai rencontré Brett le soir de mon arrivée, tu te souviens, papa ? Celui qui était vêtu de noir et m'a fait un baisemain ?...*

En relisant sa lettre, Storm découvrit avec étonnement qu'elle sonnait vrai. Elle semblait véritablement amoureuse de Brett. Elle ignorait qu'elle avait de tels talents de menteuse. Bref, la lettre partit en même temps que celle de Paul, second tissu de mensonges... !

Le mariage eut lieu comme prévu, le samedi matin, dans le grand salon. Pas de musique. Paul escortait la mariée. Brett se tenait d'un côté, face au pasteur, plus séduisant que jamais dans un costume noir à revers grenat.

Dès son entrée, Storm ne vit plus que lui.

Et son visage dur. Fermé. Glacial. Elle frissonna. Quand il posa les yeux sur elle, des yeux où elle crut lire du mépris, elle faillit trébucher, mais Paul la retint. Une lueur s'alluma alors brièvement dans les prunelles sombres, et elle reconnut sans l'ombre d'un doute la flamme du désir. Elle se sentit toute faible.

Paul l'amena jusqu'à Brett qui lui saisit la main. Elle vit alors qu'il était en colère. Déroutée, elle fut alors la proie de sentiments confus, tous intenses mais contraires : la stupeur, la peur, le bonheur… Le prêtre prit la parole mais elle ne l'entendit pas. La présence toute proche de Brett l'étourdissait.

Et puis, sa main était ferme et chaude. Storm sentait son pouls s'accélérer dangereusement, le sang lui battre aux tempes. Elle était subjuguée par sa virilité à fleur de peau, le subtil parfum aux notes boisées qui émanait de lui. Elle admira son profil comme taillé dans le marbre.

Puis elle s'entendit prononcer ses vœux d'une voix douce. Celle de Brett était profonde, grave, imperceptiblement teintée de dérision. Grant, son témoin, lui tendit un anneau d'or et Brett le glissa à son doigt. Des larmes brouillèrent la vue de la jeune fille.

Il prit alors son menton dans sa main et lui leva le visage. Leurs regards se croisèrent. Les yeux noirs étaient froids et distants et, si la pitié y passa, ce fut très fugace. Il posa ses lèvres sur les siennes en un baiser sans tendresse, presque brutal. S'il voulait la blesser, c'était réussi. Désespérée, Storm se sentit trembler.

Marcy l'embrassa, l'air soucieux.

— Félicitations, ma chérie.

Storm cligna des yeux, incapable de dire un mot.

Une servante apporta des coupes de champagne et Grant leva la sienne.

— Aux nouveaux mariés ! Un couple parfait, déclama-t-il.

Il semblait sincère.

— À leur bonheur, renchérit Marcy, moins sûre d'elle.

— À une union féconde, ajouta Paul, l'air satisfait.

Brett leva alors sa coupe.

— À ma superbe épouse, déclara-t-il d'un ton moqueur. Et aux mariages forcés.

Sur ce, il avala le contenu de son verre.

*Aux mariages forcés.* Storm se tourna vers lui, choquée par l'ironie cinglante et amère de ses propos. Les autres hésitaient entre la surprise et la colère.

Brett prit le bras de Storm.

— Je crains que nous ne puissions rester, décréta-t-il. Merci d'être venus !

— Brett, s'interposa Marcy, très inquiète.

Il haussa les sourcils.

— Ne vous inquiétez pas, votre protégée ne subira aucune violence de ma part. Ce n'est pas mon genre. De toute façon, il est un peu tard pour se poser des questions.

Sur ce, il entraîna Storm dehors et elle se retrouva dans sa voiture. *Aux mariages forcés*. Il était furieux, car il ne voulait pas d'elle pour épouse. Ils lui avaient menti. Ils l'avaient forcé… et, dans son innocence, elle s'était fait des illusions… Assise en face de lui, elle sentait son regard peser sur elle, mais elle détourna le sien vers la rue pour lui cacher ses larmes.

— Pourquoi n'avez-vous pas l'air heureuse ? Vous avez ce que vous vouliez, non ?

— Pourquoi, Brett ?

— Pardon ?

— Pourquoi avez-vous accepté de m'épouser ?

— C'est très simple, ma chère. Votre cousin a menacé de me ruiner.

Storm déglutit avec peine en s'efforçant de ne pas perdre contenance. On lui avait menti. Brett la haïssait. Jamais il n'avait voulu se comporter en homme d'honneur. Dans sa naïveté, elle s'était imaginé qu'il voulait l'épouser. Que peut-être il l'aimait.

— C'est une terrible erreur, dit-elle.

Il se mit à rire.

— Un peu tard pour s'en rendre compte, ma belle.

Il lui faisait peur maintenant.

Ils achevèrent le trajet en silence. Storm évita de le regarder mais elle sentait qu'il l'observait. L'affolement la gagnait peu à peu. Elle devait trouver un moyen de se sortir de ce pétrin.

Il l'aida à descendre devant une splendide maison victorienne, de brique et de bois, avec des toits en tourelle.

Un domestique leur ouvrit.

— Je vous présente Peter, mon majordome. Peter va vous montrer vos appartements. Betsy sera votre femme de chambre. Peter, veillez à ce que madame ne manque de rien. Je rentrerai plus tard.

Sur ce, il la planta là sans lui laisser le temps de comprendre ce qui se passait. Choquée, elle se tourna vers Peter qui semblait fort mal à l'aise.

— Voulez-vous me suivre à l'étage, Madame ?

Il la conduisit à sa chambre et Storm se rendit compte qu'elle ne partageait pas celle de Brett. Elle se souvint de la chambre de ses parents, intime et douillette, avec son grand lit à baldaquin dans lequel ils dormaient dans les bras l'un de l'autre.

Son regard fit le tour de la pièce, vaste et belle, décorée en bleu et blanc. Jolie, mais impersonnelle. Ses malles étaient là, ses vêtements déjà déballés. Peter l'informa qu'il lui envoyait Betsy et se retira. Storm remarqua alors que, bien qu'il fût à peine midi, sa chemise de nuit de noces était déjà étendue sur le lit.

Cela tombait très bien, se dit-elle dans un accès de rage. De toute façon, elle aurait détesté partager sa chambre !

Brett se sentait en proie à quelque chose qui ressemblait au remords, et il ne parvenait pas à se concentrer sur son travail.

Il écarta le livre de comptes. Son humeur noire de ces derniers jours venait d'atteindre son point culminant. Il se mit à arpenter la pièce, s'arrêta devant la fenêtre et regarda Stockton Street sans vraiment la voir. Une image oblitérait sa vision, le poursuivait, l'oppressait. Celle de Storm, son épouse.

Il se demanda s'il en serait toujours ainsi, si chaque fois qu'il poserait les yeux sur elle, il resterait subjugué par sa beauté, par l'intensité de l'attirance qu'elle exerçait sur lui. Ce matin-là, dans sa robe blanche en satin ornée de dentelle, il l'avait trouvée belle comme le jour. Mais sa jeunesse et sa vulnérabilité l'avaient frappé. Il avait lu de la peur dans ses yeux de ce bleu si extraordinaire. Il en avait conçu de la pitié, de la tendresse, et... du remords. Pourtant, c'était lui la victime. Pas elle.

Il se versa un verre de brandy et l'avala d'un trait. Était-ce une autre ruse destinée à l'attendrir ? Elle l'avait peut-être piégé pour qu'il l'épouse, mais il y avait une consolation. Ce soir, elle deviendrait sa femme. C'était sa nuit de noces.

Il n'était que 17 heures, mais il ne pouvait prétendre travailler plus longtemps. Il avait envie de sa femme. Et il la ferait sienne.

Des ébats qui lui coûtaient cher, songea-t-il avec une pointe d'humour. Rien moins que sa liberté ! Un petit rire ironique lui échappa. Il enfila sa veste et sortit.

Quand il arriva chez lui, il contenait à grand-peine son excitation et s'en voulut de désirer à ce point une femme qui l'avait forcé au mariage. Toutefois, si furieux fût-il, il n'avait pas l'intention de la violer. Il la voulait consentante. Il voulait qu'elle le désire autant qu'il la désirait.

— A-t-elle déjà mangé ? demanda-t-il à Peter.

— Non, Monsieur.

— Très bien. Nous dînerons tout de suite. Dites au cuisinier de nous faire monter un repas. N'importe quoi. Avec deux bouteilles de champagne. Immédiatement.

Sur ce, il grimpa les marches quatre à quatre, avec l'impression nouvelle et inattendue d'être un adolescent s'apprêtant à faire l'amour pour la première fois. Ridicule, quand on songeait à l'homme d'expérience qu'il était. Il ralentit en passant devant la porte de la chambre de Storm, puis entra dans la sienne où il retira aussitôt sa veste, l'arrachant presque.

Il se lava le visage et les mains, enleva sa cravate et déboutonna sa chemise. L'impatience le taraudait. Il frappa à la porte de communication. Storm lui dit d'entrer.

Assise sur son lit, elle lisait, seulement vêtue de sa chemise et d'un jupon de soie. Ses cheveux défaits cascadaient sur ses épaules. Le sang de Brett se mit à courir plus vite dans ses veines.

Elle le regarda d'un air surpris et il lui sourit légèrement en refermant la porte derrière lui.

— J'ai demandé que l'on nous serve le dîner ici, annonça-t-il, les yeux rivés sur elle.

Il songea soudain qu'il ne serait peut-être pas si désagréable d'être marié à Storm. Jamais il n'avait désiré une femme à ce point. Jamais. Après tout, il ne serait pas le premier à s'être marié pour assouvir une attirance physique.

Storm passa sa langue sur ses lèvres.

— Je n'ai pas faim, déclara-t-elle d'une voix étranglée.

— Vous n'avez rien mangé, remarqua-t-il en balayant d'un regard admiratif son corps doré. Comment avez-vous acquis ce bronzage ? Est-il... uniforme ?

Les yeux bleus s'agrandirent et une rougeur délicieuse colora ses joues.

— Toutes les femmes de ma connaissance ont des seins blancs comme le lait, sauf celles qui ont la peau naturellement sombre bien sûr, ce qui n'est pas votre cas.

Storm remua, mal à l'aise. Ses yeux parcoururent la pièce. À la recherche de vêtements, devina-t-il.

— Ne vous habillez pas pour moi, dit-il. Vous êtes parfaite telle que vous êtes.

On frappa à la porte. Le regard de Brett s'attarda sur elle. Elle se glissa entre les draps qu'elle remonta sous le menton. L'instant d'après, il ouvrait à Peter, chargé d'un plateau, et suivi d'un valet portant un seau à champagne. Ils dressèrent la table rapidement avant de se retirer.

Brett emplit deux coupes et s'approcha lentement du lit où il s'assit. Il lui tendit son verre. Elle ne fit pas un geste pour le prendre.

— Vous n'avez pas soif ? s'enquit-il, contrarié.

— Dehors.

Un silence passa, puis un petit sourire glacial flotta sur les lèvres de Brett.

— C'est à moi que vous parlez ?

— Je n'ai pas pour habitude de parler aux murs.

Il but une gorgée de champagne.

— C'est notre dîner de noces, précédant notre *nuit* de noces.

— Non.

— Pardon ?

— J'ai dit non. Et je vous ai demandé de sortir. Si j'avais su que c'était vous qui frappiez, j'aurais fermé la porte à double tour.

Brett posa son verre.

— Je vois. Vous avez l'intention de me priver de mes droits ?

— Oui.

— Je ne vous ai pas épousée uniquement pour vous donner mon nom. Vous êtes ma femme et vous dormirez dans le lit conjugal.

— Jamais. Je vous hais. Sortez d'ici !

Il rabattit les couvertures, lui saisit les poignets et la tira vers lui.

— Pourquoi vous acharnez-vous à rendre ce moment désagréable ? grinça-t-il, les dents serrées.

Les yeux de Storm s'emplirent de larmes et il la lâcha brutalement en jurant.

— Laissez-moi seule !

Il lui tendit son verre de champagne.

— Buvez. Le champagne a des effets magiques sur l'humeur.

Elle ouvrit la bouche pour refuser, mais il la fusilla d'un regard si dur qu'elle prit le verre. Il sentait qu'elle avait une idée en tête, sans savoir laquelle.

— Buvez, répéta-t-il.

Storm ferma les yeux. Elle faillit lui jeter le contenu de son verre à la figure, mais elle se ravisa, par prudence. Tout à coup, elle se trouvait trop jeune pour se retrouver à la merci d'un homme comme Brett D'Archand, et sa façon de l'observer amplifiait sa terreur.

— Storm, dit-il d'une voix contenue. On ne peut pas revenir en arrière.

Elle sentit son souffle sur sa joue et rouvrit les yeux. Il était tout près. Ses yeux étincelaient. Ses lèvres, lentement, couvrirent les siennes qu'elle refusa obstinément d'entrouvrir. Avec douceur, il s'efforça de l'amener à accepter son baiser, mais elle ne céda pas. Pourtant, il était doux, et sa bouche tendre, pas brutale comme lorsqu'il l'avait embrassée après la cérémonie. Mais Storm le haïssait. Quand il posa la main sur sa poitrine, la colère s'empara d'elle. Il ne voulait pas d'elle pour épouse, mais la posséder, oui. Furieuse, elle se dégagea et lui envoya son verre de champagne au visage.

Sous le choc, Brett se figea. Storm bondit de l'autre côté du lit, inquiète. Visiblement, il dominait sa fureur à grand-peine. Il alla jusqu'à la table d'un pas raide, prit une serviette et s'essuya soigneusement. Sans un mot, il quitta la pièce.

Tremblante, elle se dit qu'il allait revenir. Elle s'empressa de courir à la porte de communication pour la verrouiller, elle fit de même avec celle de l'entrée. Puis elle essaya de se raisonner, de se calmer. Mais la frayeur ne la quittait pas.

Le temps passa. Elle entendait Brett aller et venir dans la pièce voisine, devinait qu'il se changeait. Puis ce fut le silence. Un long silence. Se demandant ce qu'il faisait, elle s'assit sur le lit, vérifia le contenu du tiroir de la table de nuit, et attendit.

Après avoir demandé un bain, Brett se déshabilla complètement. Il était dans une telle rage qu'il préférait ne pas retourner la voir, car il craignait de ne pouvoir se contrôler. Jamais il n'avait fait de mal à une femme jusqu'à présent, mais Storm avait le don de le faire sortir de ses gonds. Une fois dans la baignoire, il se lava les cheveux, collés par le champagne. Peu à peu, il se détendit. Animé d'une nouvelle détermination, il sortit de l'eau, se sécha et revêtit une robe d'intérieur en soie bleu marine avant de déverrouiller la porte de communication.

Elle était toujours assise sur son lit, dans ses sous-vêtements terriblement suggestifs. Quand elle le vit, elle retint un cri en blêmissant. Il n'était pas assez fou pour permettre à sa femme de s'enfermer sans qu'il puisse ouvrir. Il s'avança vers elle d'un pas décidé. Sa vue, son parfum, la certitude de ce qui allait se passer enflammèrent ses sens et exaltèrent sa passion. Il s'arrêta au pied du lit. Elle le fixa de ses grands yeux bleus pleins d'effroi, mais il refusa de se laisser attendrir. C'était à cause d'elle s'ils en étaient là, d'elle seule.

— C'est peine perdue de lutter contre moi, dit-il d'une voix rauque.

— Je lutterai contre vous jusqu'à ma mort.

— Vous apprécierez la nuit que nous allons passer.

— Vous serez obligé de me violer.

— Oh, non ! Je vous assure que non.

Il contourna le lit. Elle ne le quittait pas des yeux, mais sa main glissa vers le tiroir de la table de chevet. Aveuglé par le désir, Brett ne s'étonna pas de ce geste. Il crut qu'elle l'invitait à la rejoindre et son cœur fit un bond dans sa poitrine. Puis, dans la lumière tamisée, il découvrit avec stupeur qu'elle pointait sur lui un colt à six coups. Il s'immobilisa.

— Sortez, dit-elle d'une voix légèrement défaillante.

En revanche, la main qui tenait le colt était assurée.

— Posez ce pistolet, ordonna-t-il, incrédule.

— Non. Nous ne consommerons pas ce mariage. Nous l'annulerons dès que mon père arrivera, si toutefois il ne vous tue pas avant pour ce que vous m'avez fait.

Au début, Brett ne l'entendit pas tant sa colère était grande et tellement il luttait pour la dominer. Comment osait-elle le priver de ses droits ? Il ne la croyait pas capable de tirer sur lui, elle n'était pas assez rapide. La preuve : vif comme l'éclair, il lui attrapa le poignet d'une main de fer. Elle gémit et lâcha l'arme qui tomba. Il la poussa du pied et l'envoya contre le mur. Puis, sans pitié, il l'attira vers lui, à quelques centimètres de son visage.

— Ne vous avisez plus jamais de me menacer, siffla-t-il entre ses dents, la voix tremblante de fureur contenue. C'est compris ?

— Allez au diable ! s'écria-t-elle en se débattant.

Elle était forte, mais il l'était davantage. Il lui serra le poignet si fort qu'elle finit par renoncer.

— Je vous hais ! Je vous hais ! hurla-t-elle.

Il était sur le point de l'allonger sous lui et de la faire sienne, convaincu que ses cris ne tarderaient pas à se transformer en gémissements de plaisir. Mais elle se mit à pleurer, et ses larmes eurent sur lui l'effet d'une douche froide. Il retrouva la raison brutalement et la lâcha.

Storm roula sur le lit, lui tournant le dos.

— C'est une annulation que vous voulez ? jeta-t-il d'une voix blanche.

— Oui, dit-elle en reniflant. Oui !

— Je croyais que vous vouliez m'épouser.

— Non ! s'écria-t-elle en tournant vers lui son visage baigné de larmes. Ils m'ont menti. Ils m'ont fait croire que vous vouliez vous comporter en homme d'honneur. J'ai accepté, mais seulement pour épargner la honte à ma famille. Maintenant, je préfère rentrer chez moi dans la disgrâce plutôt que d'être votre femme.

Il se leva. Pourquoi éprouvait-il une telle colère ? Il ne voulait pas plus qu'elle de ce mariage. On les avait trompés. Tous les deux.

Storm s'était calmée. Elle respirait à peine.

— Nous ne consommerons pas ce mariage, n'ayez crainte. Je suis totalement d'accord avec vous sur l'inanité de cette union.

Brett se sentait étrangement raide, comme tétanisé.

— Bonne nuit, ajouta-t-il.

Il quitta la pièce et dut faire un effort pour ne pas claquer la porte. Dans sa chambre, il demeura un moment immobile. Il se passa la main dans les cheveux et s'aperçut qu'il tremblait. Il n'éprouvait aucun soulagement à l'idée d'avoir trouvé une issue à cette situation, mais il mit cela sur le compte de ce désir violent, douloureux presque, qu'il éprouvait toujours pour elle.

Elle voulait une annulation.

Paul n'aurait aucune raison de mettre sa menace à exécution si le père de Storm était d'accord.

Brett ôta sa robe d'intérieur et s'habilla en jurant, car ses mains tremblaient toujours et cela ne lui facilitait pas la tâche. Il quitta la maison, poursuivi par la vision de Storm furieuse et en larmes.

# 9

La femme de chambre le regarda avec stupeur.

— Monsieur D'Archand !

— Dites à Audrey que je suis là, s'il vous plaît.

Il entra dans le salon, ôta son manteau et se servit un brandy. Si Audrey voyait d'autres hommes, il s'en moquait, dès l'instant où cela n'empiétait pas sur ses prérogatives. Il la payait, l'habillait, la logeait. Il était normal qu'il garde la priorité. Donc, si elle se trouvait en ce moment même avec un visiteur, elle n'avait qu'à s'en débarrasser. Il ferma les portes afin d'éviter d'embarrasser qui que ce fût.

La femme de chambre revint lui annoncer que Madame n'allait pas tarder à le recevoir. Brett hocha la tête et s'approcha des portes-fenêtres donnant sur un agréable jardin. Un énorme chêne étendait ses ramages tout près de la maison, masquant en grande partie la vue. Quelle importance ? Ce n'étaient pas les azalées en boutons qu'il voyait, ou les massifs à fleurs pourpres. C'était Storm. Il ne pouvait la chasser de son esprit.

Il ne parvenait pas à croire qu'elle désirait une annulation. La plupart des femmes de San Francisco vendraient leur âme au diable pour être à sa place, mais *elle ne voulait pas de lui*.

Les portes s'ouvrirent et Audrey apparut dans une robe de soie rose bordée de dentelle noire. Brett se demanda brièvement si elle portait quelque chose en dessous mais voilà qu'une autre image s'interposa : celle de Storm, virginale dans sa chemise et son jupon de soie blanche.

— Brett ! s'exclama Audrey en avançant vers lui d'un pas gracieux. Pour une surprise…

— C'en est une, admit-il sèchement en acceptant son baiser.

Elle recula pour mieux l'examiner.

— Chéri, c'est ta nuit de noces.

Il leva les sourcils.

— En effet.

Elle le dévisagea un instant puis sourit.

— Je suis flattée.

À son expression, elle comprit que le sujet était clos, et elle le connaissait trop bien pour insister.

— Tu as faim, mon chéri ?

— Oui. Mais pas de nourriture. Nous dînerons plus tard.

Audrey sourit sans réserve et lui prit la main pour l'emmener à l'étage où se trouvait sa chambre. Déjà, Brett déboutonnait sa chemise. Ici, il n'avait pas à se soucier des convenances. Il était chez lui et tout le monde le savait.

La chemise échoua sur le sol.

— Laisse-moi t'aider, murmura Audrey en continuant de le déshabiller.

Ses mains étaient habiles et légères. Elle sentait délicieusement bon, comme toujours, un parfum épicé, très exotique. Brett se laissa faire en songeant avec hargne que lui, Brett D'Archand, célébrait sa nuit de noces en couchant avec sa maîtresse, pas avec son épouse.

Il ne faisait aucun effort pour cacher sa mauvaise humeur, et Audrey se garda de lui poser la moindre question. Sa qualité de maîtresse ne lui donnait aucun droit sur lui. Pourtant, elle était vraiment perplexe, et pas seulement à cause de la contrariété qu'il ne prenait pas la peine de cacher mais aussi – et surtout – parce qu'il n'était pas prêt à lui faire l'amour et que cela ne lui ressemblait pas.

Brett se souvint combien la petite Texane l'excitait et une flambée de désir s'alluma en lui. Il souleva

Audrey dans ses bras et la porta jusqu'au grand lit à baldaquin.

Comme il s'y attendait, elle ne portait rien sous sa robe, en dehors de ses bas de soie noirs retenus par des jarretières brodées de rosettes. Son corps nu, d'une blancheur d'ivoire, était agréablement proportionné. Il prit ses seins généreux dans ses mains et son désir s'éveilla. Quand il se pencha pour y poser la bouche, l'image de sa belle épouse s'interposa. Ses lèvres se démenèrent pour chasser cette vision inopportune, puis Audrey le fit rouler sur le dos, descendit lentement le long de son corps en lui murmurant des mots tendres. Ses doigts le parcouraient, précédant ses baisers qui se concentrèrent bientôt sur son bas-ventre, là où s'exprimait son besoin d'elle.

Brett ferma les yeux et oublia ses soucis.

Quelque chose réveilla Storm. Immédiatement, elle tendit l'oreille. Rien. Elle s'assit et regarda la pendule murale. 2 heures passées. Les souvenirs lui revinrent et, avec eux, tout son ressentiment. Où était-il ?

Elle se leva sans faire de bruit et s'approcha de la fenêtre sur la pointe des pieds. Elle donnait sur le jardin où courait l'allée principale. Sur la gauche se trouvaient les écuries.

Et elle le vit qui en sortait.

Il faisait sombre, car la lune dispensait une faible lumière tamisée par les nuages. Pourtant, elle le reconnut immédiatement à sa démarche assurée. Il marchait droit. Il n'était pas ivre.

Elle courut se réfugier dans son lit en proie à un sentiment désagréable qui ressemblait à de la jalousie. Non, il ne pouvait s'agir de cela, c'était ridicule. Mais qu'avait-il fait depuis 6 heures du soir ? Elle ne voulait pas se poser la question, pourtant elle la taraudait.

Elle finit par entendre ses pas dans le vestibule. Il ne se souciait pas qu'on l'entende, apparemment. Il s'arrêta un instant devant sa porte puis continua. La porte de sa chambre se referma.

Assise au milieu de son lit, elle replia les genoux sous son menton, se répétant qu'elle le haïssait. Elle perçut le froissement de ses vêtements quand il se déshabilla. Cette image la fit rougir. Elle se le représenta nu, enfilant cette robe d'intérieur légère en soie bleue qui laissait deviner les muscles puissants de son torse.

*Où était-il allé ?*

Storm se laissa retomber sur ses oreillers en se rappelant que leur mariage n'était qu'une farce et que la façon dont Brett D'Archand occupait son temps ne la concernait en rien. Elle ignorait d'où il venait, mais qu'il y aille toutes les nuits, si cela lui chantait ! Quant à elle, elle se félicitait qu'il l'eût laissée seule, cette nuit.

La porte de communication s'ouvrit doucement. Storm se figea. Elle perçut sa forme sombre pénétrant dans la chambre obscure.

Comme il s'avançait vers son lit, Storm ferma les yeux et feignit de dormir en s'appliquant à respirer de façon régulière. Il s'arrêta. Elle sentait son regard attentif, l'entendit expirer comme s'il avait retenu son souffle. Il se pencha, si près qu'elle percevait la chaleur de son corps. Il prit une mèche de ses cheveux entre ses doigts. Storm s'efforça de continuer à respirer calmement.

Il lâcha alors ses cheveux et retourna dans sa chambre. Déroutée par sa conduite, Storm sentit les larmes lui monter aux yeux. Elle les essuya d'un geste rageur.

Elle dormit à peine cette nuit-là. Au matin, elle entendit Brett quitter sa chambre et descendre. Immédiatement, elle se leva, enfila son négligé et se glissa chez lui.

Son odeur imprégnait l'air à tel point qu'elle percevait encore sa présence. La pièce, très masculine, était décorée avec une certaine sobriété. Une immense cheminée occupait presque tout un pan de mur. Le parquet était recouvert d'un épais tapis persan à dominante bleue. Le lit à baldaquin était plus grand que le sien, mais les colonnes, moins hautes, étaient sculptées de figures spiralées. Des dessins géométriques de style indien ornaient le couvre-lit en soie.

Au moment où Storm remarquait ses habits de la veille jetés sur une chaise, Peter entra dans la chambre. Surpris, il s'immobilisa et ils s'observèrent un instant. Il se ressaisit très vite.

— Bonjour, Madame. Puis-je vous aider ?

— Non. Je... je pensais avoir laissé un livre ici.

À son expression, Storm comprit qu'il n'en croyait rien.

— Si je le trouve, je vous le rapporterai, dit-il néanmoins.

Et il commença à rassembler les vêtements de Brett. Comme elle ne bougeait pas, il s'arrêta et la regarda d'un air désapprobateur.

Storm se mordit la lèvre. Elle s'apprêtait à battre en retraite quand elle aperçut sur le sol la chemise que Brett portait la veille. Elle devança Peter et la ramassa.

— Vous avez oublié cela, dit-elle en examinant rapidement le coton blanc à la recherche de traces de rouge à lèvres.

Elle n'en décela aucune. Alors, elle porta vivement le vêtement à son visage pour le respirer. Elle reconnut l'odeur de Brett mêlée à... un autre parfum... une senteur épicée, semblait-il.

— Madame ? fit Peter.

Son ton était neutre, mais il la dévisageait comme si elle avait perdu l'esprit.

Regrettant de ne pouvoir inspecter la chemise plus en détail, elle la lui tendit en souriant vaguement, puis regagna sa chambre où elle essaya de déterminer si ce parfum presque imperceptible, mais légèrement sucré, était ou non agrémenté de notes florales. Quoi qu'il en soit, il n'appartenait pas à Brett. Son odeur à lui n'avait rien de féminin.

Storm s'habilla d'une simple blouse blanche et d'une jupe en serge bleue sous laquelle elle ne mit qu'un jupon, si bien que l'étoffe épousait ses formes. Mais pourquoi en aurait-elle porté plusieurs puisqu'elle ne sortait pas ?

Rassemblant son courage, elle descendit.

Installé au bout d'une longue table en bois de rose pouvant accueillir une douzaine de convives, Brett lisait le journal en buvant son café. Il baissa le quotidien à son entrée.

— Bonjour, dit-il en se levant poliment. Installez-vous.

Un couvert était dressé à côté du sien.

Il était tout près et elle perçut les notes boisées de son eau de toilette. Rien d'épicé, en tout cas.

— Madame ? Prendrez-vous des œufs frais ? s'enquit le majordome.

— Oui, merci.

Brett lui proposa du café et la servit. Les rôles étaient inversés, semblait-il. Elle en dégusta quelques gorgées. Il ne la quittait pas des yeux. « Pourquoi ? » s'interrogea-t-elle.

— Avez-vous bien dormi, Storm ? s'enquit-il enfin d'un ton impersonnel.

— Merveilleusement bien, mentit-elle en soutenant effrontément son regard.

Il arqua les sourcils et un petit sourire joua sur ses lèvres.

— Seriez-vous somnambule ?

— Moi ? Bien sûr que non, répondit-elle en frissonnant.

— C'est curieux, j'aurais juré vous avoir aperçue à votre fenêtre, la nuit dernière.

— Quand vous êtes rentré ? rétorqua-t-elle.

Il la toisa calmement.

— Oui.

— Vous avez dû vous tromper.

— Dans ce cas, je suis heureux de savoir que vous avez bien dormi.

— Et vous ? Comment était votre nuit ?

Il demeura impassible.

— Pas différente des autres.

— Tant mieux pour vous.

— Vous êtes en colère ?

— Pas du tout !

— Voyez-vous, Storm, je crois connaître suffisamment les femmes pour savoir quand elles sont en colère. Et vous l'êtes. Vous aurais-je manqué ? Vous avez changé d'avis ?

Storm se tourna sur sa chaise pour lui faire face.

— Espèce de malotru prétentieux ! Je ne vous attendais pas – j'ai entendu un bruit et je me suis levée. Voilà pourquoi vous m'avez vue à ma fenêtre. Vous êtes satisfait ?

— Je n'ai aucune raison de l'être. Mais vous êtes en colère, c'est bien ce que je pensais.

— Je suis préoccupée, c'est différent.

Le regard de Brett s'illumina et sa voix se fit plus douce.

— Pourquoi ?

— Eh bien... je dois envoyer une autre lettre à mes parents, pour leur dire que la première n'était qu'un tissu de mensonges.

Ils se regardèrent en silence, puis Brett reprit la parole :

— Vous voulez parler de celle où vous les informiez de notre mariage ?

Elle baissa les yeux sur la nappe.

— Oui.

— Et, dans cette nouvelle lettre, vous proposerez à votre père de venir vous chercher après qu'il vous aura donné la permission de demander l'annulation ?

— Oui.

Brett jeta sa serviette sur la table et se leva.

— Écrivez-lui dès aujourd'hui. Je joindrai mon propre courrier au vôtre.

Sur ces mots, il se leva et se dirigea vers la porte à grands pas.

Les larmes aux yeux, Storm regarda s'éloigner sa haute silhouette aux épaules larges, aux hanches étroites. Il était particulièrement attirant dans son pantalon de cheval en daim, ses bottes de cuir noir, sa chemise ample. Attirant et d'une virilité à fleur de peau. Un instant plus tard, la porte d'entrée claqua violemment.

Pourquoi cet accès de colère ? Qu'avait-elle dit pour le mettre dans cet état ?

— Madame ? Votre petit déjeuner.

— Merci, articula Storm à grand-peine.

Le dîner fut une nouvelle épreuve pour la jeune femme. Brett ne s'était pas montré de toute la matinée, puis il avait passé l'après-midi enfermé dans son bureau. Storm ne s'en plaignait pas, mais son silence durant tout le repas lui pesait. Elle essaya de se rappeler que leur mariage n'était qu'une plaisanterie et que bientôt il prendrait fin.

— Avez-vous écrit votre lettre ? demanda-t-il enfin en sortant de table.

— Oui, dit-elle, s'apercevant que le simple fait d'y penser lui donnait envie de pleurer.

— Apportez-la dans mon bureau, jeta-t-il sèchement avant de sortir.

Storm se leva à son tour en fulminant. Pour qui se prenait-il pour lui parler sur ce ton ? Distribuait-il ses ordres de cette manière à tout le monde ?

S'il s'imaginait qu'elle allait lui obéir au doigt et à l'œil, il se trompait ! Elle informa le maître d'hôtel qu'elle désirait prendre un bain et monta dans sa chambre.

Peu après, Betsy l'aidait à se déshabiller. Storm avait renoncé à essayer de lui expliquer qu'elle pouvait se débrouiller seule. Elle était fatiguée de se battre à tout propos. La servante releva les longs cheveux d'or avec des épingles et Storm se glissa dans l'eau chaude.

— Ne partez pas ! s'écria-t-elle en voyant la femme de chambre faire mine de sortir.

Elle préférait ne pas rester seule au cas où Brett la chercherait. Avec un peu de chance, il avait oublié la lettre.

Betsy s'inclina et s'occupa à ranger les tiroirs tandis que Storm, les yeux fermés, s'évadait dans une douce rêverie. Elle pensait à la maison familiale, à ses frères qui lui manquaient cruellement. Nicky, silencieux et fort, qui lui avait toujours offert son épaule pour pleurer. Il voudrait tuer Brett quand il saurait. Et Rathe, le plus jeune, indiscipliné et toujours prêt à rire. Même lui, malgré ses quatorze ans, s'en prendrait à Brett. Il était brave, téméraire, et tirait aussi bien que tous les Bragg. Un sourire flotta sur ses lèvres quand elle imagina son père et ses deux frères face à un Brett terrorisé. Quel rêve délicieux !

On frappa soudain à la porte. Betsy suspendit son geste et Storm sursauta.

— Je suis dans mon bain ! cria-t-elle.

En vain. La porte s'ouvrit sur Brett, divinement beau.

— Je vous ai demandé d'apporter la lettre dans mon bureau.

Déjà, son regard scrutait la surface de l'eau, essayant d'apercevoir son corps, mais Storm s'était enfoncée sous les bulles jusqu'au menton. Amusé, Brett pria Betsy de les laisser.

— Brett, je suis en train de prendre mon bain ! s'indigna Storm.

— Je le vois bien, dit-il en pénétrant tranquillement dans la pièce tandis que la servante s'éclipsait.

Incapable de détourner les yeux de Storm, il évoquait un félin prêt à fondre sur sa proie. Il s'approcha de la baignoire et elle essaya désespérément de s'enfoncer davantage sous l'eau. Ses yeux noirs étincelaient. Visiblement, il ne pensait plus du tout à la lettre.

Il prit le savon, l'éponge, et s'agenouilla près d'elle. Leurs regards se soudèrent.

— Que faites-vous ? demanda-t-elle d'une voix suraiguë.

Le sourire de Brett s'élargit.

— J'aide ma femme à prendre son bain.

Il passa l'éponge pleine de savon sur ses épaules. Storm sortit le bras de l'eau et lui saisit le poignet pour l'arrêter.

— Je ne suis pas vraiment votre femme, au cas où vous l'auriez oublié. L'annulation, vous vous rappelez ?

Il se rembrunit, jeta l'éponge dans l'eau et se leva.

— Comment pourrais-je l'oublier ?

Comme il scrutait la mousse, elle croisa instinctivement les bras sur sa poitrine. Il attrapa une serviette.

— Sortez de là.

Storm hésita.

— Pourriez-vous...

— Sortez. Et tout de suite.

Comprenant qu'il ne plaisantait pas, Storm déglutit avec peine et se leva. L'eau mousseuse dégoulina le long de son corps long et svelte, absolument superbe. Elle enjamba la baignoire sous le regard de Brett, attentif et fiévreux. Un regard hypnotique.

Il ne parvenait plus à penser de façon cohérente tellement elle était belle. La contempler le mettait en feu. Il la désirait comme un fou. Jamais de sa vie il n'avait vu un corps aussi beau. Fort, musclé, il restait pourtant totalement féminin, sensuel, délié, plein de grâce. Les épaules étaient larges, la taille fine, le buste long, admirablement incurvé. Ses seins ronds étaient hauts et fermes. La cambrure de ses hanches était à couper le souffle. Et ses jambes... interminables. Pour couronner le tout, elle était uniformément bronzée.

Il enroula la serviette autour de ses épaules en essayant de contrôler les tremblements qui l'agitaient.

Elle se dégagea d'une secousse et s'éloigna de lui en s'enveloppant dans le tissu moelleux. Puis elle le défia du regard avec des yeux brillant de colère. Brett respira profondément. Il luttait pour ne pas lui arracher sa serviette, la soulever dans ses bras et la jeter sur le lit. Et au diable cette maudite annulation ! Au lieu de cela, il dit d'une voix sans timbre :

— Habillez-vous et descendez-moi cette lettre. Je ne voudrais pas être obligé de remonter la chercher.

L'instant d'après, il arpentait son bureau de long en large dans l'espoir de se calmer. D'oublier Storm et les émotions étourdissantes qu'elle provoquait en lui. De se concentrer sur l'annulation. Donc, l'annulation... Il enverrait les deux lettres dès le lendemain. Bragg n'arriverait certainement pas avant cinq ou six semaines, dans le meilleur des cas. Il pouvait aussi la ramener lui-même, mais il avait ses affaires à mener. Et si Bragg ne pouvait revenir avant six mois, comme prévu ?

Il s'imaginait mal endurant cette torture pendant tout ce temps. Vivre jour après jour auprès d'une déesse intouchable était au-dessus de ses forces. S'exhortant à penser à autre chose, il se servit un verre et alluma un cigare.

Elle arriva peu après, les cheveux nattés, vêtue d'une robe d'hiver épaisse qui dissimulait ses formes. Plus que jamais elle ressemblait à une enfant. Quoique son visage ne fût pas celui d'une enfant. Il était trop exceptionnel, trop fascinant...

Il l'invita à entrer, et lui proposa un fauteuil en face de son bureau.

— Puis-je ? fit-il en désignant la lettre qu'elle tenait à la main.

— Elle est scellée.

— J'ai l'intention de la lire.

— Cette lettre est personnelle !

Il l'étudia un instant.

— Je veux savoir si vous parlez de moi en mauvais termes et si je dois m'attendre à la visite d'un père enragé.

— Je n'ai rien dit de mal.

— Alors laissez-moi lire la lettre.

À l'instant où il prononçait ces paroles, il mesura leur absence de logique, mais Storm ne sembla pas s'en aviser. Elle lui tendit la lettre. Il hésita devant son air pathétique, puis la curiosité l'emporta. Et il lut :

*Chère maman, cher papa,*

*Je suis confuse d'avoir à vous écrire ce qui suit et j'espère que vous ne m'en voudrez pas. Je vous ai menti dans ma précédente lettre parce que je répugnais à ce que vous sachiez la vérité.*

*Depuis que je suis ici, rien ne va. Je déteste San Francisco. On m'a étouffée dans des corsets, imposé des chaussures dans lesquelles marcher est un calvaire. On m'a déguisée en poupée, imposé des soirées ennuyeuses à mourir où je me suis ridiculisée à cause de ces mau-*

*dites chaussures. Et je me suis évanouie parce que je ne pouvais respirer dans ce carcan qui me broyait les côtes. Dans mon innocence, je suis allée me promener dans le jardin avec un homme, et des femmes se sont mises à répandre sur moi des choses horribles sur ce que j'aurais fait dans ce jardin. Je n'ai rien fait de répréhensible, sachez-le.*

*J'ai aussi menti à propos de Brett D'Archand. Nous ne sommes jamais tombés amoureux l'un de l'autre. En vérité, nous nous supportons à peine. Mais nous avons été surpris à nous embrasser. Paul m'a alors convaincue d'épouser Brett sous prétexte que c'était la seule solution, qu'il était un bon parti et que c'était préférable à un retour à la maison dans la disgrâce. Pendant notre nuit de noces, nous nous sommes rendu compte que ce mariage était une erreur, qu'il était sans espoir. Alors nous ne l'avons pas consommé. Nous envisageons d'en demander l'annulation. Si vous êtes d'accord, Paul ne ruinera pas Brett, comme il a menacé de le faire. (C'est ce qui a contraint Brett à accepter de m'épouser.) Je suis tellement désolée…*

*Et, papa, je veux que tu saches que je suis autant que lui responsable de ce baiser. Brett ne mérite pas que tu le tues.*

*Pardon pour tout,*

*Storm*

Brett leva les yeux, l'air soucieux. Contre toute attente, cette lecture le déconcertait totalement. Apprendre combien elle souffrait de décevoir ses parents le touchait, et il ne supportait pas qu'elle crût s'être ridiculisée. Elle essayait même de le protéger, alors qu'elle aurait pu lui faire porter tout le blâme. La candeur de sa lettre lui rappela que Storm était une toute jeune fille. Elle n'avait que dix-sept ans.

— Vous les aimez ou bien vous font-ils peur ? lui demanda-t-il doucement.

Storm semblait terriblement embarrassée.

— Je les aime. Ils me manquent… plus que je ne saurais le dire. Ils ne comprendront jamais pourquoi j'ai agi ainsi. D'ailleurs, je ne le comprends pas moi-même.

Animé de sentiments étranges, Brett contourna le bureau pour s'agenouiller près d'elle. Il prit son menton entre le pouce et l'index et l'obligea à le regarder.

— La passion entre un homme et une femme est une chose normale, Storm. J'ai rencontré votre père une fois. Je pense qu'il doit savoir ce que c'est.

Elle le regarda avec un espoir si candide qu'il se sentit fondre.

— Vous le pensez vraiment ?

— Oui, dit-il en se relevant.

Il déchira la lettre.

— Que faites-vous ?

— Je l'écrirai moi-même. Vous n'avez pas à vous abaisser. Et vous ne vous êtes pas ridiculisée, sachez-le.

— Vous n'aviez pas le droit !

— Je suis votre mari, j'ai tous les droits.

Il se sentait beaucoup mieux maintenant que la missive était détruite.

— Voilà ce que je dirai : « Cher monsieur Bragg, votre fille et moi avons découvert que nous étions incompatibles. Nous désirons l'un et l'autre une annulation, dans la mesure où elle rencontre votre approbation. Votre fille est toujours intacte, cela va sans dire. » Etc. Inutile d'entrer dans les détails, non ?

— Pourquoi ne signez-vous pas à ma place, pendant que vous y êtes ?

— Ils auraient des doutes sur l'auteur de la missive, répondit-il négligemment en s'asseyant sur un coin de son bureau. Dites-moi, Storm, pourquoi me protégez-vous ?

— Parce que je ne souhaite la mort de personne.

— La mort ?

Elle le regarda droit dans les yeux.

— Brett, si mon père vient ici, je vous conseille de vous cacher. Parce que s'il pense que vous vous êtes mal conduit avec moi, il vous tuera.

— Me *cacher* ? répéta Brett comme s'il prononçait un mot étranger.

Il sourit.

— Je suis sérieuse !

Cette fois, il rit franchement.

— Moi aussi. Pourquoi me cacherais-je ? Vous êtes intacte, n'est-ce pas ? ajouta-t-il en fronçant soudain les sourcils.

— Mon père voudra sans doute vous tuer, quoi que je dise, vous ne comprenez pas ?

— Êtes-vous intacte, Storm ? Je veux dire... vierge ?

— Quoi ? !

L'indignation de la jeune fille se transforma en fureur dès que la question prit tout son sens. Elle serra les dents, ulcérée.

Brett sentit la colère l'envahir à son tour mais pas pour les mêmes raisons. Il se demandait à nouveau comment une jeune fille innocente pouvait céder à la passion et à l'orgasme comme elle l'avait fait. Avec une telle facilité. Et dans un jardin public. Une simple caresse avait suffi... Quel idiot il faisait !

— Je devrais laisser mon père vous tuer, cracha-t-elle. Imbécile !

— Il m'a fait l'effet d'un homme posé, rétorqua-t-il. Petite dévergondée !

— Mon père n'est pas seulement un ancien Ranger. Il est à moitié apache. Pour lui, la vengeance est un mot qui a du sens, dans le style *apache*.

— Comment ?

Storm sourit, prenant sa réaction pour de la peur.

— Il vous coupera peut-être la langue, ou bien les doigts. Il estime que certaines punitions sont bien plus efficaces que la mort. Vous avez de la chance que nous ne l'ayons... pas fait. Il vous le couperait !

Mais Brett ne l'écoutait plus.

— Vous avez du sang indien ?

— Et j'en suis fière ! Vous comprenez maintenant pourquoi je vous conseille de vous cacher quand il viendra ?

Brett n'en croyait pas ses oreilles. Pas étonnant qu'elle fût aussi sauvage, aussi rebelle.

Storm prit son étonnement pour du mépris et elle le détesta de plus belle.

— Si vous voulez bien m'excuser, jeta-t-elle.

— Vous êtes tout excusée.

À moitié apache... Voilà qui expliquait son physique si particulier.

Elle s'arrêta à la porte.

— Ne vous inquiétez pas. Je ne vous attendrai pas pour aller me coucher !

Il tourna la tête avec brusquerie.

— Ce qui signifie ?

— Que je me sens désolée pour la – ou les – femmes qui ont affaire au butor arrogant que vous êtes !

— Au moins, elles ne sont pas hypocrites, rétorqua-t-il, hors de lui. Elles ne prétendent pas être ce qu'elles ne sont pas !

Il se référait à sa soi-disant innocence, mais Storm crut qu'il lui reprochait de se faire passer pour une blanche, alors qu'elle avait du sang indien.

— J'espère que vous passerez toutes vos nuits dehors ! hurla-t-elle. Jamais je n'aurai la patience d'attendre la fin de ce cauchemar.

— Ne vous faites pas de souci pour ça. Au moins, j'en connais qui savent se comporter comme des femmes, pas comme des sauvages !

Peu après, il entendit une porte claquer si violemment que les murs en tremblèrent. Il attrapa sa veste et, décidé à mettre ses menaces à exécution sur-le-champ, quitta la maison.

## 10

Quand Storm se regarda dans la glace, le lendemain matin, elle s'aperçut qu'elle avait les yeux rouges d'avoir trop pleuré. Tout le monde s'en apercevrait, et Brett aussi.

Il ne s'était absenté que quelques heures, la nuit précédente, mais quelques heures suffisaient. Elle essayait de se persuader qu'elle s'en moquait et que ce rustre n'était pas la cause de ses larmes. Non, elle était malheureuse parce qu'elle se sentait seule et abandonnée, loin de sa famille et du Texas. Hélas, ces raisons ne sonnaient pas très juste, y compris à ses propres oreilles.

Elle ne comprenait pas l'origine de la peine qui lui serrait le cœur. Des visions de Brett avec des femmes sans visage, des traînées, des filles des rues, la hantaient. Ce n'était qu'un voyou, un animal ! Et sa réaction quand il avait découvert ses origines apaches prouvait qu'il avait l'esprit étroit et sectaire. Qu'y pouvait-elle s'il l'ignorait ? Il la prenait pour une hypocrite, s'imaginait qu'elle se faisait passer pour ce qu'elle n'était pas... Le crétin ! Le petit dandy prétentieux !

Elle attendit qu'il soit parti pour descendre demander que l'on selle son cheval. Un palefrenier l'accompagnerait, un Irlandais prénommé Sian. Il avait à peu près son âge, il était armé et de taille à la défendre. Il parut très impressionné par sa façon de monter à cheval. Tant mieux. Elle serait mieux en sa compagnie qu'avec le sévère et silencieux Bart. Et puis, Sian aimait les chevaux et se plaisait à en parler. Ils s'entendraient bien tous les deux.

Un peu plus tard, ils s'arrêtaient devant chez les Farlane. Sian s'apprêtait à l'aider à descendre, mais elle sauta à terre dans une volte souple, à l'indienne. Devant l'air ébahi du jeune garçon, Storm se mit à rire. Enfin quelqu'un auprès de qui elle se sentait bien. Il lui rappelait ses frères.

Marcy ne s'attendait pas à la visite de Storm, mais elle l'accueillit avec chaleur. Toutefois, son sourire s'évanouit quand elle vit les traits tirés et les yeux rouges de la jeune fille. Elle la prit dans ses bras et la serra contre elle.

— Oh, ma chérie ! Venez, asseyez-vous. Lila ! Apportez-nous des rafraîchissements.

Storm se mordit la lèvre, refoulant ses larmes. Elle n'allait pas se mettre à pleurer en public pour un oui ou pour un non !

— Il y a quelque chose dont vous aimeriez me parler, n'est-ce pas ? dit Marcy en lui prenant les mains.

— Je le hais.

La jeune femme parut attristée.

— Si j'avais su que Paul l'avait contraint à m'épouser, je n'aurais jamais accepté de me marier avec lui, poursuivit Storm.

— Personne ne contraint vraiment Brett à quoi que ce soit, vous savez.

— C'est pourtant le cas, pour une fois.

— Ce qui est fait est fait, dit doucement Marcy.

— Non. Nous n'avons pas consommé le mariage et nous avons décidé d'en demander l'annulation.

L'amertume de son intonation la surprit. On eût dit qu'elle souffrait de cette situation et qu'elle regrettait que Brett ne fût pas vraiment son mari.

Marcy lui ébouriffa les cheveux.

— Je suppose qu'il a piqué une de ses redoutables colères, et qu'il est d'une humeur noire, c'est cela ?

— Comment avez-vous deviné ?

— Je le connais. Brett fait partie de ces hommes qui obtiennent toujours tout ce qu'ils veulent. Et ne vous méprenez pas, il vous veut.

Il était bien tentant d'y croire, mais la réalité était tout autre.

— Vous vous trompez, Marcy.

Lila arriva avec des muffins, des croissants, du café et de la crème. Storm regarda Marcy faire le service avec la délicatesse qui la caractérisait et qui, hélas, lui ferait toujours défaut.

— Pourquoi êtes-vous tellement bouleversée, Storm ?

Storm avala quelques gorgées et reposa sa tasse.

— Je veux rentrer au Texas. Je ne supporte pas Brett. En plus de tous ses défauts, il a l'esprit étroit.

Les larmes embuèrent à nouveau ses yeux.

— Expliquez-vous, ma chérie.

— Je lui ai dit que papa était à moitié apache et qu'il le tuerait sans doute pour avoir osé me toucher. Brett m'a traitée d'hypocrite ! Il s'imagine que je lui ai caché mes origines. Quel idiot !

— Storm, je suis sûre qu'il y a un malentendu... Cela ne lui ressemble pas.

— Il affirme que je veux me faire passer pour une Blanche, alors que je ne le suis pas vraiment. Et il a déchiré ma lettre. Je le déteste !

— Il doit y avoir une explication. La colère peut-être.

— Il est toujours en colère, répliqua Storm en essuyant ses larmes d'un revers de la main.

Marcy avait maintenant la certitude de ce dont elle se doutait depuis déjà un moment. Cette magnifique jeune fille aimait Brett, c'était clair. Il méritait d'entendre ses quatre vérités, celui-là !

— Si vous passiez là-dessus, Storm ?

— Non. Marcy... Brett a-t-il une maîtresse ?

La jeune femme fronça les sourcils.

— Il en a une, n'est-ce pas ? insista Storm. Il a passé les deux dernières nuits dehors.

— Comment ! Il est allé voir sa maîtresse la nuit de ses noces ?

Storm acquiesça.

— Je n'ai pas voulu de lui dans mon lit. Je me moque qu'il voie une autre femme, mais je ne peux supporter qu'il m'humilie ainsi devant toute cette maudite ville !

Marcy était en colère. Même si Storm l'avait repoussé, Brett était impardonnable d'avoir réagi comme un petit garçon vexé. Les commentaires devaient aller bon train… Seigneur !

— À quoi ressemble-t-elle ?

— Storm, si vous voulez savoir si Brett a une maîtresse, demandez-le-lui, répondit prudemment Marcy.

Elle ne voulait pas s'immiscer dans les affaires d'un couple, même s'il ne devait pas durer.

De son côté, Storm comprit que pour en savoir plus, elle devrait se résoudre à interroger Brett.

— Il est vrai que… la plupart des hommes ont une maîtresse, crut bon d'ajouter Marcy.

— Grant aussi ? Oh, pardon, Marcy ! se reprit Storm, désolée de s'être laissée aller à une telle inconvenance.

Mais Marcy sourit.

— Ne vous inquiétez pas. La réponse est non. Grant n'a pas de maîtresse, et il sait que, si jamais il en prenait une, il me perdrait à jamais.

— Il ne le fera pas. Il vous aime, cela se voit à sa façon de vous regarder.

Marcy décida d'envoyer Grant parler à Brett. Il devrait essayer de le sonder, ou tout au moins l'informer des commérages qui couraient sur son compte et de l'humiliation qu'il faisait subir à sa femme. Il méritait de mourir de honte !

— Restez déjeuner, Storm. Nous pourrions faire les magasins, cet après-midi.

Sur le point d'accepter, Storm se ravisa en pensant aux gens qu'elles croiseraient et qui savaient tous où Brett avait passé sa nuit de noces et la suivante. Elle déclina poliment la proposition de Marcy et choisit de passer la journée à cheval, avec Sian.

Comment elle aurait aimé descendre vers le sud, jusqu'à San Diego, puis prendre vers l'est en direction du Texas…

— Je suis surpris, dit Brett à Grant.

— Ah bon ? Parce que nous ne déjeunons jamais ensemble, peut-être ?

Brett jouait distraitement avec l'argenterie, préoccupé qu'il était par sa femme – cette fille impossible qui n'était sa femme que de nom, d'ailleurs –, et par cette lettre qu'il n'avait toujours pas écrite. Quand trouverait-il le temps de la rédiger ? Ce soir peut-être ? De toute façon, il n'était pas à quelques jours près.

— Brett ?

— Oh, pardon ! J'ai eu une rude matinée. Tu sais comment sont les lundis.

Grant l'observa attentivement.

— Je pensais qu'avec une jeune et douce épouse comme Storm, tu prendrais quelques jours pour votre lune de miel.

Brett se raidit et ses traits se durcirent.

— Douce ? Ce n'est vraiment pas un terme qui convient à Storm.

— Des nuages au paradis ?

Brett le fixa sans répondre.

— J'essayais seulement de t'aider.

— Je te suggère le canard rôti. Il est délicieux.

Ils commandèrent, puis un silence tendu s'installa. Grant décida d'aller droit au but.

— C'est vrai ?

Brett lui jeta un vague coup d'œil.

— Qu'est-ce qui est vrai ?

— Les rumeurs qui sont venues jusqu'à moi.

— Quelles rumeurs ?

— Il paraît que tu as passé la nuit de samedi, ta nuit de noces, chez Audrey.

Brett ouvrit de grands yeux.

— Nom d'un chien ! On ne peut donc pas faire un pas dans cette ville sans que tout le monde le sache ?

— C'est donc vrai.

— Cela ne te regarde pas.

— Tu crois ? Je suis ton ami, et quand tu te comportes comme le dernier des derniers, humiliant ta femme devant toute la ville, j'estime de mon devoir de te dire ce que j'en pense.

Brett crispa les mâchoires. Déjà, la colère le reprenait. Il n'était pas à prendre avec des pincettes ces temps-ci.

— Tout le monde comprendra d'ici peu. Nous allons annuler ce mariage, se résigna-t-il à avouer.

Un sentiment de culpabilité lancinante le tenaillait, alors il se remémora le pistolet, la façon qu'elle avait eu de le repousser, de l'envoyer au diable, lui, le célibataire le plus recherché de tout San Francisco !

— Tu es sûr que c'est ce que tu veux ? lui demanda doucement Grant.

Brett observa son ami.

— Avoir envie de coucher avec une femme ne suffit pas pour l'épouser. Alors, oui, c'est ce que je veux. Le sujet est clos.

Grant avait conscience de mettre leur amitié à l'épreuve, mais il devait le faire. Il avait vu l'effet que Storm produisait sur Brett dès le premier jour, quand elle était arrivée avec son père, sale et fatiguée par le voyage. Mais néanmoins belle à damner un saint. Brett en était resté hypnotisé. Pas étonnant qu'il eût perdu les pédales dans le jardin du Belcastel. Lui-même ne se comportait pas toujours d'une façon irréprochable quand il courtisait Marcy. Or, un homme n'agissait pas comme Brett l'avait fait, au mépris de toute prudence et de toute bienséance, quand il gardait la tête froide. Ses sentiments l'avaient égaré, des sentiments dont il n'avait pas conscience. Grant le connaissait. Il pouvait être dur parfois, mais pas cruel. Et pour qui était au courant, son enfance malheureuse éclairait à bien des égards son comportement. Il devait se sentir coupable que toute la ville fût au courant, Grant n'en doutait pas, et il ne ferait rien pour le déculpabiliser, bien au contraire.

— Storm est venue voir Marcy ce matin.

Brett releva brusquement la tête, les yeux étincelants.

— Je vois. Une conspiration ?

— Storm ne sait pas que je suis ici. Elle a appris à Marcy que vous alliez demander l'annulation.

— Elle devrait savoir qu'on lave son linge sale en famille ! s'emporta Brett en jetant sa fourchette sur la nappe.

— Du calme, voyons ! dit Grant en lui touchant la main. Je ne t'ai jamais vu comme ça.

— Qu'a-t-elle raconté d'autre ?

— Pas grand-chose. Elle a surtout essayé de ne pas pleurer.

Brett resta coi.

— Tu l'as vue aujourd'hui ? continua Grant.

— Non.

— Elle a les yeux rouges. Et gonflés.

Brett sembla ne pas réagir, mais il scrutait la surface immaculée de la nappe comme s'il y cherchait la réponse à ses questions. Avait-elle pleuré toute la nuit ? Et pourquoi ? Parce qu'il avait deviné qu'elle n'était pas la vierge innocente qu'elle prétendait être ?

— Tu devrais te demander ce que tu as fait pour la mettre dans un état pareil. Bon sang, Brett, elle n'a que dix-sept ans ! Tu traites Leanne Saint-Claire mieux qu'elle, et Leanne est une garce.

— Arrête. Elle pleure sans doute parce qu'elle a le mal du pays ou parce qu'elle me hait.

— Cela ne te ressemble pas d'être aussi méchant.

Brett plongea son regard noir dans celui de Grant.

— Ce n'est pas tous les jours qu'on vient me faire chanter pour me contraindre à un mariage dont je ne veux pas. Tu me reproches d'être en colère ?

— À qui la faute si tu en es arrivé là ? persista Grant.

— À elle ! cria presque Brett en frappant la table du poing.

Autour d'eux, on s'arrêta de manger.

— Cette petite sorcière m'a tendu un piège. Crois-moi, Grant, elle est loin d'être innocente. Elle sait ce qu'elle fait depuis le début. Seulement maintenant qu'elle s'est rendu compte qu'elle était allée trop loin, elle a changé d'avis !

Un nouveau coup de poing ponctua ses propos. Il se leva et jeta sa serviette sur la table.

— Écoute-moi bien, mon ami : tout compte fait, c'est peut-être *moi* qui vais changer d'avis !

Grant le regarda s'éloigner, puis un lent sourire naquit sur ses lèvres. Il continua tranquillement à manger. Marcy serait fière de lui.

Brett rentra directement chez lui. Il était furieux que Storm fût allée pleurer dans le giron de Marcy et qu'elle eût révélé leur vie privée. Il attacha King devant la porte et s'engouffra dans la maison en hurlant :

— Storm !

Pas de réponse. Il monta l'escalier quatre et quatre et fit irruption dans sa chambre. Personne. Il dévala les marches et faillit heurter Peter de plein fouet.

— Où est ma femme ?

— Elle est partie à cheval ce matin, Monsieur.

— Oui, je sais. Elle est allée voir Mme Farlane. Vous voulez dire qu'elle n'est pas encore rentrée ?

— Non, Monsieur.

Brett se mit à aller et venir dans le vestibule. Il sortit sa montre. Presque 3 heures de l'après-midi.

— Peter, à quelle heure est-elle sortie ?

— Aux alentours de 10 heures.

Brett fut pris de sueurs froides. Cinq heures. Elle était partie depuis cinq heures. Il fit volte-face vers son majordome.

— Elle était accompagnée par Sian, Monsieur.

Brett faillit chanceler de soulagement. En plus d'être un bon tireur, Sian était adroit au couteau et savait se servir de ses poings. C'est pourquoi Brett l'avait chargé d'escorter Storm dès qu'elle mettrait un pied dehors. Il ne voulait en aucun cas qu'une agression comme celle de la plage se reproduise. Mais où diable étaient-ils à présent ?

— A-t-elle dit où elle comptait se rendre après sa visite chez les Farlane ?

— Non, Monsieur.

Elle était restée chez Marcy, en déduisit Brett. C'était la seule explication possible.

— Envoyez William chez les Farlane. Qu'il ramène Storm à la maison.

Brett s'enferma dans son bureau mais, incapable de travailler, il se contenta de regarder sans les voir les buissons d'azalées, les rhododendrons, les parterres de tulipes du jardin.

William, le cocher, revint vingt minutes plus tard. Sans Storm. Quand il apprit à Brett qu'elle avait quitté les Farlane avant midi, celui-ci demeura abasourdi.

— A-t-elle dit où elle allait ? demanda-t-il enfin.

— Non, Monsieur, répondit William.

Brett le congédia. La colère et l'angoisse se disputaient en lui. Cela faisait maintenant presque six heures qu'elle était partie. Personne ne montait à cheval pendant six heures.

Il lui était arrivé quelque chose.

Il se précipita dehors, songeant que Sian n'avait que vingt ans. Il n'était pas de taille à la protéger contre les malades assoiffés de sexe qui erraient dans le coin. Dieu du ciel !

— William ! vociféra-t-il. Faites seller King !

Puis, incapable d'attendre, il courut aux écuries pour seller lui-même son étalon qu'on venait de desseller, et partit au grand galop.

Storm aimait la plage, se souvint-il. Il prit la direction du bord de mer. Des passages de sa lettre lui revinrent alors en mémoire : *Depuis que je suis ici, rien ne va... je déteste San Francisco... étouffée dans des corsets... chaussures... calvaire... j'ai menti... nous ne sommes jamais tombés amoureux...* La panique s'empara de lui. Il poussa King. La panique, la culpabilité et les remords l'étreignaient. Elle était sa femme, elle n'avait que dix-sept ans et il était responsable d'elle.

Une demi-heure plus tard, King écumait. C'est alors que Brett les vit. Ils arrivaient tranquillement, côte à côte, en sens inverse, se dirigeant vers les dunes d'où il surveillait la côte. Un immense soulagement coula en lui tel un baume miraculeux.

Conscient d'avoir trop demandé à sa monture, il n'alla pas à leur rencontre, mais se contenta de regagner lentement le chemin. Storm semblait parfaitement à l'aise. Elle n'accusait aucune fatigue, comme si elle avait passé sa vie à cheval. Près d'elle, Sian menait un bai de haute taille.

Le soulagement de Brett fut de courte durée. Alors qu'ils approchaient, il s'aperçut que le visage de Storm était rouge d'excitation. Ses longs cheveux flottaient au vent. Des boucles ondulaient sur sa poitrine révélée par la veste ouverte. Sa chemise blanche était délacée jusqu'à la naissance de ses seins...

Ni Sian ni elle ne s'étaient encore aperçus de sa présence. Ils bavardaient gaiement, riaient, semblaient s'entendre à merveille. Brett n'en croyait pas ses yeux. Une rage terrible s'empara lui.

Personne ne pouvait monter à cheval toute une journée.

Il tuerait Sian. Ensuite, il la tuerait, elle.

C'est alors qu'ils le virent. Le sourire de Storm disparut aussitôt et une expression qu'il prit pour de la culpabilité passa sur son visage. Brett fonça et arrêta King entre eux.

— Où diable avez-vous passé la journée ?

Storm le fixa un instant, puis elle prit un air mutin.

— Où pouvais-je bien être toute la journée, Brett ? D'après vous ? Cela ne se voit pas ?

Cette réplique acheva de le mettre en fureur.

Sous la chemise de fin coton, on devinait ses seins. Quelques gouttes de sueur perlaient sur sa gorge et sur son visage. Il observa ses lèvres. Elles n'étaient ni gonflées ni meurtries. Certes, ces signes pouvaient indiquer qu'elle avait longuement chevauché sur la plage. Rien de plus. Mais pas toute la journée !

— Rentrez sans nous, Sian, ordonna Brett d'une voix glaciale, sans le regarder.

Il attendit que le jeune homme fût suffisamment loin pour reprendre la parole. Storm avait relevé le menton, parée à l'attaque.

— Où avez-vous passé la journée ? répéta-t-il.
— Je suis allée voir Marcy. Ensuite, je me suis promenée à cheval.
— *Toute* la journée ?
Elle fronça les sourcils.
— Vous êtes sourd ?
Il eut envie de la gifler.
— Votre veste est ouverte. Ainsi que votre chemise. Pourquoi ?
Elle le dévisagea.
— Pardon ?
— Pourquoi ?
— Brett, j'ai chaud.
— Vos cheveux sont défaits.
Elle le regarda sans comprendre.
— Sian et vous semblez bien vous entendre.
Storm rougit d'indignation. Il prit cette rougeur pour la marque de la culpabilité.
— Il vous a touchée ? demanda-t-il entre ses dents.
— Espèce de porc immonde ! cria-t-elle en talonnant son cheval.
Croyant qu'elle tentait de s'enfuir, il se mit en travers de sa route. Les chevaux se heurtèrent et, avant qu'il eût le temps de réagir, elle bondit de sa monture et atterrit sur lui. Telle une furie.
Le choc lui fit perdre l'équilibre et ils dégringolèrent ensemble sur le sable. Le visage déformé par la rage, Storm voulut le frapper, mais il lui attrapa les poignets au vol. En même temps, il replia les jambes pour protéger son bas-ventre d'un dangereux coup de genou et roula sur elle. Quand il parvint tant bien que mal à l'immobiliser, elle haletait, fulminait, crachait comme un fauve. Ses yeux saphir lançaient des éclairs. Malgré le contexte explosif, il était terriblement conscient de son corps si féminin sous lui, de la rondeur de sa poitrine, de sa bouche ouverte, de son souffle affolé qui se mêlait au sien…
— Personne ne monte toute la journée ! insista-t-il, implacable.

— Toute la journée ? cria-t-elle. Ce n'était pas toute la journée ! Et je peux rester à cheval toute une journée ! Espèce d'ignorant ! Porc ! Salaud !

— Personne, articula-t-il, fou de jalousie.

Oui, de jalousie ! reconnut-il. Comment ? Elle ne voulait pas de lui dans son lit, mais elle couchait avec un autre ?

— Vous me dégoûtez, cracha-t-elle.

Aveuglé par la fureur, obsédé par une idée fixe, Brett décréta qu'il n'y avait qu'un moyen d'en avoir le cœur net. Il saisit ses poignets dans l'étau de sa main gauche et les plaqua au-dessus de sa tête. La droite s'aventura entre ses cuisses. Écarta les jupes pour se frayer un passage.

— Que faites-vous ? hurla-t-elle.

Sa main se faufila sous le pantalon. Elle était moite. Partout.

— Brett, non, je vous en prie !

Il vit la frayeur dans ses yeux et, l'espace d'un instant, il se haït. Mais cela ne l'empêcha pas de continuer. Quand ses doigts se perdirent entre ses jambes, il tremblait de tout son être.

— Non ! cria Storm, incrédule, en essayant vainement de lui échapper.

— Restez tranquille ! ordonna-t-il en resserrant sa prise.

Sa main s'activait. Figée par la peur et l'horreur, Storm s'immobilisa en retenant son souffle. Un doigt s'insinua en elle.

Brett se figea, médusé. Aucun doute possible. Elle était vierge. Et aucune trace révélatrice du plaisir d'un homme… Storm était vierge. Dieu du ciel ! Qu'avait-il fait ? Il avait commis une erreur. Une terrible erreur. Il ôta la main et rabaissa ses jupes, comme si ce geste pouvait réparer quoi que ce fût.

Ensuite, il se leva et l'aida à se mettre debout.

— Je suis désolé, murmura-t-il d'une voix rauque.

Les yeux de Storm brillaient. Une larme roula sur sa joue, suivie d'une autre, puis d'une autre encore…

— Bon sang ! jura-t-il, misérable. Je suis désolé, mais, au nom du ciel ! que vouliez-vous que je croie ?

Elle essuya ses pleurs du revers de la main.

— Vous n'aviez pas le droit de… de faire ça ! Je ne mens pas, Brett. Je ne mens jamais !

Il avait honte de l'avoir crue capable du pire. Le désir qu'il avait d'elle le rendait fou. Pourtant…

— Votre première lettre n'était-elle pas un « tissu de mensonges » ? répliqua-t-il, heureux d'avoir trouvé comment la contrer malgré les circonstances.

— Je vous hais.

Sur ce, elle lui tourna le dos. D'un bond, elle sauta sur Demon et s'éloigna au trot.

Brett la suivit des yeux en essayant de dominer le tumulte d'émotions, de sensations qui bataillaient en lui : désir, remords et, curieusement, humilité. Puis le désir reprit le dessus et il la revit, étendue sous lui, sa superbe poitrine palpitant au rythme de sa respiration. Et cette main qu'il avait glissée là où… Il essaya de s'imaginer ce qu'il ressentirait en la pénétrant. Profondément. Aussi loin que possible…

Il se remit en selle et s'élança derrière elle. À la raideur de son dos, il se douta qu'elle ne lui adresserait pas la parole, il resta en retrait, fasciné par son port de tête royal, par sa luxuriante chevelure qui lui caressait les reins. De penser à lui faire l'amour lui rappela l'annulation, et il se souvint de ce qu'il avait dit à Grant. Allait-il renoncer ? Pourquoi ne pas se marier pour le *sexe ?* De toute façon, il ne tomberait jamais amoureux d'elle.

Amoureux de sa belle sauvage…

Il perdait la tête. Il ne voulait pas d'un mariage. Et puis, s'il obtenait l'annulation, il pourrait toujours faire de Storm sa maîtresse. C'était là une bien meilleure idée.

Il la suivit en silence et la laissa descendre seule de cheval. Il s'assura qu'elle rentrait bien à la maison, fit demi-tour et prit le chemin de la ville.

Il alla s'enfermer dans son bureau du *Golden Lady*, avec une bouteille de brandy. Hagard, il commença à boire, mais Storm l'obsédait. Comme chaque fois qu'il pensait à elle, son sang courut plus vite dans ses veines, à tel point qu'il songea à rentrer pour la retrouver. Pour retrouver sa femme.

Il vida son verre d'un trait.

On frappa à la porte. Il n'était pas d'humeur à faire la causette.

— Oui ? aboya-t-il.

C'était Susie.

— Brett, c'est Fred Hanks. Il voudrait vous parler.

— Je ne veux pas être dérangé, répondit-il en se servant à nouveau.

Susie se retira. Brett se leva, s'adossa au battant en maugréant, quand on frappa de nouveau. Cette fois, c'était Linda. Elle voulait lui exposer un problème d'effectifs. Il lui répondit que c'était à elle de se débrouiller. Comme elle insistait, il mit son chapeau et sa veste et passa devant elle sans un mot. L'instant d'après, la porte de l'entrée claqua.

Brett remonta sur King. L'alcool ne l'avait pas calmé, pas plus qu'il n'avait apaisé le désir qu'il avait de Storm. Un désir puissant. Impérieux. Alors ce n'était pas le moment de venir l'ennuyer avec des histoires concernant l'organisation du *Golden Lady* !

Il se retrouva bientôt dans les bas quartiers bordant les quais. Une prostituée bien en chair, aux cheveux orange, l'aborda pour lui proposer ses services. Plus loin, une bagarre entre marins éclata.

Brett paya un gamin pour garder King et entra dans une taverne obscure.

À l'instant où il passa la porte, les conversations cessèrent. À travers l'épais rideau de fumée, il constata que la clientèle était composée de marins. Deux énormes femmes servaient à boire et le barman était un colosse impressionnant.

— Je peux vous aider ? demanda-t-il.

— Je voudrais une bouteille de votre meilleur tord-boyaux.

Le barman l'évalua du regard, puis lui tendit une bouteille. Brett la prit et s'installa seul à une table. Il se servit un premier verre. Avec un soupir, il s'adossa à sa chaise. Une femme s'approcha et se pencha vers lui, agitant sous son nez ses gros seins flasques.

— Monsieur aimerait de la compagnie ?

— Non, merci.

— Quel sourire, Seigneur ! Bon, si vous changez d'avis...

Il hocha la tête et avala le contenu d'un deuxième verre. Storm. Pourquoi l'obsédait-elle à ce point ? Qu'avait-elle de particulier ? Il ne cessait de penser à elle et d'avoir envie d'elle à en mourir. Il l'imaginait ployant contre lui. Sa peau dorée si douce... Pourquoi n'était-elle pas laide, sotte et à périr d'ennui plutôt que belle, intelligente et unique ?

Bon, il y avait certains avantages à être marié. En premier lieu, celui d'avoir une compagne en permanence. Une femme dans son lit. Une hôtesse. Une mère pour ses enfants. Avec une épouse comme Storm, il ferait des envieux chez tous les célibataires de San Francisco. Bizarre, mais il ne parvenait pas à se rappeler ses objections contre le mariage.

Certes, il y avait un problème. Et pas des moindres. Elle ne voulait pas de lui.

Exactement comme sa mère.

Et son père.

Mais elle n'avait pas le choix. Elle était sa femme et la loi stipulait qu'elle devait s'acquitter de certains devoirs. Après tout, s'il la désirait, il n'avait pas besoin de se préoccuper de ce qu'elle ressentait, non ?

Faux.

Brett tendit la main vers la bouteille et s'étonna de ne pas l'atteindre du premier coup. Sa main se referma une première fois dans le vide. Il visa plus soigneusement et, cette fois, réussit à l'attraper. En levant les yeux, il s'aperçut qu'un homme se tenait là, debout, devant sa table. Il lui demanda s'il pouvait se joindre à lui.

— Bien sûr ! Plus on est de fous...

— Je m'appelle Ben, dit le marin en s'asseyant face à Brett.

Il était grand, avec un gros ventre.

— Prends un verre, Ben. Hé, poupée, apporte un verre à mon ami !

Ils burent en silence pendant un moment. Brett pensait toujours à Storm, mais il avait de plus en plus de mal à rassembler ses idées. Elles se mélangeaient, s'enchevêtraient. Celle du mariage revenait pourtant souvent.

— Qu'est-ce que tu fiches là ? demanda soudain Ben. T'as plutôt l'air d'un gars sorti tout droit du quartier des affaires. Du centre, quoi.

— Je viens noyer mon chagrin, évidemment. Dans le centre, tout le monde me connaît.

— Les femmes, hein ?

— Une femme, corrigea Brett d'une voix pâteuse. La plus belle, la plus magnifique, la plus sensuelle des femmes que t'as jamais vues. Dieu de Dieu !

Ben sourit de toutes ses dents cariées.

— Tu lui cours après ?

Brett le regarda un instant sans comprendre.

— Euh… Ouais, on peut le dire, dans la mesure où c'est ma femme, répondit-il en reprenant la bouteille pour remplir leurs verres.

— Jeunes mariés, je parie ?

— Ouais. Bon sang, elle m'a eu. Finaude, la petite, hein ?

— C'est vieux comme le monde, ce coup-là. T'es pas le premier à qui ça arrive.

Brett se mit à rire.

— Tout le problème est là, tu vois, parce que… justement… j'y arrive pas. Bon sang de bon sang ! J'y arrive… pas.

— Quoi ?

Brett s'appuya sur un coude et se pencha vers Ben.

— On s'est fait prendre dans un jardin. Mon ami est son cousin et il m'a fait chanter pour que je l'épouse. Alors voilà, j'ai agi hono… honorab… blement.

Brett secoua tristement la tête et, regardant la bouteille, découvrit avec stupeur qu'elle était presque vide. Il reporta son attention sur Ben.

— J'ai pas couché avec elle. Jamais... Je l'ai épousée à cause de ses baisers. Maintenant, elle veut qu'on demande l'annulation. Moi, j'ai dit oui. Pourtant... pourtant, j'ai la plus belle femme du monde dans mon lit et... j'peux p... pas la toucher.

Il attrapa la bouteille et la cogna sur la table. Puis il fit signe à la serveuse d'en apporter une autre.

— C'est ta femme, mon gars. Moi, si j'avais la plus belle femme du monde, je la laisserais pas partir. Elle est à toi, non ? Tu la veux, tu la prends. Elle t'appartient.

Brett se concentra sur cette idée, les sourcils froncés. Il crut entendre quelqu'un dire « faux ! ». Il regarda autour de lui. Non, il n'y avait personne.

— C'est vrai ce que tu dis.

— Sûr que c'est vrai ! Tu t'en fiches de ce qu'elle veut ou de ce qu'elle veut pas. Tu la veux, tu la prends.

— En plus, ça lui plairait.

— Sûr que ça lui plairait !

— Le problème, Ben, c'est que... j'suis un gen... gentleman.

— Arrête tes bêtises ! Faut que tu montres à cette petite qui porte la culotte chez toi. Sinon, elle va l'enfiler et tu pourras plus jamais la lui ôter. Plus jamais.

Brett frappa la table du plat de la main.

— T'as raison, vieux !

La serveuse arriva avec la nouvelle bouteille. Brett lui tendit quelques dollars avec un grand sourire.

— Tiens, Ben, c'est pour toi, dit-il en lui donnant le tord-boyaux.

Puis il se mit debout et s'étonna d'avoir un peu de mal à garder l'équilibre.

Il prit sa veste et parvint à l'enfiler.

— Eh ! Oublie pas ce joli chapeau, fit Ben.

— Ah, ouais... marmonna Brett en le posant de travers sur sa tête. Fais attention à toi, l'ami.

Après un dernier salut maladroit, il partit en zigzaguant.

Dès qu'elle le vit, le souvenir de son humiliation ressurgit.

Appuyé au chambranle, dans l'encadrement de la porte de sa chambre, il lui souriait.

— Salut !

Elle ne s'aperçut pas tout de suite de ce qui n'allait pas. Il semblait légèrement penché, mais ses vêtements n'étaient pas en désordre. Et il souriait d'un air réjoui. Désarmant. D'une secousse, il voulut se redresser. Il chancela, puis se stabilisa tant bien que mal, avant d'avancer avec précaution.

Storm se laissa aller contre la tête de lit.

— Brett, vous êtes ivre.

Son sourire s'élargit.

— Hum ! Et vous, vous êtes magnifique… Est-ce que je vous l'ai déjà dit ?

Il atteignit le bord du lit. Storm se sentait à la fois effrayée et triomphante.

— Brett…

Il se laissa tomber près d'elle.

— Tellement magnifique, murmura-t-il d'une voix rauque en l'entourant de ses bras.

— Brett, non.

Elle essaya de se dégager, mais il semblait peser une tonne. Il s'efforça de la serrer contre lui, il souriait toujours avec son air de petit garçon espiègle. Malgré elle, Storm eut envie de rire.

— Je crois que je suis ensorcelé, murmura-t-il.

Puis il ferma les yeux et frotta son visage contre le sien.

Storm ne voulait pas de lui. Elle commençait à avoir peur. Ses joues étaient rêches et agréables en même temps. Ses mains lui caressaient les bras avec une douceur inattendue. Il grogna et tenta de capturer ses lèvres.

— Non, Brett, je vous en prie, dit-elle en le repoussant.

À sa grande surprise, il la lâcha et s'écarta pour la contempler avec une intensité aggravée par l'alcool.

— Je vous veux, souffla-t-il. J'ai besoin de vous... S'il vous plaît, ma chérie...

Il s'approcha pour l'embrasser, mais Storm tourna la tête et sa bouche atterrit sur son oreille. La stupeur passée, il se mit à la mordiller tendrement. Son souffle chaud faisait courir de délicieux frissons sur tout son corps.

— Brett.

Choquée, elle s'aperçut qu'elle avait prononcé son nom en gémissant.

— Oh, Seigneur! dit-il en la renversant sous lui. Storm, ne me faites pas ça. Ne me repoussez pas. J'ai tellement besoin de vous...

Il s'exprimait d'un ton implorant qu'elle ne lui connaissait pas. Elle frémit quand il l'embrassa dans le cou et referma la main sur l'un de ses seins. Elle aurait voulu éprouver de la colère. C'était tout ce qu'il méritait après ce qu'il lui avait fait. Pourtant, elle n'y parvenait pas. Au contraire, elle n'avait qu'une envie: succomber à ses caresses. À sa force tendre.

Il couvrait son visage de baisers en répétant:

— Pourquoi me résistez-vous? Vous ne m'aimez pas? Pourquoi? Elle ne m'aimait pas non plus, elle. Pourquoi, Storm? Ce sont celles dont vous n'avez rien à faire qui vous poursuivent, alors que celles que vous voulez, celles dont vous avez besoin vous tournent le dos... C'est toujours comme ça... Rien ne change...

Storm prit son visage entre ses mains.

— Qui, Brett? l'interrogea-t-elle, incapable d'ignorer la morsure de la jalousie. De qui parlez-vous?

Il la regarda, puis sourit en blottissant tendrement son visage dans ses mains.

— Oui, touchez-moi, Storm.

— Qui, Brett? Qui ne veut pas de vous?

— Ma mère. Ma mère qui m'a vendu à mon père. Et vous savez quoi? Pour une raison qui m'échappe, je... je l'aimais malgré tout.

— Oh, Brett!... murmura-t-elle en fondant de compassion. C'est impossible. Aucune mère ne vend son propre fils.

— La mienne, si. Venez ici, ma chérie…

Storm l'enlaça et lui rendit son baiser sans résister. Elle glissa la main dans ses cheveux, puis écarta les jambes, comme il l'y incitait. Son esprit lui soufflait d'arrêter, du moins d'attendre, mais son corps et son cœur se liguaient en un tandem qui lui tenait un tout autre langage…

L'embrassant à perdre haleine, elle lui caressa le dos puis, timidement, descendit vers ses reins, vers ses fesses aux muscles d'acier. Fascinée, elle laissa sa main là où elle était. Brett ne bougeait plus. Son visage était niché au creux de son cou. Son souffle brûlant l'excitait. Elle continua de le caresser, se surprenant à se cambrer contre lui. S'offrant à lui.

Il lui fallut un moment pour s'apercevoir qu'il ne réagissait pas.

Storm ouvrit les yeux. Son cœur battait à tout rompre.

— Brett ?

Pas de réponse.

— Brett ?

Elle se dégagea, mais il ne bougea pas d'un pouce. Il dormait profondément.

## 11

Le lendemain matin, quand Storm se leva, Brett dormait toujours dans son lit. Elle ne le revit pas de la journée et supposa qu'il était parti travailler. Le soir, au dîner, il se comporta comme un parfait étranger, à tel point qu'elle se demanda s'il se rappelait ce qui s'était passé la veille, l'attitude qu'elle avait eue à son égard. Il la regarda à peine de tout le repas. Agacée, elle se dit que, décidément, elle ne le comprendrait jamais.

— Voilà qui devrait vous remettre sur pied, Monsieur, dit Peter en posant une bière devant lui.

— Qu'avez-vous mis là-dedans ? voulut savoir Brett en scrutant le liquide d'un œil suspicieux.

Peter sourit.

— De quoi vous faire oublier votre... indisposition, Monsieur.

Il se retira et Brett but son breuvage. Il croisa le regard de Storm, sans détourner les yeux cette fois.

— Storm, à propos d'hier soir... Je... euh... je crois que j'étais un peu ivre.

— Oui.

— Est-ce que... euh... J'espère que je ne vous ai pas importunée.

Elle haussa imperceptiblement les épaules.

— Bon, que s'est-il passé ?

— Pardon ? dit-elle en arquant les sourcils.

— Oui, bon sang ! Je veux savoir ce qui s'est passé exactement.

Storm s'amusait. Elle voulut faire durer le plaisir.

— Ce qui s'est passé ? Eh bien, vous venez de le dire. Vous étiez ivre.

— Écoutez, arrêtez ce petit jeu, d'accord? Est-ce que nous... Seigneur! Je me suis réveillé dans votre lit et je ne me souviens même pas d'y être venu. Avons-nous fait l'amour?

Elle ne put s'empêcher de rougir.

— Vous n'étiez pas en état de faire quoi que ce soit, à part dormir.

Il se sentit à la fois soulagé, déçu et embarrassé.

— Je vous prie de m'excuser de vous avoir imposé ma présence alors que j'étais saoul.

Storm faillit lui répondre que cela ne l'avait pas dérangée. Elle se retint à temps. Malgré elle, elle se retrouvait sous son pouvoir. Il repoussa son dessert. Une question lui brûlait les lèvres et elle céda à l'envie de la lui poser.

— Vous... sortez ce soir?

Elle se serait giflée d'avoir laissé percer une pointe d'ironie. D'autant qu'un lent sourire se dessinait maintenant sur les lèvres de Brett et que son regard se faisait caressant. Mal à l'aise, Storm fronça les sourcils. Le sourire s'agrandit.

— Cela vous importerait-il, Storm? s'enquit-il avec une grande douceur.

— Non. Simple curiosité.

— Seulement?

— Seulement.

— Si vous aviez mieux à me proposer, je me ferais un plaisir de rester, dit-il d'une voix rauque.

Dans sa naïveté, elle mit quelques secondes à comprendre ce qu'il insinuait. Elle s'empourpra violemment.

— Avez-vous besoin de faire... cela... tous les soirs?

— Faire quoi? demanda-t-il, l'air réjoui.

— Rien... Je... Rien.

Brett ne la quittait pas des yeux. Elle portait une simple blouse avec une jupe, mais ses cheveux déployés bouclaient sur ses épaules, sur sa poitrine. Il fut pris d'une furieuse envie de saisir une mèche, de l'enrouler autour de sa main et de l'attirer à lui.

— Alors, que me proposez-vous?

Les lèvres de Storm s'entrouvrirent, mais aucun son n'en sortit. Incapable de résister plus longtemps, il succomba à son impulsion, attrapa les cheveux de Storm et l'amena à lui. Elle se laissa faire.

Doucement, il posa ses lèvres sur les siennes. Une véritable décharge électrique le secoua de la tête aux pieds. La force de son désir était véritablement effrayante. Il ne cessa pas pour autant de l'embrasser. Au contraire. Il s'enflamma et sa langue alla chercher celle de Storm avec frénésie. Surprise, elle eut un mouvement de recul, mais il la retenait par les cheveux.

— Lâchez-moi, souffla-t-elle.

— Au diable, l'annulation ! articula-t-il d'une voix altérée.

— Oh, non ! rétorqua-t-elle avec défi. Je ne serai jamais votre femme. Jamais ! Vous me désirez, et l'instant d'après vous m'ignorez. Dès que mon père sera là, je rentrerai chez moi.

Son enthousiasme à l'idée de le quitter lui fit l'effet d'une douche froide. Il la libéra aussitôt.

— Baissez le ton. Les domestiques pourraient vous entendre. Ils sont bavards.

— Qu'ils aillent au diable ! Et vous avec ! cria-t-elle en se levant si brusquement que sa chaise bascula sur le sol.

Elle s'essuya la bouche du dos de la main, dégoûtée. Brett blêmit. Jamais de sa vie il n'avait provoqué de la répugnance chez une femme. À la fois contrarié et furieux, il se leva à son tour tandis qu'elle s'engageait déjà dans l'escalier.

Comment pouvait-il la désirer encore aussi passionnément ? C'était de la pure folie ! S'il le voulait, il la séduirait comme il séduisait toutes les femmes, sans rencontrer de résistance. Cinq minutes lui suffiraient pour qu'elle soit à sa merci, pantelante, suppliante sous ses caresses.

Il respira profondément, conscient qu'il devait se calmer. Il n'avait pas connu un seul instant de paix depuis qu'il l'avait épousée, et n'en connaîtrait sans doute plus un seul tant qu'ils seraient mariés. Elle était trop sauvage, trop indomptable. Comme tous les Apaches ! Elle aurait pu descendre d'une autre tribu, eh bien, non ! Il fallait qu'elle eût pour ancêtres les plus terribles de tous les Indiens ! Pendant des siècles, ils avaient semé la terreur, pillant et tuant sans pitié dès qu'ils quittaient leurs montagnes. Il n'y avait qu'à voir comment elle s'était jetée sur lui, pas plus tard que la veille... Et tout ce qu'il avait trouvé comme solution, c'était de se saouler. Seigneur, elle lui faisait perdre la tête !

Hors d'elle, Storm s'était réfugiée dans sa chambre, ignorant cet étrange sentiment qui la taraudait, et qui ressemblait à du remords. Elle voulait surtout savoir à quoi s'en tenir à son sujet. Elle lui avait presque tout pardonné depuis qu'elle l'avait vu si vulnérable, la veille. Pis ! Elle se serait donnée à lui s'il ne s'était pas endormi, ivre mort. Comment avait-elle pu oublier ce qu'il lui avait fait la veille, sur la plage ? Elle ne devait pas en arriver là, le laisser l'utiliser comme il utilisait les autres. Leur mariage ne l'empêchait pas de voir sa maîtresse, mais elle ne pouvait pas se promener à cheval avec le palefrenier sans qu'il la soupçonne du pire ? Storm se changea rapidement. Elle enfila sa jupe fendue et attendit à la fenêtre. Ses pires craintes se vérifiaient. Le salaud sortait à nouveau.

*Si vous aviez mieux à me proposer, je me ferais un plaisir de rester.*

Elle enfila ses mocassins en peau et descendit en silence. Si elle était capable de traquer un cerf dans des plaines rocheuses, elle saurait pister Brett dans une ville grouillante de monde. Elle le prendrait sur le fait et s'en servirait pour l'obliger à annuler leur mariage. Si son père décidait de le tuer, eh bien, elle lui prêterait main-forte !

Elle suivit le grand étalon gris de Brett au petit trot, l'allure favorite des Apaches. Ils étaient capables de garder ce rythme des jours et des jours, sans fatigue, comme son père quand il avait escorté sa mère, autrefois.

À part sa respiration qui s'accéléra imperceptiblement, elle resta de marbre quand elle le vit s'arrêter devant une petite maison blanche entourée d'une barrière. Elle se tapit dans l'ombre, songeant qu'elle évoquait davantage la demeure d'une famille tranquille que celle d'une courtisane. Brett disparut à l'intérieur. Storm courut à pas de loup jusqu'à la grille qu'elle escalada avec l'agilité d'un chat puis, courbée en deux, elle atteignit un vieux chêne dont les énormes branches frôlaient les fenêtres. Elle jeta un coup d'œil par la porte-fenêtre du rez-de-chaussée et aperçut Brett qui traversait le vestibule, se dirigeant apparemment vers l'escalier. Se réfugiant derrière le tronc, elle réfléchit rapidement puis, saisissant une branche à deux mains, elle se hissa dans l'arbre, tel un singe. Elle excellait autant dans cette discipline qu'au sport équestre ou au tir. Elle en oublia presque Brett et sa maîtresse, tellement elle s'amusait. Lentement, elle grimpa dans le chêne.

À l'intérieur, Brett atteignait le haut des marches, irrité et soucieux. Il n'avait pas vraiment envie d'être là. Il n'avait pas revu Audrey depuis sa nuit de noces et cela ne lui ressemblait pas, car il aimait les rapports fréquents. Mais l'avant-veille, il avait passé la nuit dans son bureau du *Golden Lady* à boire du brandy. Pour fuir sa jeune épouse. Sa proximité. Sa vue. Bon sang! Si seulement elle lui avait ouvert la porte de sa chambre! Il respira profondément, refoulant le désir qui déferlait de nouveau en lui.

Audrey l'accueillit en souriant sur le seuil de sa chambre.

— Brett chéri!

— Bonsoir, dit-il en l'embrassant sur la joue.

— Tout va bien?

Il pensa immédiatement à Storm.

— Laisse-moi te servir un verre, continua-t-elle en se hâtant vers la desserte où se trouvait la carafe. On dirait que tu en as besoin.

« C'est de Storm que j'ai besoin », pensa-t-il. Puis le tour que prenaient ses pensées l'agaça et il s'en voulut. Incapable de chasser son image de son esprit, il marcha vers la fenêtre. Aussi, quand elle lui apparut dans le chêne, il se crut victime d'une hallucination. Mais ils se regardèrent avec stupeur à travers la vitre, les yeux dans les yeux, et Brett comprit qu'elle était là... en personne !

Une exclamation étouffée leur échappa.

Et ils se mirent en mouvement simultanément.

Elle se retourna et amorça sa descente tandis qu'il ouvrait la fenêtre et s'accrochait à une branche qui ploya sous son poids. Agrippée au tronc, respirant bruyamment, elle se déplaçait avec l'agilité d'un écureuil. Il trouva une nouvelle prise mais la branche craqua et il en saisit une autre. Il voulait la rattraper. Elle était juste sous lui. C'est alors qu'elle cria. Il jeta un coup d'œil à ses pieds. Elle n'était plus là !

— Storm ! hurla-t-il en la voyant chuter inexorablement.

Elle atterrit sur le dos avec un bruit sourd.

— Storm !

Oubliant son manque d'entraînement, il descendit frénétiquement et sauta sur le sol.

Il se précipita sur elle et prit son visage entre ses mains. Elle était glacée.

— Storm ? Storm !

Elle ne réagissait pas. N'osant la déplacer, au cas où elle aurait quelque chose de cassé, il se contenta de poser les doigts à la base de son cou. Dieu merci, il sentait son pouls !

— Storm ? Réveillez-vous, mon cœur. Storm ?

Elle ouvrit lentement les yeux. Malgré la pénombre, il remarqua leur absence d'expression. Ils semblaient vides...

— Storm ! cria-t-il comme elle les refermait.

Elle les rouvrit en gémissant.

— Je ne crois pas m'être cassé quelque chose, murmura-t-elle enfin.

— Vous êtes sûre ?

— Oui.

Il se sentit immensément soulagé, puis la colère prit le relais.

— Que diable étiez-vous en train de faire ?

— De l'espionnage, articula-t-elle d'une voix faible.

Il sourit malgré lui.

— Je vous l'avais dit, vous auriez dû me proposer mieux.

Des larmes embuèrent les grands yeux bleus.

— Ma chérie, ne pleurez pas, murmura-t-il en lui essuyant les joues. La prochaine fois que vous voulez savoir où je vais, s'il vous plaît, demandez-le-moi.

Ils se regardèrent.

— C'est la première fois que vous dites s'il vous plaît.

Il sourit à nouveau.

— Vous pouvez vous asseoir ?

Elle hocha la tête mais, quand il tenta de l'aider à se redresser, elle gémit et il n'insista pas.

— Brett ! Brett ! Que se passe-t-il ?

Storm sentit Brett se raidir. Elle parvint à se mettre en appui sur un coude.

— Retourne à l'intérieur, Audrey. J'ai besoin d'emprunter ta voiture. Fais-la avancer, s'il te plaît.

— Dois-je appeler un médecin ? Qui est-ce ?

— Audrey... commença-t-il d'un ton autoritaire.

Mais Storm avait réussi à s'asseoir sans même s'en rendre compte et elle contemplait la ravissante créature qui tenait une lanterne. Ravissante et *petite*.

— Vous ne nous présentez pas, Brett ? fit-elle d'une voix mordante, malgré la nausée qui la submergeait.

Jamais elle ne pourrait rivaliser avec cette femme. Jamais.

— Rentre ! ordonna-t-il durement. Storm, restez couchée, ajouta-t-il d'une voix plus douce.

Il glissa le bras derrière elle pour l'aider à s'allonger, mais Storm avait eu le temps de voir Audrey qui, de son côté, avait compris qui elle était. La nausée la reprit. La tête lui tournait. La maîtresse de Brett était petite, jolie, délicate et très féminine... Tout ce qu'elle-même n'était pas.

Soudain, tout devint noir, puis elle perçut la voix de Brett, très lointaine d'abord, plus proche ensuite.

— La voiture est là.

Il la souleva dans ses bras avec une grande douceur. De se sentir ainsi à sa merci lui fit revenir les larmes.

— Vous avez mal ? s'inquiéta-t-il aussitôt.

— Non, je... J'ai mal à la tête.

— Ne pleurez pas, je vous en prie.

Il la serra contre sa poitrine, là où battait son cœur. Elle ferma les yeux et blottit son visage au creux de son épaule.

— Pourquoi pleurez-vous, Storm ?

Elle secoua la tête, incapable de parler. Sa gentillesse exacerbait ses émotions. Juste avant de sombrer à nouveau dans l'inconscience, elle crut l'entendre dire :

— Pardon, ma chérie, pardon.

Une heure plus tard, elle n'avait toujours pas repris connaissance. Le Dr Winslow l'examinait sous le regard inquiet de Brett.

— Alors, docteur ? demanda-t-il d'une voix tendue.

— Détendez-vous, Brett, votre belle épouse est entière.

— Mais encore ?

— Elle ne s'est rien cassé, mais elle souffre d'une commotion cérébrale. Elle a une bosse, ici, à l'arrière du crâne, grosse comme une orange.

— Ce n'est pas grave, n'est-ce pas ?

— Pas si elle observe un repos complet pendant une semaine. Je veux qu'elle garde le lit trois jours entiers. Elle pourra ensuite recevoir des visites, mais très courtes. Pas de promenades à pied et encore moins à cheval. Chambres séparées.

Brett fronça les sourcils en se demandant comment il allait s'y prendre pour convaincre Storm de ne pas bouger pendant une semaine.

— Je vais devoir me battre pour l'empêcher de se lever.

— Les bagarres sont à proscrire. Du repos. Seulement du repos.

— Elle a un caractère épouvantable. Vous ne pouvez pas savoir.

Winslow sourit.

— Ne cédez pas.

— Facile à dire, maugréa Brett.

— Donnez-lui du laudanum si elle souffre.

— Si elle souffre ?

— Des migraines sont à craindre.

Brett arrangea les couvertures en observant la jeune femme attentivement.

— Vous êtes sûr que ce n'est qu'une commotion ?

— Certain. Ne me raccompagnez pas, Brett. Je connais le chemin.

Une fois le médecin parti, Brett s'assit près de Storm et lui prit la main. Une main chaude, sèche, et rêche. Il contempla sa femme, s'attendrissant de la voir si jeune, si vulnérable. Il écarta les cheveux de son visage et se pencha pour déposer un baiser sur son front. Un sentiment de joie le submergea où se mêla cette soif inextinguible qu'il avait d'elle.

« Je n'annulerai pas ce mariage, se dit-il. Non. Pas question. »

Cette décision prise, il se sentit beaucoup mieux. Il évita toutefois de songer à l'avenir, de peur de changer d'avis. Storm gémit faiblement.

— Dormez, ma chérie, souffla-t-il en lui caressant les cheveux. Dormez...

Elle battit des paupières et ouvrit les yeux, l'air hébété.

— Vous avez mal ?

— Ma tête...

Il lui prépara du laudanum et le lui fit boire.

— Voulez-vous passer une robe de nuit ou préférez-vous rester en chemise ?

Storm soupira.

— Cela m'est égal.

Elle l'observa.

— Vous êtes en colère ?

— Nous reparlerons de tout cela plus tard. Storm, si vous avez besoin de quoi que ce soit, je suis dans la pièce à côté.

— Pourquoi ?

— Parce que c'est là que je dors.

— Vraiment ? ne put-elle s'empêcher de le défier malgré sa faiblesse.

Il ne mordit pas à l'hameçon.

— Oui, vraiment, rétorqua-t-il avec fermeté.

— Vous pouvez retourner… près d'elle… si vous…

— Pourquoi me provoquez-vous ainsi ?

— Elle est… si jolie, marmonna-t-elle avant de sombrer dans le sommeil.

Quel plaisir éprouvait-elle à le tourmenter sans arrêt ? se demanda-t-il, perplexe. Aucune femme ne l'avait jamais défié à ce point. Mais Storm n'était pas comme les autres. Elle était décidément unique.

Il gagna sa chambre et laissa la porte de communication ouverte. Incapable de dormir, il se releva à trois reprises pour vérifier que tout allait bien. Chaque fois, il constata qu'elle dormait paisiblement.

Storm soupira. Une délicieuse odeur de sirop de pomme lui chatouillait les narines. « Des crêpes », songea-t-elle. Sa mère faisait les meilleures crêpes du monde. Mais elle n'entendait pas ses frères, surtout Rathe, le plus remuant. Et le bruit de vaisselle. L'odeur devint plus présente encore. Elle avait trop dormi. Il était temps de se lever. Pourtant, elle se sentait si bien dans son lit doux et chaud, en sécurité, entourée d'amour… Elle s'étira comme un chat, avant d'ouvrir les yeux.

Totalement désorientée, elle découvrit un homme debout près de son lit, un plateau dans les mains. Il était brun, très brun. Et très beau.

Le retour à la réalité lui fit l'effet d'une gifle. Elle n'était pas chez elle, hélas, mais chez cet homme qu'elle avait épousé. Cet homme qui ne l'aimait pas et lui préférait sa ravissante petite maîtresse. Brett.

— Bonjour, dit-il avec un sourire.

Comme il s'attardait à la contempler, elle s'aperçut qu'elle s'était découverte dans son sommeil. Elle s'empressa de remonter le drap et la couverture en s'asseyant.

— Vous avez faim ? Voici votre petit déjeuner, reprit-il.

Il sourit de nouveau et elle se troubla.

— Je meurs de faim, reconnut-elle en lui jetant un coup d'œil suspicieux.

— Pourquoi me regardez-vous comme ça ? s'enquit-il en posant le plateau sur le lit. Avez-vous bien dormi ?

— D'un sommeil de plomb.

C'était *lui* qui la regardait bizarrement, comme s'il tentait de percer les secrets de son âme. Et puis, que faisait-il là ?

— Mon cuisinier fait les meilleures crêpes de la ville.

— Elles sentent délicieusement bon, admit-elle en commençant à manger.

Comme il l'observait toujours, elle regretta de n'avoir pas eu le temps de se laver le visage et de se coiffer.

Il ne la quittait pas des yeux.

— Qu'est-ce que j'ai ?

— Pardon ?

— Vous me regardez.

Brett sourit avec indolence.

— Il est normal qu'un homme regarde une belle femme.

Elle rougit.

— Brett, protesta-t-elle faiblement.

— Finissez de manger.

Storm termina son petit-déjeuner en silence tout en se demandant pourquoi il lui mentait. Parce qu'elle ne croyait pas une seconde qu'il pût la trouver belle, maintenant qu'elle avait vu sa maîtresse. Qu'essayait-il de faire ? De la déstabiliser pour mieux l'accuser ensuite à propos de son escapade nocturne ?

Était-il allé *la* rejoindre, la nuit dernière ?

— Comment vous sentez-vous aujourd'hui ?

Storm buvait son café.

— Très bien, répondit-elle. Bon, venons-en au fait.
— Pardon ?
Elle le toisa, sur la défensive.
— Je sais pourquoi vous êtes ici, lança-t-elle d'un air belliqueux.
— Ah oui ?
— Pour me passer un savon.
— Vous aimez à ce point la bagarre ? fit-il en souriant.
— Seulement quand vous êtes mon adversaire.
Brett redevint sérieux.
— Je suis seulement venu vous apporter votre petit déjeuner. Et prendre de vos nouvelles, bien sûr.
Elle le scruta un instant avant de lâcher :
— Betsy aurait pu s'en charger.
— La plupart des femmes seraient aux anges que leur mari leur apporte leur petit-déjeuner au lit.
— Eh bien, pas moi.
Il soupira, exaspéré.
— Vous n'êtes vraiment pas charitable.
— Je ne veux de charité ni de votre part ni de celle de personne.
— Storm, cela vous arrive-t-il d'être aimable ? Pourquoi cet acharnement à me provoquer ?
Elle rejeta drap et couverture, et balança ses longues jambes presque nues hors du lit, pour se lever. Brett l'en empêcha en posant ses grandes mains sur ses cuisses.
— Vous devez garder le lit pendant trois jours. Ordre du médecin.
— Quoi ?
— Repos complet, Storm. Et vous êtes confinée à la maison pendant une semaine entière. Vous avez une commotion cérébrale, dois-je vous le rappeler ?
— Vous me punissez pour être allée vous espionner, voilà la vérité !
Brett poussa un soupir excédé.
— Ne soyez pas sotte. Ce sont les consignes du Dr Winslow et vous les respecterez.
— Mais je me sens en pleine forme.
— Vous devez rester au lit.

Comme il ne cédait pas, elle se laissa aller contre les oreillers.

— N'avez-vous rien à me dire au sujet d'hier soir ? lui demanda-t-elle alors.

Le regard de Brett s'éclaira brièvement.

— En fait, oui. La prochaine fois que vous voudrez savoir où je vais, demandez-le-moi, s'il vous plaît.

— Vous m'auriez répondu que cela ne me concernait pas, rétorqua-t-elle en bougonnant.

— Possible. Nom d'un chien, Storm ! Vous auriez pu vous rompre le cou !

— Je regrette de ne pas l'avoir fait, riposta-t-elle en fuyant son regard pour fixer délibérément le mur.

Brett serra les dents.

— Suis-je un tel poids pour vous ? Savez-vous que toutes les célibataires de cette ville donneraient leur vie pour être à votre place ?

— Je ne suis pas comme les autres ! Et je suis loin d'être prête à mourir pour garder ma place.

Ils s'affrontèrent du regard.

— Vous ne cédez jamais, n'est-ce pas ?

Elle ne répondit pas et il tourna les talons.

— Je reviendrai à l'heure du dîner, jeta-t-il sèchement en arrivant à la porte. Si j'apprends que vous vous êtes levée... Storm, promettez-moi de suivre les conseils du médecin.

Elle feignit de considérer la question.

— Je vous promets que vous aurez affaire à moi quand vous serez rétablie si vous vous acharnez à me compliquer la vie !

— Très bien, concéda-t-elle à contrecœur.

Brett sortit en claquant la porte.

Dès qu'il fut parti, Storm sentit la tristesse l'envahir. Il était gentil avec elle avant qu'elle ne l'agresse. Mais les événements de la nuit lui revinrent en mémoire et elle ne regretta plus de s'être montrée désagréable. Audrey était si petite, si incroyablement jolie qu'elle eut envie de pleurer. Elle essaya de penser à autre chose, mais Brett l'occupait tout entière. Il la hantait. Elle le vit dans les bras de sa maîtresse, la couvrant de baisers passionnés... Une violente migraine la prit et elle s'assoupit.

Finalement, la journée passa plus vite qu'elle ne le craignait. Elle prit un bain, dormit une bonne partie de l'après-midi, mangea légèrement et parcourut le journal local.

— Storm?

Elle se réveilla en sursaut. La nuit était tombée sans qu'elle s'en rende compte. Brett se tenait sur le pas de la porte, hésitant.

— Posez cela là, Betsy, l'entendit-elle dire.

— Bien, Monsieur.

— Est-elle restée au lit toute la journée?

— Oui, Monsieur. Elle a dormi presque tout le temps, la pauvre petite.

Un silence suivit, puis Storm perçut le bruit des pas qui s'éloignaient. Une porte se referma. Croyant être seule, elle ouvrit les yeux. Elle s'était trompée.

Brett s'était installé dans un confortable fauteuil. Il portait sa tenue de cheval, et ses cheveux étaient ébouriffés. La tête tournée vers la fenêtre, il regardait dehors, offrant à la jeune femme la ligne pure de son profil.

Continuant son examen, elle reporta son attention sur les jambes moulées par le pantalon en daim. Jamais elle n'avait pu l'observer ainsi, à la dérobée. Ses cuisses sculpturales semblaient puissantes. Elle s'imagina entre elles, enserrée. Captive. Mais elle n'avait aucune chance de se retrouver dans cette position. Elle se remémora alors leur premier baiser sur la plage. Sa bouche exigeante. Son corps viril contre le sien, son sexe durci par le désir, plaqué contre son ventre. Ses yeux s'arrêtèrent d'eux-mêmes à cet endroit. Elle distingua un renflement sous le daim...

Déglutissant avec peine, elle revint à son visage et tressaillit. Il la regardait d'un air amusé, avec un vif intérêt, semblait-il. Storm se sentit rougir jusqu'aux oreilles. Comment avait-elle pu se laisser surprendre à le détailler d'une façon aussi impudique? Elle crut mourir de honte.

— Vous êtes réveillée.

— Oui.
— Je ne voulais pas vous réveiller.
— Ce n'est pas grave.
— Je pensais vous tenir compagnie pendant que vous mangez.
— Très bien, murmura-t-elle, incapable de soutenir son regard.
— Personnellement, je n'aime pas manger seul. Je trouve cela triste.
Il lui souriait d'un air enjôleur et elle se surprit à lui rendre son sourire timidement.
L'instant d'après, il posait le plateau sur ses genoux. Elle n'avait pas très faim. Rester au lit toute la journée n'ouvrait pas particulièrement l'appétit.
Elle commença sans enthousiasme.
— Vous ne vous sentez pas bien ?
— Si, pourquoi ?
— D'habitude, vous mangez comme un ogre.
Elle se demanda comment prendre cette remarque.
— J'ai dormi presque toute la journée.
— Je sais, Betsy me l'a dit.
Elle s'apprêtait à repousser le plateau quand elle remarqua une petite boîte enveloppée dans du papier d'argent.
— Qu'est-ce que c'est ?
Il haussa les épaules.
Storm ôta le papier. Des chocolats. Elle en mangeait rarement, une fois par an peut-être. Son visage s'illumina de plaisir.
— Ce ne sont que des douceurs, dit-il en la contemplant avec un sourire attendri.
— J'adore les chocolats ! Merci ! s'écria-t-elle en en prenant un.
Elle lui en proposa, mais il déclina son offre.
— Ils sont bons ?
— Délicieux !
— C'est vraiment peu de chose, dit-il, déconcerté par sa réaction. Puis-je vous tenir compagnie un moment ?
Elle retint un oui spontané. Elle s'aperçut avec stupeur

qu'elle avait très envie qu'il reste mais, trop fière pour l'admettre, elle se contenta d'acquiescer négligemment.

— Si vous voulez.

Il commença par lui apprendre les dernières nouvelles, les derniers potins. Sam Henderson, un New-Yorkais, venait d'investir dans des terrains au nord de la ville, où il comptait planter de la vigne. Tout le monde le prenait pour un fou. *Potter's Emporium* avait été vendu, mais personne ne savait à qui. Une bagarre avait éclaté la nuit précédente dans un saloon malfamé, faisant deux morts. Barbara Watkins était attendue, Leanne Saint-Clair était courtisée par James Bradford, une soirée avait lieu le lendemain, au Denoff. Bien entendu, ils n'y assisteraient pas. Il s'était arrêté chez Paul pour l'informer de l'accident et son cousin passerait voir Storm dès qu'elle serait en état de recevoir des visites, dans deux jours.

— Comment ? Vous lui avez dit ! s'écria-t-elle, horrifiée.

Elle le fixait comme s'il avait perdu l'esprit.

— Bien sûr que non. Je lui ai dit que vous étiez tombée de cheval. J'ai raconté la même histoire à Grant qui m'a regardé comme vous en ce moment même. Quoi qu'il en soit, ils n'ont pas à savoir que vous êtes tombée d'un arbre.

— Vous voulez dire de l'arbre qui donne sur les fenêtres de votre maîtresse.

— Oui.

La trêve avait été de courte durée. Une tension presque palpable s'était installée entre eux. Storm avait l'impression qu'il attendait des excuses. Il pouvait toujours espérer !

— Je ne voudrais pas vous fatiguer, grommela-t-il en se levant brusquement.

— Vous pouvez aller au Denoff sans moi.

— Non, je n'irai pas. À demain.

— Amusez-vous bien, ne put-elle s'empêcher de persifler.

Il s'apprêtait à ouvrir la porte, mais il s'arrêta et se tourna lentement vers elle.

— Qu'est-ce que cela signifie ?

Jamais il n'avait entendu une femme s'exprimer sur un ton aussi sarcastique. Pourtant, elle arborait un visage angélique, quoique... ses yeux saphir semblaient lancer des éclairs.

— Cela signifie amusez-vous bien.

— Qu'est-ce que cela signifie *exactement* ?

Elle leva le menton.

— Cela veut dire que je sais *exactement* où vous allez.

— Vraiment ?

— Vraiment.

— Et où *pensez-vous* que je vais ?

— Chez *elle*. Mais cela m'est égal. Au contraire, je m'en réjouis – dès l'instant où vous me laissez tranquille.

Brett compta jusqu'à dix. Il dut continuer jusqu'à vingt.

— Pour votre information, je descends dans mon bureau pour faire un travail que je n'ai pas eu le temps d'achever ce matin, car je vous ai monté votre petit déjeuner.

Ses yeux noirs luisaient tels des charbons ardents. Storm resta momentanément sans voix, et Brett reprit, cédant à la colère :

— Pourquoi, Storm ? Pourquoi vous plaisez-vous tellement à me pousser à bout ? Pourquoi faut-il que vous reveniez sans arrêt à elle ? Pour gâcher les rares moments agréables que nous passons ensemble ?

— Vous vous imaginez qu'il suffit de ne pas mentionner son existence pour qu'elle n'existe plus ?

— C'est cela que vous voulez ?

— Non ! cria-t-elle, sachant parfaitement qu'elle mentait. Je vous ai dit d'aller la retrouver, alors, allez-y. Couchez avec elle ! Je m'en moque !

Brett serra les poings.

— C'est peut-être cela, le fichu problème !

Storm commença à pleurer.

— Sortez ! Laissez-moi tranquille !

— Avec grand plaisir ! répliqua-t-il avant de claquer la porte derrière lui.

# 12

— Marcy ! s'écria Storm, ravie de revoir son amie.

Les deux femmes s'étreignirent chaleureusement.

— Bonjour, Storm, lança Grant en entrant derrière son épouse. Remise de cette chute ?

— Oui, fit-elle en rougissant.

— Je vous laisse. Où est Brett ? Dans son bureau ?

— Je n'en ai pas la moindre idée, répondit Storm, avec une pointe d'amertume.

— Cela ne fait rien. Je le trouverai.

Storm détestait qu'on lui rappelle l'existence de Brett. Elle ne savait pas où il était ni où il avait passé les deux jours qui venaient de s'écouler. Trois, si l'on comptait celui en cours. Quand elle lui avait demandé de la laisser tranquille, elle ne pensait pas qu'il la prendrait au mot, ni que cela la rendrait aussi furieuse et malheureuse. Pas une seule fois il ne s'était montré depuis leur dernière dispute. Pas une !

— Storm, comment allez-vous ? lui demanda Marcy dès qu'elles furent seules. Venez, asseyons-nous, ajouta-t-elle en l'entraînant vers le sofa. Vous semblez en forme.

— Je vais mieux, mais je dois encore attendre trois jours avant de sortir.

— Il ne faut pas traiter les commotions cérébrales à la légère.

— Je suis tellement contente que vous soyez venue, Marcy. Vous êtes ma seule amie !

— Oh, Storm, ce n'est pas vrai !

— Bien sûr que si ! Paul m'a menti. Il a forcé Brett à m'épouser, et maintenant plus rien ne va.

— Et Brett ? Comment réagit-il ?

— Je ne veux plus entendre parler de ce sale type !

Marcy fonça les sourcils.

— Storm... Comment avez-vous fait pour tomber de cheval ?

— Je ne suis pas tombée de cheval, mais d'un arbre ! répondit la jeune fille en riant.

— Un arbre ?

— Oui. Et devinez lequel ?

Elle ne riait plus. Des larmes coulaient sur ses joues à présent.

— Celui de sa maîtresse !

— Quoi ?

— Oui. Je voulais savoir où il allait la nuit, alors je l'ai suivi et... Oh, Marcy ! Je les ai vus ensemble. Elle est si belle !

Marcy était tellement ulcérée qu'elle en resta sans voix.

— Moi qui ne pleure jamais, je... je n'arrête pas depuis que je suis ici... Je le hais tellement !

Marcy prit Storm dans ses bras et lui caressa doucement les cheveux.

— Je ne crois pas, murmura-t-elle.

— Mais si ! Savez-vous que je ne l'ai pas vu depuis trois jours ? J'ai hâte que papa arrive et qu'il me ramène à la maison.

Une demi-heure plus tard, Marcy rejoignait les hommes dans le bureau. Elle demanda à parler à Brett en tête-à-tête, et son mari s'éclipsa.

— Comment pouvez-vous vous comporter ainsi ? s'écria-t-elle. Une vraie brute ! Vous rendez-vous compte qu'elle n'a que dix-sept ans, c'est presque une enfant. Et elle est seule, dans une ville étrangère où elle ne connaît personne.

Brett s'était raidi.

— Vous outrepassez vos droits, Marcy.

— Elle est dans le salon en train de pleurer, nom d'un chien !

Effaré de l'entendre employer un tel langage et surpris par ses propos, il demanda :

— Elle souffre ?

— Son cœur souffre. Ne pouvez-vous essayer d'imaginer ce qu'elle ressent au lieu de ne penser qu'à vous ? Et laisser tomber votre maudite maîtresse quelques jours, pour vous occuper de votre épouse ? Vous devriez vous estimer heureux qu'elle soit toujours en vie !

— Vous allez trop loin ! explosa Brett. Ma vie privée ne vous regarde en rien !

— Plus tôt son père viendra la chercher et mieux cela vaudra, riposta Marcy sur le même ton. Vous n'êtes même pas venu prendre de ses nouvelles depuis trois jours !

— C'est elle qui m'a prié de la laisser tranquille. Chaque fois que je fais un pas vers elle, elle m'envoie promener ! C'est la plus insupportable, la plus exaspérante…

Brett s'interrompit et s'efforça de se calmer.

— Je suis resté à l'écart pour son bien, et non parce que je ne me soucie pas d'elle. Chaque fois que nous sommes ensemble plus de cinq minutes, une dispute éclate. Pourquoi pleure-t-elle ?

— Parce que vous la négligez, dit doucement Marcy.

— C'est ridicule. Elle ne veut plus me voir.

— Oh, Brett ! Vous savez bien que parfois les femmes disent le contraire de ce qu'elles veulent, surtout quand elles sont aussi fières que Storm.

Brett semblait dérouté. Il n'était pas sûr de bien comprendre.

— Vous voulez dire qu'elle pleure à cause de moi ?

— J'en suis certaine.

Brett se passa la main dans les cheveux tandis que son cœur s'emballait. Ces derniers jours avaient été très éprouvants. S'il n'était pas retourné voir Storm, c'était pour éviter que leurs affrontements perpétuels n'entraînent une complication et l'empêchent de se rétablir. Mais il avait questionné Peter et Betsy au moins douze fois par jour. La nuit, quand elle dormait, il passait plusieurs fois la tête dans l'entrebâillement pour s'assurer qu'elle était bien là, comme s'il craignait de se réveiller et de s'apercevoir que la présence de Storm dans sa vie n'était qu'un rêve.

Il regarda fixement Marcy, sa colère contre elle totalement envolée. Puis il quitta la pièce en toute hâte.

Storm ne se trouvait pas au salon. Il monta et frappa doucement à la porte de sa chambre.

— Storm ? C'est Brett.

Pas de réponse. Il poussa la porte. Elle se tenait debout devant la cheminée. Dès qu'elle l'entendit, elle se retourna vivement, telle une biche effrayée. Elle portait une robe de soie bleu pâle, bordée de dentelle ivoire à l'encolure et aux poignets. Un ruban retenait ses cheveux. Elle posa sur lui un regard méfiant et il esquissa un sourire. Son cœur battait la chamade, il avait envie de la prendre dans ses bras et de la serrer à l'étouffer. Rien d'autre. Jamais il n'avait éprouvé de tels élans.

— Vous avez meilleure mine... Non, je suis très en dessous de la vérité. Vous êtes étourdissante, comme toujours.

À sa grande surprise, il vit sa lèvre trembler. Elle pivota vers le feu pour lui cacher ses yeux brillants. Il fit un pas vers elle, mais elle battit en retraite vers la fenêtre.

— Qu'avez-vous, Storm ? Marcy m'a dit que vous pleuriez.

— Elle n'avait pas le droit !

— Pourquoi ? Dites-moi pourquoi.

Elle lui fit face.

— Je veux rentrer chez moi, Brett. Ma famille me manque terriblement.

— C'est impossible, s'entendit-il répondre.

— Je ne laisserai pas Paul vous ruiner, je vous le promets !

— Ce n'est pas cela.

— S'il vous plaît !

Il s'approcha d'elle, et elle recula, heurtant l'appui de la fenêtre. Sa respiration était précipitée, comme si elle avait peur. Il s'arrêta tout près d'elle, à quelques centimètres, assez près pour sentir son corps frémir.

— Je ne veux plus annuler notre mariage, dit-il.

— Quoi ?

Il posa la main sur sa joue et tourna doucement son visage vers lui.

— Je ne veux pas d'annulation, répéta-t-il d'une voix sourde en posant l'autre main sur son autre joue.

— Brett...

Ils étaient si près. Ses lèvres pleines, de ce rose framboise si foncé, tremblaient de manière irrépressible. Lentement, le désir montait en lui, le dominait.

— Je suis ensorcelé, murmura-t-il en posant ses lèvres sur les siennes.

Il l'embrassa doucement, très doucement, en une caresse chaude mais ferme. Sa langue s'insinua dans sa bouche où elle entama une exploration infiniment sensuelle. Sans la lâcher, il intensifia son baiser. Quand elle y répondit enfin, le désir le secoua tout entier. Il dut faire un terrible effort de volonté pour ne pas se coller à elle, la serrer contre lui.

Il s'écarta légèrement, caressa du regard ses yeux fermés, ses longs cils presque noirs, ses lèvres entrouvertes qui semblaient quémander un autre baiser. Ses narines finement ciselées frémissaient. Jamais il n'avait contemplé visage si parfait.

Quand elle ouvrit les yeux, il lui sourit et la lumière de ce sourire éclaira les sombres prunelles.

— Je n'ai pas le droit de vous exciter, ma chérie.

Sa façon de l'observer intensément galvanisa le désir de Brett. Seigneur! Il aurait voulu la prendre, là. Sur-le-champ.

— Ne dites rien, murmura-t-il, de crainte qu'elle ne gâchât ces instants.

Il la libéra, se retourna et sortit.

Storm se sentait tout étourdie. La manière dont son corps réagissait aux baisers de Brett la déroutait. Le simple contact de ses lèvres éveillait en elle une sensualité inconnue qui lui faisait presque peur. Et puis, il avait dit qu'il ne voulait pas d'annulation.

Et elle? Son opinion ne comptait donc pas? Très caractéristique de Brett D'Archand de prendre des décisions sans se soucier de l'avis de ceux qu'elles concernaient autant que lui. Et pour le reste de leur vie ! Comment osait-il ?

Et pourquoi cette jubilation secrète, dans un petit coin de son esprit ? Elle chassa cette émotion troublante et se concentra sur sa colère. Avait-il seulement envoyé cette maudite lettre à ses parents ? Elle en doutait.

Entretenant savamment sa fureur, elle se mit à arpenter la chambre en attendant qu'il monte se coucher. Il était hors de question qu'elle passe sa vie avec lui. Mais pourquoi diable avait-il changé d'avis ? Une lubie ? Un caprice ? Elle comprit soudain que, s'il ne voulait plus d'annulation, ce baiser n'était qu'un avant-goût de ce qui l'attendait : la consommation du mariage. À cette pensée, sa respiration s'accéléra, son cœur bondit dans sa poitrine. Elle retrouva avec acuité la sensation de ses mains sur sa peau, de ses lèvres sur ses seins... Elle devenait impudique.

Et ce n'était pas dans l'ordre des choses. Seuls les hommes étaient censés réagir ainsi, pas les femmes. Où était celle qui avait envoyé son poing dans la figure de Lennie Willis quand il avait tenté de l'embrasser ? Elle ne se reconnaissait plus. Son corps ne lui appartenait plus, ni dans ce qu'il éprouvait, ni dans ces robes ridicules dont on l'affublait. Et comble du comble, elle était mariée à un inconnu qu'elle méprisait... et qu'elle désirait.

Absorbée dans ses pensées, elle mit un certain temps à se rendre compte que Brett était remonté. Rassemblant son courage, elle ouvrit la porte de communication et entra.

Il se tenait au pied de son lit, torse nu. Quand il la vit, une flamme s'alluma dans ses yeux. Fascinée, elle oublia la raison de sa venue.

Ses épaules étaient larges et puissantes, sa poitrine musclée, sa peau mate. Profondément troublée, elle l'entendit à peine murmurer :

— Storm, vous ne devriez pas être ici.

Elle sortit de sa stupeur et se rendit compte qu'il se méprenait. Il avait envie de lui faire l'amour – son regard le lui disait –, et cette pensée l'exaltait. Pourtant, elle campa sur ses positions.

— Brett, vous ne pouvez vous permettre de décider à ma place sans me demander mon avis.

D'abord surpris, puis déçu, il répliqua :

— Je suppose que vous faites allusion à l'annulation ?

— Oui, rétorqua-t-elle d'un air de défi. Il est hors de question que je sois votre femme jusqu'à la fin de mes jours. Je ne l'ai été que trop longtemps !

À sa façon de prendre une profonde inspiration, elle devina qu'il était en colère.

— Quel dommage ! dit-il finalement.

— Quel dommage ? Vous voulez dire que vous ne vous souciez pas de ce que je ressens ? Du mépris que vous m'inspirez ? Vous seriez prêt à me garder liée à vous contre ma volonté ?

Comme il ne répondait pas, elle ajouta :

— Je m'enfuirai.

Il serra les dents, puis parvint à se détendre au prix d'un effort visible.

— J'en doute, Storm. Je crois que je saurais vous persuader de rester. Non, je ne crois pas : j'en suis sûr, affirma-t-il d'une voix traînante.

L'allusion sexuelle était claire.

— Vous êtes écœurant. Pourquoi avez-vous changé d'avis ?

— Parce que c'est vous que je veux et si le mariage en est le prix, je suis prêt à le payer.

Elle n'en croyait pas ses oreilles.

— Mais moi je ne veux pas !

Il eut un petit sourire amusé.

— Mais si, vous verrez. Faites-moi confiance.

Brett avait quitté la ville, et tout semblait si différent sans lui. Storm entra dans son bureau où flottait son odeur, imperceptible, mêlée à celle du cigare et du cuir. Il devait rentrer dans la journée.

Il était parti aux premières heures du jour, peu après les tendres baisers qui avaient précédé sa décision de ne plus annuler leur mariage. Il avait pris le temps de l'informer que ses affaires le réclamaient à Sacramento où il resterait trois jours. Le soir de son retour, il comptait l'emmener à une fête d'anniversaire.

Storm s'assit derrière son bureau en acajou en songeant que Brett serait furieux s'il la surprenait là, à sa place. Il la soupçonnerait de fouiner dans ses papiers et se mettrait en rage. Et il aurait raison, elle était curieuse.

Ces trois dernières journées de confinement lui avaient paru interminables. Calmes. Sereines. Et terriblement ennuyeuses.

Au moins, quand Brett était là, il y avait de l'animation.

Non qu'il lui manquât ou qu'elle attendît son retour avec impatience. Il prévoyait de l'emmener à l'anniversaire de cette femme, comme si Storm était censée rester, comme si l'annulation ne devait pas avoir lieu. Or, elle n'envisageait nullement de devenir Mme D'Archand. Plutôt mourir !

Pourtant, une partie d'elle-même s'acharnait à la trahir. À se réjouir à l'idée de son retour. Elle ne comprenait pas pourquoi. Brett était un être arrogant, égoïste, dominateur, sectaire et péremptoire. De plus, il avait un caractère impossible. Sa seule qualité était son physique, sa beauté dévastatrice. C'est-à-dire pas grand-chose.

Non, elle ne se languissait pas de lui. Pas du tout.

Se rendant compte dans un éclair de lucidité à quel point elle était hypocrite avec elle-même, elle s'empressa de quitter son bureau.

Brett ne pouvait nier que la perspective de retrouver Storm l'excitait.

Comme il remontait le quai où il venait de débarquer, il se surprit à siffloter. Sa bonne humeur n'avait rien à voir avec les affaires qu'il avait traitées durant ces trois jours. Un simple prétexte pour partir de chez lui. Car, depuis qu'il avait décidé de rester marié, il ne répondait plus de rien. Or, Storm était fragile. Il ne pouvait prendre le risque de mettre sa santé en péril tant qu'elle n'était pas totalement rétablie.

Sian l'attendait avec King. Brett l'assaillit de questions.

Storm était-elle restée à la maison ? Avait-elle essayé de sortir ? D'aller se promener à cheval ? Est-ce qu'elle allait bien ?

Comme il recevait des réponses satisfaisantes, il pria Sian de rentrer sans l'attendre et se dirigea vers la maison de bardeaux blancs où vivait Audrey.

Elle l'accueillit avec un plaisir non dissimulé. Il ne l'avait pas revue depuis la nuit où Storm était tombée de l'arbre.

Il accepta son baiser, mais y mit un terme rapidement et ne la laissa pas se blottir contre lui. Leurs regards se croisèrent.

— Je vois, murmura-t-elle.

— Tu as toujours été très intuitive, dit-il, reconnaissant. J'ai l'intention de donner une chance à mon mariage, Audrey. Storm est très fière. Je ne peux me permettre d'avoir une maîtresse.

— Tu es amoureux d'elle. Je l'ai vu l'autre nuit.

Brett sourit.

— Ah ! Pour une fois, ton intuition te fait défaut. Non, je ne suis pas amoureux d'elle, mais je la désire.

Il fit une pause avant de poursuivre :

— Je sais que je t'annonce cela sans prévenir. Dès demain, je déposerai une coquette somme sur ton compte, de quoi te laisser le temps de trouver un autre protecteur.

Audrey lui effleura la joue.

— Je n'aurai aucun mal à en trouver un. La liste des candidats est longue. Ce cadeau n'est pas nécessaire.

— Dans ce cas, achète-toi quelque chose qui te ferait plaisir.

— Merci.

Elle portait un peignoir en satin bordé d'hermine sous lequel il entrevoyait une chemise de nuit en soie.

— Que dirais-tu d'une dernière fois, en guise d'au revoir ? souffla-t-elle d'une voix suggestive.

Brett secoua la tête. Audrey était une très belle femme avec laquelle il s'entendait parfaitement physiquement, mais ses désirs allaient ailleurs. Ce soir, songea-t-il en frissonnant d'anticipation, il ferait de Storm sa femme.

— Je ne crois pas, Audrey, répondit-il.

Elle l'accompagna jusqu'à la porte.

— Storm a beaucoup de chance. Je me demande si elle s'en rend compte.

Il se mit à rire.

— J'aimerais que quelqu'un le lui dise. Elle me méprise.

Audrey parut choquée.

— Les mariages forcés ne facilitent guère les choses, remarqua-t-il.

— Certes, mais tu es – étais – le meilleur parti de la ville. Cette fille est folle.

Ils échangèrent un chaste baiser.

— Brett, si tu changeais d'avis, je serais toujours là pour toi. Même pour une nuit.

Il lui sourit.

— Voilà qui flatte mon orgueil. Et qui sait ? Je profiterai peut-être de ton offre un de ces jours.

— Mme et Mlle Saint-Clair demandent à vous voir, Madame, annonça Peter à Storm.

Elle fronça les sourcils, intriguée. Que venaient-elles faire ici ? se demanda-t-elle en relevant ses jupes pour descendre les marches. Elle était en train d'examiner la robe de satin doré qu'elle comptait porter ce soir-là. Selon Marcy, cette couleur lui allait particulièrement bien. Storm voulait être en beauté, et en même temps elle s'en voulait d'avoir envie de plaire à Brett.

— Bonjour, Storm. Mais vous n'avez pas l'air malade du tout, s'écria Mme Saint-Clair.

— Bonjour, Helen. Bonjour, Leanne. Peter, voulez-vous nous apporter des rafraîchissements ?

Storm n'avait pas conscience de son allure princière. Elle les invita à s'asseoir et trouva Leanne ravissante dans sa robe d'après-midi rose pâle. Elle se souvint que Brett avait été son cavalier et se sentit plus que jamais maladroite, trop grande et pas jolie. Elle s'assit avec raideur.

— Nous n'avons pas eu l'occasion de parler plus tôt, Storm, intervint Leanne. Mais nous avons appris votre accident et nous sommes très contentes que vous soyez rétablie.

Storm en doutait, mais elle parvint tout de même à sourire.

— Le mariage semble vous réussir, très chère, reprit Helen. Mais j'imagine que Brett réussirait à n'importe quelle femme.

Storm n'était pas sûre qu'il s'agît d'un compliment. Elle garda toutefois le sourire, bien qu'un fâcheux pressentiment commençât à prendre forme.

— Est-ce que vous venez chez les Wainscott ce soir ? C'est l'anniversaire de Suzanne. L'avez-vous déjà rencontrée ? minauda Leanne.

— Non, pas encore, mais Brett a l'intention de m'y emmener, oui.

Elle se tourna avec gratitude vers Peter qui arrivait avec un plateau.

— Mon mari s'est absenté quelques jours. Il rentre ce soir.

Tandis qu'elle servait la citronnade, elle perçut le silence tendu qui suivit. Elle offrit les verres à ses invitées et commença à se sentir vraiment mal à l'aise. Elles arboraient un air satisfait qui l'exaspérait.

— Oh, Brett est déjà de retour ! Nous l'avons aperçu cet après-midi, glissa Leanne, l'air de rien.

L'appréhension de Storm se confirma.

— Il sortait d'une charmante petite maison de bardeaux blancs. 13 Sutter Street, continua-t-elle sur le même ton.

Storm sentait venir la nausée. Elle eut l'impression que le monde s'écroulait autour d'elle.

— C'est tellement fort de votre part d'accepter sa maîtresse, et de le laisser s'afficher ouvertement avec elle, glissa Helen Saint-Clair d'un ton plaisant. Mais ainsi va la vie, n'est-ce pas ? Tous les hommes ont des maîtresses.

— Eh bien, moi, quand je serai mariée, mon époux n'en aura pas, affirma Leanne. Prenez Grant Farlane. Il n'a pas de maîtresse, lui. C'est étrange qu'après s'être absenté Brett soit d'abord passé la voir *elle*, non ?

Storm se demandait si elle allait réussir à contenir ses larmes.

— Brett peut faire ce qui lui plaît, parvint-elle à articuler. Nous allons faire annuler notre mariage.

La perfidie l'avait poussée à leur livrer cette information, sachant que dès qu'elles auraient passé la porte, toute la ville serait au courant. En même temps, elle se demanda si elle n'avait pas été trop loin.

— Une annulation ! s'étrangla Helen. Eh bien, quelle nouvelle !

Les deux femmes partirent quelques minutes plus tard, Helen prétextant que Storm n'avait pas l'air bien et qu'elle ferait mieux de s'allonger. Celle-ci réussit à les raccompagner jusqu'à la porte sans défaillir, puis elle revint au salon, tel un automate. Elle se posta derrière la fenêtre. Devant elle s'étendait le superbe jardin où dominaient les buissons fleuris dans une harmonie de roses et de jaunes. Mais Storm ne voyait plus rien.

Elle essayait de toutes ses forces de refouler ses larmes, de se raisonner. Elle connaissait l'existence d'Audrey, alors pourquoi souffrait-elle à ce point, comme si elle venait de recevoir une balle en plein cœur ? Était-il seulement allé à Sacramento ? Seigneur ! Et s'il avait passé ces trois jours avec elle ?

Une larme roula sur sa joue.

Storm perdit totalement la notion de l'heure, mais quand la porte du salon s'ouvrit, puis se referma, elle sentit immédiatement sa présence. Elle ne se retourna pas.

— Storm.

Un chuchotement. Presque une caresse.

Luttant pour surmonter sa douleur, elle concentra son attention sur les massifs d'azalées roses, les hibiscus pourpres. Il répéta son prénom. Un peu moins doucement. Allez-vous-en ! avait-elle envie de crier. Disparaissez !

Elle l'entendit s'approcher et se raidit. Il la prit par les épaules et la fit pivoter pour lui faire face.

— Je suis touché par votre impatience à me retrouver, dit-il d'un air sombre.

Il l'observa attentivement avant d'ajouter :

— Que se passe-t-il ?

— Je dois aller m'habiller pour la soirée, répliqua-t-elle en essayant de le contourner.

— Nous ne partons pas avant 19 heures.

— Je dois prendre un bain et me laver les cheveux, persista-t-elle en fuyant son regard. Lâchez-moi.

Comme il ne bougeait pas, elle le repoussa brutalement.

— Ne me touchez pas ! cria-t-elle malgré elle, pensant soudain qu'il venait de poser les mains sur *l'autre*.

Et elle se précipita hors de la pièce, sentant dans son dos son regard ébahi.

# 13

Brett était blessé. Il était impatient de la revoir, mais pas elle. Il se sentait rejeté ; une sensation qu'il n'avait pas éprouvée depuis l'enfance, depuis son arrivée à l'hacienda. Durant cette première année, il était devenu vulnérable et méfiant, ne sachant quoi attendre de l'homme qui l'avait enlevé à sa mère. Cette expérience malheureuse lui avait appris à ne plus jamais se laisser atteindre par le dédain ou l'indifférence d'autrui. Et il n'aimait pas les sentiments qui le tourmentaient à cette évocation du passé.

Storm était-elle furieuse cette fois de sa décision de ne plus annuler leur mariage ? Il était pourtant convaincu qu'elle ne lui en voudrait plus de l'avoir prise une fois qu'il lui aurait fait l'amour. Quand elle connaîtrait la passion, elle changerait d'avis, et quelque chose lui disait que cette passion ne serait pas un feu de paille. Storm allait mûrir. Avec un pcu de chance, ils parviendraient à s'entendre et ils auraient des enfants, ce qui consoliderait leurs liens. Pourquoi diable n'était-elle pas plus raisonnable ?

Il décida de la laisser bouder, d'ignorer son hostilité. Il avait eu hâte de lui annoncer sa rupture avec sa maîtresse, mais puisqu'il en était ainsi, il ne le lui dirait que lorsqu'elle le mériterait. Dieu seul savait quand ! Sa bonne humeur s'était envolée.

Pourtant, quand elle descendit, un long moment après, il comprit que cela valait la peine de supporter son caractère impossible. Il réalisa aussi qu'il n'était pas seulement entiché d'elle. C'était plus grave que cela. Elle l'obsédait. Dans sa robe profondément décolletée, elle ressemblait à une princesse de conte de fées. Non, à une déesse. À Vénus descendue de l'Olympe pour prendre place parmi les mortels. Il retint son souffle. Oui, ce soir elle serait sa femme. Et à en juger par l'expression de son regard, ce n'était pas gagné d'avance…

Mais il était un maître dans l'art de la séduction.

Elle s'arrêta au pied de l'escalier sans mot dire. Jamais il n'avait vu d'yeux d'un bleu aussi vif, presque violet.

— Vous êtes éblouissante, la complimenta-t-il en lui baisant la main.

Puis il la tourna dans la sienne et posa ses lèvres sur sa paume, qu'il effleura du bout de sa langue. Il se redressa. Elle le toisait d'un air glacial. Non, pas gagné du tout…

— Nous y allons ?

Elle ne répondit pas.

Dans la voiture, Brett continua d'ignorer sa froideur.

— Voulez-vous que je vous raconte mon voyage ? s'enquit-il poliment.

Elle avait relevé ses cheveux en un chignon souple. Il avait envie d'ôter les épingles une à une et de contempler les longues mèches ondulées déployées sur ses épaules. Il l'imagina sur lui, le chevauchant, drapée dans sa chevelure dorée. Ces pensées enflammèrent ses sens.

Storm lui jeta un coup d'œil froid et haussa les épaules avec indifférence.

— Avez-vous l'intention de me punir par votre silence toute la soirée ? s'irrita-t-il, oubliant ses bonnes résolutions.

— Bien sûr que non. C'est simplement que je n'ai rien à vous dire, sur aucun sujet que ce soit, à part celui de l'annulation.

— Il n'y aura pas d'annulation. Je vous l'ai déjà dit.

— Dans ce cas, je ne vois pas de quoi nous pourrions parler.

— Très bien, grommela-t-il, furieux.

Le bal d'anniversaire réunissait au moins deux cents personnes, des femmes rayonnantes dans des robes et des bijoux somptueux, des hommes élégants en smoking. Storm laissa son manteau au vestiaire et Brett lui offrit son bras pour la conduire à l'intérieur.

Il la présenta à plusieurs personnes, remarquant les innombrables regards qui les suivaient. On leur parlait poliment, mais Brett devinait un intérêt d'un autre ordre sous les apparences. Que diable se passait-il ?

Randolph Farlane s'approcha d'eux et le salua du bout des lèvres, toute son attention concentrée sur Storm. Brett se rembrunit.

— Bonsoir, Randolph, fit-il sèchement, à dessein.

— Bonsoir ! lança Storm, s'illuminant tout à coup. Randolph, pourquoi n'êtes-vous pas venu me voir ?

La contrariété de Brett laissa la place à une rage contenue. Il se sentait presque un intrus.

— Cela n'aurait pas été convenable dans la mesure où vous venez de vous marier, répondit le jeune homme.

— Oh, c'est ridicule ! Brett s'en moque, n'est-ce pas, Brett ?

— Vous voulez dire, est-ce que cela m'ennuierait que Randolph vienne nous rendre visite ? Bien sûr que non.

— Vous voyez ? Brett était en voyage d'affaires, ces trois derniers jours, j'aurais été ravie d'avoir votre compagnie.

Randolph semblait aux anges.

— Je viendrai demain, proposa-t-il aussitôt. Avec votre permission, bien entendu, ajouta-t-il à l'adresse de Brett.

Songeant que leur nuit d'amour se prolongerait certainement une bonne partie de la journée, Brett eut un petit sourire.

— Une autre fois, Randolph. Storm sera occupée demain.

— Par quoi ? demanda-t-elle d'un ton coupant.

— Par moi.

Elle le toisa un instant, puis elle prit le bras de Randolph et se pencha vers lui pour lui murmurer quelque chose que Brett ne comprit pas, mais qu'il imagina désobligeant.

— Allons danser, dit-elle plus haut. Cela lui est égal.

Randolph interrogea Brett du regard. Celui-ci rongeait son frein, mais acquiesça pour ne pas se montrer grossier. Exaspéré, il les regarda ensuite évoluer sur la piste, se souriant mutuellement. Il ne les lâcha pas des yeux, vérifiant qu'ils n'étaient pas trop près l'un de l'autre.

Il but un verre de champagne. La danse était presque achevée et il s'aperçut qu'il n'avait pas cessé de surveiller sa femme. Un homme qu'il connaissait à peine lui présenta sa cousine ; il la salua rapidement en faisant l'effort de lui sourire, ce qui la subjugua. L'orchestre entama un nouveau morceau. Il reporta son attention sur la piste. Storm dansait à nouveau, avec Lee Scott cette fois. D'une humeur noire, Brett prit un autre verre.

— Bonsoir, Brett.

Leanne Saint-Clair. Il n'avait aucune envie de lui parler et dut faire un effort surhumain pour paraître aimable.

— Comment allez-vous, Leanne ?

— Très bien, répondit-elle gaiement en s'accrochant spontanément à son bras. Vous venez danser, ou comptez-vous épier votre femme toute la soirée ?

Comme tout gentleman qui se respecte, Brett posa son verre et accéda à la demande de Leanne, notant au passage qu'elle avait prononcé le mot « femme » avec une intonation particulière. Tandis qu'il tournoyait, il chercha Storm des yeux. Elle riait avec Lee. Avec lui, elle ne riait jamais. En fait, elle ne lui souriait même pas.

Leanne jacassait et il feignait de l'écouter, car ses préoccupations étaient ailleurs. Il pensait à sa femme, à la nuit qui les attendait. Dès que la danse prit fin, il voulut aller chercher Storm, mais Leanne s'agrippa à son bras, insistant pour lui présenter son cousin, un jeune homme arrivé de fraîche date de Philadelphie. À présent, Storm dansait avec Robert, un autre de ses ex-soupirants. Brett fulminait littéralement.

L'idée qu'elle essayait de le rendre jaloux l'effleura. Si tel était le cas, elle faisait fausse route. Il ne l'était pas. Il guetta la fin du morceau et se précipita vers elle, abandonnant le cousin de Philadelphie sans égards.

— C'est mon tour, ma douce épouse, murmura-t-il.

— Je crains d'avoir mal aux pieds, rétorqua-t-elle en le regardant droit dans les yeux. Et je meurs de soif.

Brett se contrôla avec peine.

— Je vais vous chercher du champagne.

— Merci.

La soirée ne se déroulait pas comme prévu.

Quand il la rejoignit avec deux verres de champagne, elle était entourée de sa petite cour habituelle, gratifiant les uns et les autres de ses plus beaux sourires. Brett faillit s'interposer quand il se souvint que ce serait ridicule puisqu'elle était sa femme. Il n'avait pas à entrer en compétition avec qui que ce soit.

— Voilà, dit-il en lui tendant son verre avant de s'éloigner pour flirter de son côté.

Mais il n'était guère aisé de flirter quand on était un homme marié obsédé par son épouse. Après avoir refusé son invitation, elle continua de danser sans vergogne avec les uns et les autres ! Comment osait-elle se conduire de la sorte ? L'humilier ouvertement devant tout le monde ? Rongeant son frein, il resta là, à la suivre des yeux tout en buvant du champagne. Il dansa une fois ou deux avec des jeunes filles qu'il remarqua à peine. Il passait une soirée épouvantable alors que Storm semblait s'amuser comme jamais.

— C'est vrai ?

Brett se retourna. Paul Langdon le considérait d'un œil ouvertement désapprobateur.

— Bonsoir, Paul. Qu'est-ce qui est vrai ?

— Cette bon sang de rumeur qui est sur toutes les lèvres ? Au sujet de l'annulation de votre mariage.

Brett le considéra tout d'abord d'un air ébahi. Puis une rage froide s'empara de lui. Il comprenait mieux le sens de tous ces regards. Il n'en avait parlé à personne, à part Marcy et Grant, en qui il avait une totale confiance. Il tourna lentement ses regards vers Storm et, à cet instant, eut envie de l'étrangler.

— Non, Paul, c'est faux.

Son ami soupira de soulagement.

— Qui diable a répandu cette rumeur ?

— Je n'en ai pas la moindre idée, répondit Brett en finissant son verre.

Il commençait à être ivre, ce qui était une occupation comme une autre, car il se sentait capable de la traîner sur-le-champ à la maison pour la faire sienne sans discussion. Et pour toujours. Un départ aussi précipité ne ferait qu'attiser l'appétit insatiable de ces amateurs de ragots. Alors, il continua à avaler coupe sur coupe en feignant de s'amuser et de ne pas se soucier de la conduite de son épouse. Au bout d'un moment, il décida que son tour était venu.

Aussi nonchalamment que possible, il écarta Randolph qui dansait avec Storm pour la troisième fois. Le sourire de Storm s'évanouit aussitôt et elle se raidit.

— Souriez, ma chérie, ou je vous tords le cou.

Interloquée, elle retint son souffle, devinant qu'il ne plaisantait pas. Il l'attira contre lui, la serrant très étroitement, sa main plaquée sur ses reins – plus bas que ne le voulait la bienséance.

— Brett, non…

Cherchait-il à l'embarrasser devant tout le monde ?

— Si vous ne souriez pas…

Laissant sa phrase en suspens, il se pencha vers elle et l'embrassa sans vergogne. Un baiser sans chaleur, mais éloquent. Sans compromis. Il força ses lèvres et insinua sa langue dans sa bouche. Malgré elle, Storm frémit, un brusque afflux de sang dans ses veines la ramenait à la vie. Il n'avait pas le droit. Elle percevait la fureur qui l'habitait et elle jugea plus sage de ne pas le repousser.

Enfin il leva la tête avec un sourire satisfait et l'entraîna dans la danse.

— Voilà qui leur donnera un autre sujet de discussion.

— Vous êtes saoul ?

— Pas tout à fait, répondit-il, faussement léger.

Une fois la valse terminée, il lui prit la main et la baisa.

— Merci, mon cœur.

Il ne lui lâcha pas le bras et, dès qu'elle essayait de lui échapper, la pression se précisait et devenait douloureuse. Elle se retrouva dans la voiture, le cœur battant, n'osant le regarder. Heureusement, il ne semblait pas d'humeur loquace. Elle regrettait seulement que l'espace soit si réduit et que leurs jambes se touchent.

Elle avait mal aux pieds d'avoir tant dansé, mais elle avait voulu le punir d'être allé chez sa maîtresse et pensait y être parvenue. Il n'avait sûrement pas apprécié de la voir flirter devant tout le monde, même si elle ne comptait pas pour lui.

Une fois à la maison, Brett congédia Betsy et Peter qui étaient venus les accueillir, et se tourna lentement vers Storm.

— Je… je suis fatiguée, s'empressa-t-elle de prétexter en agrippant la rampe.

La main de Brett s'abattit sur son poignet.

— Dites-moi, ma chère, à qui avez-vous parlé de l'annulation ?

Elle avala avec peine et comprit qu'elle devait mentir.

— À personne.

— Alors, pourquoi tout le monde est-il au courant ?

Une rougeur importune la trahit.

— Je ne sais pas.

— Ce n'est pas grave, conclut-il légèrement. Il nous suffira de démentir la rumeur.

Sur ce, il gagna son bureau et Storm se hâta de monter. À l'instant même où elle avait fait cette révélation à Helen et à Leanne Saint-Clair, elle avait su qu'elle commettait une erreur. Mais pourquoi était-il si en colère ? Parce qu'elle l'avait ridiculisé ? Et lui ? Est-ce qu'il songeait à la ménager quand il s'affichait avec sa maîtresse alors qu'ils étaient mariés ? Ce qui l'inquiétait le plus, c'était cette fureur rentrée qu'elle devinait en lui.

— Il nous suffira de démentir la rumeur, maugréa-t-elle.

Une fois prête pour la nuit – elle avait revêtu une chemise de nuit en soie bleu pâle, moulante mais à col montant, et beaucoup moins transparente que d'autres –, elle renvoya Betsy et se glissa entre les draps avec un soupir d'aise. Elle était épuisée, tant sur le plan émotionnel que physique.

Elle venait à peine de fermer les yeux quand Brett entra par la porte de communication. Il alluma la lampe de sa table de nuit et elle se redressa d'un bond. À sa façon de la regarder, elle comprit pourquoi il était là, seulement vêtu de sa robe d'intérieur négligemment nouée à la taille.

— Brett... je ne veux pas discuter maintenant.

— Cela tombe bien. Moi non plus.

Elle vit la flamme qui couvait dans son regard de braise.

— Allez-vous-en.

Il posa le genou sur le lit, Storm voulut attraper les couvertures, mais il s'allongea sur elle.

— Non, dit-elle, éperdue.

Comme s'il n'avait rien entendu, il se souleva sur un coude et repoussa le drap dont elle tentait de se protéger.

— Storm... murmura-t-il d'une voix rauque.

Il prit son visage entre ses mains et l'embrassa.

La douceur et la tendresse de ce baiser la laissèrent pantelante. En même temps que leurs bouches se mêlaient, il glissa une jambe entre les siennes. Puis deux. Il se cala entre ses cuisses et elle sentit la brûlure de son désir. Affolée, elle se tortilla pour se dégager.

— Détendez-vous, chérie, chuchota-t-il, l'électrisant tout entière.

Il lui caressa le bras, s'émerveillant de la douceur de sa peau. Storm remarqua qu'il souriait et détourna la tête quand il voulut reprendre ses lèvres. Cette fois, il émit un petit rire infiniment sensuel et posa ses lèvres chaudes au creux de son cou. Ses tempes bourdonnaient, son cœur battait à tout rompre. En pressant son ventre contre le sien, il lui transmettait son ardeur. Quand il passa la langue sur le lobe de son oreille, elle retint son souffle.

Il posa la main sur un sein et le caressa par-dessus la soie. Sous ses doigts, la pointe se tendit. Sa bouche contre son oreille, sa respiration amplifiée la rendaient folle. Un gémissement lui parvint et elle s'aperçut qu'il venait d'elle.

— Oui, ma chérie... Oh, oui ! Laisse-toi aller... Pour moi, Storm. Pour moi.

Ses paroles atteignirent leur but. Il la caressait divinement. Il se servait de son expérience pour la séduire, et y parvenait avec une facilité déconcertante. Sa bouche reprit la sienne tandis qu'il continuait de faire rouler la pointe d'un sein entre ses doigts et que son autre main descendait vers ses reins. Storm était en feu.

— Ouvre la bouche, ma chérie, murmura-t-il en glissant la main sous ses fesses pour mieux la positionner sous lui.

— Non, répondit-elle.

Ce qui fut une erreur puisqu'elle entrouvrit les lèvres et qu'il en profita aussitôt pour y glisser la langue en une caresse intime, possessive, suggestive. Elle voulait lui demander d'arrêter, mais son corps la trahissait. Incapable de lutter contre ses propres élans, elle lui agrippa les épaules, puis glissa les mains dans ses cheveux. Brett grogna de plaisir.

L'entendre exprimer ainsi son désir la galvanisa. Ce n'était plus un feu qui brûlait en elle, mais un volcan. Elle palpa son dos, lentement, jusqu'à ses fesses.

— Seigneur ! Storm, j'ai tellement envie de toi...

— Oui, souffla-t-elle, éperdue. Oh, oui ! Brett...

Elle se cambra contre lui et noua ses jambes autour de ses reins.

Il grogna à nouveau et, soudain, elle sentit la brûlure de son sexe rigide contre le sien. Un frisson la secoua de la tête aux pieds et elle se colla à lui en gémissant, lui offrant ses lèvres sans la moindre retenue. Tandis qu'elle explorait sa bouche à son tour, Brett reprit ses seins et les caressa au rythme de leurs langues.

Tandis qu'elle ondulait contre lui, il quitta sa bouche pour descendre vers sa gorge. Il n'eut qu'un ruban à défaire pour ouvrir la chemise de nuit. Immédiatement, ses lèvres prirent le relais de ses doigts sur le sein dressé qu'il aspira doucement. Doucement. Puis mordilla. Storm cria de délice.

Le sexe dur de Brett se pressait contre le sien. Délicieusement brûlant. Storm crut mourir. Elle s'arc-bouta pour l'inviter à aller plus loin.

— Brett... Je t'en prie... Viens...

Docile, il se souleva légèrement et la pénétra. Jusqu'au frêle rempart de sa virginité. Elle retint un cri, mais il continua avec précaution, jusqu'à ce qu'il se déchire.

Comme la douleur persistait, elle se contracta autour de lui et il gémit tout en entamant un lent mouvement de va-et-vient. Sage, au début, puis de plus en plus précis. Rapide. La douleur s'estompait à chaque coup de rein et Storm s'accorda à son rythme, éblouie. Ses mains exerçaient des pressions sur ses reins, elle voulait le sentir plus profondément en elle. Il accéléra le mouvement. Storm se sentit comme emportée dans un tourbillon de sensations si intenses qu'elles en étaient presque insupportables. Et tandis que Brett se mouvait en elle, sauvagement, frénétiquement, elle ne se contrôla plus. Le plaisir explosa dans son ventre avec une violence qui la fit crier, encore et encore, à l'instant où Brett exhalait un cri rauque.

Haletant, il ralentit le mouvement en un long decrescendo. Reprenant son souffle, il revint graduellement à lui, émerveillé par ce qu'il venait de vivre avec Storm. « Seigneur ! » pensa-t-il, étourdi par l'intensité de leur passion. Une joie absolue le submergea. Il garda la jeune femme dans ses bras, le nez enfoui dans sa chevelure, se grisant de respirer son odeur. Il exultait de bonheur.

Lentement, il se retira et s'allongea tout contre elle, songeant déjà à lui refaire l'amour. Cette perspective amena un sourire sur ses lèvres et il contempla son corps révélé par la chemise de nuit remontée jusqu'à la taille. Quel joli spectacle ! Puis il leva les yeux, croisa son regard, et se glaça. Elle se détourna de lui avec une telle brusquerie que le matelas fit un bond. Brett se raidit. Quelle était cette nouvelle lubie ? Il lui effleura le dos.

— Non ! cria-t-elle.

Ses épaules tremblaient...

— Storm ! murmura-t-il, incrédule. Tu pleures ?

— Va-t'en ! Laisse-moi.

Il avait beau chercher, il ne comprenait pas ce qui la bouleversait à ce point. Elle l'avait aimé avec une ferveur égale à la sienne. Avec une passion qui n'avait rien de feinte. Non, il ne comprenait pas. Il posa une main timide sur sa taille.

— Storm ?

Elle se tendit, comme si son contact la répugnait. Il enleva la main, et la panique le saisit.

— Pourquoi pleures-tu ?

Seul le bruit des sanglots lui répondit.

Dieu du ciel ! Aurait-il été trop brusque ?

— Storm, je t'ai fait mal ? C'est cela ? Réponds-moi, mon Dieu !

— Va-t'en. S'il te plaît, va-t'en, répéta-t-elle d'une voix étranglée.

« Je lui ai fait mal », se persuada-t-il, consterné.

— Je suis désolé, dit-il avec une humilité touchante.

Elle frémit. Il avait envie de la prendre dans ses bras, de la bercer, de la réconforter. Il n'osait pas, mais il tenta malgré tout de lui caresser les cheveux. Elle se raidit immédiatement.

— Storm... Il ne faut pas te mettre dans cet état... Je suis sincèrement désolé... C'est douloureux la première fois, mais pas les suivantes.

Elle se redressa brusquement.

— Les suivantes ? Il n'y aura pas de suivantes ! Jamais !

Effaré, il écarquilla les yeux.

— Tu m'as piégée, poursuivit-elle. Tu m'as séduite ! Tu savais que je ne voulais pas de ce mariage. Je te déteste, tu n'es qu'un salaud...

Un nouvel accès de larmes la coupa dans son élan.

Brett se sentait glacé jusqu'à la moelle. Lentement, il se leva. Elle ne voulait pas de lui. Elle le rejetait. Ces mots firent écho à une situation identique, beaucoup plus ancienne. Il venait de vivre avec elle un moment inoubliable. Jamais il n'avait éprouvé une telle passion dans les bras d'une femme. Et elle le rejetait. Elle le méprisait. Il le savait depuis le début, pourtant. Comment avait-il pu l'oublier ?

En traversant la pièce, il surprit son reflet dans la glace. Son visage était décomposé. Elle n'avait jamais voulu de lui, et le fait qu'il ait su l'amener à l'extase n'y changeait rien. Sa victoire avait le goût amer d'une défaite.

— Cela ne se reproduira plus, dit-il d'une voix coupante. Je te le jure.

Brett se réveilla au petit jour avec une migraine due au manque de sommeil et à l'excès de champagne. Sa première pensée fut pour Storm et aussitôt la douleur lui comprima le cœur. Il se leva. Inutile de se torturer. Ce qui était fait était fait. Mais cela n'arriverait plus. À moins qu'elle ne vienne vers lui. Car jamais il ne s'abaisserait à supplier sa femme de lui accorder ses faveurs.

Il fit sa toilette, s'habilla et frappa à la porte de communication. Nerveux, il préférait ne pas analyser les raisons qui le poussaient à aller la voir. Pas de réponse. Elle devait dormir encore. Jugeant préférable de la laisser se reposer, il descendit prendre son petit déjeuner.

À 8 heures, il terminait son café quand Sian se présenta, son chapeau à la main. Il semblait mal à l'aise. Brett lui fit signe d'entrer.

— Que se passe-t-il, Sian ?

— Monsieur, je ne comprends pas, Demon n'est pas là.

— Quoi ? fit Brett en reposant sa tasse.

— Oui, Monsieur. J'étais en train de nourrir les chevaux et, quand je suis arrivé à son box, il était vide.

Pris d'un affreux pressentiment, Brett bondit sur ses pieds.

— Sian, sellez King tout de suite.

Il se précipita dans l'escalier et ouvrit la porte de la chambre de Storm sans frapper. Elle n'était pas là. Le lit était défait et les draps blancs portaient la marque de leurs ébats nocturnes. La porte de l'armoire était ouverte et des vêtements gisaient sur le sol, comme si elle avait cherché quelque chose frénétiquement.

— Betsy ! hurla-t-il.

Elle apparut instantanément.

— Monsieur ?

— Où est Storm ?

— Je... je croyais qu'elle dormait, répondit la femme de chambre en parcourant la pièce d'un regard hébété.

— Dites-moi ce qui manque là-dedans, ordonna-t-il en lui montrant les vêtements.

Betsy fit rapidement l'inventaire.

— Sa tenue de cheval. Cette invraisemblable tenue en daim, avec ses bottes boueuses et son vieux chapeau. Elle a toujours refusé que je les jette.

Le cœur de Brett battait à grands coups. Elle s'était enfuie. Peut-être bien juste après qu'il eut regagné sa chambre, aux environs de... une heure et demie. Mais il ne s'était pas endormi avant 3 heures du matin. Si elle s'était sauvée à ce moment-là... Seigneur ! Cela lui donnait cinq heures d'avance !

Peut-être était-elle seulement allée voir les Farlane, ou Paul. Quand il la trouverait, il... Dieu du ciel ! Chevaucher en pleine nuit, seule ! Une panique grandissante le submergeait.

Il était 8 heures 30 quand il s'arrêta devant chez les Farlane. Il sauta à terre et gravit les marches du perron au pas de course. Marcy et Grant déjeunaient dans la salle à manger.

— Bonjour, le salua Grant en se levant. Brett, qu'est-ce que...

— Est-ce que Storm est ici ?

Marcy se leva à son tour.

— Non, elle n'est pas là. Que se passe-t-il ?

— Bon sang ! Elle est partie.

— Mon Dieu ! s'écria Marcy. Vous êtes sûr ?

— Demon n'est pas à l'écurie, et elle a mis sa tenue en daim. Grant ?

— Je suis à ta disposition si tu as besoin d'aide.

— Elle est peut-être seulement allée se promener, Brett, intervint Marcy.

Il lui jeta un regard désespéré.

— Non, Marcy, pas après ce qui est arrivé la nuit dernière. Mon Dieu, si seulement...

Marcy lui pressa le bras avec sympathie, et les deux hommes sortirent sans perdre de temps.

— Par où commençons-nous ? lui demanda Grant pendant qu'on lui préparait son cheval.

— Il faut d'abord s'assurer qu'elle n'est pas quelque part en ville. Mais je donnerais ma main à couper qu'elle a pris la route du Texas, et donc la direction de San Diego. Je le *sais*. Si tu veux bien faire le tour des environs pendant que je rentre préparer un deuxième cheval. Il faut absolument que je la rattrape, et il ne s'agit pas d'épuiser ma monture. Si par miracle tu la trouvais, fais-le-moi savoir très vite.

— D'accord. Brett, ne t'inquiète pas, tout finira bien.

L'angoisse donnait à Brett un teint terreux.

— Elle est seule, Grant, tu te rends compte ? Et elle n'a que dix-sept ans.

Son ami le regarda avec compassion.

— Je vais la retrouver, ajouta Brett d'une voix cassée. Tout est ma faute.

# 14

Il fallait qu'elle s'arrête. Demon était épuisé. Le soleil se couchait, allumant sur l'océan un incendie aux couleurs d'or, d'orange et de pourpre. Quatorze heures qu'elle était partie, juste avant l'aurore.

Storm aussi était lasse. Elle sauta à terre et dessella l'étalon qui lui manifesta sa reconnaissance par un hennissement. Elle arracha des poignées d'herbe brune pour le bouchonner, lui graissa les sabots après les avoir nettoyés, puis lui donna du grain dont elle avait rempli ses sacoches. N'ayant pas pensé à emporter de nourriture pour elle-même, elle avait terminé les restes de viande séchée qui dataient de son voyage avec son père. Elle était affamée.

Laissant Demon brouter autour des arbustes, elle s'enfonça entre les buissons, armée de son fusil. Elle repéra des laissées de cerf sur le sol et continua, ignorant un écureuil qui grimpait à un arbre. Elle n'avait pas envie d'un écureuil pour son dîner. Elle se déplaçait sans faire le moindre bruit. Soudain, elle s'immobilisa.

Un peu plus loin un lièvre était assis, aux aguets. Toujours silencieuse, Storm leva son fusil, visa et tira, atteignant sa cible du premier coup.

Une demi-heure plus tard, l'animal dépecé et vidé grillait sur un petit feu de bois. La jeune femme put ainsi calmer sa faim.

Elle se sentit mieux après ce repas, mais la douleur qui l'avait tenaillée toute la journée ne s'apaisait pas. Jamais, de toute sa vie, elle n'avait éprouvé un tel sentiment d'avilissement.

Storm avait été élevée au sein d'une famille aimante. Si ses parents avaient su l'éduquer avec une certaine fermeté quand cela s'avérait nécessaire, elle n'avait jamais douté de leur amour. Son père l'adorait, ses frères n'hésiteraient pas à se servir de leurs poings pour la défendre contre quiconque oserait l'insulter ou lui faire du mal, et sa mère l'entourait d'attentions. Elle avait grandi dans la tendresse et le respect.

Mais Brett ne l'aimait pas. C'était un homme à femmes et, pour lui, elle n'était qu'une conquête à ajouter à son tableau de chasse. Il la désirait, certes, mais les sentiments n'entraient pas en ligne de compte. Pouvait-elle lui en vouloir dans la mesure où on l'avait fait chanter pour qu'il l'épouse ? Ce souvenir lui donnait la nausée. Quoi qu'il en soit, il l'avait séduite sans tenir compte de ses souhaits à elle, et elle avait répondu à ses caresses... Sans retenue ! Car elle le désirait elle aussi, et cette découverte la rendait à la fois honteuse, furieuse et totalement impuissante.

Impuissante à se protéger de Brett, impuissante devant la force de sa passion. La révélation de sa sexualité l'affolait, car elle ne concevait pas de faire l'amour sans aimer.

Je suis désolé... Je suis désolé... avait-il répété, la voix brisée par le remords.

Et cette voix la poursuivait. Elle ne cessait de l'entendre depuis qu'elle l'avait quitté. Ne pouvait-il donc la laisser tranquille ?

Elle se mit à pleurer en se remémorant ses mains dans ses cheveux, si douces, si réconfortantes. Aussi rassurantes que celles de son père lorsqu'il consolait ses chagrins de petite fille.

Elle allait rejoindre ses parents au risque d'y perdre la vie. Si seulement ils avaient été là...

Storm étendit une couverture sur le sol et s'enroula dans une seconde. Elle contempla les étoiles, essayant de chasser de son esprit la voix de Brett qui la hantait. Elle tenta aussi d'oublier les moments d'extase qu'ils avaient partagés, la façon dont il l'avait pénétrée, profondément, intensément, le vertige inouï qui l'avait emportée. Ces souvenirs la déchiraient. Elle ferma les yeux et finit par s'endormir.

Quelque chose la réveilla en sursaut. Demon s'agitait. Elle garda les yeux clos en tendant l'oreille... Il y avait un autre cheval. Si seulement Brett ne lui avait pas confisqué son colt! Le fusil était moins facile à manier. Pour l'heure, il était sous la couverture. Toujours immobile, elle positionna l'index sur la détente.

Puis elle sentit une pression sur le fusil, comme si on voulait le lui retirer. Elle le retint d'une poigne ferme et ouvrit les yeux... sur Brett.

— Je ne sais pas si je vais crier de soulagement ou bien hurler de fureur! articula-t-il entre ses dents serrées.

Elle s'assit en luttant inutilement pour conserver son fusil, car Brett était beaucoup plus fort qu'elle. Il le jeta un peu plus loin et attrapa Storm par les épaules comme s'il craignait qu'elle ne lui échappât.

Comment avait-il fait pour la retrouver? Elle n'en revenait pas. Derrière lui, elle aperçut deux chevaux. L'étalon gris, dessellé, était attaché à un bai. Reportant son attention sur Brett, elle crut lire un soulagement intense dans ses yeux noirs.

— Ça va? demanda-t-il en la secouant légèrement.

— Oui, marmonna-t-elle en tentant de se dégager.

Elle n'eut pas à lutter, car il la lâcha pour se mettre debout.

Il l'observa, le visage fermé, et Storm en conclut qu'elle s'était trompée. Il était bien trop dur pour avoir éprouvé un soulagement quelconque.

— Écoute-moi bien, Storm. S'il me fallait aller jusqu'au Texas pour te retrouver, je le ferais. Tu comprends?

Non, elle ne comprenait pas.

— Une fois que je serai chez moi, tu ne mettras jamais plus tes sales mains sur moi! Il n'y a pas de place là-bas pour les aristocrates dans ton genre!

La colère le fit blêmir. Les poings serrés, il s'accroupit et approcha son visage à quelques centimètres du sien.

— Je pourrais te fouetter pour te punir de t'être enfuie. J'en ai le droit.

— Eh bien, qu'est-ce que tu attends ? le défia-t-elle, horrifiée de sentir les larmes perler à ses paupières.

— Mon Dieu, Storm ! dit-il en lui caressant la joue. Ne pleure pas. Je n'ai pas l'intention de te fouetter.

Il s'exprimait avec douceur, mais elle chassa sa main d'un coup sec.

— Tu en es tout à fait capable, je le sais maintenant !

Il s'admira de parvenir à rester maître de lui.

— Qu'est-ce que cela signifie exactement ?

— Que tu n'as aucun sens moral. Tu ne penses qu'à toi. Tu savais que je voulais annuler notre mariage, mais ce que je ressens t'indiffère totalement quand il s'agit d'obtenir ce que tu veux.

— Je vois, dit-il, contenant à grand-peine la colère qui grondait en lui. Laisse-moi te rappeler une chose, Storm. Tu me désirais tout autant, et cela depuis notre première rencontre.

— Non ! se défendit-elle avec fougue.

Mais elle savait qu'elle mentait. Même en cet instant, son corps vibrait de le sentir si proche.

Il la dévisagea d'un œil noir.

— Tu sais ce que tu mériterais ? Une fessée ! Tu aurais pu te faire tuer, espèce d'idiote ! Ou violer ! Des dizaines de fois ! Et crois-moi, cela n'aurait rien eu à voir avec ce qui s'est passé entre nous. Si jamais tu essaies à nouveau de t'enfuir…

— Rien ne m'en empêchera !

— Ne me mets pas à bout, Storm.

Brusquement, il la poussa en arrière et se redressa.

— Il est presque minuit. Nous repartirons à l'aube.

Sur ce, il récupéra le fusil et alla s'occuper des chevaux.

Storm effleura son couteau de la main. Oserait-elle s'en servir contre lui ? Elle avait vu son Derringer dépasser de sa ceinture. Il venait de poser son fusil à elle et le sien était toujours dans sa sacoche, accrochée à la selle du bai. « C'est maintenant ou jamais », songea-t-elle en se mordant la lèvre. Et elle évoqua le ranch pour se donner du courage.

Elle se leva et se dirigea vers lui. Occupé à détacher la bride de son cheval, il jeta un coup d'œil par-dessus son épaule en l'entendant approcher. Il s'interrompit, l'air suspicieux. Puis son regard balaya Storm de la tête aux pieds. Une fois de plus, elle eut l'impression d'être nue. Et brûlante. Elle ne devait pas se laisser déconcentrer. Les yeux de Brett firent un aller-retour entre son fusil et le visage de Storm.

— Que fais-tu ? l'interrogea-t-il.

Elle s'arrêta à quelques centimètres de lui, hésita, puis posa la main sur sa poitrine. Elle sentit sa chaleur, son souffle, son corps se raidir.

— Brett ? Je suis désolée.

Il ne répondit pas.

Storm réfléchissait à toute allure. Sans détacher les yeux de sa bouche, elle savait précisément où se trouvait le pistolet. Tremblante, elle se blottit contre lui.

— Brett, je… balbutia-t-elle dans un souffle tout en lui caressant le torse. Je…

Elle leva les yeux vers lui et reçut le choc de son regard brûlant de désir. Légèrement effrayée, elle se dit toutefois que c'était exactement ce qu'il fallait. Elle se hissa sur la pointe des pieds et effleura ses lèvres des siennes.

Il ne bougea pas. Alors elle s'enhardit, glissant la main sur sa nuque tandis que l'autre descendait lentement vers sa taille, s'approchant inexorablement du pistolet. Sans faire le moindre geste, il commença à répondre à son baiser. Ignorant les sensations qui la submergeaient, elle descendit plus bas encore, jusqu'à ce que ses doigts touchent la crosse.

Mais une main se referma sur son poignet.

— Lâche ça !

Elle lui obéit avec un cri de protestation. Ils s'affrontèrent du regard. Avec une rapidité impressionnante, elle glissa sa main libre dans le fourreau qu'elle portait sur le flanc, sortit son couteau et le pointa sur la gorge de Brett.

— Non, c'est toi qui vas me lâcher !

D'abord incrédule, son expression se durcit.

— Le moment est venu pour toi de me prouver combien tu me hais, murmura-t-il en raffermissant sa prise sur son poignet. Il va falloir que tu enfonces ce couteau, Storm. Que tu me tranches la gorge. Que tu me saignes à mort.

— Avec plaisir, rétorqua-t-elle. Lâche-moi !

Il se mit à rire.

Storm appuya davantage le couteau. Une goutte de sang perla à la pointe. Brett redevint sérieux, mais le cœur de Storm cognait contre sa cage thoracique. Elle ne pouvait pas le tuer. Pourtant, elle avait tué, une fois, un Comanche, en état de légitime défense. Mais Brett, son mari... Non. Il lui lâcha le poignet.

Un sentiment de triomphe envahit la jeune femme. Il fut de courte durée. La main qui venait de la libérer avait saisi celle qui tenait le couteau. Elle écarquilla les yeux. Ceux de Brett brillaient d'amusement à présent. Elle était incapable d'enfoncer la lame et il le savait. Il repoussa son bras.

— Pose ça, conseilla-t-il en lui tournant le dos.

Storm se résigna à ranger son arme. Elle se sentait tellement vulnérable tout à coup.

Il rabattit la bride sur la selle et prit Storm par le bras.

— Nous avons besoin de dormir, dit-il doucement en l'entraînant vers les couvertures étendues sur le sol.

Aveuglée par les larmes, elle le suivit et se glissa maladroitement entre les couvertures. Elle sursauta en le voyant s'allonger à ses côtés.

— Que fais-tu ?

— Je dors, répondit-il en lui tournant le dos.

— Tu as tes propres couvertures.

— Je ne te toucherai pas, promit-il d'une voix lasse. Il fait froid, Storm. À deux, nous nous tiendrons chaud. Dors.

Il s'assoupit presque aussitôt, alors qu'elle mit du temps à trouver le sommeil. Sans s'en rendre compte, il se tourna vers elle et enroula le bras autour de sa taille. Elle le repoussa, mais il l'enlaça de nouveau, plus fermement cette fois, en l'attirant tout contre lui.

Elle le regarda dormir. Il semblait plus jeune, plus doux, plus vulnérable. Et il était si beau qu'elle se sentit émue au-delà de toute raison. Finalement, ce n'était pas si désagréable d'être contre lui, dans sa chaleur enveloppante.

Elle se tourna dans l'autre sens, le dos contre sa poitrine, les reins contre son ventre. Avec un soupir d'aise, elle glissa enfin dans un sommeil sans rêves.

Ils arrivèrent à San Francisco le lendemain, peu avant minuit. Brett lui parla peu durant tout le voyage. Elle savait qu'il était furieux contre elle, mais s'efforça de l'ignorer. De toute façon, elle lui fausserait compagnie à la première occasion, car il était hors de question qu'elle reste sa femme toute sa vie.

Trop fatiguée pour avoir la force de manger, Storm enleva ses bottes et s'écroula tout habillée sur son lit. À son réveil, elle somnola un long moment, goûtant avec délices le plaisir de se reposer dans un lit douillet. Quand elle ouvrit les yeux, il n'était pas loin de midi.

Elle s'assit en bâillant et s'aperçut avec un choc qu'elle était nue. Qui l'avait déshabillée ? Son mari, bien sûr… Furieuse, elle l'imagina, profitant de son inconscience pour la contempler à loisir. Elle se leva aussitôt et ouvrit son armoire.

Vide.

Elle se précipita vers la commode au pied de son lit, là où elle rangeait sa tenue en daim. Disparue. Qu'est-ce que cela signifiait ?

Le tiroir ne contenait qu'une chemise de nuit en soie diaphane, sans manches, à l'échancrure profonde bordée de dentelle, et un négligé bleu pâle assorti. Elle s'en vêtit, se rappelant qu'elle avait déjà admiré cette tenue sans jamais oser la porter à cause de sa transparence qui révélait son corps plus qu'elle ne le cachait. Elle ne pouvait descendre habillée de la sorte.

Décidée à obtenir des explications, elle actionna le loquet de la porte de communication. Fermée à clé. Elle essaya à nouveau. Rien à faire. Elle courut à l'autre porte. Même chose. Il l'avait enfermée !

Elle découvrit alors un plateau posé sur la table. Il contenait une cafetière en argent, un pichet de jus de fruits et plusieurs plats couverts d'une cloche. L'ignorant, elle se précipita à la fenêtre. Impossible de sauter sur la pelouse sans se rompre les os. De toute façon, elle ne pouvait se montrer dans cette tenue. En bas, le jardinier coupait les haies. Maudit soit Brett D'Archand !

Mais à quoi jouait-il donc ?

Retournant à la porte, elle se mit à tambouriner sur le battant et à appeler Betsy, Peter et Brett à tue-tête. Ils l'entendaient forcément, mais sans doute les domestiques avaient-ils reçu l'ordre de l'ignorer. Elle le tuerait !

Hors d'elle, elle arpenta la pièce, songeant que la seule solution serait de nouer ses draps pour s'en faire une corde qui lui permettrait de descendre par la fenêtre. À moitié nue.

Ainsi donc, il la punissait en l'enfermant dans sa chambre.

De quel droit ? Mais pour qui se prenait-il ?

N'ayant rien à faire, elle essaya de manger un peu, mais la colère lui coupait l'appétit. Elle jeta sa fourchette et recommença à marcher de long en large en pestant contre Brett. Cette détention ne pouvait durer. C'était une plaisanterie. Et s'il avait décidé de l'enfermer indéfiniment ? De ne plus jamais venir la voir et d'interdire à tout le monde de le faire ?

La panique la saisit. Non, elle devait se calmer. Se raisonner. Il faudrait bien qu'on lui apporte à manger, de quoi se baigner. Betsy et Peter ne donneraient pas raison à leur maître ! Ils lui désobéiraient.

Elle rumina ainsi toute la journée, passant de la fureur à l'abattement, comptant les minutes, maudissant Brett.

Dans la soirée, elle entendit enfin le bruit de clé tant espéré dans la serrure. Betsy et Peter entrèrent, chargés de brocs d'eau chaude.

— Betsy ! s'écria Storm tout en tirant un drap du lit pour s'en couvrir. Où sont mes vêtements ? Il faut que vous m'aidiez ! Ce rustre m'a enfermée !

Betsy retint un cri et Peter se mordit les lèvres. Sur le pas de la porte, Brett éclata de rire. Storm fit volte-face.

— Comment oses-tu !

— Quoi, tu ne veux pas prendre un bain ? se moqua-t-il en se pinçant le nez.

— Tu sais très bien ce que je veux dire !

Après avoir rempli la baignoire, Peter et Betsy récupérèrent le plateau et s'éclipsèrent. Brett referma la porte et s'y adossa, les bras croisés. Il ne souriait plus.

— Brett, je te préviens...

— Non, l'interrompit-il froidement. C'est moi qui te mets en garde. Tu resteras enfermée jusqu'à ce que je puisse te faire confiance.

— Comment ?

— Tu m'as bien entendu.

— Tu n'as pas le droit ! Comment peux-tu être si cruel ?

— C'est très facile. Tu t'es sauvée. Et non seulement tu t'es sauvée, mais tu as réussi à parcourir près de cinquante miles en prenant les pires risques. Tu as de la chance que je t'aie trouvée. Soit dit en passant, cela m'a obligé à passer onze heures à cheval, ce qui a failli achever deux de mes meilleurs étalons.

Storm garda le silence.

Il poursuivit, implacable :

— Ensuite, tu as essayé de me séduire dans le seul but de t'emparer de mon pistolet. Comme tu as échoué, tu m'as menacé d'un couteau en me blessant au passage.

Il haussa un sourcil et ajouta :

— Et tu te demandes pourquoi je te séquestre ?

— Je sais me débrouiller toute seule, le défia-t-elle. J'avais mon fusil et mon couteau. Tu aurais dû me laisser partir.

— Probablement, marmonna-t-il. Ton bain est chaud. Peter va nous monter un dîner que je prendrai avec toi.

J'ai pensé que la compagnie devait commencer à te manquer, n'importe laquelle, même la mienne.

— Va au diable !

Il haussa les épaules et se laissa tomber dans un fauteuil avec une nonchalance terriblement virile. Il portait un pantalon noir avec une chemise en batiste blanche toute simple. Storm s'assit sur le lit, essayant de s'accoutumer à l'idée qu'elle était bel et bien prisonnière de cet homme intraitable.

— Si tu me promets que tu accepteras d'être ma femme et que tu ne t'enfuiras pas, je te libère.

Promettre ? Pouvait-elle lui donner sa parole puis la rompre ? Bien sûr ! Ce n'était pas le moment d'avoir des scrupules.

— Je promets.

— Menteuse. Je lis dans les pensées qui se cachent dans ta jolie petite tête, méfie-toi.

Storm ravala des larmes de frustration.

— J'aurais dû te trancher la gorge, siffla-t-elle en se redressant.

Dans sa rage, elle en lâcha le drap. Brett inspira lentement, le regard incendié à la vue du corps qui se dessinait dans toute sa nudité sous le voile de soie. Elle se protégea en croisant les bras sur sa poitrine, ce qui le fit sourire.

Soudain, il retint son souffle, et Storm s'aperçut que, dans son mouvement, ses seins étaient sortis du décolleté. Elle ramassa vivement le drap et le pressa contre elle en rougissant tandis que Brett se levait. Tranquillement, il ôta le drap dont elle se couvrait pour la contempler, le regard fiévreux.

— Bon sang ! grogna-t-il.

Il serra les poings et Storm s'aperçut qu'il se contrôlait pour ne pas la toucher. Le désir qui bouillonnait en lui se lisait sur son visage. Il s'écarta brusquement d'elle.

— Ton bain va refroidir, jeta-t-il.

Storm lutta pour refouler un profond sentiment de déception.

— Je ne veux pas de bain, mentit-elle sans pouvoir s'empêcher de baisser les yeux vers l'entrejambe de Brett.

Il la désirait ! Physiquement tout au moins. Il n'y avait aucun doute là-dessus. Elle ne comprenait pas. Pis : elle était blessée.

Il s'approcha de la table où Peter était discrètement revenu installer le dîner et lui tira sa chaise. Storm ne bougea pas.

— Alors, viens manger, grommela-t-il.

En vérité, elle mourait de faim. Elle n'avait pas avalé grand-chose depuis la veille et les délicieux fumets qui s'échappaient des plats lui mettaient l'eau à la bouche. Elle finit par s'asseoir.

Pas une fois, elle ne le regarda tandis qu'elle vidait le contenu de son assiette, pourtant bien remplie. En revanche, Brett l'observait intensément, un léger sourire aux lèvres.

— Quelle petite sauvage tu fais ! dit-il doucement.

Elle perçut une pointe d'amusement dans sa voix.

— Je préfère être une sauvage qu'un dandy guindé, tiré à quatre épingles !

Après un bref instant de surprise, Brett émit un petit rire.

— Sang bleu ! crut-elle bon d'ajouter avec mépris.

Elle ignorait la signification que ces mots avaient pour lui. Pris de fureur, il se pencha par-dessus la table et lui saisit le poignet.

— De quoi m'as-tu traité ?

— De dandy.

— Après.

— De sang bleu, répéta-t-elle d'un air de défi. J'aurais dû ajouter sale porc d'aristo !

— Je crois que tu m'as déjà lancé cette insulte, nota-t-il avec une légèreté feinte.

Mais la main qui lui enserrait le poignet s'était durcie et Storm grimaça de douleur.

— Ne m'appelle plus jamais ainsi.

— Sang bleu ?

Il émit une sorte de grognement indistinct. De toute évidence, elle connaissait ses origines et avait découvert Dieu sait comment qu'il était un bâtard.

— Désolée, s'excusa-t-elle nerveusement.

Il se leva, la força à en faire autant, et l'attira à lui d'une secousse. Elle était loin d'avoir l'air désolée ! Il lâcha son poignet, et sa main remonta le long du bras recouvert de soie, suivit la courbe de l'épaule avant d'arriver au cou. Elle se raidit tandis que son pouce entamait une valse lente sous son menton. Elle avait la désagréable impression d'être un oiseau prisonnier des griffes d'un chat. Il sentit la tension presque palpable qui s'installait entre eux. Ce serait si facile de serrer ce cou gracile. Ou de laisser sa main descendre vers ses seins pour attiser sa passion. Le regard bleu tremblait d'effroi. Il émit un son inarticulé, la lâcha et disparut dans sa propre chambre en claquant la porte.

Il constatait, furieux et impuissant, qu'avec elle, il était toujours à deux doigts de perdre le contrôle de lui-même. Mais il ne voulait pas que ce qui s'était passé entre eux l'autre nuit se reproduise. C'était sa faute si elle s'était sauvée. Il lui avait fait mal et elle avait pris peur. Le simple fait d'imaginer ce qui aurait pu lui arriver le rendait malade...

Il lui rendrait ses vêtements dès le lendemain matin. Il ne pouvait l'enfermer jusqu'à ce qu'il eût confiance en elle, parce qu'il ignorait combien de temps cela prendrait. Il avait seulement voulu lui donner une leçon et elle semblait avoir porté ses fruits. Il l'imaginait, prise de panique à l'idée de cette détention peut-être sans fin. Les remords viendraient et... Ah, si seulement c'était possible ! ! Qu'allait-il faire de cette gamine qui avait brusquement fait irruption dans sa vie et l'avait bouleversée, telle une tornade ? Comment devait-il s'y prendre pour la dompter, bon sang ?

Pendant la journée, il la garderait sous surveillance. La nuit, les écuries seraient barricadées. Car elle essaierait à nouveau de se sauver. Un rire amer lui échappa. La vie avec lui était-elle donc à ce point insupportable ? Était-ce si atroce d'être sa femme ? Il lui avait pourtant bien promis qu'ils ne renouvelleraient pas l'expérience de leur nuit d'amour. Cela ne lui suffisait-il pas ? Le prenait-elle pour un menteur ?

Il alla dans son bureau se servir un verre de brandy. Peu après, l'alcool produisait son effet apaisant. Il regarda son courrier où il découvrit avec ennui une nouvelle lettre de Monterey. Sans doute son oncle qui le suppliait à nouveau de venir. Son père n'était peut-être plus de ce monde... À moins qu'il eût ravalé sa fierté pour se décider à écrire à son fils. Non, cela n'avait pas de sens. Don Felipe ne s'était jamais soucié de lui. Pourquoi le réclamerait-il brusquement ? Un soudain besoin d'affection sur son lit de mort ? Si c'était le cas, qu'il aille au diable !

Il mit la lettre de côté.

Quand Brett eut fini de lire et de répondre à son courrier, il était presque minuit. Il se servit un second brandy et alluma un cigare. Son regard tomba alors sur la lettre d'Emmanuel.

Cette fois, il céda à la curiosité et la décacheta.

*Cher Brett,*

*J'aurais préféré t'écrire dans des circonstances plus heureuses. L'hacienda est en deuil. Un drame est arrivé. Ton petit frère Manuel et ta sœur Catherine sont morts des suites de complications de la varicelle. Ton père va de plus en plus mal. L'un de mes propres enfants a lui aussi succombé, Dieu ait son âme ! Brett, je te supplie à nouveau de venir. Ton père pourrait s'en aller sans que tu l'aies revu et tu risques de le regretter toute ta vie.*

*Avec toute mon affection,*

*Emmanuel*

Songeur, Brett regarda les flammes danser dans la cheminée. Manuel n'était encore qu'un bébé quand il avait quitté l'hacienda. Il ne l'avait pour ainsi dire pas connu, et voilà qu'il était mort. Morte aussi, sa sœur. Et son cousin. Son père allait de plus en plus mal. Pourquoi cette tragédie ne le laissait-elle pas indifférent ? Il n'était attaché qu'à son oncle Emmanuel.

Sur une impulsion, il décida qu'ils partiraient dès le lendemain.

Dès son réveil, Brett frappa à la porte de communication pour informer Storm de sa décision.

— Storm, c'est moi.

Il tourna la clé et ouvrit.

Un instinct très sûr l'incita à se baisser. Il évita de justesse un projectile qui s'avéra être une brosse à cheveux en argent. Elle s'écrasa contre le mur. Il se redressait pour protester quand un autre objet suivit le même chemin. Il l'esquiva une fois encore, et entendit un bruit de verre cassé.

— Storm !

— Tu n'as pas le droit de me faire ça ! vociféra-t-elle depuis la coiffeuse où elle était assise.

Elle lui jeta à la figure tout ce qui lui tombait sous la main. Un miroir, divers flacons de parfum, un pot de crème, un récipient en porcelaine fine, un livre relié. Et elle visait bien, la diablesse ! Toujours vêtue de son négligé de soie bleu pâle, elle offrait un tableau saisissant. Brett se précipita vers elle.

À court de munitions, elle cherchait désespérément autour d'elle de quoi continuer sa joute. Il l'attrapa aux épaules.

— Seigneur ! Qu'est-ce qui ne va pas avec toi ?

— À ton avis ?

Soudain, elle éclata de rire. Brett sentait la rose à plein nez. L'un de ses flacons de parfum avait atteint son but !

De son côté, il restait fasciné par son décolleté qui révélait les courbes pleines de ses seins généreux dont les pointes dressées tendaient la soie. Le désir fusa en lui, telle une langue de feu. La pression de ses mains se relâcha et il attira Storm tout près de lui.

— Ce n'est pas une façon d'agir, murmura-t-il.

— Je veux mes vêtements, Brett, répliqua-t-elle, indignée. Tu ne peux pas me retenir prisonnière ici.

— Betsy va t'aider à faire tes bagages, dit-il en s'écartant d'elle de peur de céder à l'attrait puissant qu'elle exerçait sur lui.

— Mes bagages ?

— Nous partons pour Monterey. Nous allons à l'hacienda de mon père.

— Tu veux que je le rencontre ? s'étonna-t-elle.

Il s'arracha à la contemplation de ses longues jambes qu'il devinait aisément à travers l'étoffe arachnéenne.

— Je dois aller là-bas et je ne veux pas te laisser seule ici. Mon frère et ma sœur sont morts de maladie, ainsi qu'un cousin. Ils étaient ses seuls enfants. Et l'état de mon père a empiré.

Fasciné par sa beauté, il la dévorait des yeux, et ne remarqua pas tout de suite son expression. Il réfléchissait à la meilleure façon de s'y prendre pour la séduire, oubliant sa résolution de ne rien tenter tant qu'elle ne viendrait pas à lui d'elle-même.

— Oh, Brett !

C'est seulement alors qu'il croisa son regard plein de compassion ; il en resta bouche bée. Il aimait ce regard dépourvu de colère, de défi, d'hostilité.

— Ça va ? demanda-t-elle avec une grande douceur en posant les mains sur ses bras. Je suis tellement désolée.

Brett comprit alors qu'elle ne savait rien de ses parents, de l'histoire de sa famille. Elle ignorait qu'il ne connaissait pas ses frère et sœur. Très attachée aux siens, elle s'imaginait qu'il en allait de même pour tout le monde. Elle essayait de le réconforter.

— Je… Storm…

Sa voix se brisa sous l'effet de l'émotion qu'*elle* provoquait en lui.

Elle se rapprocha et glissa la main sur sa nuque, une main douce. Avec une tendresse infinie, elle l'amena contre elle tout en lui caressant les cheveux. Il ferma les yeux.

— Que puis-je faire ? murmura-t-elle.

Brett se redressa à regret. Jamais personne ne l'avait consolé ainsi, lui témoignant une telle sollicitude… Non, jamais. Et ses mains... Il les imaginait sur ses épaules, sa poitrine, son bas-ventre. Seigneur ! Il avait envie d'elle à en mourir.

— Merci pour ta compréhension, dit-il dans un souffle, ignorant le pincement de la culpabilité.

Une idée venait de se former dans son esprit. Une merveilleuse idée.

# 15

Ils partirent avec deux voitures et trois domestiques. Quatre jours plus tard, ils arrivaient à l'hacienda de Los Cierros. Le voyage s'avéra agréable grâce au confort des attelages, mais Storm fut perturbée par la présence constante de Brett à ses côtés. Dès qu'elle émettait le souhait de chevaucher le long du convoi pour se détendre et prendre un peu d'exercice, il l'accompagnait. La nuit, il dormait près d'elle et, quand elle se réveillait parfois, elle se retrouvait contre lui, son bras protecteur autour d'elle.

Malgré tout ce qui les opposait, elle ne pouvait s'empêcher d'éprouver de la compassion à son égard. Elle se mettait à sa place, imaginait sa propre douleur si une telle tragédie avait frappé sa famille. Brett, lui, demeurait stoïque, comme si rien ne s'était passé mais, quand elle l'observait à son insu, elle voyait la douleur sur son visage. Elle avait envie de le réconforter. De temps à autre, il la faisait sortir de ses gonds, mais elle regrettait immédiatement ses accès de colère. Contrite, elle se faisait l'impression d'avoir frappé un animal blessé.

À une époque, l'hacienda de Los Cierros avait occupé toute la vallée, mais la ruée vers l'or avait amené du monde, lui expliqua Brett. Une fois la frénésie passée, la plupart des chercheurs d'or étaient restés, construisant des ranchs ou des fermes sur les terres appartenant aux familles californiennes. Les Monterro possédaient les leurs depuis l'une des premières expéditions espagnoles menées par Portola en 1767. Mais quand la Californie devint un État de l'Union en 1850, de nombreux Américains s'installèrent chez eux en toute légalité. Beaucoup de vieilles familles, tels les Monterro, perdirent des terres qui leur appartenaient depuis près d'un siècle et qu'ils avaient fait fructifier. Brett raconta tout cela à Storm sur un ton détaché, comme s'il n'était pas concerné.

Elle fut impressionnée par la magnifique vallée verdoyante parsemée de fleurs sauvages et entourée de collines majestueuses. On y apercevait des troupeaux çà et là, des chevaux. L'hacienda se trouvait sur un haut plateau. L'élégante maison, aux murs d'adobe blancs et au toit de tuiles rouges, croulait sous les bougainvillées. Des bâtiments plus modestes l'environnaient, écuries, villas. En découvrant cette splendide propriété, Storm fut gagnée par l'appréhension. Était-elle prête à rencontrer la famille de Brett ?

Dès qu'ils pénétrèrent dans la cour, des serviteurs se précipitèrent au-devant d'eux. Quand Brett aida Storm à descendre de voiture, elle le sentit tendu, mal à l'aise, et elle mit cela sur le compte du chagrin qu'il s'efforçait de surmonter. Une femme l'appela et il se raidit. Storm lui prit la main et rougit sous son regard sarcastique. Elle voulut le lâcher, mais il la retint fermement.

— *¿Cariño mío! ¿Cómo estas?*

Storm découvrit une très belle femme aux immenses yeux bruns dans un visage au teint d'ivoire. Elle portait le deuil et Storm se demanda s'il s'agissait de la mère de Brett. Elle savait si peu de chose de sa famille. Il la lâcha pour honorer la dame d'un baisemain.

— Tante Elena, dit-il en s'inclinant, c'est un... plaisir.

— Quelle galanterie, mon cher! Dis-moi, qui est-ce ? s'enquit-elle en désignant Storm.

Atterrée, Storm comprit qu'il n'avait pas informé sa famille de leur mariage. Il lui jeta un regard d'excuse. Affreusement embarrassée, elle se sentit rougir jusqu'aux oreilles quand la femme se mit à la détailler sans vergogne.

— Mon épouse, Storm. Storm, voici ma tante Elena.

Storm parvint à sourire.

— Vous devez être fatiguée, fit Elena, dissimulant adroitement sa surprise. Ah ! Voilà le reste de la famille.

— Brett ! lança un homme aux cheveux gris.

— Oncle Emmanuel ! s'écria Brett en souriant.

— Mais... qui est cette jeune personne ? s'étonna le vieil homme.

— Oncle Emmanuel, je te présente ma chère épouse, Storm.

— Tu es marié ? s'étonna-t-il. Eh bien, cher neveu, tu as bon goût !

Il salua Storm avec chaleur.

— Brett ! s'exclama une nouvelle venue.

Devant la ravissante créature qui venait d'apparaître, Storm se sentit désemparée. Elle ressemblait tant à Elena qu'elle ne pouvait être que sa fille. Avec ses yeux et ses cheveux noirs, son corps aux formes généreuses, la taille la plus fine que Storm eût jamais vue, elle était la beauté même.

Un sourire aguicheur étira ses lèvres vermeilles quand elle regarda Brett.

— Eh bien, on dirait que ma cousine Sophia a grandi ! dit-il d'une voix caressante.

— Toi aussi, Brett, minauda-t-elle en lui tendant une main blanche et délicate.

Storm surprit le regard amusé de Brett et songea, avec un pincement au cœur, que Sophia et lui avaient dû être particulièrement proches dans leur enfance. Cette jeune fille était si belle que tous les hommes devaient tomber amoureux d'elle. Brett le premier, à voir la lueur qui dansait dans ses yeux...

Il fit alors une chose qui surprit Storm ; il s'approcha d'elle et lui prit la main.

— Sophia, je te présente ma femme, Storm.

L'autre la toisa de la tête aux pieds.

— Très mignonne, dit-elle du bout des lèvres, comme prise d'une répulsion soudaine. Mais si... grande.

— Et vous si... dodue, s'entendit-elle répliquer en réprimant une violente envie de lui arracher les yeux.

D'abord pétrifiée, Sophia sourit en bombant le torse.

— Mais là où il faut, riposta-t-elle en reportant son attention sur Brett.

Elle le détailla lentement d'un regard provocant, s'attardant sur ses cuisses, *entre* ses cuisses... « Quelle impudeur ! » songea Storm, sidérée et furieuse. Elle devait se retenir pour ne pas la gifler.

Brett émit un petit rire et, glissant le bras autour de la taille de Storm, l'attira contre lui.

— Nous sommes très fatigués, tante Elena, dit-il.

— Je comprends. Il est déjà tard. Je fais monter de l'eau chaude dans vos chambres. Aimeriez-vous un plateau ?

— Ce serait parfait. Oncle Emmanuel, je suppose que pour le reste, cela peut attendre demain ?

— Oui, ton père dort déjà. Il prend du laudanum pour ses douleurs.

— Je suis désolé pour votre petit-fils... dit Brett à son oncle et à sa tante. Je suis désolé, Sophia.

— Merci, murmura-t-elle en prenant soudain une mine affligée. Ce n'était qu'un bébé...

Elena entoura les épaules de sa fille.

— Et Sophia vient de perdre son mari, en plus. Viens, ma fille, tu vas m'aider à installer notre cousin et sa femme.

Storm s'étonna secrètement d'apprendre que Sophia avait déjà été épouse et mère. Elle devait avoir son âge. Une réelle compassion remplaça son hostilité instinctive.

La jeune femme les précéda, offrant à Brett son plus beau sourire. Elle marchait juste devant lui en roulant délibérément des hanches. Storm vit l'intérêt que son mari portait à sa cousine et elle eut l'impression de recevoir un coup de poignard en plein cœur. Le poids de la fatigue pesa soudain sur elle, telle une chape de plomb. Au bord des larmes, elle se laissa aller contre lui.

— Tu es épuisée, murmura-t-il en la soutenant tendrement.

Décidément, elle ne comprenait pas cet homme qui était son mari. Mais pas du tout.

On les conduisit dans une suite et Brett se retira dans le salon pendant que Storm prenait son bain avec l'aide de Betsy. Éreintée, affamée, et toujours mortifiée qu'il n'eût pas pris la peine d'informer sa famille de leur mariage, Storm ne s'attarda pas dans l'eau. Elle se lava rapidement avant de revêtir une chemise de nuit en soie émeraude avec un négligé orné de dentelle grège. Alors qu'elle s'installait devant sa coiffeuse, elle entendit Brett congédier Betsy. Il apparut sur le seuil de la chambre et la contempla tandis qu'elle démêlait ses cheveux mouillés.

Leurs regards se croisèrent dans le miroir et le sourire qu'il lui décocha la toucha plus qu'elle n'aurait su le dire. Tranquillement, il avança dans la pièce en ôtant sa chemise sous le regard fasciné de la jeune femme.

— Excuse-moi, balbutia-t-elle soudain en se levant.

Il rit doucement tout en débouclant sa ceinture. Storm se réfugia dans un des fauteuils du salon et se servit un verre de vin. Le plateau du dîner les attendait. Elle mourait de faim mais il eût été grossier de ne pas l'attendre. La pièce était vaste et confortable avec ses meubles capitonnés de brocart et son bureau imposant. Des tapis d'Orient recouvraient le parquet en pin et des rideaux en velours protégeaient les fenêtres. La décoration lui rappelait un peu le style de la maison de ses parents, au Texas.

En revanche, le rez-de-chaussée était meublé dans un style très espagnol, depuis le sol carrelé de rouge et le plafond en stuc, jusqu'au mobilier de bois sombre et massif. Storm songea tout à coup que Brett portait un nom français alors que sa famille était espagnole. Elle supposa que son père devait être français et qu'il avait épousé l'unique héritière du propriétaire espagnol de l'hacienda. Cela expliquerait sa ressemblance avec sa cousine, ressemblance qu'il ne partageait pas avec son oncle Emmanuel.

— Te voilà bien pensive, lui dit Brett d'une voix chaude et mélodieuse.

Il portait une robe d'intérieur noire, imprimée de rouge sombre. La soie collait à sa peau humide, épousant son large torse, ses cuisses puissantes. Mal à l'aise, Storm se tortilla sur son siège.

— Tu as faim ? demanda-t-il en s'asseyant près d'elle pour lui resservir du vin.

Il prit lui-même un verre.

— Je suis affamée.

Elle remarqua son regard doux, tendre, sans aucune trace de colère ou de moquerie. Il lui souriait et elle se troubla en contemplant ses lèvres. Quand elle tendit le bras pour prendre le verre qu'il lui offrait, son négligé s'ouvrit, révélant le décolleté profond, bordé de dentelle, de sa chemise de nuit. Storm rabattit vivement les pans en s'empourprant.

Brett se leva et lui prit la main pour l'aider à s'installer à table.

Ils commencèrent à dîner en silence, l'un et l'autre concentrés sur la nourriture. Parfois, Storm lui jetait un coup d'œil et surprenait son regard, où couvait la flamme du désir, posé sur elle. Un désir contagieux, qui se propagea en elle insidieusement.

— Fatiguée ? demanda-t-il au bout d'un moment d'un ton suggestif.

Storm pensa alors au lit immense qui occupait la chambre. Un seul lit. Les battements de son cœur s'accélérèrent. Leur nuit d'amour lui revint en mémoire et les sensations inouïes qu'elle avait éprouvées allumèrent un brasier en elle. Elle en oublia la colère qui s'en était suivie.

— Allons nous coucher, proposa-t-il en se levant.

Il s'exprimait d'un ton indéfinissable, mais Storm n'osa pas le regarder. Il lui avait dit qu'il ne la toucherait plus et elle le croyait.

Nerveuse, elle le précéda dans la chambre. Il devinait son anxiété. C'était une vraie torture de rester fidèle à sa promesse alors qu'elle était à peine vêtue et qu'ils étaient seuls. Il la désirait à en devenir fou. Son corps tremblait à la vue du sien, dont il devinait les formes parfaites sous la fine étoffe. Elle se débarrassa de son négligé et il retint son souffle. Ses seins superbes tendaient la soie de la chemise qui la moulait comme une seconde peau, révélant son ventre plat, l'ombre de son sexe, ses jambes magnifiques.

Elle se glissa entre les draps et ferma les yeux comme si elle dormait déjà. Il aurait dû sourire. Il en fut incapable.

Préférant qu'elle ne voie pas combien il la désirait, il éteignit les lampes avant de s'allonger près d'elle. Il avait beau ne pas la toucher, il était intensément conscient de sa présence toute proche. Il sentait son parfum, la chaleur qui émanait de son corps.

Il soupira. Une fois. Deux fois.

— Brett ?

Sans répondre, il se tourna de l'autre côté.

— Brett ? Ça va ?

Elle était si près qu'il sentait des mèches de ses cheveux le chatouiller.

— Je... oui, répondit-il d'une voix rauque.

Storm s'appuya sur un coude. Il poussa un nouveau soupir à fendre l'âme.

— Est-ce que tu veux... qu'on parle ?

Il ne répondit pas tout de suite, comme s'il avait du mal à reprendre son souffle.

— Storm...

Elle posa la main sur son épaule nue. D'abord légèrement, puis plus fermement.

— Que puis-je faire pour t'aider à dormir ? demanda-t-elle en le massant doucement.

— Storm... Les souvenirs...

— Je sais, murmura-t-elle.

Il se tourna vers elle, ses genoux contre ses cuisses, son visage à quelques millimètres du sien. Son désir était si fort qu'il avait l'impression qu'il devenait palpable. La main de Storm s'immobilisa sur son épaule.

Il prit une longue inspiration et enfouit son visage entre ses seins.

— Prends-moi dans tes bras, chuchota-t-il en espérant qu'il jouait bien le rôle de l'homme qui souffrait de chagrin, et non des affres du désir.

Sans hésiter, elle appuya sa tête contre elle et lui caressa les cheveux. Brett en profita pour respirer sa peau avec ivresse tout en insinuant doucement une jambe entre les siennes, soulevant en même temps la chemise de soie.

Bougeant un peu, il parvint à écarter le tissu et sa joue se retrouva entre ses seins nus. Que c'était dur de ne pas les embrasser ! Il glissa la main sur sa taille, sur ses reins...

Depuis des jours, Storm était consciente de l'attirance charnelle qu'il exerçait sur elle, bien qu'elle s'évertuât à la refouler pour se concentrer sur la compassion que son deuil lui inspirait. Mais à présent, son cœur s'emballait, ses seins palpitaient, la moiteur s'accentuait entre ses cuisses. Elle se déplaça légèrement, et ce mouvement eut pour effet de placer un mamelon au niveau de la bouche de Brett et d'approcher son ventre de sa main.

Les lèvres de Brett effleurèrent la pointe dressée de son sein, lui arrachant un gémissement. Elle se raidit une seconde, puis l'encouragea en appuyant sa tête contre elle. Il n'en demandait pas plus. Sa bouche commença à se mouvoir sur sa poitrine offerte tandis que ses mains, sur ses fesses à présent, la ramenaient vers lui.

Elle réclamait ses baisers en se frottant contre ses lèvres tandis que sa cuisse venait à la rencontre de son sexe durci. Elle retint un cri quand il se mit enfin à sucer, à lécher, à mordiller. La main qui lui pétrissait les fesses se glissa entre ses cuisses, son doigt s'insinua entre les replis brûlants et humides de son intimité. Elle passa la jambe sur sa taille pour mieux se positionner.

— Storm... grogna-t-il. J'ai besoin de toi...

— Oui, Brett... oui...

Son autre main prit le relais de sa bouche qui s'occupa de son autre sein, lui infligeant la même délicieuse torture. Storm haletait de plaisir.

La chemise remontée jusqu'à la taille, les cuisses ouvertes, elle était prête à l'accueillir en elle. « Pas encore », se dit-il en continuant de caresser ce sexe impatient qu'elle lui offrait. Éperdue de désir, elle se mit à onduler contre ses doigts.

— Brett... souffla-t-elle d'une voix suppliante. Je t'en prie...

— Oui, ma chérie, bientôt... murmura-t-il avant de mordre doucement la pointe d'un sein.

Sa main revint vers son ventre, puis entre ses jambes, la caressant doucement, puis plus précisément. La tourmentant avec une habileté diabolique, ses doigts glissaient sur elle tandis que son pouce s'activait dans la fine toison blonde. Storm émit un long feulement.

Il intensifia ses caresses tandis qu'elle se cambrait à sa rencontre, s'arc-boutait fiévreusement sur sa main. Et soudain le plaisir explosa en elle, intense, foudroyant, la laissant pantelante. Il retira sa main.

— Oh, Storm !...

Au prix d'efforts surhumains pour se contrôler, il s'agenouilla entre ses jambes. Elle avait les yeux fermés. Son corps à demi dénudé s'offrait sans pudeur à ses regards. Ses cheveux en désordre s'étalaient sur l'oreiller, des mèches reposant entre ses seins toujours tendus. Il y déposa un baiser et elle ouvrit les paupières. Brett sourit en découvrant son regard voilé.

Les longues jambes de Storm étalées sur le lit étaient une invitation à laquelle il ne put résister. Il l'attrapa par les hanches et, se penchant sur elle, sema une pluie de baisers du nombril jusqu'au bas-ventre, puis plus bas encore, là où le désir recommençait à palpiter.

Storm renversa la tête en arrière et se mit à gémir. Ses hanches se mouvaient au rythme de sa bouche de manière incontrôlable. Alors Brett se redressa et plaça son sexe contre le sien. Elle le regarda, de ses yeux bleus immenses, tandis qu'il se frottait langoureusement contre elle.

— Je t'aime, dit-il d'une voix rauque sans cesser de se mouvoir contre elle.

— Oh, Brett...

— Dis-moi, Storm... murmura-t-il en continuant de la caresser avec son sexe. Dis-moi combien tu me veux, exigea-t-il en s'emparant pour la première fois de sa bouche.

Puis il releva la tête, continuant de lui infliger cet insupportable et délicieux supplice. Ils haletaient, leurs souffles mêlés.

— Tu m'aimes, Storm ? Et tu aimes quand je fais ça ?

Il glissait contre elle de bas en haut, intensifiant les pressions, les retenant.

Elle gémit.

— Tu aimes quand je suis en toi ? Tout au fond de toi ?

Il commença à la pénétrer, à peine, et s'immobilisa. Storm crut devenir folle.

— Dis-moi !

— Oui ! Oui ! Oui !

— Oh, Seigneur ! Comme j'ai envie de toi, souffla-t-il en s'enfonçant en elle d'un seul coup de rein.

Il se mit à aller et venir, puissant, sauvage. De plus en plus profond. De plus en plus fort. Cette fois, il lâcha prise et perdit le contrôle, n'écoutant que leurs corps avides. Éperdus. Quand la jouissance l'emporta, Storm cria sans même s'en rendre compte tant c'était violent et divin. Et elle se contracta autour de lui en gémissant de plaisir tandis qu'il se laissait aller à son tour, murmurant son nom comme une litanie.

Storm se réveilla au milieu de la nuit, les bras et les jambes intimement mêlés à ceux de son mari. Aussitôt, les souvenirs de la nuit lui revinrent, ses mains sur sa peau, sa bouche, son sexe... Il lui avait dit qu'il l'aimait. Le pensait-il ? Se rappelant ce qu'il lui faisait quand il avait prononcé ces mots, elle rougit. Et sa rougeur augmenta tandis qu'elle se remémorait leurs ébats avec plus de précision.

Elle se demanda alors si c'était une façon de traiter une femme respectable et voulut se lever, quand elle sentit son corps qui commençait à s'échauffer au contact du sien. Il glissa la main sur sa cuisse, alors elle bascula les jambes hors du lit. En une seconde, elle se retrouva plaquée sur le dos, Brett sur elle.

Il la scrutait avec inquiétude, le regard vif, comme s'il n'avait pas dormi.

— Storm ?

— Laisse-moi me lever, jeta-t-elle, les dents serrées.

— Est-ce une façon de me dire bonjour ? Que se passe-t-il ? Tu es en colère ?

— Mais non, quelle idée ? rétorqua-t-elle, sarcastique.

La confusion qui se peignit sur le visage de Brett n'était pas feinte.

— Après ce qui s'est passé la nuit dernière, je m'attendais à un autre réveil, avoua-t-il.

— Espèce d'arrogant personnage !

Il changea soudain d'expression, un grand sourire remplaçant le désarroi.

— Inutile de te donner tant de mal pour attirer mon attention, murmura-t-il d'un ton suggestif.

Il ajusta son ventre contre le sien avant de s'emparer goulûment de ses lèvres, comme s'il était en manque d'amour, alors qu'ils l'avaient fait quatre fois durant la nuit.

Immédiatement, Storm s'embrasa. Elle voulait ignorer l'appel du désir, mais il ne lui facilitait pas la tâche en ondulant contre elle.

— Oh, ma chérie... j'ai tellement envie de toi, souffla-t-il.

Il plongea son regard brûlant dans le sien, puis s'immobilisa.

Elle semblait réellement furieuse. Il essaya de prendre un air contrarié, mais comme pouvait-il l'être après la nuit qu'il venait de passer ? Jamais de sa vie il n'avait connu une telle passion. Jamais. Ni une femme aussi extraordinaire. Or, elle était la sienne. Sa femme à lui. À lui seul. Des sentiments inconnus, étranges et puissants le submergeaient.

Il glissa le bras sous ses hanches et lui sourit. Rien ne saurait assombrir son humeur.

— Bon, que se passe-t-il ?

— La nuit dernière... commença-t-elle, avant de lui lancer un regard noir.

Le sourire de Brett s'élargit et il lui mordilla le cou.

— Arrête ! Je suis sérieuse !

— Moi aussi, mon ange, répondit-il en roulant brusquement sur le dos de sorte qu'elle se retrouva sur lui.

— C'est notre lune de miel, ma chérie.

Des larmes brillèrent dans les yeux d'azur.

— Storm ? Qu'y a-t-il ? s'alarma-t-il en retrouvant son sérieux.

Il eut l'impression de revenir sur terre. Comment avait-il pu oublier qu'elle le méprisait, et s'imaginer qu'une nuit d'amour pouvait changer les choses comme par magie ?

— Je ne veux pas que tu me traites comme une traînée, Brett.

Interloqué, il s'assit et prit son visage entre ses mains.

— Mais de quoi parles-tu, ma chérie ?

— Tu m'as dit des choses...

— Quelles choses ?

— Aucun homme ne parle à sa femme comme tu l'as fait, dit-elle d'une toute petite voix en rougissant.

Comprenant brusquement à quoi elle faisait allusion, il se retint de rire.

— Et qu'en sais-tu ?

— Je le sais, c'est tout.

Il lui caressa tendrement la joue.

— Je te rappelle, ma douce, que cela ne semblait pas te déplaire.

Elle détourna les yeux.

— Regarde-moi, Storm. Rien de ce que nous faisons ensemble ne doit te choquer dans la mesure où nous en avons envie et que c'est agréable.

Elle ne semblait pas convaincue. Brett lui caressa l'épaule.

— Je veux te donner du plaisir, je veux que tu sois aussi excitée que moi, murmura-t-il en effleurant ses seins. Nous sommes mariés, Storm. Et tu n'es pas une prostituée, Seigneur ! Tu es ma femme. Il est normal que, lorsque nous faisons l'amour, je te dise des choses susceptibles d'augmenter ton plaisir. Fais-moi confiance.

Sa voix n'était plus qu'un murmure.

Storm voulait le croire, de toute son âme. Lui faire confiance, oui. Comment avait-elle pu éprouver tant de colère contre lui ? se demandait-elle à présent. Elle était très consciente des mains qui caressaient ses seins, s'attardant sur les pointes qui durcissaient de plus en plus.

— Brett...

Il se perdit dans l'océan de ses yeux.

— Tu es ma femme, Storm. Ne l'oublie jamais.

# 16

Il était midi quand ils descendirent, le lendemain, après une nuit de passion tumultueuse, où des épisodes enflammés et d'autres très tendres s'étaient succédé. Encore sous l'effet de la tempête qui les avait emportés, Storm ne cessait de regarder son mari, de l'admirer. Il était tellement séduisant! Elle l'aimait particulièrement dans sa tenue de cheval, pantalon en daim, bottes de cuir noir et chemise de lin blanc cassé. Ses larges épaules, son corps délié d'une virilité à fleur de peau, sa démarche racée le rendaient irrésistible. Deux femmes de chambre le regardèrent à la dérobée et Storm en conçut un vif sentiment de possession. « C'est mon mari! pensa-t-elle. Il est à moi! »

Ils s'installèrent dans la salle à manger à plafond haut et prirent leur petit-déjeuner dans un silence complice. Chaque fois qu'elle levait les yeux, Storm rencontrait son regard tendre, son chaud sourire, et son cœur en était chaviré. À un moment, il se pencha vers elle pour effleurer ses lèvres des siennes.

— Comme c'est touchant! lança tante Elena en pénétrant dans la pièce.

Brett se leva.

— Bonjour, ma tante.

Elle l'embrassa sur la joue et salua Storm de la même manière.

— Avez-vous bien dormi tous les deux?

Storm s'empourpra violemment et Brett ne put s'empêcher de rire.

— Peu, mais bien, dit-il en se rasseyant.

— Don Felipe est réveillé, annonça Elena en prenant place en face d'eux. Il sait que tu es là.

Storm eut l'impression que son mari et sa tante échangeaient un regard entendu.

— J'irai le voir quand j'aurai terminé de déjeuner, répondit Brett en haussant les épaules. Comment est-il ?

— Mourant.

Storm se figea.

— Ma chère, reprit Elena en se tournant vers elle, nous savons tous ici que ses jours sont comptés. C'est d'ailleurs pourquoi Sophia est ici. Elle vient de perdre un enfant et un mari. Je n'allais pas la laisser seule avec les domestiques, étant donné les circonstances.

— Bien sûr que non, fit Brett d'un ton neutre. Et le cousin Diego ? Il n'est pas venu se joindre à nous pour attendre le grand départ de mon père ?

— Brett ! s'écria Storm.

Elena demeura imperturbable.

— Diego devrait arriver d'un jour à l'autre.

— Je me disais aussi. Et où est dona Teresa ?

— Soit dans sa chambre à pleurer ses enfants, soit auprès de don Felipe. Tu sais, il ne peut plus la supporter. Ses larmes et ses lamentations constantes le rendent fou.

Storm observa la tante de Brett. Elle était fort belle dans sa robe de deuil décolletée comme une robe de bal. Belle et cruelle. La jeune femme le sentait, et elle n'aimait pas la façon dont elle regardait Brett, comme si elle le connaissait mieux que quiconque, qu'ils partageaient un secret et qu'elle s'en amusait.

— Ah, vous êtes là ! lança Emmanuel en entrant.

Il les salua aimablement.

— Storm, vous êtes un vrai rayon de soleil ! s'exclama-t-il avec une admiration non déguisée.

— N'est-ce pas ? renchérit Brett en contemplant sa femme avec des yeux brillants de fierté et de désir.

— Tu as terminé ? demanda Emmanuel à Brett. Don Felipe est impatient de te voir.

— Il a dit cela ? s'étonna Brett en se levant.

— Pas vraiment.

Brett se pencha vers Storm et l'embrassa sur les lèvres.

— Ici, nous observons une coutume sacrée, ma chérie, lui chuchota-t-il à l'oreille. La sieste.

Storm rougit à nouveau et Brett se mit à rire.

— Ah ! C'est beau d'être jeune et amoureux ! commenta Emmanuel avec un soupir.

Storm les regarda s'éloigner en se demandant si elle était amoureuse. La réponse s'imposa d'elle-même. Bien sûr qu'elle l'était ! Elle ne savait pas très bien comment les choses avaient pris ce chemin, mais c'était indéniable. Tout son être était empli de Brett et un bonheur débordant l'habitait.

— Depuis combien de temps êtes-vous mariée, ma chère ? s'enquit Elena.

— Environ deux semaines.

— Je vois... Aimez-vous l'hacienda ? ajouta-t-elle après un silence.

— Oui, c'est très beau, répondit Storm sans détour. Je comprends mieux maintenant pourquoi Brett est si raffiné.

— Que voulez-vous dire ? s'étonna Elena.

— Eh bien, je veux parler de l'éducation qu'il a reçue en grandissant ici.

Elena partit d'un grand éclat de rire et ce rire déplut à Storm, d'autant qu'elle n'avait rien dit de drôle. Sophia choisit cet instant pour faire son entrée, toujours aussi belle.

— Qu'est-ce qui t'amuse, maman ?

— Notre chère Storm vient de comprendre pourquoi Brett était si raffiné.

Sophia fronça les sourcils en s'asseyant pour se servir du café. Elle jeta un bref regard à Storm, un regard dur, et Storm songea qu'elle ne l'avait même pas saluée.

— Parce que selon elle, Brett a été élevé ici, précisa Elena à sa fille avec un air entendu.

— Connaissez-vous un peu votre mari ? demanda Sophia à Storm d'un air ironique.

— Plus qu'un peu, dans certains domaines, rétorqua-t-elle du tac au tac, se rappelant comment cette fille s'était permis de regarder son mari, la veille.

Elle pouvait toujours le désirer, elle ne l'aurait pas, se dit Storm avec un délicieux sentiment de triomphe.

— N'importe quelle femme peut connaître un homme sur ce plan-là, ma chère, remarqua Elena d'un ton indulgent.

La victoire de Storm fut de courte durée. Brusquement abattue, elle se rappela que Brett avait partagé des moments identiques avec d'autres femmes. Dans son euphorie, elle en avait même oublié Audrey, qu'il était allé voir avant elle en rentrant de voyage, et avant de la prendre contre son gré…

— Tout semble lui réussir, nota Sophia, coupant court aux sombres pensées de Storm. Emmanuel dit qu'il est l'un des hommes les plus riches de San Francisco.

— En effet, acquiesça Storm, retrouvant toute la fierté que lui inspirait son mari. Il était le célibataire le plus convoité de la ville. Il possède le saloon et l'hôtel le plus élégant. Il est également l'associé de mon cousin dans une compagnie maritime.

Sophia et sa mère échangèrent un regard.

— Qui aurait cru qu'un jour mon bâtard de cousin deviendrait quelqu'un ? susurra Sophia.

Storm tressaillit violemment.

— Pardon ? fit-elle tandis que la colère s'emparait d'elle.

Sophia leva un sourcil hautain.

— Comment osez-vous insulter mon mari ?

— Calmez-vous, ma chère, intervint Elena en lui pressant le poignet. Nous appartenons toutes à la même famille à présent. Sophia n'avait pas l'intention d'insulter Brett. Elle faisait une simple constatation. Ce n'est pas si courant qu'un bâtard sans le sou devienne un homme aussi brillant et cultivé.

Storm n'en croyait pas ses oreilles.

— Brett est un bâtard ?

Les deux femmes semblèrent surprises.

— Vous ne le saviez pas ? s'étonna Elena.

Sophia se mit à rire.

— Non seulement c'est un bâtard, mais sa mère était une vulgaire prostituée de Mazatlàn. Française, mais prostituée.

« Pauvre Brett », songea Storm, attristée par ces révélations et se souvenant avec horreur qu'elle l'avait traité de sang bleu.

— Je crois que nous l'avons choquée, maman, intervint Sophia avec un petit sourire.

— Finissez de déjeuner, Storm, dit Elena.

Storm réfléchissait à ce qu'elle venait d'apprendre, puis elle se souvint du soir où Brett était rentré ivre. Croyant qu'il délirait, elle ne l'avait pas pris au sérieux quand il lui avait dit que sa mère l'avait vendu à son père... Elle le comprenait mieux, tellement mieux tout à coup !

— Bonjour, lança une voix masculine du seuil. Qui est-ce ?

Storm leva les yeux sur un homme vêtu du costume traditionnel des Californiens. Pantalon noir étroit à taille haute, fermé par des boutons d'argent, boléro court sur une chemise blanche bouffante. Très brun et très beau, il ressemblait beaucoup à Elena et à Sophia.

— Diego, viens saluer la femme de Brett, lui dit sa mère.

Diego s'avança vers la jeune femme avec des yeux pétillant d'intérêt.

— *Cara*, je suis très impressionné, lança-t-il en prenant la main de Storm avant même qu'elle eût compris ce qui lui arrivait. Je n'ai jamais vu de femme aussi belle. Jamais !

Storm se sentit atrocement embarrassée. Ce commentaire lui semblait déplacé et elle ne sut que répondre. Il lui baisa la main, la chatouillant de sa moustache. Elle eut même l'impression de sentir la pointe de sa langue... Elle essaya de se dégager, mais il la retint.

— J'espère que vous m'autoriserez à vous escorter pour vous faire visiter la magnifique hacienda de don Felipe.

— Je... je ne sais pas.

— Oh, cousin Brett n'y verra pas d'objection ! Don Felipe a beaucoup de choses à voir avec lui, croyez-moi.

— Peut-être demain, hasarda-t-elle.

Elle voulait d'abord parler à Brett, le réconforter, lui dire qu'il pouvait lui faire confiance.

— Demain, d'accord, répondit Diego avec un grand sourire qui révéla des dents blanches que sa peau brune rendait étincelantes. Bon, où est mon cousin ?

Brett retrouva son père avec un certain émoi, au début. Mais quand don Felipe plongea dans le sien son regard noir, vif et brillant, il vit qu'il n'avait pas changé, et tout sentiment de pitié s'envola. Ses cheveux avaient blanchi, il s'était voûté, mais son esprit n'avait rien perdu de sa vivacité et son expression demeurait la même : évaluatrice, accusatrice et condescendante. Brett eut de nouveau l'impression d'avoir seize ans et d'être un bâtard indésirable.

— Approche, ordonna don Felipe.

Assis dans un fauteuil, une couverture sur les jambes, il n'évoquait plus le géant d'autrefois. Même sa voix avait vieilli. Elle chevrotait légèrement.

— Père, dit simplement Brett en s'approchant.

L'étiquette eût voulu qu'il observât un certain cérémonial pour ces retrouvailles, mais le vieil homme l'avait toujours traité comme un moins que rien, alors pourquoi se soucier des convenances ?

Don Felipe l'évalua de la tête aux pieds, puis un lent sourire joua sur ses lèvres.

— Toujours rebelle, n'est-ce pas, petit ?

Brett se contenta de le regarder sans répondre, se détestant de se sentir aussi mal à l'aise.

— Pourquoi es-tu venu ?

— Emmanuel m'a supplié.

— Ah !... Peut-être es-tu là pour attendre ma mort, comme les autres. Mon heure n'est pas encore venue, désolé de te décevoir.

— Pourquoi cela m'importerait-il que tu restes en vie ou non ?

Don Felipe ricana.

— Au moins, tu es honnête, toi. Tu l'as toujours été d'ailleurs, ce qui n'est pas le cas de tout le monde ici. As-tu vu ta sœur Gabriella ?

Le brusque changement de sujet étonna Brett.

— Non, pas encore.

— Si tu t'imagines que je vais te laisser... tout ça, dit le vieil homme avec un geste circulaire. Tu te trompes.

Cette fois, ce fut son fils qui ricana.

— Seigneur, mais je ne veux rien ! Même pas une acre !

Ils s'affrontèrent du regard.

— Et pourquoi ? cria don Felipe. Tu es mon fils, non ?

— Moi ? Si ma mémoire est bonne, je n'étais pas ton fils autrefois, mais un pauvre bâtard.

— Oui, tu es les deux. Mon fils bâtard. Nul n'y peut rien, c'est comme ça.

— En effet.

— Emmanuel m'a dit que tu étais devenu un riche homme d'affaires.

— Oui.

— Et que tu viens de te marier.

— Oui.

— Tu aurais dû épouser une Californienne.

— Jamais de la vie. Désolé, Père, mais si tu manques d'héritiers, Diego est là.

— Ce bon à rien ? Pas question ! Tout ce qu'il sait faire, c'est flamber et courir les femmes. Est-ce qu'il a levé le petit doigt pour sauver l'hacienda d'Emmanuel ? S'est-il battu contre ces rapaces d'Américains ? Si je lui léguais mes biens, ce serait la ruine d'ici peu et tout cela s'envolerait en fumée.

Ces pensées attisèrent la colère de don Felipe. Il se congestionna et se mit à tousser. Brett attendit qu'il eût repris son calme, les poings serrés.

— Quant aux deux vipères et à la chiffe molle, ils attendaient ton arrivée comme les Chrétiens attendent d'être jetés aux lions ! Ils convoitent mes biens avec une avidité qui les dévore et ils n'ont qu'une peur, c'est que nous nous réconciliions et que tu hérites de tout.

— Si tu fais une chose pareille, je vends, le prévint Brett sans détour.

— Comme si j'allais te laisser quoi que ce soit ! jeta durement le vieil homme.

Brett le haïssait.

— Je t'ai déjà dit que je ne voulais rien.

— Oui, tu as été très clair quand tu es parti, il y a dix ans.

— Tu n'as rien fait pour m'en empêcher.

Ils étaient dans une impasse et tous deux le savaient. Brett se demanda soudain ce qu'il attendait. Une confession ? Des excuses ?

— Laissons ces vautours mijoter, reprit finalement don Felipe. Je veux protéger Gabriella. Je n'ai aucune confiance en Elena et en Sophia.

— Que veux-tu dire ?

— Gabriella est fiancée. J'ai l'intention de rester en vie jusqu'à ce qu'elle se marie, dans trois ans, à Salvator Talaveras, un Californien respectable. Ils hériteront de toute ma fortune.

— Cela me convient, assura Brett non sans amertume.

*Il préfère que ma jeune sœur hérite plutôt que de laisser quoi que ce soit à son fils.*

La pensée était plutôt déplaisante.

— Retourne d'où tu viens, petit. Nous les laisserons croire que c'est toi qui hérites. Ils seront bien surpris quand ils liront mon testament, le moment venu.

— Sophia est veuve, remarqua Brett. Où se trouve son ranch ?

— Près de Los Angeles. Le quart de leurs terres a été annexé par les États-Unis et ils risquent de tout perdre. Ils sont en procès au sujet de leurs droits. Autrefois, c'était un bel endroit, mais aujourd'hui tout part à vau-l'eau. Ces satanés Américains nous ont tout pris, Brett. Nos terres, notre mode de vie. Les Californiens sont une race en voie de disparition.

Don Felipe se remit à tousser. Les quintes se succédaient, à tel point que Brett s'inquiéta malgré lui. Il finit par lui tapoter le dos, surpris de sentir un corps aussi robuste sous sa main. Son père n'était pas aussi frêle qu'il le paraissait.

— Ça va mieux ? s'enquit-il après avoir fait boire un peu d'eau au vieil homme.

— Tu te soucies de moi maintenant ? grommela froidement don Felipe.

— Si je croise sur ma route un pauvre chien affamé, je lui donne à manger.

— Je ne suis pas un animal en train de mourir de faim ! s'emporta don Felipe. Je suis ta chair et ton sang !

— Mais pas de ton plein gré. Ni du mien, d'ailleurs. Pourquoi as-tu voulu que je vienne, Père ?

— Je n'ai rien voulu de tel, espèce de bâtard ingrat ! Tu crois peut-être que ton sort m'intéresse ? Retourne d'où tu viens !

— Avec plaisir ! Il n'y a pas une once de compassion en toi !

— Que se passe-t-il ? les interrompit Emmanuel en accourant. Pourquoi ces cris ?

— Demande-le-lui, cracha Brett en quittant la pièce à grandes enjambées.

— Felipe, ça va ?

— C'est un Monterro jusqu'au bout des ongles, Emmanuel, déclara don Felipe avec satisfaction dès que Brett fut hors de portée de voix. Et il est bien le fils de son père.

— Pourquoi ne lui dis-tu pas que tu es fier de lui ?

— Bah ! Les louanges, c'est bon pour les femmes et les chiens, pas pour les hommes.

Brett entra en trombe dans la chambre qu'il partageait avec sa femme. Il était furieux après le vieil homme qu'il avait l'impression de haïr par tous les pores de sa peau. Mais à quoi s'attendait-il donc ? Qu'il lui parle gentiment, alors qu'il n'avait jamais eu le moindre geste de tendresse envers lui ? Était-ce pour cela qu'il était venu de si loin ? Dans l'espoir de recueillir une marque d'amour de la part de son père ?

— Brett ?

Il fit volte-face en sursautant. Il se radoucit immédiatement en reconnaissant Storm.

— Que fais-tu là ?

— Je t'attendais, dit-elle doucement.

Elle le contemplait avec tendresse et compassion, comme si elle savait le tumulte qui grondait en lui.

— Viens là, dit-il avec une envie soudaine de se fondre en elle pour oublier ses tourments.

À sa grande surprise, elle lui obéit sans rechigner. Il la souleva dans ses bras et la déposa sur le lit. Très vite, leurs baisers fiévreux lui firent oublier son entrevue avec son père. Il ouvrit son corsage et des préoccupations d'un tout autre ordre prirent le pas sur le reste.

— J'ai envie de toi, murmura-t-il.

— Brett, protesta-t-elle.

Mais elle s'accrochait à lui.

— Tu me rends insatiable, souffla-t-il en déboutonnant son pantalon.

Il l'enveloppa de ses bras et leurs corps se rejoignirent. Un peu plus tard, il se perdait dans le regard bleu chaviré de plaisir. Il lui caressa la joue avec une émotion que jamais aucune femme avant elle ne lui avait inspirée. Elle l'embrassa avec douceur et amour avant de blottir son visage contre son épaule.

— Storm, tu es si belle !

— Toi aussi tu es beau, murmura-t-elle en promenant sa main sur son torse, admirant son corps musclé.

— C'est plus agréable que la bagarre, non ?

— Je ne sais pas, le taquina-t-elle avant de reprendre plus sérieusement : Comment va ton père ?

— Ne me parle pas de lui, s'il te plaît, répondit-il en se raidissant.

— Je connais ta situation, dit-elle calmement.

Brett s'écarta légèrement et la dévisagea intensément.

— Qui t'a mise au courant ? Tante Elena ?

Storm hocha la tête.

— La punaise !

— Brett ! C'est ta tante !

— Il n'empêche que c'est une punaise, et sa fille aussi.

— Mais enfin, c'est de ta famille dont tu parles! s'exclama-t-elle en s'asseyant, consternée.

— Je ne les ai pas choisis. De toute façon, nous sommes très peu liés. Ils ne m'ont jamais accepté. Ma mère était une prostituée, Elena a dû t'en parler. Si je n'avais pas ressemblé à ce point à mon père, il n'y aurait eu aucune preuve de sa paternité et jamais ils ne m'auraient... toléré.

— Mais tu es un Monterro, cela ne fait aucun doute!

Brett haussa les épaules.

— Nous n'aurions pas dû venir.

— Écoute, ton père est vieux et malade. Il ne va peut-être pas tarder à mourir...

— Penses-tu! Ce vieux despote vivra encore au moins pendant trois ans, je te le garantis. Il veut assister au mariage de sa fille, ajouta-t-il en remarquant son incrédulité. Je le connais, il n'est pas aussi malade que tout le monde le croit.

— Tu le hais, soupira-t-elle, affligée.

— Que se passe-t-il, Storm? Éprouverais-tu soudain pour ton mari un intérêt autre que charnel? Ne te mêle donc pas de mes affaires personnelles! explosa-t-il soudain en se levant.

Choquée et blessée à la fois, Storm le regarda rajuster son pantalon avant de quitter la pièce. Elle écrasa une larme au moment où il revenait brusquement sur ses pas.

— Seigneur! Je ne voulais pas te faire pleurer, dit-il en s'immobilisant.

— Va-t'en!

Il se précipita vers elle et la prit dans ses bras. Elle se débattit, mais il ne la lâcha pas et elle finit par se calmer tandis qu'il lui embrassait les cheveux.

— Storm, tu ne te rends pas compte de ce qu'a été ma vie. Quand je suis arrivé ici, je n'étais qu'un enfant et mon père me traitait comme le dernier des derniers. Jamais il n'a eu un geste ou un mot gentil pour moi. Sophia et Elena se chargeaient constamment de me rappeler que je n'étais qu'un bâtard. Seul mon oncle Emmanuel a fait un effort pour me rendre la vie à peu près supportable.

Attendrie, Storm l'enlaça en essayant de l'imaginer à sept ou huit ans, arrivant chez les Monterro.

— Tu as manqué d'amour, murmura-t-elle.

— J'ai survécu.

— Brett, ton père t'aime. Je le sais.

Il se mit à rire.

— Tu te trompes. S'il m'aimait, il se serait inquiété de moi avant de perdre ses deux fils aînés. S'il s'est intéressé à moi à l'époque, c'est qu'il s'était retrouvé sans héritier mâle, de même qu'il s'intéresse à moi aujourd'hui parce que Manuel est mort. Quoique... il semble avoir trouvé une autre solution.

— Ce n'est pas possible, Brett. Je n'y crois pas.

— Il savait très bien que j'existais, Storm, puisque ma mère était sa maîtresse alors, et qu'il l'a aidée financièrement pendant sa grossesse et jusqu'à ce qu'elle puisse travailler à nouveau. Pas une seule fois il n'est venu me voir. J'ignorais tout de mon père jusqu'au jour où ma mère m'a annoncé qu'elle m'envoyait vivre chez lui.

Le cœur de Storm se serra.

— Oh, Brett, comment a-t-elle pu se séparer de toi ? Elle a sûrement agi par amour, pour que tu connaisses une vie meilleure chez ton père.

Brett eut un rire sans joie.

— Je t'ai déjà dit qu'elle m'avait vendu à lui. Elle en a retiré un profit, Storm. C'est tout.

— Est-ce qu'elle vit toujours ?

— Je n'en ai pas la moindre idée et je m'en moque.

— Brett ! Tu dois bien l'aimer un peu ?

— Storm, ma famille n'a rien à voir avec la tienne. Ma mère m'a mis au monde. Point. Cela s'arrête là. Étant donné le peu d'attention qu'elle me témoignait, je m'étonne qu'elle ne m'ait pas plutôt abandonné dans les rues. Parfois, elle me tapotait la tête en passant près de moi, puis elle me demandait de quitter la maison. Elle n'aimait pas que ses clients sachent qu'elle avait un fils. Quand il m'arrivait de tomber sur l'un d'entre eux, elle prétendait que j'étais le fils du cuisinier.

Brett frémit en s'apercevant que des larmes coulaient sur les joues de Storm.

— Ne pleure pas pour moi, fit-il vivement.

Elle prit le visage de son mari entre ses mains.

— Je crois que je n'ai jamais eu conscience de ma chance. Brett, je voudrais que tu connaisses ma famille. Tu les aimeras, j'en suis sûre.

Submergé par des émotions jusqu'alors inconnues qui lui donnaient l'impression d'être un petit garçon ayant besoin d'être consolé, il se leva brusquement. Il détestait s'apitoyer sur son sort.

— Cela me plairait beaucoup, répondit-il toutefois en lui souriant. Est-ce que tu ressembles à ta mère ?

— Pas du tout ! C'est une petite femme menue, aux cheveux noirs. Mais elle est très forte de caractère et, l'air de rien, elle mène mon père par le bout du nez. Ne te méprends pas, ils s'adorent.

Brett sourit devant l'enthousiasme de la jeune femme. Ses yeux brillaient quand elle évoquait sa famille. Les Bragg étaient liés par un amour comme il n'en avait jamais connu.

Il ne voulait pas s'apitoyer, non, mais il ne pouvait oublier que don Felipe avait choisi de léguer ses biens à une enfant plutôt qu'à son fils.

# 17

« Elle est superbe », songea Brett en contemplant sa petite sœur de douze ans.

La fillette avait les cheveux de jais et son teint évoquait la pureté du gardénia. Une épaisse frange de cils noirs ourlait ses yeux d'ambre.

— Bonjour, Gabriella, dit-il en souriant.

— Bonjour, répondit-elle, très intimidée.

— Je suis Brett D'Archand, ton frère, reprit-il, plus ému qu'il ne l'aurait cru.

— Je sais. Oncle Emmanuel me l'a dit.

— Je suis désolé que nous n'ayons pu nous rencontrer plus tôt, déclara-t-il en lui baisant la main. Que tu es belle !

Gabriella rougit.

Brett se sentait triste que cette charmante enfant, si jeune et si vulnérable, fût sous la coupe de sa redoutable tante et de sa fille. C'était sa sœur. Il n'avait pas connu Manuel et Catherine et, pour la première fois, leur perte le toucha. Étaient-ils aussi beaux que Gabriella ?

Brett soupira et chercha sa femme des yeux. Elle parlait avec Diego, à l'autre bout de la pièce. Elle souriait et il s'en irrita, bien qu'en l'observant plus attentivement il crût ne déceler que de la politesse dans son amabilité. Néanmoins, Diego était un coureur de jupons invétéré. Il avait trois ans de plus que Brett mais, quand il était parti chercher de l'or, il avait laissé deux enfants illégitimes sur les terres des Monterro.

Il allait rejoindre sa femme quand une main se posa sur la sienne. Sophia lui souriait avec un regard plein de promesses. Elle voulait le séduire et s'en cachait à peine. Une garce, comme sa mère, il le savait depuis longtemps.

— Bonjour, Sophia, dit-il froidement.

Sa grande beauté et son décolleté vertigineux n'effaçaient pas les mauvais souvenirs. Jamais il n'oublierait le son de sa voix quand elle le traitait de *bâtard. Bâtard! Bâtard!* Et elle riait en le regardant avec délectation dominer sa colère, sachant qu'il ne pouvait lui envoyer son poing dans la figure puisqu'elle était une fille.

— Quelle impression cela fait-il d'être de retour chez soi ? susurra-t-elle.

— Chez soi ? Je ne suis pas chez moi, chère cousine, et je n'y ai jamais été.

— Tss... Ne sois pas si ingrat, tu as vécu ici pendant près de dix ans, non ? Te sentais-tu davantage chez toi dans les rues de Mazatlàn ?

— Certes pas, j'ai été accueilli si chaleureusement ici ! persifla-t-il.

— Tu as beaucoup changé depuis ton départ, minauda-t-elle.

Sans prendre la peine de lui répondre, il reporta son attention sur Storm. Diego la monopolisait toujours et un accès de jalousie le traversa.

— Brett, j'étais une petite fille espiègle. Tu ne m'en tiens tout de même pas rancune ?

— Tu étais une enfant perfide, Sophia, et je te suspecte d'être une femme cruelle.

Elle dissimula sa surprise sous un éclat de rire.

— Toujours prompt à aller droit au but, n'est-ce pas ?

Elle reprit son sérieux en accentuant la pression de sa main sur son bras.

— Ce n'était pas de la méchanceté, Brett, mais de la jalousie.

Il haussa les sourcils, ironique.

— Bien sûr, quel idiot je fais !

— J'étais jalouse.

— Du bâtard.

— De toi et de maman.

Brett se figea.

— Je vous ai vus tous les deux, continua-t-elle dans un murmure, telle une araignée distillant son venin.

Sa voix tremblait d'excitation à présent.

— Tu n'avais que quinze ans, mais quel homme tu étais déjà... Rien que d'y penser... Oh!...

Brett avait eu le temps de se reprendre.

— Ta mère était très accommodante, jeta-t-il négligemment.

— J'adorais vous regarder, chuchota-t-elle en s'approchant de lui, les yeux brillants, les lèvres entrouvertes.

Il déplorait vraiment qu'elle eût surpris une scène pareille à l'âge de treize ans, mais il ne se sentait pas responsable de sa perversité présente.

— Heureux de l'apprendre, Sophia, lâcha-t-il d'un ton sec avant de s'éloigner.

Le message était clair. Elle le désirait et ne reculerait devant aucune bassesse pour obtenir ce qu'elle voulait...

— Je suis contente de voir que Sophia et toi vous entendez bien, déclara Elena en se dressant sur son passage, l'obligeant à s'arrêter poliment.

— Pourquoi en serait-il autrement?

— Si mes souvenirs sont bons, vous étiez comme chien et chat quand vous étiez enfants.

— C'était il y a longtemps, Elena, intervint Emmanuel qui se tenait près d'elle. Brett, j'aimerais t'emmener visiter la propriété, demain.

— Je serai ravi d'être en ta compagnie, répondit Brett, refusant de leur laisser croire que l'hacienda pourrait l'intéresser. Cela ne t'ennuie pas que Storm nous accompagne?

— Bien sûr que non, répondit Emmanuel après une brève hésitation.

Brett devina que son oncle comptait l'entretenir en tête-à-tête.

— Nous irons seuls, mon oncle, dit-il, sentant une bouffée d'affection pour le vieil homme.

Lui qui s'était patiemment construit une carapace pour tenir les sentiments à distance, voilà qu'il se retrouvait tout à coup avec une femme qui avait embrasé son cœur, une sœur qu'il souhaitait protéger, une autre sœur et un frère dont la perte l'affectait, et un oncle d'une irrésistible gentillesse.

Ce dernier lui retourna un sourire ravi.

Brett s'excusa et s'empressa d'aller rejoindre Storm qu'il enveloppa aussitôt d'un bras possessif avant de déposer un baiser sur sa joue. Elle leva vers lui ses immenses yeux violets et, quand elle reconnut la flamme qui luisait dans les siens, elle s'empourpra.

— Tu as beaucoup de chance, Brett, déclara Diego.

— En effet, oui. Mon cousin t'a-t-il raconté nos frasques d'enfants ? demanda-t-il à sa femme.

— Certaines. Ta cousine Sophia t'a peut-être rappelé les vôtres ?

Brett sourit.

— Jalouse, ma chérie ?

— Bien sûr que non, mentit-elle.

— Ne le sois pas, murmura-t-il.

— Diego m'emmène faire une promenade à cheval, demain. Il veut me faire visiter l'hacienda.

— Ce sera un grand plaisir pour moi, ajouta l'intéressé, l'œil brillant.

— Non, s'entendit rétorquer Brett.

— Pardon ? s'enquit Storm, croyant avoir mal compris.

— Ta femme ne risque rien avec moi, mon cher cousin, remarqua Diego.

— J'ai dit non, répliqua Brett.

Il se sentait ridicule, mais ne pouvait s'empêcher de réagir autrement. C'était plus fort que lui. Il détestait la façon dont Diego regardait sa femme.

— Storm, je me ferai un plaisir de te faire faire le tour des lieux moi-même, proposa-t-il à sa femme.

Elle dégagea le bras qu'elle avait glissé sous le sien.

— Tu ne me permets pas de me promener à cheval avec Diego ?

— Voyons, Brett. Elle est à toi pour toujours. Tu peux bien me la laisser pour un après-midi ?

— Je suis un bâtard possessif, Diego.

— Tu ne manques pas de toupet ! s'emporta Storm en s'efforçant de ne pas hausser le ton. Tu ne cesses de te pavaner devant ta cousine, et tu voudrais m'empêcher de sortir avec Diego ?

— Quoi ?

— Brett, intervint Diego. Je n'ai aucune mauvaise intention...

— Sûrement. Nous terminerons cette discussion plus tard, ajouta Brett à l'adresse de Storm.

— Sûrement, répéta-t-elle avant de se tourner vers Diego, lui lançant un sourire provocant. Nous nous verrons demain, Diego.

Il lui baisa la main.

— À demain.

Storm passa devant son mari sans daigner lui jeter un regard et se joignit au groupe que formaient son oncle, sa tante et Gabriella. Diego continuait de lui parler, mais Brett l'écoutait à peine.

— Franchement, si mes intentions n'avaient pas été honorables, je n'aurais pas invité ta femme aussi ouvertement, se défendit son cousin.

Il allait lui répondre quand les portes s'ouvrirent inopinément, livrant passage au fauteuil roulant de don Felipe poussé par un valet de chambre.

— Felipe ! Mais que fais-tu ? s'écria Emmanuel en se précipitant vers lui.

— J'ai décidé de me joindre à vous. Je veux dîner avec les nouveaux mariés.

Un lourd silence accueillit ces propos.

Elena se reprit rapidement et se dirigea de sa démarche ondulante vers le fauteuil roulant.

— Quelle merveilleuse surprise ! roucoula-t-elle en posant la main sur l'épaule du vieil homme, souriant à la famille réunie.

Le regard de don Felipe accrocha celui de Brett et, l'espace d'un instant, le père et le fils se regardèrent sans ciller.

— Je veux faire la connaissance de la mariée, dit Felipe.

Brett se ressaisit, prit le bras de Storm et l'amena à son père.

— Père, voici ma femme, Storm.

Le vieil homme l'étudia avec attention.

— Quel âge avez-vous, mon enfant?

— Dix-sept ans, répondit la jeune femme en relevant le menton.

— Comment avez-vous pu épouser mon voyou de fils?

— Je suis tombée follement amoureuse de lui, déclara-t-elle.

Brett se détendit tandis que don Felipe les observait tour à tour. Peu après, Emmanuel emmenait le chef de famille à la place d'honneur, en bout de table. Elena s'apprêtait à s'asseoir à sa droite quand il la chassa de la main.

— Je veux que mon fils et son épouse s'installent près de moi.

— Oh! bien sûr, quelle sotte je fais! s'excusa Elena en se plaçant à la droite de Brett.

Brett escorta Storm en lui pressant l'épaule pour la rassurer, et bientôt, les serviteurs arrivèrent avec le vin et les hors-d'œuvre.

— D'où êtes-vous originaire, petite? demanda Felipe à Storm. Et qui sont vos parents?

— Je suis née à l'ouest du Texas et j'ai été élevée dans un ranch. Mon père et ma mère se sont installés là-bas en 1845, quand les Comanches ont cessé de constituer une menace.

— Parlez-moi de votre père et de sa famille.

Storm le toisa.

— Il s'appelle Derek Bragg. Son père était un trappeur, sa mère une Apache.

Un silence contraint accueillit cette nouvelle, mais Storm releva farouchement la tête.

— Avant d'être fermier, mon père était capitaine dans les Texas Rangers. L'un des meilleurs.

— Ainsi du sang indien coule dans vos veines, commenta don Felipe.

— Du sang Apache. Et j'en suis fière.

— Moi aussi, renchérit Brett en plantant son regard dans celui de sa femme.

Il tendit la main à travers la table pour presser la sienne.

— Et votre mère ? poursuivit le vieil homme.

— Elle est anglaise. Son père est le comte de Dragmore, lord Shelton. Un jour, son titre et ses terres reviendront à mon frère aîné, Nick.

— Quelle famille fascinante ! s'exclama Elena. Eh bien, Brett, voilà qui fait pâlir la tienne, en comparaison.

— Merci, tante Elena. Père, tes questions me paraissaient un peu directes.

— Pourquoi ? Ta femme est fière de ce qu'elle est et elle répond sans détour, sans dissimuler quoi que ce soit. Sur ce point, elle te ressemble.

Était-ce un compliment détourné ? Brett restait indécis.

— Que pensez-vous de l'hacienda ?

— Je la trouve magnifique ! dit Storm avec enthousiasme. N'oubliez pas que j'ai été élevée dans un ranch. J'ai dû monter à cheval avant de savoir marcher. La vie à la ville n'est pas désagréable, mais... ce n'est pas la même chose.

Don Felipe sourit pour la première fois. Il regarda son fils au fond des yeux, puis il prit sa fourchette et commença à manger, aussitôt imité par le reste de l'assistance.

— Je montrerai les terres à Brett demain, annonça Emmanuel au vieil homme.

— Bien. Il faut qu'elles lui redeviennent familières.

Conscient que sa tante et Sophia observaient un silence tendu, Brett continua de manger.

— Brett a brillamment réussi à San Francisco, annonça don Felipe. Il a le sens des affaires. C'est un homme comme lui qu'il nous faut pour gérer un domaine comme celui-ci.

Elena faillit s'étrangler. Diego avala le contenu de son verre de vin d'un trait et attrapa la bouteille pour le remplir à nouveau.

— D'autant que sa femme est habituée à vivre dans un ranch.

Surprise, Storm interrogea Brett du regard, qui le lui rendit sans un mot.

— Qu'as-tu fait aujourd'hui, Gabriella ? enchaîna Felipe.

— Mes devoirs, Père.

— Ah ! C'est bien, mon enfant.

— Demain, Brett m'emmène me promener à cheval, ajouta-t-elle timidement.

Don Felipe leva son verre en direction de son fils pour marquer son approbation, puis s'adressa à Diego.

— Alors, combien as-tu gagné – ou perdu – la nuit dernière ?

Diego se mit à tousser.

— Pardon ?

— Tu m'as très bien compris. Tu t'imagines peut-être que j'ignore combien d'argent tu laisses sur les tables de jeu ?

Diego devint rouge comme une écrevisse.

— Hier soir, Diego nous a tenu compagnie à Sophia et à moi, intervint Elena. Tu n'as pas entendu les accords de guitare ? Il joue merveilleusement.

Diego échangea avec sa mère un regard de connivence, mais Brett lut de la reconnaissance dans celui du jeune homme.

Don Felipe grimaça puis se tourna vers Storm, ignorant les autres.

— Parlez-moi de votre ranch, l'enjoignit-il.

Storm s'illumina et, pendant tout le reste du repas, ils parlèrent bétail, chevaux et élevage sans tenir compte de ceux qui les entouraient. Silencieux, Brett écoutait avec beaucoup de fierté.

Le lendemain matin, Brett sortit dans le patio après avoir pris son petit déjeuner. Un soleil presque estival brillait dans un ciel sans nuage. Il admira la crête des montagnes qui se découpait en violet contre le bleu de l'azur. Puis il soupira, essayant de chasser Storm de ses pensées.

Ils s'étaient encore disputés à propos de Diego, la veille au soir, après le dîner. Elle s'était tellement entêtée qu'il n'avait rien trouvé de mieux que de lui faire l'amour avec une sorte de rage, pour mettre un terme à leur querelle. Ils s'étaient endormis dans les bras l'un de l'autre, mais il avait eu le temps de se rendre compte que sa jalousie l'empêchait de se conduire de manière sensée. Jamais il n'avait éprouvé de tels sentiments jusqu'ici.

Attendri, il l'avait regardée dormir, enroulée autour de lui. Ma magnifique épouse, avait-il pensé, et il s'était soudain demandé s'il n'était pas en train de tomber amoureux.

Cette idée l'avait profondément ébranlé. Pris de panique, il s'était empressé de la refouler. Certes, sa femme l'attirait, il se plaisait énormément en sa compagnie mais l'amour, c'était bon pour les crétins romantiques, pas pour lui. Il ne ressentait pour elle qu'un désir charnel, rien d'autre. Bon, et un peu d'admiration aussi.

Ils s'étaient encore disputés avant le petit-déjeuner et c'était lui qui avait fini par céder, pas elle. Il ne parvenait pas à le croire ! Au fond de lui, il savait bien qu'elle avait raison, mais il était habitué aux prostituées, ou à ses maîtresses, à des femmes qu'il payait et qui acceptaient son autorité sans avoir idée de la contester.

Les rapports qu'il entretenait avec Storm étaient nouveaux pour lui. Il avait baissé les bras à contrecœur et se sentait mal à l'aise à présent. Si jamais Diego osait la toucher…

Brett serra les poings et s'avança dans le jardin. La veille au soir, fidèle à lui-même, son père s'était montré orgueilleux et irascible, mais Storm lui avait plu. Il n'avait cessé de lui poser des questions pendant tout le dîner et elle lui avait répondu en toute simplicité, nullement intimidée.

Brett comprenait le stratagème de son père. Tout le monde craignait qu'il ne léguât ses biens à Brett, son héritier légitime, surtout après l'intérêt qu'il leur avait manifesté, à Storm et à lui. Il ne pouvait vraiment lui en vouloir. Elena et Sophia étaient deux vipères. Trop gentil pour concevoir qu'elles essayaient d'avoir mainmise sur Gabriella et sa fortune, Emmanuel ne se rendait compte de rien. Brett décida de veiller à ce que sa sœur ne fût pas spoliée. Il défendrait ses intérêts, que son père restât en vie jusqu'à ce qu'elle se marie ou non.

C'était une enfant délicieuse et il se surprenait à éprouver pour elle des sentiments fraternels. Il était impatient de l'emmener à cheval, comme il le lui avait promis. Emmanuel lui ferait faire ensuite le tour du domaine.

Toutefois, le fait que Storm fût toujours en colère contre lui le chagrinait. Leurs ébats amoureux n'avaient en rien apaisé sa hargne. Elle lui avait déclaré que les Apaches étaient rancuniers. En tout cas, si elle leur ressemblait, ils devaient être de sacrées têtes de mules ! Il détestait se disputer avec elle.

— Brett ?

Il se retourna et se raidit en voyant Sophia accourir. Il n'était pas d'humeur à supporter sa cousine, d'autant que Storm l'avait délibérément ignoré durant le petit déjeuner, rendant leur dispute manifeste aux yeux de tous.

Sophia approchait d'une démarche aérienne. Ses cheveux brillaient à la lumière du soleil et sa robe profondément échancrée mettait joliment en valeur sa peau d'ivoire. Le noir seyait à peu de femmes, mais sa cousine le portait à merveille.

— J'espérais te trouver ici, murmura-t-elle en s'arrêtant devant lui.

— Je ne sais pas ce que tu me veux, Sophia, mais tu perds ton temps, fit-il d'une voix coupante.

— Oh ! on est de mauvaise humeur ? minauda-t-elle en posant le bout des doigts sur le torse de Brett.

Il ne portait qu'une chemise en lin et en sentit la chaleur au travers.

— Cela dit, je comprends pourquoi.

Il chassa sa main.

— Vraiment ?

— Un homme aussi viril que toi se disputant avec sa femme... J'imagine que tu es en manque, ajouta-t-elle d'une voix rauque en posant cette fois la main sur son ventre.

— Non, rétorqua-t-il, à la fois amusé et dégoûté. C'est *toi* qui es en manque.

— Je le suis toujours, souffla-t-elle en glissant la main plus bas.

— Adresse-toi à quelqu'un d'autre, jeta-t-il en lui attrapant le poignet. Tu ne devrais pas avoir trop de mal à trouver un homme qui se fera un plaisir de te contenter.

— J'ai envie de toi, Brett. Je veux que tu me fasses l'amour comme tu l'as fait à ma mère.

Il bloquait toujours fermement sa main aventureuse, mais elle insinua l'autre entre ses cuisses. Cette fois furieux, il jura en lui saisissant le second poignet, mais d'une secousse elle se plaqua contre lui, collant à dessein sa poitrine généreuse contre son torse. Elle ne l'excitait pas, elle l'ennuyait.

— Oh, Brett ! gémit-elle en frottant son ventre contre le sien.

— Brett !

Il tourna vivement la tête. Storm ! Une sueur froide lui glaça le dos quand il vit son visage blême, décomposé. Il repoussa Sophia qui émit un petit rire ravi.

— Storm ! Attends ! cria-t-il quand elle se mit à courir, affolé à l'idée des conclusions qu'elle avait dû tirer de la scène qu'elle avait surprise.

Il s'élança derrière elle en maudissant sa cousine, en se maudissant, en maudissant le destin. Storm disparut entre les buissons. Il croyait être sur ses talons, mais il l'avait perdue. Aucune trace de sa femme parmi les cornouillers et les magnolias en fleurs.

— Storm ! Nom d'un chien ! hurla-t-il.

— Brett ? lança Sophia qui arrivait derrière lui.

— Ne m'approche pas ! aboya-t-il.

Il avait une furieuse envie de la frapper.

Il continua de fouiller les jardins sans prendre la peine d'appeler Storm. Il était certain qu'elle ne répondrait pas.

— Je ne me doutais pas que vous étiez si impatiente de faire du cheval avec moi ! s'exclama Diego avec un grand sourire.

Storm se demanda s'il se rendait compte de l'état dans lequel elle se trouvait. Elle se sentait au bord de la crise de nerfs. Comme Brett avait-il pu lui faire une chose pareille ?

Après s'être s'enfuie, elle avait cherché Diego et l'avait convaincu d'aller faire leur promenade immédiatement. Elle était en état de choc et n'avait pas réfléchi à ce qu'il pourrait en penser. Elle ne se rappelait même pas être allée aux écuries demander qu'on lui prépare un cheval. Ni avoir chevauché ensuite jusqu'à ce que l'hacienda soit hors de vue. Rien. Une seule image oblitérait toutes les autres : Brett avec cette superbe femme collée contre lui.

— Dites-moi ce qui ne va pas, demanda Diego.

Storm essaya de sourire. En vain. Elle lança Demon au galop et se coucha sur son encolure, faisant corps avec l'animal. Elle ne tarda pas à distancer Diego, filant droit devant elle, aveuglée par les larmes. La crinière de l'étalon fouettait ses joues. Comment Brett avait-il pu ? Après les nuits qu'ils avaient passées ensemble ? Après la façon dont il lui avait fait l'amour, en tremblant d'émotion ? Comme s'il avait besoin d'elle. Comme s'il l'aimait. Comme si elle était la seule qui comptât pour lui. Comme si... Comme si... Les sanglots lui déchiraient la poitrine.

Elle ne s'avisa même pas qu'elle ralentissait et que Diego l'avait rattrapée. Son étalon avait dû réduire l'allure de lui-même. Elle retrouva ses esprits lorsque le jeune homme saisit ses rênes pour l'obliger à s'arrêter, puis l'aida à descendre de cheval et la prit dans ses bras.

— Dites-moi pourquoi vous pleurez, ma belle...

Storm se mit à sangloter de plus belle et, tout naturellement, il la serra contre lui, lui caressant les cheveux jusqu'à ce qu'elle s'apaise et prenne soudain conscience qu'elle était en train de s'abandonner à son chagrin dans les bras d'un inconnu.

Diego lui prit le menton et la força à le regarder.

— C'est à cause de Brett, n'est-ce pas ?

Elle hocha la tête.

— Et il y a une autre femme, pour que vous soyez à ce point désespérée.

Elle opina de nouveau.

— Ainsi va le monde, ma chère. Les hommes ont des épouses et des maîtresses. C'est comme cela.

— Eh bien, je hais ce monde. Et je le hais, lui !

— Je crois que vous l'aimez, au contraire, murmura-t-il. Il a de la chance, beaucoup, beaucoup de chance.

Il la berça un peu contre lui, puis la lâcha pour l'observer avec sérieux.

— Il est préférable que vous l'ayez découvert maintenant plutôt que plus tard, quand vous l'aimerez encore davantage.

— Je le savais depuis le début, dit-elle en acceptant son mouchoir. Il a une maîtresse à San Francisco. Une très belle femme, aussi belle que Sophia.

— Ainsi donc, c'était ma sœur, fit-il.

Son regard s'étrécit, devenant indéchiffrable.

— Cela ne change rien pour vous. Vous êtes toujours sa femme. Vous allez rentrer chez vous et elle restera ici. Il l'oubliera.

— Mais pas moi ! Je vais demander le divorce ! s'écria-t-elle.

Dans sa fureur, ses yeux lançaient des éclairs. Elle en était presque effrayante.

— Vous êtes magnifique quand vous êtes en colère, souffla-t-il.

— Je suis désolée, Diego, dit-elle soudain. Que devez-vous penser ?

— Que vous êtes belle au-delà des mots.

Storm vit la lueur qui brûlait au fond de son regard. Ne sachant que répondre, elle se tut.

— Laissez-moi vous consoler, reprit-il doucement en lui caressant la joue. Je pourrais le chasser de votre esprit, j'en suis capable.

Storm hésita. Elle avait envie de se venger et c'était l'occasion rêvée. Le laisser l'embrasser, la toucher peut-être... Se servir de Diego pour prendre sa revanche, pour blesser Brett comme il l'avait blessée.

Prenant son silence pour une reddition, il s'approcha et l'emprisonna dans ses bras. Puis, avec un gémissement d'anticipation, il posa ses lèvres sur les siennes.

À l'instant où sa bouche l'effleura, où elle sentit sa moustache la chatouiller, Storm fut saisie d'une vive répulsion.

— Non! s'écria-t-elle, se dégageant aussitôt. Non, Diego, je vous en prie. C'est un ami dont j'ai besoin. Seulement un ami.

Il l'étudia un instant sans mot dire, comme s'il pesait le pour et le contre.

— Pour le moment, je veux bien être votre ami, mais c'est votre amant que j'aimerais être. Il n'en saura jamais rien.

Elle secoua négativement la tête.

— Pourquoi? insista-t-il. Parce que vous l'aimez?

— Oui, répondit-elle avant de se détourner pour grimper sur Demon.

Elle ne vit pas le visage de Diego changer d'expression, l'éclair de rage passer dans ses yeux. Quand elle le regarda de nouveau, il affichait son sourire avenant. Comme si de rien n'était.

— Où étais-tu? lui demanda Brett à son retour.

Sans répondre, elle ôta son Stetson, le posa sur une chaise, puis commença à déboutonner son boléro.

— Storm, bon sang, pourquoi t'es-tu sauvée de cette manière? continua-t-il en marchant vers elle, visiblement anxieux.

— Ne m'approche pas!

— Ce n'est pas ce que tu crois. Comment peux-tu imaginer que Sophia et moi...

— Ce que j'ai vu était on ne peut plus clair, pourtant !

Sa voix se brisa, mais elle ajouta avec une fureur contenue :

— Ne m'approche surtout pas.

Sans l'écouter, il lui saisit les bras.

— Non, ne te débats pas. Je veux que tu m'écoutes !

— Je te hais ! lança-t-elle, s'étranglant presque, les yeux brillants de larmes. Je te hais vraiment.

— Non, je suis sûr que c'est faux, dit-il, secrètement affolé. Storm, écoute-moi.

— Comment as-tu pu ?

— Je n'ai rien fait ! Elle s'est jetée sur moi et je l'ai attrapée pour la repousser. Elle résistait, mais nous n'étions pas en train de nous embrasser, pour l'amour de Dieu !

Storm eut un rire amer.

— Tu me prends pour une idiote ?

— Pourquoi ne me fais-tu pas confiance ? Après ce que nous avons partagé ces derniers jours, comment as-tu pu me croire capable ne serait-ce que de regarder une autre femme ?

— Je me suis bercée d'illusions, fit-elle. Je croyais vraiment que ce qui se passait entre nous était exceptionnel.

— Ça l'est, nom d'un chien !

Elle lui tourna le dos et enleva sa veste. Ses épaules tremblaient. Elle était blessée à cause de lui – alors même qu'il n'avait rien fait ! –, et sa peine le torturait. Il l'attira contre lui.

— Il faut que tu me croies, murmura-t-il. Storm, ma chérie, ce n'était pas un baiser ou rien de semblable – encore que Sophia le souhaitait. Je me demande d'ailleurs pourquoi, elle sait très bien que je ne peux pas la supporter. Je t'en prie, Storm, fais-moi confiance !

Elle fit volte-face pour le regarder et Brett se sentit misérable quand il découvrit son visage baigné de larmes.

— Te faire confiance ? Alors que tu es allé voir ta maîtresse la nuit de notre mariage, que tu m'as humiliée ?

— Tu es injuste, et tu le sais.

— Ah, oui ? Et je le suis aussi si je te rappelle que tu es passé la voir directement en rentrant de Sacramento ! Leanne Saint-Clair s'est fait un plaisir de me raconter que mon mari avait rendu visite à sa maîtresse avant de retrouver sa femme. Et maintenant... tu... tu... espèce de sale type !

Elle se mit à marteler sa poitrine de ses poings.

— Écoute-moi ! rugit-il en lui saisissant les poignets et en la plaquant contre lui. Pourquoi penses-tu toujours le pire de moi ? Ce jour-là, je suis allé voir Audrey, c'est vrai, et j'ai dû rester chez elle au maximum un quart d'heure. Pour mettre un terme à notre relation. Oui, Storm, je voulais donner une chance à notre mariage.

— Ah... ?

Il perçut une note d'espoir dans sa voix et il se détendit un peu.

— C'est la vérité. Comment pourrais-je vouloir une autre femme maintenant que je t'ai ?

Storm se mordit la lèvre.

— Je voudrais te croire.

— Alors crois-moi, exigea-t-il en l'enveloppant de ses bras. Je t'en prie. Je ne suis pas un menteur. Je sais que beaucoup d'hommes ont une femme légitime et une maîtresse, mais cela ne m'intéresse pas. Il n'y a que toi, Storm, je n'en veux pas d'autre que toi.

Storm enfouit son visage au creux de son épaule. Elle avait désespérément envie de le croire, et c'est ce qu'elle fit. N'étant pas elle-même une menteuse, elle concevait difficilement que d'autres fussent délibérément déloyaux.

— Oh, Brett ! soupira-t-elle en s'accrochant à lui.

— Ma chérie, murmura-t-il avec un profond soupir de soulagement.

Il avait eu tellement peur qu'il se sentait tout faible.

## 18

— Il faut que nous parlions, Diego.

— À cette heure-ci ? s'étonna-t-il en bâillant. Et de quoi ?

Assis au bord du lit de sa sœur, Diego n'avait qu'une envie après tout le vin qu'il avait ingurgité : dormir.

— De Brett D'Archand.

— Ta nouvelle conquête ?

— Pas encore.

— Vraiment ? s'étonna-t-il. Ce n'est pas ce que Storm m'a dit. Elle vous a vus aujourd'hui.

— J'ai bien joué, je l'admets, fit-elle avec un sourire satisfait.

— Quel est le problème ? Si tu le veux, séduis-le.

— Oui, je le veux, et pour moi toute seule. Je dois me débarrasser d'*elle*.

— Que veux-tu dire ?

— Je sais que tu la désires, dit Sophia d'un air mutin. Nous devrions nous associer sur ce coup-là.

Diego sentit un fourmillement d'excitation dans ses membres.

— Je t'écoute.

— Je vais attirer Brett dans mon lit et il faudra qu'elle nous surprenne. Ensuite, tu l'emmèneras. Brett croira que vous vous êtes sauvés ensemble et il sera tellement furieux qu'il ne voudra plus d'elle.

— Et si elle ne veut pas me suivre ?

— Tu l'y obligeras. Si tu l'emmenais chez moi ? Il n'y a personne dans ce ranch décrépi, à part quelques paysans. Tu ne seras pas dérangé...

Diego sentit son pouls s'accélérer. L'idée d'avoir Storm, même contre sa volonté, le rendait fou. Là-bas, elle pourrait crier, résister, personne ne viendrait...

— Et si Brett se lance à sa poursuite ? s'inquiéta-t-il cependant.

— Il ne le fera pas. Demain, papa part pour San Diego. Maman en profitera certainement pour retrouver ce *vaquero* avec qui elle couche en ce moment. Felipe n'est pas un problème. J'ai l'intention de droguer Brett après le dîner. Je le garderai dans cet état toute la journée du lendemain. Le temps qu'il parte à vos trousses, si toutefois l'envie lui en prend, vous serez loin.

— Pourquoi ne le maintiendrais-tu pas dans cet état pendant quelques jours ?

— Diego, réfléchis. Brett n'est pas idiot. Je le persuaderai qu'il a trop bu et qu'il a passé la nuit avec moi, à me faire l'amour, avant de s'endormir.

— Tu te donnes bien du mal juste pour coucher avec un homme.

Sophia se mit à rire.

— Mais je veux bien plus que cela, Diego ! D'accord, Brett est très beau, mais surtout il est riche, *très* riche. Il m'emmènera loin d'ici. Tu crois vraiment que j'ai l'intention d'épouser un autre Californien simplement parce que notre maudit oncle l'ordonne ? Tu me vois, croupissant le reste de ma vie dans une hacienda, à pondre des marmots ? Plutôt mourir !

Elle s'interrompit et scruta son frère d'un regard fiévreux.

— Mais je dois d'abord me débarrasser d'*elle*. Ensuite, Brett m'emmènera à San Francisco ! À moi la belle vie, les robes en soie, les bijoux, les grands restaurants, les spectacles, les bals !... Tout ! Je veux tout !

— Quand papa découvrira ce que tu as fait...

— Il sera incapable de m'arrêter. Je serai déjà loin. Si j'avais de l'argent, Diego, je partirais tout de suite. Mais notre famille est si pauvre, à part ce don Felipe de malheur. Et qui sait, peut-être Brett m'épouserat-il un jour ? Je vais tisser ma toile autour de lui, et il ne m'échappera pas.

Ses yeux brillèrent à cette perspective.

— Qu'est-ce qui te motive vraiment, Sophia ? Devenir la maîtresse de Brett ou quitter tout cela ?

— C'est lui que je veux, répondit-elle sans détour. Depuis le jour où je l'ai vu avec notre mère. Il m'a repoussée, mais il ignore que j'arrive toujours à mes fins, ajouta-t-elle en s'adossant contre ses oreillers, l'air suffisant. Diego, quand tu en auras fini avec *elle*, débarrasse-toi d'elle.

— Tu veux que je la tue ? s'écria-t-il en écarquillant les yeux. Là, tu vas trop loin !

— Tu n'auras qu'à la vendre à un souteneur, à la frontière. Fais d'elle ce que tu voudras, dès l'instant où elle demeure introuvable.

La puissance du désir que Storm lui inspirait eut tôt fait de dissiper les vagues scrupules de Diego. Il n'aurait même pas besoin de se débarrasser d'elle, songea-t-il. Il la garderait prisonnière et lui rendrait visite quand l'envie l'en démangerait... Un petit sourire joua sur ses lèvres.

— Compte sur moi, dit-il à sa sœur en se levant pour regagner sa chambre, la tête pleine de visions de Storm, nue dans ses bras, se débattant en vain.

— C'est magnifique, Brett ! s'exclama Storm en admirant la falaise rocheuse qui plongeait à pic dans la baie.

— Oui, magnifique, murmura-t-il en songeant à des merveilles d'un autre ordre.

Il la caressa du regard et, quand Storm s'en rendit compte, elle s'empourpra.

Il sourit en sentant son corps réagir. Jamais aucune femme ne l'avait excité à ce point. Chaque fois qu'il posait les yeux sur elle, son désir s'animait. « Je dois être tombé amoureux », conclut-il, ébahi par cette révélation inattendue. Son sourire s'élargit.

— Viens, dit-il.

Storm le suivit. Déjà, le feu courait dans ses veines, car elle connaissait la signification de ce regard. Le regard avide de celui qui est sur le point de perdre le contrôle de lui-même pour assouvir la faim qui le tenaille. Des frissons d'anticipation la parcoururent à la seule pensée de ce qui allait suivre. Brett l'occupait tout entière, à chaque instant du jour et de la nuit.

Ils pénétrèrent dans une vaste prairie couverte de fleurs sauvages et descendirent de cheval. Brett installa la couverture et le panier de pique-nique, et elle ne le quitta pas des yeux. Il se mouvait avec une grâce féline. Ses larges épaules, ses hanches étroites mais puissantes évoquaient la beauté athlétique des dieux grecs.

Un frémissement de désir la transperça au souvenir de ce qu'il lui avait fait la nuit précédente. Il avait été obligé de la bâillonner de sa main pour ne pas qu'elle réveille toute la maison par ses cris. Jusque-là, Storm ignorait tout de cet aspect passionné de sa nature.

Elle étudia son profil d'aigle. Ses traits nets, ciselés, avaient quelque chose d'impitoyable, mais il était incroyablement séduisant. D'ailleurs, pour être honnête, elle devait bien admettre qu'il l'avait attirée dès le premier jour, à son arrivée chez son cousin Paul.

Il se pencha en avant, révélant ses muscles longs, harmonieux, mis en valeur par le pantalon de cheval et la chemise en batiste.

Storm sentait le désir grandir en elle, presque douloureux de n'être pas comblé. Brett leva les yeux et surprit son regard obscurci par la passion.

— Je me demande si tu as conscience de la façon dont tu m'observes, dit-il.

Cette remarque enhardit la jeune femme.

— Il fait si chaud, murmura-t-elle d'une voix paresseuse en ôtant son chapeau.

Ses cheveux étaient retenus en une longue natte, mais des mèches humides bouclaient autour de son visage. Elle se sentait chatte. Avec une lenteur délibérée, elle commença à déboutonner sa veste.

Brett observait la scène avec un vif intérêt. Elle hésita.

— Ne t'arrête pas, murmura-t-il d'une voix sourde.

Elle enleva sa veste, révélant ses formes parfaites moulées dans un chemisier lacé sur la poitrine. Elle commença à le dénouer, regrettant qu'il ne s'en chargeât pas lui-même.

— Brett ? dit-elle d'une voix presque suppliante.

Il fit un pas vers elle, puis s'arrêta. Se domina.

— Déshabille-toi, Storm. Pour moi.

Alors, elle continua. Un à un ses vêtements tombèrent dans l'herbe. Toute pudeur l'avait quittée, et elle se délectait de se découvrir en séductrice à la sensualité exacerbée. Brett n'avait pas bougé, mais le désir qu'il avait d'elle était rien moins que visible.

Elle ôta une botte après l'autre, sans hâte, puis son pantalon. Mais elle garda sa chemise jusqu'au dernier moment.

— Tu me taquines.

Elle lui lança un regard impudique et se débarrassa de ce dernier rempart. Brett retint un grognement quand elle se dressa nue devant lui.

Elle lui sourit, puis entreprit de défaire sa natte avec des mouvements plein de grâce. Brett promenait sur elle un regard émerveillé, contemplant ses seins superbes, son ventre plat, musclé, le petit triangle pâle juste en dessous.

— Tu es splendide, chuchota-t-il en s'approchant.

L'instant d'après, il s'emparait de ses lèvres et ses mains impatientes s'égaraient sur son corps. Avec frénésie, elles caressèrent sa peau douce, se refermèrent sur ses seins. Ses doigts cueillirent les mamelons durcis, les agacèrent adroitement. Storm se cambra vers lui, ivre de désir.

— Tu es à moi, gémit-il tout contre sa bouche. À moi…

Sa main glissa vers son ventre, se fraya un chemin jusqu'au cœur même de sa féminité. Storm grogna de plaisir. Avec un petit rire, il la souleva dans ses bras et l'allongea sur la couverture. Toujours habillé, il s'agenouilla entre ses jambes ouvertes et la contempla.

— Oh, Storm ! J'ai envie de toi et je vais te faire l'amour encore, et encore, jusqu'à ce que tu n'en puisses plus.

— Brett, supplia-t-elle en lui agrippant les épaules. Viens, je t'en prie.

— Dis-moi combien tu me désires.

— À en mourir Brett... Viens...

Il la caressa d'une main langoureuse jusqu'à ce qu'elle tremblât et ondulât à son rythme.

— Dis-le-moi encore, murmura-t-il.

— Brett, je vais mourir si tu ne viens pas tout de suite.

— J'arrive, ma douce, mais je commencerai... comme cela, murmura-t-il en s'inclinant entre ses cuisses.

Écartant doucement les replis humides de sa chair, il entama avec sa bouche la danse la plus érotique qui fût. Immédiatement, Storm s'arc-bouta, plongeant les mains dans ses cheveux, murmurant des mots sans suite.

Il éprouvait un bonheur infini de ce pouvoir qu'il détenait sur elle. Elle le désirait éperdument et il adorait cela. Avec un art consommé, il jouait de son corps, décuplant son plaisir, le prolongeant jusqu'à l'extrême limite. Jamais il ne se lasserait d'elle. Il pourrait lui infliger cette délicieuse torture pendant des heures. Des mois. Une vie.

— Brett... dit-elle dans un souffle. Je veux que tu viennes en moi. Tout de suite !

Il se redressa et se déshabilla à moitié, juste ce qu'il fallait. Puis il s'allongea sur elle et frotta son sexe durci contre le sien. Elle poussa un gémissement de protestation qui le fit sourire. Il continua de la caresser ainsi tout en refermant ses lèvres autour d'un sein qu'il se mit à aspirer. À mordiller. À sucer goulûment.

Storm remuait sous lui en gémissant. Alors, n'y tenant plus, il entra en elle avec une lenteur torturante. Elle émit une sorte de sanglot. Il se retira presque entièrement et sentit ses ongles dans son dos qui le retenaient. Docile, il la pénétra d'une secousse et elle lui répondit en se cambrant avec la même violence. Elle noua ses jambes autour de sa taille pour le retenir et il entama un mouvement de va-et-vient puissant, profond, presque sauvage. Il cria son nom quand l'extase les transporta au sommet du plaisir.

Ils restèrent ensuite enlacés un long moment, pantelants, attendant doucement de redescendre sur terre. Puis Brett la regarda et, à son grand amusement, elle rougit.

Il se mit à rire.

— Petite dévergondée, la taquina-t-il.

— Avoue que cela te plaît, répliqua-t-elle en s'empourprant de plus belle.

— Je l'avoue, ma chérie, sans l'ombre d'une hésitation.

Des sentiments inconnus le traversaient, troublants. Il avait connu de nombreuses femmes avant elle, mais ce qu'il éprouvait avec Storm était unique.

— Est-ce que je te rends heureuse ? s'entendit-il demander.

Elle se blottit plus étroitement contre lui, sans répondre. Brett en conçut une intense déception, mais, à son grand soulagement, il l'entendit enfin murmurer dans un souffle :

— Oui.

Alors il se tourna de côté pour lui faire face, prit son visage entre ses mains et se perdit dans son regard si brûlant qu'il en fut ébranlé au plus profond de lui-même. Il avait envie de lui demander ce qu'elle pensait maintenant de leur mariage, mais au lieu de cela il murmura :

— Notre mariage existe et il ne sera pas annulé.

Il attendit sa réaction. Elle ne le contredit pas. Ne se révolta pas. Non, elle resta sereine, et il se sentit envahi par un immense espoir. Ces sentiments très forts lui coupaient le souffle.

— Est-ce que je compte pour toi ?

— Oui, répondit-elle sans ciller.

Il tremblait à présent ; il la serra dans ses bras avec force.

— Oh, Storm... balbutia-t-il, incapable d'exprimer les émotions nouvelles qui l'assaillaient.

Ne sachant les mettre en mots, il s'empara de ses lèvres et tenta de les lui dire par ses baisers.

— Que me veux-tu, Diego ? demanda Brett en s'installant paresseusement dans un fauteuil.

— Nous n'avons pas échangé trois mots depuis ton arrivée. Est-ce donc si étrange que je veuille parler avec mon cousin ?

— Assez, oui.

Brett songeait à Storm qui l'attendait dans leur lit. Il avait hâte de la retrouver.

— Brandy ? proposa Diego qui remplissait déjà deux verres.

— Merci, dit Brett en acceptant également un cigare.

Diego s'installa en face de lui et l'observa avec un petit sourire.

— Alors ? s'enquit Brett.

— J'aimerais que tu me parles de ta vie à San Francisco.

— Il n'y a pas grand-chose à en dire, répondit Brett en buvant à petites gorgées.

— J'ai appris que tu étais très riche.

— Ah ! jeta froidement Brett. C'est un prêt que tu veux ?

— Très drôle.

— Défendre les biens de ta famille a dû te coûter cher. Les procès ont laissé plus d'un Californien sur la paille. Tu ne serais pas le premier.

— Ces maudits Américains nous ont volé nos terres ! Il y a quelques années, nous étions riches. À présent, tous les grands ranchs sont morcelés, le bétail ne vaut plus rien. Ton illustre père lui-même ne vivra pas éternellement.

— Non, en effet.

— Il a gagné, lui. Il est toujours riche et, un jour, tout cela te reviendra. Mais cela ne t'intéresse pas, n'est-ce pas ?

— Non, répondit Brett en se servant un autre verre. Tu n'as pas soif ce soir, Diego ? s'enquit-il en remarquant que son cousin n'avait pas touché à son brandy.

Il bâilla, pris d'une soudaine et impérieuse envie de dormir.

Diego se contenta de l'observer sans prendre la peine de lui répondre. Très vite, Brett se sentit étourdi, puis léthargique. Une langueur impossible à combattre s'insinua en lui. La silhouette de son cousin disparut peu à peu dans un brouillard opaque. Il essaya de bouger. En vain. Juste avant de sombrer dans la nuit de l'inconscience, il comprit qu'il avait été drogué.

À l'étage, Storm se leva et sortit sur le balcon. Elle portait une chemise de nuit légère en soie bleu pâle. La balustrade était froide sous sa main. Une légère brise lui caressa le visage. Des milliers d'étoiles scintillaient dans le velours noir du ciel, tels des diamants éparpillés sur un fond d'onyx. Elle soupira et ferma les yeux en respirant le parfum entêtant du magnolia et du chèvrefeuille.

Elle sourit en songeant à Brett, à la façon dont il lui avait fait l'amour dans la prairie, avec une sorte de sauvagerie. Ses étreintes n'étaient jamais fades ni contenues. Leurs tendres caresses aboutissaient toujours à un déchaînement de passion débridée, et la façon dont elle s'y adonnait continuait de la sidérer. Brett libérait en elle des instincts primitifs…

Après l'amour, il la tenait contre lui avec une douceur infinie. Savait-il que ses mains parlaient pour lui ? Cet après-midi, il lui avait à nouveau dit qu'il l'aimait. Elle se sentait émue rien que d'y songer, mais se demandait s'il le pensait vraiment, car il lui avait fait cet aveu dans le feu de la passion.

Elle voulait qu'il lui fasse une déclaration dans un moment serein. Oh, oui ! Comme elle le voulait !

Elle regagna la chambre en commençant à s'impatienter. Il était monté une heure plus tôt avant de redescendre dans la bibliothèque pour boire un brandy en compagnie de Diego. Il lui manquait déjà, mais elle essaya de se raisonner en se rappelant qu'ils avaient passé tout l'après-midi ensemble.

Storm se recoucha et attendit. Les minutes s'écoulèrent et elle finit par somnoler, puis par s'endormir. Elle se réveilla en sursaut au milieu de la nuit. Son premier réflexe fut de tendre la main à la recherche de Brett. Personne.

Elle alluma la lampe de chevet et se leva. Il n'était ni dans le salon ni dans le dressing attenant. Quand elle prit la montre gousset de son mari et s'aperçut qu'il était 2 heures du matin, l'inquiétude l'étreignit. Où était-il ? Toujours en bas avec Diego ? À l'heure qu'il était, ils devaient être ivres ! Elle hésita à descendre le chercher, craignant qu'il n'apprécie pas cette initiative. Après tout, il n'avait pas vu son cousin depuis des années. Ils avaient sans doute beaucoup de choses à se dire. Peut-être qu'avec la maturité, ils s'étaient découverts plus proches qu'ils ne le croyaient ? Cette pensée la rassura et elle retourna se coucher.

Deux heures plus tard, elle songea qu'il s'était peut-être endormi en bas, sous l'emprise de l'alcool.

Elle enfila une robe de chambre, prit une chandelle et gagna le rez-de-chaussée.

La bibliothèque était vide. « Où diable peut-il être ? » se demanda-t-elle, perplexe. Diego le savait certainement. Tant pis s'il était des plus inconvenant qu'elle se rende à ses appartements en pleine nuit. À pas de loup, comme le lui avait appris son père, elle se dirigea vers l'aile sud où se trouvaient les chambres de Diego, Sophia et de leurs parents.

À l'étage, le couloir était éclairé par des lanternes murales à chaque extrémité mais, entre les deux, il faisait noir. Et elle ne savait pas quelle chambre occupait Diego. Elle était folle d'être venue jusque-là !

Et si Brett et Diego étaient sortis courir les filles ? Storm sentit l'angoisse lui nouer la gorge. À nouveau, elle s'efforça de se raisonner. Elle posa la main sur la poignée de la première porte sur sa droite, appuya très lentement. Ouvrit.

Les premières lueurs de l'aube lui permirent de distinguer la silhouette d'Emmanuel. Elle en déduisit que la porte suivante était celle d'Elena. Refermant doucement, elle remarqua que celle qui se trouvait juste en face était légèrement entrouverte.

Les gonds grincèrent lorsqu'elle la poussa. Elle s'immobilisa. Silence. Elle continua et glissa la tête à l'intérieur. Un cri étouffé lui échappa.

Sur le lit à baldaquin qui trônait au centre de la pièce, Sophia était allongée, nue, une jambe entre celles de Brett, étendu près d'elle sur le ventre, nu lui aussi, un bras autour d'elle et la main sur un sein.

Storm ferma les yeux, espérant les rouvrir et découvrir que ce n'était qu'un cauchemar. Mais non. Elle plaqua la main sur sa bouche, au bord de la nausée, et se retourna vivement pour sortir. Elle heurta quelqu'un de plein fouet.

Avec un sanglot, elle voulut se dégager, mais deux mains la saisirent fermement. Elle se débattit, donnant des coups de pied.

— Lâchez-moi !

— Voyons, ma chère, fit Diego.

Storm parvint à lui échapper et s'enfuit en titubant dans le couloir. Arrivée en haut des marches, elle trébucha et tomba. Elle échoua au bas de l'escalier, à plat ventre et se mit à gémir, émettant des plaintes presque inhumaines. Des plaintes d'animal blessé.

— Storm ! Ça va ? s'écria Diego en la rejoignant.

Elle le regarda sans le voir et tenta de se relever. Elle ne se rendit même pas compte qu'il la soulevait dans ses bras et la berçait, lui murmurant des mots tendres en espagnol, la serrant contre lui. Désespérée, Storm s'accrocha à son cou comme à une bouée de sauvetage et sanglota, telle une enfant.

Brett l'avait trahie.

Il ne l'avait jamais aimée. Elle ne s'était pas méprise quand elle l'avait surpris dans le jardin avec Sophia. Il avait tenté de la détromper, mais il n'y avait pas le moindre doute possible sur la scène qu'elle venait de voir. Pas de doute ni d'excuse. Storm avait l'impression qu'on lui avait arraché une partie d'elle-même.

— Je suis désolé, ma pauvre chérie, lui disait Diego.

Brusquement, elle se rendit compte qu'elle était dans les bras du jeune homme.

— Je le hais, murmura-t-elle en le dévisageant, les yeux hagards.

— Il ne vous mérite pas, très chère.

— Aidez-moi ! s'écria-t-elle en l'agrippant. Aidez-moi à m'enfuir, Diego. À rejoindre le Texas. Je vous en prie !

# 19

Brett émergea lentement du sommeil. Un brouillard épais lui embuait l'esprit. Il avait soif, mal au crâne et était fatigué comme s'il n'avait pas dormi. Il sentait Storm à ses côtés, chaude et abandonnée, ce qui ne l'incitait guère à ouvrir les yeux et à sortir du lit. Il raffermit son étreinte, toucha sa peau si douce, juste à la base du cou. Elle se nicha aussitôt contre lui et ses seins opulents couvrirent son visage tandis que sa main descendait vers son ventre.

Il soupira en lui caressant la poitrine dont il sentit durcir les pointes. Elle continuait de laisser courir ses mains sur son corps sans toutefois toucher son sexe, l'effleurant à peine au passage. Brett referma ses lèvres autour d'un mamelon.

Il en aspira la saveur avec voracité, songeant dans sa demi-somnolence que c'était la meilleure façon de se réveiller qui fût. Il retint son souffle quand elle promena sa main experte sur son sexe rigide. Il ne tarda pas à rouler sur elle. Ne parvenant pas à émerger vraiment de sa torpeur, il n'avait toujours pas ouvert les yeux. Il se frottait contre elle à présent.

Elle était chaude, moite, offerte.

Soudain, une impression étrange se fraya un chemin jusqu'à sa conscience. Les cheveux qui entouraient le visage de Storm n'étaient pas aussi doux que dans son souvenir. Ils semblaient rêches. De même que ses lèvres sous les siennes n'avaient pas la même fraîcheur ni la même fermeté. Et puis il ne reconnaissait pas la finesse de sa taille…

Il s'écarta brusquement et ouvrit les yeux.

Quand il découvrit le visage blafard de Sophia, il crut d'abord qu'il s'agissait d'un rêve. D'un mauvais rêve. Mais non... Une sueur froide lui glaça l'échine. Le choc le paralysa.

Accrochée à ses reins, elle l'attira vers elle, le dos cambré.

Brett s'arracha à ses bras et s'assit, hébété.

*Qu'avait-il fait ?*

Elle gémit.

— Non, ne me quitte pas. Viens...

Que diable faisait-il dans le lit de Sophia ? Il la regarda avec un mélange de mépris et de répulsion, en même temps qu'une haine de lui-même le submergeait. Seigneur, Dieu, où était Storm ?

Un coup d'œil à la fenêtre lui apprit que l'après-midi était déjà bien avancé.

La main de Sophia se referma autour de son sexe et ses lèvres se posèrent sur ses reins.

Il se leva en la repoussant sans ménagements.

— Que se passe-t-il ? cria-t-il, furieux.

Une douleur sourde pulsait dans sa tête. Sophia sourit.

— Tu veux que je te fasse un dessin ? susurra-t-elle en se lovant sur le lit d'une manière suggestive. Tu as été fantastique la nuit dernière, mon chéri.

— La nuit dernière ? répéta-t-il d'une voix blanche.

Il s'efforça frénétiquement de rassembler ses souvenirs. Il avait bu avec Diego... il se le rappelait. Un seul verre. On l'avait drogué, de toute évidence. À présent, il se retrouvait dans ce lit qui n'était pas le sien. C'est avec sa femme bien-aimée qu'il voulait être, pas avec cette...

— Espèce de traînée ! hurla-t-il en se jetant sur elle.

Il la saisit par le cou et serra. Elle pâlit, ouvrit la bouche telle une carpe. Se ressaisissant à temps, Brett la lâcha. La violence de sa haine lui donnait des envies de meurtre qu'il contenait à grand-peine.

— Mon brandy était drogué hier soir. Pourquoi, Sophia ?

— De quoi parles-tu ? fit-elle en se frottant le cou.

Déjà, le désir la reprenait. Ses yeux se voilaient. Elle se passa la langue sur les lèvres. Brett comprit que c'était sa violence qui l'excitait et il en eut la nausée.

— Je n'arrive pas à croire que tu en sois arrivée à de telles extrémités pour m'attirer dans ton lit, dit-il avec mépris. Ça valait le coup ?

— Je vais bientôt te le dire, mon chéri. Laisse-moi te caresser, ronronna-t-elle en tendant la main vers lui.

Une main qu'il repoussa brutalement.

— Pourquoi, bon sang ? Pourquoi, Sophia ?

— Parce que je te veux et que j'obtiens toujours ce que je veux. Tu me désires toi aussi, pourquoi le nier ?

— La seule que je désire, c'est ma femme, jeta-t-il, écœuré.

Déjà, il enfilait son pantalon.

Sophia sauta du lit et se colla contre lui, frottant ses seins contre son dos. Elle ne s'attendait pas à la violence de sa réaction. Sans comprendre ce qui lui arrivait, elle se retrouva allongée sur le sol.

Comme si de rien n'était, elle continua de le contempler, les yeux luisants, les jambes ouvertes, offerte. Il la toisa avec un dégoût profond.

— Tu es comme ta mère, cracha-t-il avant de sortir.

Il courut vers sa chambre en essayant désespérément d'imaginer une excuse plausible à son absence prolongée. Seigneur ! Il allait les tuer, elle et son frère ! Il ne comprenait toujours pas ce qui les avait poussés à agir ainsi.

Que pensait Storm ?

Et que lui dirait-il ?

La vérité. Il n'avait jamais été un menteur. Il omettrait simplement de préciser qu'il avait été à deux doigts de faire l'amour à Sophia. Mais comment pourrait-elle croire une histoire pareille ? Dieu du ciel !

— Storm ! cria-t-il en faisant irruption dans leur chambre.

Personne. Il fit rapidement le tour des lieux. Où diable était-elle ? Avant toute chose, il devait prendre un bain. Il ne supportait pas l'odeur du corps de Sophia sur sa peau. Tout en priant la femme de chambre de lui apporter de l'eau chaude, il lui demanda si elle avait vu sa femme. Non. Il descendit et interrogea les domestiques. Personne ne l'avait aperçue.

Il courut aux écuries. Demon n'était pas dans son box.

S'il ne s'était pas senti aussi sale, aussi souillé, il serait parti immédiatement à sa poursuite...

— Était-elle seule ? demanda-t-il à un *vaquero*.

— Je ne sais pas.

Brett en déduisit qu'elle était peut-être partie au petit matin, ce qui signifiait qu'elle avait beaucoup d'avance. Continuant ses investigations, il constata que le cheval de Diego n'était pas là non plus. Il en conçut un mélange de soulagement et de colère. Soulagement, parce qu'elle n'était pas seule. Colère, parce qu'elle était avec son cousin, cet être dépravé et lubrique.

Non qu'il n'eût pas confiance en elle, bien au contraire. Mais si jamais Diego la touchait, il le tuerait. Ainsi que sa sœur. Ils paieraient pour ce qu'ils avaient fait.

De retour à la maison, il prit un bain et se lava soigneusement sans cesser de penser à Storm. Comment allait-il lui expliquer ce qui s'était passé la nuit précédente ? Peut-être croyait-elle simplement qu'il avait trop bu et s'était endormi dans la bibliothèque ? Mais si elle l'avait cherché et surpris dans le lit de Sophia, il aurait beaucoup plus de mal à lui faire admettre la vérité.

Un affreux sentiment de culpabilité le tourmentait et il avait beau se laver, faire mousser le savon, frotter, il se sentait sale. Le simple fait d'avoir touché cette garce, d'avoir failli coucher avec elle lui donnait envie de vomir. Pourquoi n'avait-il pas ouvert les yeux plus tôt ? Comment avait-il pu ne pas se rendre compte immédiatement que ce n'était pas la femme qu'il aimait qui était dans ses bras ?

Car il aimait Storm, oui, sans l'ombre d'un doute.

Il sortit du bain, s'habilla rapidement, en proie à une panique grandissante. Demon et l'étalon de Diego étaient déjà partis quand les palefreniers étaient venus les nourrir, à l'aube. Les fugitifs avaient donc dix heures d'avance sur lui.

Des images terribles lui vinrent à l'esprit tandis qu'il arpentait sa chambre, tel un ours en cage. Et si Storm était blessée ? S'il lui était arrivé quelque chose ? Puis un autre soupçon prit forme qu'il s'empressa de chasser.

— Brett ?

Il fit volte-face, et blêmit en voyant Sophia dans sa chambre.

— Dehors ! cria-t-il.

— Brett, répéta-t-elle sans bouger. Ta femme et Diego ont disparu. Ils sont partis ensemble. Don Felipe ne sait encore rien, mais tout le monde ne parle que de cela. Mon frère était très attiré par ta femme.

— Qu'es-tu en train de me dire ?

Elle lui tendit un billet.

— Diego m'informe que ses affaires l'appellent et qu'il ne reviendra pas.

Il le lui arracha des mains. Le mot était succinct mais clair. Brett savait maintenant avec certitude qu'il était avec Storm. Et ce depuis le lever du soleil. Elle était partie avec lui. Elle l'avait laissé pour suivre Diego parce que, la nuit précédente, elle l'avait découvert dans le lit de Sophia. Il n'y avait pas d'autre explication.

— Je pense qu'elle est avec lui, crut bon de préciser sa cousine. Diego la convoitait et il est très tenace. Il est comme moi, il obtient toujours ce qu'il désire.

— Je le tuerai, affirma Brett en froissant le billet qu'il jeta à travers la pièce.

Dans quelques heures il ferait nuit. Il devait se hâter s'il voulait avoir une chance de retrouver leurs traces. Pourquoi diable ne s'était-il pas mis en route plus tôt ?

— S'il la touche...

— Et comment crois-tu qu'ils vont passer la nuit ? À jouer au poker ? riposta Sophia, triomphante.

Un sourire narquois joua sur ses lèvres et elle ajouta :

— La nuit dernière, Brett, elle est venue dans ma chambre quand nous étions au lit, toi et moi. Je l'ai vue, j'étais réveillée.

Brett crut que son cœur s'arrêtait de battre. Le souffle lui manqua.

— Que lui as-tu dit ? parvint-il à articuler.

— Je n'ai rien eu besoin de lui dire. La scène parlait d'elle-même.

Sur le point de la frapper, il serra les poings.

— Ensuite, elle est sortie, continua-t-elle. Peu après j'ai entendu un bruit et je me suis levée. Elle était en bas de l'escalier, dans les bras de Diego. Il la consolait. Il faut que tu te rendes à l'évidence, mon pauvre chéri. Elle t'a quitté. Elle est partie avec un autre.

Brett parvint tant bien que mal à recouvrer ses esprits.

— Elle se dirige vers le Texas, devina-t-il. S'il l'a touchée, je l'abats comme un chien.

Storm mit un moment avant de se rendre compte qu'ils s'étaient immobilisés. Elle était anéantie par une douleur lancinante qui endormait ses facultés.

Descendu de cheval, Diego lui tendait la main pour l'aider à mettre pied à terre. Elle posa sur lui un regard éteint.

— Pourquoi nous sommes-nous arrêtés ? demanda-t-elle d'une voix méconnaissable, brisée.

— Nous devons nous installer pour la nuit, dormir un peu. Venez.

Incapable de réfléchir, elle se laissa glisser dans ses bras où il la retint un peu plus longtemps que nécessaire. Elle fut à peine consciente du corps qu'il pressait contre le sien, de sa main dans ses cheveux, de son souffle sur sa joue. Elle souffrait tellement que ses sens étaient comme anesthésiés. Une vision la hantait, tel un cauchemar qui ne la lâcherait pas : Brett et Sophia, nus et enlacés dans un lit.

Diego l'aida à s'allonger sur sa couverture où elle se recroquevilla en chien de fusil et ferma les yeux en espérant que le sommeil lui apporterait un peu de réconfort.

Il l'observa un moment avant d'aller s'occuper des chevaux. Quand il les eut brossés et nourris, il décida de ne pas faire de feu. Inutile de signaler leur position à Brett, car il ne doutait pas qu'il s'était lancé à leurs trousses. Il connaissait sa détermination inébranlable et il n'avait aucune envie d'être assassiné au beau milieu de la nuit.

Il reporta son attention sur Storm, qui lui tournait le dos, et sa nature lubrique se réveilla. Il ne tarderait pas à la faire sienne, qu'elle le veuille ou non. Quelque chose lui disait qu'elle ne serait pas d'accord. Tant mieux ! Il espérait bien qu'elle ne se laisserait pas faire sans réagir. Car pour l'instant, la peine faisait d'elle un poids mort, un zombie. Or, il aimait la résistance, le combat. Cela l'excitait plus que tout.

Il s'approcha d'elle.

— Storm ?

Elle mit un moment avant de se tourner vers lui. Sa pâleur était effrayante et ses yeux rouges, gonflés par les pleurs, la rendaient méconnaissable. Où était la fière et sauvage créature qu'il avait connue ? Cette femme d'une beauté unique ? Incomparable ? Elle ressemblait à présent à une enfant blessée, vulnérable et échevelée. Irrité, il saisit sa gamelle et sa gourde et les lui tendit, mais elle refusa.

— Vous devez manger, insista-t-il.

Elle ne répondit pas.

— Storm, comment voulez-vous tenir à cheval demain si vous n'avalez rien ?

— Je vous en prie, Diego, laissez-moi tranquille.

Exaspéré, il se demanda ce qu'il faisait là, au milieu de nulle part, avec une femme plus morte que vive. Avait-il perdu la tête ? Une fois de plus, il s'était laissé manipuler par Sophia. Il en avait toujours été ainsi et cette évidence le mettait hors de lui. Il s'éloigna un peu pour réfléchir.

Dès que Storm se réveilla, le lendemain matin, la douleur revint à la charge en même temps que les souvenirs. Elle s'assit et vit Diego, couché non loin, enroulé dans une couverture. Puis la colère monta en elle, fouettant sa léthargie. Elle s'y accrocha.

Fermant les yeux, elle se remémora sa première rencontre avec Brett, dans la bibliothèque de Paul. Il l'avait immédiatement impressionnée. Son regard noir intense l'avait subjuguée. Elle se rappela ensuite leur premier baiser sur la plage, son expression choquée quand elle l'avait frappé, la passion qui leur avait fait perdre la tête, le soir du bal. D'autres images lui revinrent en désordre : la beauté parfaite d'Audrey, Sophia nue près de lui, leur mariage, le jour où il l'avait explorée, persuadé que Sian l'avait possédée. Elle se leva, essayant de se convaincre que la meilleure chose à faire était de le quitter. Rejetant ses cheveux en arrière, elle serra les dents et décida de demander le divorce sitôt arrivée chez ses parents. Cet homme ne méritait pas son amour. Forte de cette résolution, elle se dirigea vers Demon et entreprit de le seller tout en entretenant la colère qui bouillait maintenant en elle.

C'est ainsi que Diego la trouva, déterminée, et prête à voyager toute la journée.

— Nous devons absolument mettre le plus de distance possible entre nous et Los Cierros, Diego. Brett va certainement se lancer à notre poursuite, non parce qu'il m'aime mais parce qu'il me considère comme sa propriété.

— Bravo, Storm ! Je vois que vous réagissez, remarqua Diego, soulagé. C'est comme cela que je vous aime, forte, royale !

Elle releva la tête.

— Il me le paiera, affirma-t-elle sur un ton qui fit courir un frisson le long de l'échine de Diego. Mais pour l'instant, il est le plus fort, et je veux me réfugier chez moi. Dans ma famille. Qu'il essaie quoi que ce soit et mon père et mes frères lui régleront son sort, à la manière apache.

Une excitation perverse courut dans les veines de Diego lorsqu'il imagina Storm lacérant son mari au couteau. Puis la fièvre le prit quand il se vit nu, avec cette déesse blonde appuyant la pointe effilée d'une lame sur sa gorge… Il en eut l'eau à la bouche.

Storm chevaucha sans relâche toute la journée, avec à sa traîne un Diego irrité d'être obligé de suivre ce rythme d'enfer. Brett avait des heures de retard sur eux et ils se trouvaient déjà à mi-chemin de San Diego. Cette nuit, ils arriveraient à l'hacienda abandonnée de Sophia. Rien ne les pressait à ce point. Et puis il voulait garder des forces.

— Je ne veux pas m'arrêter ici, décréta Storm quand ils arrivèrent à l'embranchement menant au ranch.

— Ne faites pas l'enfant. Nous avons besoin d'un bain et d'une bonne nuit de repos.

— Allez-y sans moi, s'obstina-t-elle. Le ranch est à huit miles d'ici. Huit miles, Diego, alors que nous allons vers le sud. C'est un trop grand détour. Je n'irai pas.

Elle talonna Demon sans plus s'occuper de lui. Furieux, Diego la rattrapa et lui saisit l'épaule.

— Cessez de faire l'idiote ! Nous avons besoin de reprendre des forces. Nous sommes encore loin de San Diego, et Brett n'est pas près de nous rattraper.

— Qu'en savez-vous ? Vous ne le connaissez pas.

Un sourire mauvais se dessina sur les lèvres du jeune homme.

— Sophia ne le laissera pas quitter son lit de sitôt, ma chère.

Storm retint son souffle et se retourna pour qu'il ne vît pas son visage.

— Je n'irai pas. Vous n'êtes pas obligé de me suivre.

Mais Diego n'avait pas la moindre intention de la laisser lui échapper et gagner le Texas. Il lui emboîta le pas tout en songeant qu'il devrait employer la manière forte pour la soumettre. La vision de Storm à sa merci attisa son désir.

Ils s'arrêtèrent un peu plus tard, comme le soleil se couchait.

— Pas de feu, décréta-t-elle en dessellant Demon.

Quelques instants plus tard, elle étendit ses couvertures sur le sol et s'étira, le dos douloureux. Elle surprit alors le regard avide de Diego posé sur elle. Mal à l'aise, elle se rappela qu'il lui avait manifesté plus que de l'intérêt lors de leur première et unique promenade à cheval. Elle l'observa plus attentivement.

Souriant, il s'approcha d'elle. Instinctivement, elle recula.

— Pourquoi êtes-vous venu avec moi, Diego ? s'enquit-elle soudain. J'étais tellement anéantie que je ne me rappelle pas bien ce que vous m'avez dit.

— Comment aurais-je pu vous laisser partir seule, sans vous aider ? N'importe quel homme aurait agi ainsi.

Puis, comme s'il percevait sa méfiance, il se détourna et se dirigea vers son cheval.

— Je vous accompagnerai jusqu'au relais de San Diego, lui dit-il d'un ton neutre.

Un nouveau réseau de diligences assurait la liaison entre Saint Louis et San Diego, le *Butterfield Overland Mail*.

— Il fonctionne ?

— Depuis quelques semaines.

Storm n'avait pas réfléchi en se lançant dans cette expédition. L'idée de chevaucher seule durant des centaines de miles dans un territoire infesté d'Apaches ne lui souriait guère. Et, même si elle parvenait à destination saine et sauve, son père la tuerait... ! Prendre la diligence serait en effet bien plus sage.

Ils mangèrent en silence. Quand Storm s'enroula dans ses couvertures, Diego ne bougea pas et s'abstint de la regarder. Elle ne se déshabilla pas, et garda son pistolet à portée de main. Non pour s'en servir contre Diego, mais contre son mari.

Elle eut du mal à trouver le sommeil. Sa peine lui infligeait une douleur lancinante. Que ne donnerait-elle pour être dans les bras de Brett en ce moment même ! Elle refoula ses larmes en songeant qu'elle ne l'aimait pas, qu'elle avait simplement été attirée par lui. Rien d'autre.

Mais elle se souvint combien il avait paru blessé quand elle avait hésité à admettre qu'il la rendait heureuse. Elle songea au petit garçon délaissé par une mère qui n'avait pas de place pour lui dans son cœur. Au gamin des rues, misérable et abandonné, envoyé sans qu'on lui eût demandé son avis dans cette hacienda où tout le monde s'était appliqué à lui faire sentir qu'il était un bâtard indésirable. Malgré tout ce qu'il lui avait fait, son sort ne la laissait pas indifférente.

Malgré sa trahison impardonnable, son corps continuait de se languir de lui. Elle rêva qu'il la caressait. Ses mains mettaient ses sens en éveil, s'attardant sur ses seins tendus, ses lèvres s'emparaient des siennes. Ces sensations étaient si réelles qu'elle émit un gémissement. Brett l'avait retrouvée. Il lui faisait l'amour... Soudain, un sixième sens la tira de sa torpeur.

Elle se réveilla et crut un instant qu'il était là, sous les couvertures, avec elle. Un corps d'homme se démenait sur elle sans laisser le moindre doute sur ses intentions. Des lèvres chaudes la parcouraient et des mains la palpaient. Les brumes du sommeil se dissipèrent d'un seul coup quand elle sentit contre son cou le picotement d'une moustache.

Elle repoussa Diego aussitôt, de toutes ses forces.

— Non !

Il empoigna sa natte et lui maintint la tête en arrière avant de lui écraser la bouche de la sienne. Elle crut vomir. Se démenant comme une furie, elle hurla de douleur tandis qu'il continuait à lui tirer les cheveux.

— Lâchez-moi !

— *Díos, por Díos !*

Il lui pressa les seins et elle sentit son sexe dur entre ses jambes. À son grand affolement, elle s'aperçut qu'il lui avait baissé son pantalon. Optant pour une autre tactique, elle cessa de se débattre, feignant la soumission, pendant que sa main droite glissait en direction de son pistolet. Il n'était pas là !

La panique, puis la fureur s'emparèrent d'elle tandis qu'il tâtonnait vers son bas-ventre en grognant comme un porc. Elle leva vivement le genou tout en le frappant des deux poings. Il s'immobilisa un instant sous l'effet du choc. Elle en profita pour lui marteler le visage, le griffer, tout en essayant de se dégager. Il parvint à lui attraper un bras et le lui tordit derrière le dos, lui arrachant un cri de douleur.

Puis il attrapa son autre bras. Ne s'avouant pas vaincue, Storm le mordit dans le cou jusqu'au sang. Il hurla et roula sur le côté. Elle bondit sur ses pieds en remontant son pantalon en daim, scrutant le sol autour d'elle. Où était son pistolet ?

En sang, éructant de rage, Diego fondit sur elle en rugissant comme un animal. Elle aperçut alors son arme. En un éclair, elle tendit le bras, fit volte-face et tira au moment où il sautait sur elle. À une distance aussi courte, il n'avait pas la moindre chance. La mort fut instantanée. Il retomba sur le dos, les yeux grands ouverts.

Pendant quelques instants, Storm resta là, à le fixer, incapable de réagir. Puis son corps fut agité de tremblements incoercibles. Elle venait de tuer un homme ! Le choc lui souleva violemment l'estomac et, jetant le pistolet au loin, elle se plia en deux et vomit.

Seigneur tout-puissant ! Qu'avait-elle fait ? Bien sûr, il tentait de la violer, mais elle aurait pu se contenter de le blesser.

Elle oubliait qu'elle s'était défendue contre une brute qui ne lui avait pas laissé le choix ni le temps d'ajuster son tir.

Une seule chose s'imposait à son esprit égaré : elle venait de commettre un meurtre.

Le bruit des chevaux qui s'ébrouaient la ramena à la réalité. Elle ne voulait pas être pendue. Elle voulait juste rentrer chez elle. Un sanglot la secoua. Il lui fallait cacher le corps ! songea-t-elle en essayant de dominer sa panique.

Ce ne fut pas chose aisée d'oser le toucher, puis de le hisser sur Demon ; elle y parvint cependant au prix de terribles efforts et s'enfonça avec les deux chevaux entre les collines.

Au bout d'un long moment, elle trouva enfin une crevasse naturelle dans la roche. Elle fit glisser le corps sur le sol et le poussa dans la fente. Mais elle devait trouver des pierres pour le cacher, sinon les charognards le repéreraient, ce qui alerterait le shérif.

Elle entreprit alors un travail de titan, suant sang et eau pour trouver des pierres en quantité suffisante, les transporter, les jeter dans la crevasse jusqu'à ce que le corps fût recouvert.

Quand le jour commença à poindre, elle s'aperçut soudain qu'elle n'avait pas d'argent. Il lui en faudrait pour prendre la diligence. Elle essuya ses larmes et dut enlever un certain nombre de pierres pour parvenir à glisser la main dans la veste de Diego. Dans une poche, elle trouva une centaine de dollars. Dieu soit loué !

D'après le soleil, il était environ 7 heures quand elle acheva enfin de dissimuler le corps.

Épuisée, elle inspecta les lieux. Rien ne laissait supposer qu'un cadavre pouvait se trouver là. Elle prit la gourde dans la sacoche de Demon et but un peu d'eau. Puis elle se regarda et faillit hurler. Sa chemise était couverte de sang ! Le temps passait. Brett allait la rattraper...

Elle ravala ses sanglots et se raisonna. Elle ne devait pas se laisser aller. Pas maintenant ! Un peu plus loin, elle dénicha une source et s'y baigna sans même se dévêtir. Le sang se dilua en partie, mais de nombreuses taches demeurèrent. Que dirait-elle si on lui demandait comment elle s'était mise dans cet état ? Elle grimpa sur Demon en essayant de réfléchir à une explication plausible, mais elle était si épuisée qu'elle s'en révéla incapable. Et une nouvelle image hantait son esprit à présent. Celle de Diego, après le coup de feu. Juste avant qu'il ne tombe à la renverse. L'oublierait-elle un jour ?

La nécessité absolue de continuer l'aida à remiser ces funestes souvenirs dans un coin de sa mémoire. Et elle avança, encore et toujours, sans s'arrêter. Comme le faisaient les Apaches pour repérer le danger et ne pas se faire remarquer, elle quitta le chemin principal pour longer la montagne. De cette façon, elle voyait l'ennemi approcher. Son ennemi à elle, c'était Brett.

La nuit venue, elle eut à peine la force de desseller Demon et de s'occuper de lui. Elle s'endormit sans avoir rien avalé. Le lendemain, elle termina le reste de ses provisions et la faim commença à la tenailler. Elle envisagea la possibilité de faire un feu et de chasser puis y renonça.

Elle continua inlassablement, mais c'était dur. Très dur. Elle aperçut une ferme, mais n'osa pas y faire halte pour demander un peu de nourriture. Elle ne devait pas céder un pouce à Brett.

Cette nuit-là, elle se décida à chasser et à allumer un feu. L'écureuil qu'elle se fit rôtir apaisa momentanément sa faim et elle dormit en rêvant de Brett. Elle était dans ses bras et, soudain, elle se levait et le regardait dans un lit avec Sophia. Son cœur se brisait, Diego apparaissait, se jetait sur elle. Alors elle le tuait…

Elle atteignit San Diego le lendemain, à midi. La diligence qui allait vers l'est venait de partir. Elle s'acheta un billet, prit une chambre d'hôtel et attendit.

# 20

Enfin chez elle !

Storm talonna une dernière fois le pauvre Demon qui n'en pouvait plus. Elle avait réussi ! Elle était à la maison. Devant elle s'étendait la vallée où elle reconnut les nombreux bâtiments du ranch. La végétation avait bruni sous l'assaut du soleil. Les chênes et les genévriers frémissaient sous la brise. Dans les corrals, des chevaux ou des taureaux s'ébattaient. Plus loin, sur les pentes herbeuses, broutaient des troupeaux de bovins.

Storm lança Demon au galop. Il y avait trois semaines qu'elle s'était enfuie. Trois semaines d'anxiété constante. Contrairement à ce qu'elle redoutait, Brett ne l'avait pas rattrapée. Peut-être n'avait-il même pas essayé ? Elle ignora le pincement de déception à cette idée. Jamais elle ne lui pardonnerait sa trahison. L'image de son mari dans les bras de Sophia la hanterait jusqu'à la fin de ses jours. Une seule chose importait désormais. Elle était arrivée à bon port. Saine et sauve. Certes, elle avait tué Diego, mais ensuite, elle n'avait pas rencontré de problèmes majeurs. Même les Indiens ne l'avaient pas menacée. Un vrai miracle !

Pauvre Demon ! Elle l'avait déjà poussé au-delà de ses limites, mais jamais à ce point. Heureusement, une fois dans le convoi de la diligence, il avait avancé à une allure raisonnable, attaché à un chariot.

Le soir tombait. Storm déboula dans la cour et sauta à terre avant même l'arrêt de l'étalon.

— Papa ! Maman ! cria-t-elle en se précipitant dans la maison.

Ne sachant par où commencer, elle se rua dans l'escalier quand son père l'appela. Elle s'arrêta net, fit volte-face et se jeta dans ses bras.

Son visage, d'abord médusé, s'illumina de plaisir et il serra sa fille contre lui. Elle se mit à pleurer comme une enfant.

— Storm ! Tu vas bien ? Qu'est-il arrivé, mon Dieu ?

Elle leva la tête et croisa les yeux d'ambre pleins d'inquiétude, puis elle aperçut sa mère et vola aussitôt dans ses bras où elle se remit à sangloter de plus belle.

Sur ces entrefaites, ses deux frères pénétrèrent dans le vestibule.

— Storm pleure, s'écria Rathe, sidéré.

— Tais-toi, intima Nick en le retenant par le bras.

Miranda berçait sa fille en essayant de la calmer.

— Viens, montons, ma chérie. Tu vas me raconter.

Soudain consciente du spectacle qu'elle offrait, Storm se ressaisit et s'essuya les yeux. Quand elle vit que son père, ses frères la considéraient avec une gravité empreinte d'effroi, elle s'empressa de les rassurer.

— Je vais bien, balbutia-t-elle en reniflant.

— Où est ton mari ? demanda Derek d'un ton qui n'admettait pas de faux-fuyant.

— Je me suis sauvée, papa. Je le hais ! Et... Oh, Seigneur, j'ai tué un homme !

Un silence consterné accueillit cette nouvelle. Son père et ses frères affichaient cette expression terrible qui signifiait qu'ils étaient prêts à commettre un meurtre si quiconque avait osé faire du mal à Storm.

— J'étais en état de légitime défense ! s'écria-t-elle en courant vers Derek. Il a essayé de me violer. Mais c'était le cousin de Brett ! Je croyais qu'il voulait m'aider à lui échapper. Papa, il faut que tu fasses quelque chose. Je veux divorcer !

S'efforçant de garder son calme, son père la prit par le bras et la ramena vers Miranda. Il tenta de sourire, mais son visage demeurait soucieux.

— Monte avec ta mère, ma chérie. Tu vas prendre un bain, dîner, puis nous parlerons. Vous n'avez rien à faire ? ajouta-t-il à l'adresse des garçons.

Nick serra les dents, suivit sa sœur d'un regard inquiet, puis tourna les talons. Rathe courut vers elle.

— Qu'est-ce qu'il t'a fait pour que tu te sauves ?

Il semblait tellement affecté que les yeux de Storm s'embuèrent.

— Rathe, intervint Derek.

Le jeune garçon n'insista pas et sortit à son tour.

Storm monta, le bras de sa mère autour d'elle. Elle avait rêvé nuit après nuit de ces instants bénis où elle retrouverait sa maison. Pourquoi n'éprouvait-elle pas le bonheur escompté ? Au contraire, sa tristesse allait en s'accentuant, et elle ne cessait de penser à Brett.

Six semaines que Brett était parti à sa poursuite. Elle devait être chez ses parents. Il la tuerait ! Si Diego se trouvait avec elle, il le tuerait aussi ! L'idée qu'il eût pu la toucher le rendait fou.

Il ralentit l'allure de sa monture comme il approchait du ranch. Durant ces interminables soirées où il avait erré dans des villes dont il avait oublié le nom, il avait refusé les avances de nombreuses filles. Storm l'avait littéralement ensorcelé. Les autres femmes ne l'intéressaient plus.

Il se surprit à prier le Seigneur pour qu'elle soit là. Saine et sauve.

Il savait qu'elle avait pris la diligence la veille de son arrivée à San Diego. L'employé du relais la lui avait décrite avec un sourire nostalgique. Qui pourrait oublier une femme pareille ? Aussi grande ? Aussi belle ? Si peu banale ? Quand l'homme avait mimé la rondeur de ses seins, sous la tunique en daim, Brett l'avait saisi au col et plaqué contre le mur. Affolé, le malheureux s'était excusé, puis avait répondu à ses questions en évitant toute remarque personnelle. Oui, elle avait pris un billet. Oui, elle était seule. *Seule*.

Puis les ennuis avaient commencé. La diligence était revenue à San Diego avec trois jours de retard. En quittant Fort Yuma, ils avaient été attaqués par des Pawnees. Au relais de Mariposa Spring, ils avaient perdu une roue. Les Apaches avaient fondu sur eux et le conducteur avait été tué d'un coup de fusil. Bref, Brett n'avait pas vu Storm depuis six semaines. Six semaines d'angoisse sans nom.

À présent, son cœur battait à grands coups. Comment pouvait-il avoir des idées de meurtre alors qu'il désirait seulement la prendre dans ses bras et la consoler ? Jamais plus il ne la laisserait s'éloigner de lui. Elle lui manquait comme jamais rien ni personne ne lui avait manqué. Il brûlait de la sentir contre lui. De la caresser. De lui avouer qu'il n'était plus rien sans elle. Et de lui dire qu'il l'aimait.

Il avait pleinement mesuré l'amour qu'il lui portait le jour où elle était partie. Cela avait été pour lui une prise de conscience affreusement douloureuse. Jamais il n'aurait cru qu'il tenait à elle à ce point, et que l'amour pouvait faire aussi mal. La simple idée de la perdre lui était insupportable.

Il s'était prémuni contre de tels sentiments à cause de son enfance meurtrie. Il refusait de revivre les souffrances du petit garçon ignoré par sa mère, puis par son père. Il avait tant attendu une marque d'amour qui n'était pas venue !

Storm, en revanche, s'était montrée si tendre, si attentive quand elle avait appris la mort de son frère et de sa sœur… Il ne voulait pas de son amour, il ne voulait pas l'aimer pour souffrir à nouveau, mais c'était trop tard.

Par une fenêtre ouverte lui parvinrent des bruits de voix. Des voix d'hommes, de femme, mais pas celle de Storm. Il frappa à la porte. Peu après, un garçon lui ouvrit. Il ressemblait à Derek Bragg comme deux gouttes d'eau et, quand il sourit, Brett reconnut le sourire de sa femme. Son cœur se serra.

— Salut ! lança Rathe. Que puis-je pour vous ?

Brett regarda par-dessus l'épaule du jeune homme, mais ne distingua qu'un vestibule étroit, au sol en pin, d'où partait un escalier en chêne.

— Je viens voir ma femme. Storm.

Rathe se raidit et toute trace d'amabilité déserta son visage.

— Est-ce qu'elle est ici? ajouta froidement Brett.

— Je vous conseille de déguerpir si vous ne voulez pas recevoir mon poing dans la figure, déclara Rathe en lui bloquant le passage.

— Ne compliquez pas les choses, mon garçon.

Allons bon, la situation se présentait plutôt mal.

— Rathe? Qui est-ce? lança une voix masculine.

Un autre jeune homme arriva. Il était plus grand que Rathe, brun et plus âgé.

— C'est *lui*, dit son jeune frère. Le mari de Storm. Tu veux faire les présentations ou tu préfères que je m'en charge?

« Mince », songea Brett.

Il eut juste le temps de remarquer que Nick évoquait un prédateur prêt à fondre sur sa proie et qu'il avait le type indien. En moins de temps qu'il n'en faut pour le dire, il se retrouva avec la lame d'un couteau contre la gorge. Brett faillit trouver la situation comique, mais... Seigneur! il ignorait que l'on pût dégainer avec une telle rapidité. Il n'avait rien vu venir. Il comprit comment Storm avait appris à manier ces armes.

— Je m'en charge, dit Nick d'une voix trop douce.

— Lâche ça! ordonna Derek.

Personne ne l'avait entendu approcher mais trois paires d'yeux se tournèrent vers le grand blond qui se dressait au bas des marches. Il n'eut pas à le répéter deux fois. Aussi vite qu'il avait surgi, le couteau disparut. Brett s'avança vers Derek en soutenant son regard.

Il vit le coup arriver, une fraction de seconde trop tard. Derek était une force de la nature. Brett reçut son poing dans la mâchoire et se retrouva projeté contre le mur derrière lui.

— Pour ma petite fille, jeta Derek en lui envoyant un deuxième coup de poing qui l'atteignit à la tête.

Puis il attrapa Brett et le souleva presque du sol. Il semblait prêt à le tuer. Qu'est-ce que Storm lui avait dit? Un troisième impact l'atteignit à l'estomac.

— Bats-toi ! ordonna Derek.

Brett se releva tant bien que mal. Ses yeux brillaient de rage, mais il se domina.

— Je ne peux pas me battre contre vous, bon sang !

— Lâche.

Brett serra les poings.

— Lâche, répéta Derek.

Son bras partit de nouveau, mais cette fois, Brett l'esquiva, le bloqua et, de toutes ses forces, il le frappa sous la mâchoire. La tête de Derek partit en arrière, puis il darda ses yeux dans ceux de Brett.

— Bien, dit-il avec un sourire tendu.

Et Brett reçut un uppercut dans la joue. Il fonça sur lui et le renversa sur les premières marches de l'escalier. Ils s'empoignèrent.

— Non ! hurla Storm. Non, papa, arrête ! Tu vas le tuer !

Le cœur de Brett revint à la vie quand il entendit sa voix, mais il détesta l'entendre supplier son père de l'épargner. Ce dernier profita d'ailleurs de ce moment de distraction pour lui envoyer son genou dans l'estomac. Brett ne lâcha pas prise pour autant, au contraire. Ils roulèrent deux marches plus bas.

— Derek Bragg, arrête immédiatement ! ordonna Miranda d'une voix coupante.

Derek le lâcha aussitôt, se releva et lui tendit la main pour l'aider à se remettre debout. Il se tourna ensuite vers sa femme en titubant.

— Miranda...

— Qu'est-ce qui ne va pas chez toi ?

Brett vit à peine la petite femme blonde et menue. Il n'avait d'yeux que pour Storm. Sa belle Storm. Elle regardait la scène sans bouger, ses grands yeux bleus écarquillés, ses lèvres frémissantes entrouvertes. Oubliant le reste du monde, Brett alla vers elle. Elle ne bougea pas. Leurs regards s'accrochèrent.

— Storm, prononça-t-il dans une sorte de soupir rauque.

Elle ouvrit la bouche, mais aucun son n'en sortit. Il posa les mains sur ses épaules et l'attira à lui. Elle ne résista pas. Pendant un instant, elle demeura rigide. Il la serra plus fort, alors elle se détendit et se laissa aller contre lui avec un gémissement qui semblait venir de très loin.

— Je devrais te tuer, murmura-t-il d'une voix sourde. Dieu du Ciel, tu aurais pu y rester, Storm ! Pourquoi ne peux-tu me faire confiance ?

Elle frémit, et il comprit qu'elle pleurait quand il sentit que sa chemise était mouillée, au niveau de la poitrine.

— Je ne pensais pas que tu viendrais, murmura-t-elle. Je croyais que tu me laisserais partir.

— Jamais, dit-il fermement en l'étreignant plus fort encore, caressant ses cheveux, lui embrassant la tempe. Jamais ! Mon Dieu… je…

Tout à coup, il l'écarta et la scruta. Son regard lançait des éclairs.

— Où est Diego ? Il est là ? Je vais le tuer !

Il lui prit le menton et plongea les yeux au fond de ceux de sa femme adorée.

— Est-ce qu'il t'a touchée ? Réponds-moi, pour l'amour de Dieu !

Elle se dégagea.

— C'est ce que tu aurais mérité ! cria-t-elle tout à coup. Comment as-tu osé ? Comment… ?

— Dis-moi où est cette ordure !

— Il est mort.

Un silence suivit. Brett prit alors conscience de la tension qui régnait dans le vestibule. Il saisit Storm par le bras, ouvrit la première porte à sa droite et la poussa à l'intérieur de la pièce. Quand il eut refermé, il entendit une voix féminine s'élever péremptoirement.

— Derek !

Ils se trouvaient dans un salon, un feu brûlait dans la cheminée. Storm s'arrêta devant l'âtre. Elle tremblait.

— Raconte-moi, dit Brett derrière elle.

— Il a essayé de me violer. Je l'ai tué, répondit-elle en se retournant.

— Mon Dieu ! fit-il en pâlissant.

Il s'avança vers elle, mais cette fois elle recula. Comment la ramener à lui maintenant ?

— Storm, commença-t-il en s'efforçant de contrôler sa voix. Ne fais plus jamais, plus jamais une chose pareille. Est-ce que tu as la moindre idée des risques que tu as pris ? Est-ce que...

— Pourquoi es-tu venu ?

Le cœur de Storm battait à se rompre. Elle brûlait de se jeter dans ses bras. De lui pardonner. De l'accueillir en elle. Elle brûlait de lui crier son amour. Après tout, s'il était là, c'est qu'elle comptait pour lui... Peut-être finirait-il par l'aimer ?

— Tu me le demandes ? répondit-il sur un ton à la fois triste et ironique.

— Tu t'es lassé de Sophia ? Deux semaines au lit avec elle...

Il n'avait pas passé autant de temps dans son lit à elle ! Cette pensée lui fit si mal qu'elle lui tourna le dos.

— Idiote, souffla-t-il.

En deux pas, il fut près d'elle. Il enroula ses bras autour de sa taille et pressa sa joue contre sa tempe.

— Écoute-moi bien, Storm. Sophia est une moins que rien. Elle joue avec les hommes depuis son enfance. Elle est comme sa mère qui m'a initié à l'amour quand j'avais seize ans. Cette nuit-là, Sophia a mis du laudanum dans mon brandy. Je me suis réveillé dans son lit, mais je n'y suis pas allé de mon plein gré. Je la déteste. Aucune femme n'a d'intérêt à mes yeux, à part toi. Tu dois me croire parce que c'est la vérité !

Storm tremblait toujours.

— Je... je ne peux concevoir qu'elle ait fait une chose pareille.

— Tu préfères croire que je suis allé dans son lit alors que tu m'attendais dans le nôtre ? Seigneur ! Tu ne te rends pas compte que ce qui existe entre nous est unique ? Storm, je...

Il s'interrompit en jurant.

— Cela m'a pris tellement de temps pour te retrouver.

En d'autres circonstances, les péripéties qu'il avait traversées auraient pu le faire rire.

— Je suis arrivé à San Diego un jour trop tard. Tu étais déjà partie.

Elle se retourna dans ses bras.

— Tu es parti à ma recherche immédiatement ?

— La nuit qui a suivi ton départ. Au début, je n'ai pas cru que tu t'étais sauvée. Je priais pour que tu ne saches rien, mais Sophia s'est fait un plaisir de me détromper.

Elle vit la haine dans son regard, la haine à l'état pur.

— Elle t'a vraiment drogué ?

— Oui.

Storm le crut. Mais elle insista cependant.

— Quand tu t'es réveillé dans son lit... qu'est-ce que tu... Que s'est-il passé ?

Il frémit, mais ne détourna pas les yeux.

— J'étais groggy à cause du laudanum. J'ai cru que j'étais dans notre lit. Je n'avais aucune raison de m'imaginer dans un autre. Heureusement, je me suis rendu compte de ma méprise à temps.

Storm déglutit avec peine et il referma ses mains en coupe autour de son visage.

— Je tiens à ce que tu saches la vérité pour qu'aucun doute ne subsiste et pour en finir avec cette histoire. Je ne prendrais pas cette peine si tu... ne comptais pas pour moi.

Des larmes embuèrent les yeux de Storm. Elle le croyait, mais elle souffrait toujours, de même qu'elle souffrait en l'imaginant avec Audrey.

— J'ai été une victime dans cette déplorable histoire, reconnut-il avec humilité.

— Je te crois, murmura-t-elle en baissant les yeux.

Car une petite phrase tournoyait dans sa tête. *Si tu ne comptais pas pour moi...* Qu'est-ce que cela signifiait ? Elle ne voulait pas « compter » pour lui. Elle voulait qu'il l'aime. Était-ce trop demander ? Déçue, elle ne répondit pas.

— Storm, rentre avec moi à San Francisco. Nous recommencerons sur de nouvelles bases. Je t'en prie.

Son intonation l'ébranla. Il n'exigeait rien. Il l'implorait, comme s'il était à genoux devant elle...

Il l'interrogea du regard.

— Tu veux bien rentrer avec moi ?

S'il l'avait menacée, s'il lui avait ordonné de le suivre, elle aurait refusé. Mais même s'il ne l'aimait pas, elle l'aimait. Et elle voulait être sa femme.

— Oui, Brett, répondit-elle d'un ton solennel.

Il l'étreignit avec force, ses lèvres sur sa joue, et il resta ainsi un long moment. Puis il la relâcha à regret.

— Il serait temps d'affronter tes parents, dit-il en s'éclaircissant la voix.

— Mes parents, répéta-t-elle.

Elle scruta son regard où brûlait la flamme du désir. Et autre chose aussi... De la tendresse, une chaleur nouvelle, inconnue. Elle faillit se précipiter à nouveau dans ses bras.

— Je pense que tu devrais me présenter à eux et à tes frères comme il se doit, précisa-t-il en déposant un rapide baiser sur ses lèvres. Que leur as-tu dit ?

— Qu'il y avait une autre femme. Et je leur ai raconté pour Diego.

— Pourquoi ? Ces choses ne concernaient que nous.

— J'aime mes parents. Ils voulaient savoir pourquoi j'avais fui un homme que j'aimais suffisamment pour l'avoir épousé.

Il ne perçut aucune ironie dans ses paroles, mais elles lui rappelaient la lettre qu'elle leur avait écrite, censée n'être qu'un tissu de mensonges.

— D'accord, dit-il, conciliant.

Il lui caressa la joue.

— Tu crois qu'il va me sauter dessus à nouveau ?

— Non, maman ne le permettra pas.

Ils les retrouvèrent dans le salon attenant à la salle à manger où ils venaient d'achever leur repas. Ils semblaient les attendre, tous les quatre. La mère de Storm, une femme d'une beauté rare, brodait. Appuyé au manteau de la cheminée, Derek paraissait tendu. Le plus grand de ses deux frères regardait par la fenêtre tandis que l'autre, Rathe, arpentait la pièce. Tout le monde se figea à leur entrée.

— Je vous présente Brett, dit Storm. Mon mari.

Brett passa un bras possessif autour de la taille de sa femme et affronta sans ciller le regard de Derek. Ce dernier affichait une expression hostile et semblait prêt à lui sauter à la gorge.

— Avez-vous faim, Brett ?

Brett reporta son attention sur Miranda. Elle s'était levée et il lui sourit.

— Non, merci, madame. La seule chose dont j'ai besoin, c'est de ma femme.

— Je voudrais vous parler en privé, monsieur D'Archand, intervint Derek, glacial.

— Papa, tout va bien. Je vais rentrer à San Francisco avec Brett.

— Vraiment ? s'enquit-il en dévisageant sa fille.

— Oui, vraiment, répondit Brett, devançant la réponse de la jeune femme. Storm, je dois m'entretenir avec ton père. Ne t'inquiète pas.

Miranda se dirigea vers la porte, suivie de ses trois enfants.

Brett observa Derek. Celui-ci semblait nerveux. Comme il ne se décidait pas à prendre la parole, Brett se lança.

— Je comprends ce que vous ressentez, mais vous devez la laisser partir. Ce n'est plus une petite fille.

— Vous voulez que je la confie à un type comme vous ? Vous lui avez fait du mal !

— Pas délibérément. Jamais je n'aurais pu.

Derek parut percevoir la sincérité de ses paroles et l'émotion qu'elles contenaient.

— Quand elle est arrivée ici, elle n'était plus l'enfant heureuse que j'ai connue.

— Je n'ai pas voulu la blesser. Elle le sait et elle m'a pardonné. C'est tout ce qui compte. N'avez-vous jamais commis d'erreur ?

— Pas en ce qui concerne Miranda. Il y avait une autre femme ! accusa Derek en serrant les poings.

Brett n'avait pas l'intention de lui raconter toute l'histoire en détail.

— Elle va rentrer avec moi et j'ai l'intention de la rendre heureuse. Vous ne m'en empêcherez pas. Et cela n'a rien à voir avec le fait que la loi est de mon côté. Même si ce n'était pas le cas, vous ne m'arrêteriez pas.

Derek l'observa.

— Vous parlez comme un homme amoureux.

Brett eut un sourire moqueur.

— Ce sont des choses qui arrivent !

— Dans ce cas, comment avez-vous pu ?

— Storm ne me faisait pas confiance et elle a tiré de fausses conclusions. Pour être honnête, je n'ai plus désiré d'autre femme depuis que j'ai posé le regard sur votre fille pour la première fois. Il va falloir que vous me croyiez et que vous admettiez que j'ai l'intention de la rendre heureuse et de veiller sur elle.

Dubitatif, Derek se passa la main dans les cheveux.

Une pensée vint alors à Brett.

— Vous n'allez pas raconter cette conversation à votre fille, n'est-ce pas ?

— Pourquoi pas ? s'étonna Derek.

Brett serra les poings. Il pourrait toujours nier...

— Vous ne le lui avez rien dit ? reprit Derek, incrédule. Vous ne lui avez pas dit ce que vous ressentez pour elle ?

Il se mit à rire.

— Je vois, vous êtes deux sacrées têtes de mules...

Son rire s'amplifia, sonore, joyeux.

Brett se détendit enfin.

## 21

— Brett ! s'écria Sophia, ravie.

Storm regretta immédiatement d'être venue. Elle revit la jeune femme nue contre Brett. Mais elle avait tenu à accompagner son mari pour qu'il règle ses problèmes avec sa famille. C'est elle qui avait insisté pour qu'ils fassent une escale chez don Felipe. Seulement maintenant, Sophia posait une main possessive sur le bras de son mari et le couvait d'un regard dépourvu de toute culpabilité. Au contraire, elle le contemplait comme une femme contemple son amant.

— Ne t'approche plus jamais de moi, siffla Brett entre ses dents serrées.

Nullement décontenancée, Sophia ouvrit de grands yeux, puis reporta son attention sur la jeune femme.

— Où est mon frère ?

Ils avaient décidé de mentir afin de ménager Emmanuel.

— Diego est mort, annonça Brett.

— Quoi ?! s'écria Sophia en pâlissant.

— En me sauvant de l'attaque d'un puma, intervint Storm, affreusement mal à l'aise, car elle ne mentait jamais.

— Ce n'est pas possible... Il ne peut pas être mort ! balbutia Sophia.

Puis, devant leur mine éloquente, elle tourna les talons et s'enfuit.

Emmanuel arriva sur ces entrefaites.

— J'ignorais qu'elle éprouvait des sentiments pour quelqu'un d'autre qu'elle-même, murmura Brett à

Storm avant d'accueillir son oncle, triste de devoir lui annoncer une nouvelle qui lui causerait de la peine.

Storm se laissa tomber sur son lit. Le voyage de retour n'avait pas été fatigant. Rien à voir avec sa fuite éperdue. Ils avaient passé une semaine chez ses parents. Chaque jour, Brett l'avait entraînée dans les champs pour lui faire l'amour avec passion. Son père ne semblait plus hostile à son égard, mais plutôt amusé. Ses frères aussi avaient cessé de le regarder comme un ennemi. Storm se demandait comment il s'y était pris pour retourner ainsi la situation mais, quand elle l'avait questionné sur son entretien avec Derek, le premier soir, il avait refusé de lui répondre.

Bien entendu, sa mère l'adorait. Quelle femme pouvait résister à son charme ?

Après avoir parlé à Brett, son père avait pris Storm à part pour l'interroger sur ses sentiments. En rougissant, elle lui avait avoué qu'elle l'aimait. Il avait semblé satisfait et avait certainement évoqué le sujet avec Miranda, car il avait ensuite fait un cours à sa fille sur la psychologie masculine, lui expliquant que, sous leurs airs bravaches, les hommes restaient des petits garçons, qu'ils avaient besoin d'amour et d'approbation, et que parfois, ceux qui semblaient les plus sûrs d'eux étaient les plus désemparés.

Storm y avait beaucoup réfléchi.

Depuis qu'il l'avait retrouvée, Brett ne la lâchait plus d'une semelle, se montrant un compagnon des plus agréable, attentionné, loquace et drôle.

Elle avait redouté cette escale à Los Cierros, même si elle l'estimait nécessaire, car elle pensait qu'il leur revenait d'informer Emmanuel et Elena de la mort de leur fils.

La culpabilité continuait de l'accabler, mais Brett devinait les moments où elle songeait à ce drame et redoublait alors d'attention, de tendresse.

Il la rejoignit dans la chambre qu'ils partageaient.

— Tu as l'air bien pensive, remarqua-t-il.

— Je regrette que nous ayons dû mentir.

— Moi aussi, mais nous l'avons fait pour Emmanuel.

Ils échangèrent un regard de compréhension mutuelle. Soudain, la porte s'ouvrit à la volée et Sophia apparut, pâle, les yeux rouges.

— Qu'est-ce que...

— Dites-moi ce qui s'est passé, petite garce! cria Sophia. Diego ne vous aurait jamais défendue au péril de sa vie, ni vous ni personne. Dites-moi!

Incapable de prononcer un mot, Storm fixait la superbe cousine de son mari sans oser la mettre dehors comme elle en avait envie. Ce fut Brett qui s'en chargea. Il lui agrippa le bras et la poussa vers le seuil.

— De quel droit t'adresses-tu à ma femme sur ce ton? Sors d'ici!

— Non! Sale bâtard! Qu'est-il arrivé à mon frère? hurla-t-elle en se démenant pour lui échapper.

— Il a été tué par un puma.

— En essayant de secourir cette garce? Ce n'est pas vrai! Diego était un être égoïste, totalement dépourvu de...

Brett resserra la pression sur son bras.

— Je t'interdis de parler à ma femme de cette manière!

Elle eut un rire mauvais.

— Oh, Brett! Tu ne vas pas me faire croire que tu lui as pardonné d'avoir couché avec mon frère?

Il la secoua.

— Ils n'ont pas couché ensemble.

Elle ricana.

— Il la voulait, il me l'a dit. Et il aurait fait n'importe quoi pour l'avoir, même si elle avait résisté. Je le connaissais. Il est arrivé à ses fins; et elle a aimé ça!

— Sors d'ici, Sophia, et arrange-toi pour ne plus jamais croiser mon chemin!

— Qu'est-il arrivé à mon frère?

Il la mit dehors et referma la porte à double tour. Storm était pâle comme un linge. Il se précipita vers elle et la prit dans ses bras.

— Tout va bien.

— Brett, je l'ai tué et Sophia le sait.

— Non, elle ne sait rien, ma douce. Et tu as fait ce que tu devais faire. Tu n'avais pas le choix.

— Sophia l'aimait... murmura-t-elle, déroutée.

Il l'embrassa tendrement.

— Peut-être, à sa manière. Diego était une ordure, Storm. Il aurait mal fini de toute façon.

Elle l'étudia avec attention.

— Tu le penses vraiment ?

— J'en suis sûr. Sais-tu que Diego avait trois ou quatre enfants bâtards ? Et tu sais comment il les a eus ? En violant, Storm. Ces femmes travaillaient sur les terres des Monterro. L'une d'elles n'avait que treize ans. Elle est morte en mettant son bébé au monde. Je t'emmènerai chez sa famille demain. Je veux que tu entendes ce qu'ils pensent de Diego. Je comprends que tu te sentes coupable, mais il n'y a pas de quoi. Les paysannes se sauvaient quand il apparaissait et il adorait ça.

On frappa à leur porte.

— Tu te sens mieux ? demanda Brett.

— Oui, fit-elle.

Il lui sourit.

— Entrez, dit-il.

Une servante apparut.

— Don Felipe veut vous voir, señor Brett.

— Assieds-toi, mon garçon.

Brett réprima une grimace. Son père s'y entendait pour lui donner l'impression qu'il avait à nouveau douze ans. Cette fois, pourtant, il refusa de se laisser intimider.

— Bonjour, Père, dit-il, remarquant qu'il avait meilleure mine.

— Je suis surpris de te voir de retour. Que s'est-il passé ?

— Pardon ?

— Tu m'as bien entendu. Je n'ai peut-être plus l'usage de mes jambes mais je ne suis pas idiot. Ta femme s'enfuit avec Diego, et voilà qu'il est mort. Tu l'as tué ?

Brett ouvrit la bouche, s'apprêtant à lui servir l'histoire du puma.

— Et ne me parle pas de ce puma, tu veux? le devança son père. Tu sais comme moi que Diego était un lâche, certainement pas un héros.

Brett serra les dents.

— Eh bien, admettons que, pour une fois, il s'est conduit en héros.

Il n'en revenait pas lui-même de mentir avec un tel aplomb.

— À d'autres! Et pourquoi ta femme est-elle partie avec lui? Tu n'es pas capable de la rendre suffisamment heureuse pour qu'elle n'ait pas envie d'autre chose?

Brett se leva.

— Tu ne sors pas d'ici, je n'ai pas terminé.

Brett lui fit face et attendit.

— Je me doute de ce qui s'est passé, reprit le vieil homme. Il a voulu la forcer, n'est-ce pas? C'est la seule façon dont il aimait prendre une femme. Tu crois que je ne sais pas ce qui se passe chez moi? Mais ta femme n'est pas n'importe qui. Elle s'est défendue, pas vrai?

Brett en resta sans voix. Le vieil homme avait toujours eu une incroyable capacité de déduction.

— Ou bien c'est toi qui l'as tué? Est-ce qu'il l'a violée? Si c'est le cas, tu étais dans ton droit.

— Non, il n'y est pas parvenu.

— Elle l'a tué?

— Elle s'est défendue.

Don Felipe hocha la tête.

— Il l'a bien mérité, ce lâche, tu ne crois pas?

— Je ne veux pas qu'Emmanuel apprenne la vérité.

— Moi non plus, répondit le vieil homme. Elle est enceinte?

— Pardon?

— Quand aurai-je un petit-fils?

Brett s'attendait si peu à cette question qu'il en eut le souffle coupé.

— Alors, pourquoi es-tu revenu? Pour nous faire part de la « triste » nouvelle?

— Oui. Mais surtout à cause de Storm. C'est elle qui tenait à revenir. Elle avait la bizarre intuition que tout n'était pas réglé et que je devais absolument repasser.

— Cette petite me plaît !

Brett haussa les sourcils.

— Mais, Père, elle n'est pas californienne.

— Ta mère ne l'était pas non plus.

— Je n'ai pas choisi mes parents.

— Exact. Mais, de manière surprenante, tu t'es révélé le meilleur du lot.

Cette fois, Brett n'en crut pas ses oreilles.

— Est-ce que je rêve ?

— Ne tire pas de conclusions hâtives. Je te comparais à tes deux pervers de cousins.

Brett se mit à rire.

— Je me disais aussi. J'ai cru un instant que j'avais droit à une louange.

— Une louange ? Les louanges sont bonnes pour les faibles ou les défunts.

— Bien sûr ! Comment ai-je pu l'oublier ?

Il soutint le regard du vieil homme. Pour la première fois de sa vie, il ne haïssait plus son père. Oui, il éprouvait pour lui autre chose que de la haine ; un sentiment inconnu et difficile à définir.

— Tu te trompes, dit-il.

Ce fut au tour de don Felipe de lever les sourcils.

— Les louanges sont pour ceux qui les méritent et qui ont besoin de les entendre.

— Quoi ? Tu m'en veux toujours de ne pas t'avoir dorloté quand tu étais petit ? Au moins, tu n'es pas une chiffe molle.

— Seigneur ! s'écria Brett en se rendant compte que, cette fois, il venait vraiment de lui faire un compliment.

À sa manière. Le premier et sans doute le dernier. En même temps, il s'aperçut que cela lui était égal maintenant.

— Quand pars-tu ?

— Dès que possible.

Il considéra son père – ce vieil homme diminué qui s'imaginait que les coups de canne et les mots durs forgeaient le caractère – avec un sentiment de pitié...

— Oui, tu as délaissé tes affaires trop longtemps. Tu vas rentrer et t'apercevoir qu'on t'a volé et que tu es sur la paille.

Brett eut un petit rire. Don Felipe ne changerait jamais. Il était têtu, dominateur, dur au-delà des mots. Mais sur ce point, il avait raison.

— Tu trouves cela drôle ?

— Non, pas du tout.

— Je veux la voir avant que vous partiez, mon garçon, et je veux un petit-fils dont je puisse être fier.

— Comment pourrais-je, *moi*, exaucer un tel vœu ? rétorqua Brett, moqueur.

Don Felipe le regarda.

— Tu voudrais que je te couvre de compliments ?

— Absolument pas. Mais je me demande comment le fils bâtard d'une prostituée pourrait donner au noble Californien que tu es un petit-fils qui ferait sa fierté et qu'il pourrait reconnaître comme sien.

— Cesse de faire des belles phrases et contente-toi d'accéder à ma demande.

Brett réalisa alors que le vieil homme venait de lui faire le plus beau compliment qui fût.

Pour la première fois, il ne le quitta pas en colère mais amusé. Felipe perdait la main. Il venait de lui dire deux choses agréables.

Où était Brett ?

Storm s'était déjà posé cette question et elle en gardait un mauvais souvenir.

Elle l'avait trouvé différent aujourd'hui. Après son entrevue avec son père, il lui avait fait l'amour d'une façon plaisante, presque joueuse, comme s'il célébrait quelque chose. Jamais elle ne l'avait vu aussi gai, et elle aimait cette facette nouvelle de sa personnalité.

Ils avaient dîné dans leur chambre, car les autres observaient le deuil, puis il avait disparu. Storm l'attendait avec impatience. Elle avait envie de s'enrouler autour de lui, de rire et de plaisanter...

Mais que fabriquait-il ?

Elle sortit dans le couloir et partit à sa recherche. Elle le trouva dans le patio, le visage levé vers le ciel. La lune éclairait son profil parfait. Storm l'admira un instant, émue.

— Brett.

Storm aurait reconnu cette voix entre toutes. Sophia ! Brett se retourna en même temps qu'elle. Sa cousine apparut à l'autre bout du patio, dans une chemise de nuit légère. Elle avança gracieusement vers lui.

— Brett chéri, ta femme t'a trompé avec Diego. Oublie-la. Laisse-la ici et emmène-moi à San Francisco avec toi.

Furieuse, Storm vit la jeune femme se presser contre son mari. Cette fois, c'en était trop. Elle avait besoin d'une leçon, dans le style apache. Elle se retourna et disparut.

Quelques secondes plus tard, elle revenait dans le patio armée de son couteau de chasse. Mais ils n'étaient plus là. Storm courut jusqu'à la chambre de Sophia. Elle se trouvait là, seule, debout devant sa coiffeuse.

— Que voulez-vous ? demanda-t-elle froidement sans se retourner.

Elle venait d'apercevoir Storm dans le miroir.

Celle-ci sourit tranquillement.

— Que voulez-vous ? répéta Sophia, irritée, en faisant volte-face.

— Vous donner une leçon.

Sophia la considéra avec stupeur.

— Et qu'est-ce qu'une gamine comme *vous* pourrait m'apprendre à *moi* ?

Storm avança vers elle. Instinctivement, l'autre recula et se retrouva plaquée contre la coiffeuse. En un éclair, la lame du couteau jaillit sous son nez. Sophia écarquilla les yeux.

— Il m'appartient, articula Storm en appuyant la lame sur sa peau, sans toutefois l'entamer.

— Vous... vous êtes folle !

— Savez-vous comment les Apaches punissent les femmes infidèles ? continua Storm sur le ton de la conversation. Ils leur coupent le nez.

Sophia émit une sorte de borborygme.

— Et vous savez pourquoi ? Répondez !

— Euh… non… Je vous en supplie !

Le sourire de Storm s'élargit.

— Parce qu'aucun homme ne veut d'une femme mutilée.

Cette fois, une goutte de sang apparut au bout du couteau.

Sophia gémissait de terreur.

— Je vous en prie ! Non ! *Non !…*

— Si jamais vous vous approchez de lui à nouveau, si jamais vous posez les yeux sur lui, je me ferai une joie de mettre mes menaces à exécution. Dans ces cas-là, je suis Apache à cent pour cent.

Elle s'écarta et Sophia se laissa tomber sur un tabouret, anéantie. Elle ne s'aviserait plus d'essayer de séduire Brett.

Satisfaite, Storm regagna sa chambre en toute hâte. Quand elle le vit, elle sentit son cœur se gonfler d'amour.

— Où étais-tu ?

— Partie donner à Sophia une petite leçon, dit-elle sans détour en se jetant dans ses bras.

— Que… Comment…

Plongeant son regard dans le sien, elle lui coupa la parole :

— Je t'aime, Brett.

D'abord surpris, il lui sourit avec une tendresse infinie.

— Oui, ma chérie… Oh, oui !

Il prit son visage entre ses mains et posa ses lèvres sur les siennes.

— Je t'aime, répéta-t-elle contre sa bouche.

Tout en lui murmurant cet aveu, elle lui caressait le dos, les épaules. Le cœur de Brett s'emballa. Ses yeux éperdus cherchèrent les siens.

— Oh, Storm !… Dis-le-moi encore.

— Je t'aime, chuchota-t-elle simplement.

Sa voix se brisa. Il la serra désespérément dans ses bras, laissant courir ses mains sur son corps avec frénésie.

— Je suis possédé, Storm. Je n'ai jamais rien éprouvé de tel, tu le sais ?

Elle s'immobilisa et s'écarta légèrement pour le regarder.

— Non, souffla-t-elle. Je ne le sais pas.

Il émit une sorte de rire étouffé.

— La première fois que je t'ai vue, j'ai eu la tête à l'envers et je n'ai plus cessé de penser à toi. J'ai essayé de me persuader que ce n'était que du désir, une très forte attirance physique.

En cet instant même, il brûlait de la prendre. Comme ses mains s'égaraient vers son ventre, elle les arrêta.

— Continue, murmura-t-elle contre ses lèvres. Continue.

— Que je continue... ? Oui, eh bien, c'est ce que je vais essayer de faire si tu m'aides à déboutonner mon pantalon.

— Tu sais très bien ce que je veux dire, Brett.

— Que veux-tu de plus ?

Elle lui saisit le visage pour l'empêcher de détourner les yeux.

— Bon sang ! s'exclama-t-il en l'étreignant avec force. Je suis tombé amoureux de toi...

— Tu m'aimes, dit-elle dans un soupir. Vraiment ?

— Oui. Je t'aime plus que tout. Dis-moi encore que tu m'aimes.

— Je t'aime, répéta-t-elle, comprenant soudain à quel point il avait besoin d'elle.

Une expression d'allégresse illumina le visage de Brett.

— Prouve-le-moi. Tout de suite.

Elle s'apprêtait à lui montrer l'ampleur de son amour par ses caresses, ses baisers, quand elle s'interrompit.

— Non, décréta-t-elle avec un doux sourire. C'est toi qui vas me le prouver.

— Avec grand plaisir, s'inclina-t-il, la voix rauque.

Les ombres du passé qui, d'ordinaire, voilaient son regard, semblaient s'être dissipées comme par magie.

Évaporées dans la nuit de l'oubli. Cette découverte constituait pour Storm le plus puissant des aphrodisiaques.

Leurs lèvres se rejoignirent en un baiser vertigineux.

— Je passerai le reste de ma vie à te prouver combien je t'aime, Storm.

— Oui, Brett, murmura-t-elle, au comble du bonheur. Oui…

5982

Composition Interligne
Achevé d'imprimer en Europe (France)
par Maury-Eurolivres – 45300 Manchecourt
le 3 août 2001.
Dépôt légal août 2001. ISBN 2-290-31243-6

Éditions J'ai lu
84, rue de Grenelle, 75007 Paris
*Diffusion France et étranger: Flammarion*